ROMINA RUSSELL

LUNA NEGRA

Russell, Romina
Luna negra / Romina Russell. - 1a ed . - Ciudad Autónoma de Buenos Aires : Del Nuevo Extremo, 2017.
352 p. ; 21 x 14 cm.

Traducción de: Jeannine Emery.
ISBN 978-987-609-682-9

1. Narrativa Estadounidense.. I. Emery, Jeannine, trad. II. Título.
CDD 813

A. J. Carranza 1852 (C1414COV) Buenos Aires, Argentina
Tel/Fax: (54-11) 4773-3228
e-mail: editorial@delnuevoextremo.com
www.delnuevoextremo.com

Título en inglés: *Black moon*

ISBN: 978-987-609-682-9

1ª edición en español: abril de 2017

Imagen editorial: Marta Cánovas
Traducción: Jeannine Emery
Diseño de tapa: Vanessa Han / Adaptación: Silvia Ojeda
Correcciones: Mónica Piacentini
Diagramación: ER

Para mi hermana, Meli,

cuya llama interior podría poner en marcha

sistemas solares enteros.

LAS CASAS DE LA GALAXIA DEL ZODÍACO

LA PRIMERA CASA:
ARIES, *LA CONSTELACIÓN DEL CARNERO*
Fortaleza: Ejército
Guardián: General Eurek
Bandera: Roja

LA SEGUNDA CASA:
TAURO, *LA CONSTELACIÓN DEL TORO*
Fortaleza: Industria
Guardián: Directora Ejecutiva Purecell
Bandera: Verde oliva

LA TERCERA CASA:
GÉMINIS, *LA CONSTELACIÓN DEL DOBLE*
Fortaleza: Imaginación
Guardianes: Mellizas Caaseum (fallecida) y Rubidum
Bandera: Naranja

LA CUARTA CASA:
CÁNCER, *LA CONSTELACIÓN DEL CANGREJO*
Fortaleza: Crianza
Guardián: Sagrada Madre Agatha (provisoria)
Bandera: Azul

LA QUINTA CASA:
LEO, *LA CONSTELACIÓN DEL LEÓN*
Fortaleza: Pasión
Guardián: Líder Sagrado Aurelius
Bandera: Púrpura

LA SEXTA CASA:
VIRGO, *LA CONSTELACIÓN DE LA TRIPLE VIRGEN*
Fortaleza: Sustento
Guardián: Emperatriz Moira (en estado crítico)
Bandera: Verde esmeralda

LA SÉPTIMA CASA:
LIBRA, *LA CONSTELACIÓN DE LAS ESCALAS DE LA JUSTICIA*
Fortaleza: Justicia
Guardián: Lord Neith
Bandera: Amarilla

LA OCTAVA CASA:
ESCORPIO, *LA CONSTELACIÓN DEL ESCORPIÓN*
Fortaleza: Innovación
Guardián: Cacique Skiff
Bandera: Negra

LA NOVENA CASA:
SAGITARIO, *LA CONSTELACIÓN DEL ARQUERO*
Fortaleza: Curiosidad
Guardián: Guardiana Brynda
Bandera: Lavanda

LA DÉCIMA CASA:
CAPRICORNIO, *LA CONSTELACIÓN DE LA CABRA MARINA*
Fortaleza: Sabiduría
Guardián: Sabio Férez
Bandera: Marrón

LA DECIMOPRIMERA CASA:
ACUARIO, *LA CONSTELACIÓN DEL PORTADOR DE AGUA*
Fortaleza: Filosofía
Guardián: Guardián Supremo Gortheaux, el Trigésimo Tercero
Bandera: Aguamarina

LA DECIMOSEGUNDA CASA:
PISCIS, *LA CONSTELACIÓN DEL PEZ*
Fortaleza: Espiritualidad
Guardián: Profeta Marinda
Bandera: Plateada

~~LA DECIMOTERCERA CASA:~~
~~OFIUCUS, LA CONSTELACIÓN DEL PORTADOR DE LA SERPIENTE~~
~~*Fortaleza: Unidad*~~
~~*Guardián: Amo Ofiucus*~~
~~*Bandera: Blanca*~~

PRÓLOGO

Cuando pienso en mi adolescencia como Acólita en Elara, me siento más liviana, como si estuviera de nuevo en aquel mundo ingrávido.

Mis recuerdos de aquellos años siempre me invaden como olas.

La primera ola es la más grande, y cuando rompe cientos de Globos de Nieve ascienden como burbujas hasta mi superficie, derramándome encima los recuerdos de mis mejores amigos, Nishiko Sai y Deke Moreten. Los momentos más felices de mi vida perduran en la estela de esta ola.

A medida que la corriente se lleva consigo a Deke y a Nishi, una segunda onda, más suave que la anterior, avanza, y la piel se me estremece al navegar sobre una sucesión de mañanas transcurridas en el solárium silencioso, sumergida en la presencia de Mathias y en los rayos de Helios. En el momento en que el calor comienza a abandonar mi piel, siempre intento apartarme antes de que una tercera ola me alcance.

Pero para cuando me acuerdo de nadar, ya quedé atrapada en las aguas revueltas.

Cuando el recuerdo me aplasta, quedo sumergida dentro de un bloque de cemento en la Academia: el estudio de música donde Nishi, Deke y yo nos solíamos encontrar para el ensayo de la banda. Mientras que las dos primeras olas me inundan la cabeza con mis momentos preferidos sobre la luna, la tercera siempre me trae de vuelta a este preciso instante, en este preciso lugar, un año y medio atrás.

Nishi, Deke y yo habíamos pasado todo el día en el estudio mientras Nishi nos enseñaba a tocar una canción sagitariana popular, llamada "¿Quién bebió mi absenta?".

—No termina de salir —se quejó justo después de mi golpe final, antes de que terminaran de reverberar los címbalos—. Tienen que concentrarse durante todo el tema. Siempre se distraen en la conexión.

—Para mí se acabó —anunció Deke, apagando su guitarra holográfica a modo de protesta.

—No, te quedarás aquí y te *concentrarás* —siseó Nishi, bloqueándole el paso a la puerta—. *Vamos de nuevo.*

—¡Si crees que lo haré, has estado bebiendo absenta! —replicó. Luego, en lugar de tratar de rodearla, se dejó caer sobre el suelo, despatarrándose como una estrella de mar.

—Espera, tienes razón. —El brusco cambio de ánimo de Nishi era tan impredecible como las progresiones de tono de su voz y, por la expresión asombrada de Deke, bien podría haber comenzado a hablar en un idioma alienígeno nuevo.

—Rho, por favor, dime que acabas de escuchar eso —dijo desde su posición en el suelo—, porque estoy comenzando a pensar que tal vez *sí* bebí absenta.

—Hay un problema *peor* que tu falta de concentración —siguió diciendo Nishi, mirando fijo la pared de cemento como si pudiera ver dentro escenas que eran invisibles a mis sentidos cancerianos—. Creo que necesitamos a un bajista.

Deke gimió.

—Fijaremos letreros en el departamento de música —siguió diciendo, y se volteó hacia mí, con la mirada esperanzada, buscando mi apoyo—. Podemos hacer las audiciones aquí después de clase...

—¿Qué importancia tiene el sonido que hagamos? —interrumpí. La impaciencia de mi tono de voz provocó una nueva descarga de tensión en el aire, así que para suavizar el efecto, añadí—: tampoco es que estén poniéndonos nota ni nada que se le parezca.

El único motivo por el cual formamos la banda fue para mejorar nuestra capacidad de Centrarnos. Nuestros instructores de la Academia nos enseñaron que el arte es el camino más puro hacia el alma. Por eso, el currículum canceriano requería que los Acólitos rotaran por diversas disciplinas hasta encontrar la conexión más segura a su ser interior. Solo entonces, una vez que hubiéramos encontrado aquella conexión primordial, podíamos especializarnos.

Nishi había sabido desde siempre que el canto era su vocación, pero Deke y yo demoramos más en descubrir lo que queríamos. Fue solo por insistencia de Nishi el año anterior que finalmente decidimos intentar con la música. Yo elegí los tambores porque me gustaba escudarme tras un redoble estridente y un caparazón de acero, palillos y superficies duras. Deke era un hábil pintor, pero no sentía pasión por dedicarse a ello, así que decidió aprender guitarra.

—Bueno… —Nishi me miró a mí y luego a Deke. En sus rasgos se dibujó la típica expresión traviesa. Deke se incorporó de golpe, expectante, observándola con reverencia—. Me tomé la libertad de… ¡anotarnos para la muestra musical de la semana que viene!

—¡Ni lo pienses! —soltó, con los ojos bien abiertos por el temor o la excitación, o tal vez ambos.

Nishi sonreía.

—Hemos estado trabajando tan duro los últimos seis meses que me pareció que podíamos ver lo que piensan otros. Ya saben, para divertirnos.

—Fuiste tú la que acabas de señalar que no logramos producir un buen sonido —dije sin entusiasmo, intentando mantener a raya la aspereza de mi voz. Me paré detrás de mi batería y crucé los brazos. Los palillos sobresalían de los ángulos de mis codos.

—¡Pero estamos a punto de lograrlo! —me sonrió Nishi con entusiasmo—. Si encontramos un bajista en los próximos días, será absolutamente posible enseñarle la canción a tiempo…

Apoyé los palillos sobre el redoblante, y el murmullo sordo que provocaron fue como una señal para dar por finalizada la conversación.

—No, gracias.

—*Por favor*, Rho —suplicó Nish—. ¡Será genial!

—Sabes que tengo miedo escénico…

—¿Cómo puede cualquiera de nosotros —incluida *tú*— saberlo cuando jamás has estado siquiera sobre un escenario?

—Lo *sé* porque apenas tengo el valor para pararme frente a una clase llena de estudiantes cuando me llama un instructor, ¡así que no me puedo imaginar actuando delante de *toda la Academia*!

Nishi cayó de rodillas con un gesto fingido de súplica.

—¡Vamos! ¡Solo esta vez! Te suplico que lo intentes. ¿Hazlo por mí?

Retrocedí un paso.

—No me gusta nada cuando me haces sentir culpable por ser quien soy, Nish. Hay algunas cosas que directamente no están incluidas en el paquete canceriano. No es justo que siempre quieras que me parezca más a *ti*.

Nishi se incorporó de un salto desde su posición de súplica.

—En realidad, Rho, lo que no es justo es que te valgas de tu Casa como una excusa para no probar algo nuevo. ¿Acaso no vine a estudiar a Cáncer? Y adaptarme a sus costumbres no atentó contra mi identidad sagitariana, ¿no? En serio, si abrieras la cabeza de vez en cuando, podrías sorprenderte…

—Nish —hablé en voz baja y descrucé los brazos, abriéndome ante ella para que viera las pocas ganas que tenía de pelear—. Por favor. Ya dejemos este asunto, ¿sí? Realmente, no me siento cómoda…

—¡*Como quieras!* —giró rápidamente para alejarse de mí y levantó el bolso del suelo—. Tienes razón, Rho. Solo hagamos las cosas a *tu* manera.

Abrí la boca, pero estaba demasiado alterada para hablar.

¿Cómo podía decirme algo así? Cada vez que ella o Deke querían hacer alguna tontería —entrar a hurtadillas a la cocina de la escuela para robar los restos de rolls cancerianos después del toque de queda, o colarse en una fiesta universitaria cuando aún éramos considerados menores, o simular dolores de estómago para evitar los ejercicios matinales obligatorios de natación en el complejo de piscinas de agua salada— siempre acababa acompañándolos, aun cuando no quisiera hacerlo. Cada vez y sin excepción era yo la que terminaba cediendo.

—Deke, ¿*tú* qué opinas? —preguntó Nishi sin darle tiempo a pensar.

—Soy de Piscis —dijo, levantando las manos en alto.

Nishi revoleó los ojos al escuchar la expresión, algo típico de quienes no quieren tomar partido en una discusión. Viene del hecho de que, en tiempos de guerra, la Decimosegunda Casa casi siempre permanece neutral, ya que su principal preocupación es atender a los heridos de todos los mundos.

—Olvídalo. —Nishi salió hecha una furia del estudio. Y, por primera vez después de una discusión, no fui tras ella.

Deke se puso de pie.

—Creo que uno de los dos debería hablar con ella.

Encogí los hombros.

—Ve tú entonces.

—Rho... —Sus ojos turquesa eran tan suaves como su voz—. ¿Acaso sería tan terrible?

—¿Me estás diciendo que realmente quieres tocar frente a toda la escuela?

—Me da pánico de solo pensarlo...

—¡Entonces, estás de acuerdo conmigo!

—No terminé de hablar —dijo. Su tono de voz era ahora más firme—. Me da pánico, sí, pero... eso es justamente lo emocionante. Te lleva a enfrentar el miedo, en lugar de alejarte de él —con una voz aún más suave, me preguntó—: ¿No estás aburrida de lo repetitivo y rutinario que significa ser Acólita? ¿Nunca tienes ganas de escaparte de ti misma?

Sacudí la cabeza.

—No tengo problema con ser predecible. No me gustan las sorpresas.

—De acuerdo —dijo con una sonrisa pequeña aunque exasperada—. Evidentemente, no me estás escuchando, así que lo intentaré con Nish. Te veré mañana en el desayuno, *Rho Rho*.

Sola en el estudio, lo único que sentía era mi enojo. ¿Podía ser que mis amigos me acabaran de abandonar por finalmente plantarles cara?

Salí furiosa de la sala y caminé a grandes pasos por los corredores completamente grises del silencioso complejo residencial hacia mi cápsula estudiantil. Una vez allí, me quité el mameluco de la Academia y me puse el traje espacial cubierto de vendajes, con parches coloridos que cubrían las roturas de la tela externa.

Se acercaba el toque de queda. Por ello la mayoría de las personas ya estaban confinadas a su habitación para pasar la noche. Pero yo sentía claustrofobia, como si el complejo residencial fuera demasiado estrecho para contener todas mis emociones. Así que me metí el casco con fuerza y, en lugar de guardar mi Onda dentro del guante, donde podía sincronizarlo con mi traje y poner en funcionamiento un sistema de comunicación, la abandoné camino a la puerta arrojándola sobre la cama. No quería saber de Nishi o Deke.

Luego salí disparada hacia la superficie de la luna salpicada de cráteres, sin realizar los controles de seguridad habituales. Era tanta la ira que me hervía por dentro que me consumía todos los pensamientos de la cabeza. Agitada por la emoción, me olvidé de la última lección de mamá.

Por un instante, me olvidé de que mis temores eran reales.

1

Doce Zodai de juguete —teñidos de los diferentes colores de las Casas— están dispuestos en hilera. A todos les faltan las extremidades, algunos han sido decapitados, y el azul es solo un torso de arcilla con una X que le cruza el pecho.

Hasta ahora es el mensaje más claro que nos ha enviado el amo.

Un mundo derribado, once que pronto caerán.

Squary es una fría base de cemento sobre la Casa de Escorpio, que tiene el largo de la isla debajo de la cual está construida. Solía ser un sitio donde se realizaban pruebas de armamento hasta que hace décadas los Estridentes detonaron un dispositivo nuclear, y las instalaciones tuvieron que ser puestas en cuarentena. También es el lugar donde se hallaba trabajando el Marad para fabricar su arma secreta cuando la Guardia Real de los Escorpios irrumpió y arrestó a un puñado de soldados que había estado viviendo allí.

Stanton y Mathias se encuentran con el Estridente Engle en el otro extremo de la sala, estudiando a la verdadera estrella de la escena: el monstruoso misil del Marad, con un núcleo atómico que tiene el potencial de devastar al planeta entero si se lo pone en funcionamiento.

Pero yo me quedo atrás, junto a los juguetes sobre la mesa, sin poder apartar la mirada de sus cuerpos mutilados... hasta que la hoja de un arma me apuñala el brazo, abriéndome los surcos de las heridas.

Lanzo un jadeo y salto hacia atrás, rodeándome el cuerpo con los brazos. Sé que el dolor es apenas un recuerdo de la experiencia real, pero me sigue provocando náuseas, y las gotas de sudor me producen un escozor en la frente. Echo un vistazo rápido a los hombres, esperando que no se hayan dado cuenta.

Efectivamente, no me han visto.

Siguen examinando el arma, y los tres resultan indistinguibles en sus abultados trajes de radiación y sus máscaras negras.

—¿Así que esto es *todo*? —La voz de Stanton irrumpe en el silencio de radio dentro de mi pesado traje—. Aparte de esta arma, cinco años de comidas comprimidas y los siniestros juguetes, ¿no han encontrado nada más? ¿Nada que indique dónde se encuentra la base del Marad o quién está conduciendo el ejército o cuál es el plan del amo?

—Encontramos a los Ascendentes que arrestamos —la segunda voz le pertenece al Estridente Engle, un Zodai de la Guardia Real del Cacique Skiff, quien ha estado guiándonos en nuestra visita a la Casa de Escorpio.

—¿Han hablado ya? —insiste Stanton.

—Lo harán una vez que encontremos una manera de quebrarlos.

Una de las figuras se estremece y retrocede medio paso. Debe de ser Mathias.

—Si no han podido quebrarlos en dos meses, ¿qué les hace pensar que puedan ser quebrados? —Identifico la figura de Stanton por su típica postura desafiante, el modo como inclina la cabeza y cruza los brazos.

—Todo hombre tiene su punto débil —dice el Estridente.

—Eso es una idiotez. —Mi hermano mira a Mathias—. Algunos hombres son inquebrantables.

Mathias no acusa recibo del cumplido mientras se aleja despacio del grupo. Después de enterarse de todo por lo que ha pasado, últimamente Stan ha estado elogiándolo mucho. Pero incluso ahora, las palabras afectuosas de mi hermano carecen de verdadera calidez. Hay otra cosa que se encuentra enfriando su efecto, solo que no alcanzo a darme cuenta de lo que es. Mathias se une a mí junto a la mesa y se queda mirando fijo los juguetes. Me pregunto si él también siente el surco de la cuchilla de Corintia.

—¿Ninguna de las otras Casas tiene pistas o ideas? —pregunto dirigiéndome al sistema de radio de la máscara, principalmente para escapar a mis pensamientos oscuros.

—Dado que tuvieron suficiente tiempo para fabricarnos esta macabra obra de arte, estamos de acuerdo con que es probable que supieran que veníamos —dice Engle, reciclando la misma teoría que las Casas se han estado repitiendo unas a otras. Él y Stanton se acercan a grandes pasos para unirse a Mathias y a mí—. Y si el Ascendente que te traicionó —*Aryll*— envió una advertencia, tuvieron tiempo suficiente para deshacerse de cualquier cosa que no quisieran que encontráramos.

Stan le da la espalda a la mesa. Aún no puede escuchar el nombre del amigo que quiso como a un hermano.

Pero al escuchar la respuesta del Estridente Engle, me llama la atención otra palabra. Esta es la segunda vez que ha dicho *Ascendente*, en lugar de *soldado*, *siervo* o *terrorista*, como si las palabras fueran intercambiables.

En todas las Casas, la reacción ha sido la misma: la denigración absoluta de todos los Ascendentes por temor a que se vuelvan desequilibrados.

La advertencia de Fernanda respecto de que todos los Ascendentes tendrán que pagar por las acciones del Marad suena cada vez más fuerte en mi cabeza, así como el presagio de Férez de un futuro forjado por los Ascendentes. Una minoría de personas que todas las Casas han condenado al ostracismo puede decidir ahora el destino del Zodíaco. Tal vez mis profesores tuvieran razón: tal vez los corazones sanos provengan de una familia feliz. Tal vez, si los Ascendentes hubieran nacido en un mundo con un lugar para ellos, el amo no sería capaz de manipular a tantos de ellos para que cometan asesinatos en nombre de la esperanza.

—¿Qué es *esto*? —pregunta Mathias, señalando el conjunto de juguetes. Es solo una de las pocas preguntas que ha realizado durante todo el día. El Mathias de antes habría exigido saber todos los detalles acerca del arma y los soldados capturados del Marad, incluso si significaba violar el protocolo diplomático... como la vez que visitamos Libra.

Pensar en la Séptima Casa hace que se me reseque la boca, y me aclaro la garganta.

—Creemos que es un mensaje —dice Engle—. Nos están diciendo que nos vayamos al diablo.

Su voz seria es idéntica a la sarcástica, así que nunca sé si se siente satisfecho o con ánimos de polemizar. Lo mismo sucede con todos los Escorpios que he conocido hasta ahora: cada uno es un misterio. Pero como hoy en día es imposible saber en quién confiar, independientemente de la filiación a una Casa, es bueno saber que estoy en compañía de una persona en la que Sirna confía: Engle es un amigo de sus viajes diplomáticos. Por otra parte, eso puede terminar siendo peor.

Después de todo, los amigos pueden resultar siendo enemigos temibles.

Mathias me choca levemente el hombro, y levanto la mirada. Es difícil distinguir los rasgos de su rostro a través de la gruesa membrana de su traje protector, pero advierto que está sacudiendo la cabeza, y tiene razón: hemos realizado una búsqueda del resto de Squary sin encontrar nada. Todas las Casas que pasaron por aquí han obtenido los mismos resultados. Es hora de encontrar una pista real.

—Creo que hemos terminado —digo.

—Entonces los llevaré de nuevo bajo el nivel del mar. —El Estridente Engle nos conduce a una salida: se trata de puertas metálicas redondas, empotradas en el suelo de todos los recintos.

Descendemos un tramo de escaleras hacia un sistema de canales que pasa por debajo del búnker, y los cuatro nos metemos en un pequeño barco no tripulado que atraviesa rápidamente un laberinto de túneles hacia el centro de transporte de Squary.

Aunque Squary es considerado uno de los asentamientos de Escorpio que se encuentra "encima de la tierra", técnicamente está "dentro" de ella, ya que la atmósfera de Esconcio es irrespirable. Pero desde el punto de vista de los Escorpios, que habitan en mundos acuáticos en lo más profundo del océano, Squary está, básicamente, en la superficie.

Cuando nuestros botes golpean suavemente contra un canal sin salida, trepamos fuera y pasamos por una cámara de descontaminación metálica que esteriliza nuestros trajes. Luego entramos en una bulliciosa estación submarina, donde los Escorpios se desplazan a toda velocidad sobre modernas plataformas plateadas para ubicar sus puertas y realizar sus viajes de conexión. Los horarios sobre las paredes pantalla indican las rutas y los horarios para los submarinos comerciales, y una variedad de puestos holográficos ofrecen a los viajeros opciones para contratar alquileres privados y vuelos chárter.

Lo primero que hacemos es quitarnos los pesados trajes y depositarlos en un conducto destinado a aquel fin. Sin la máscara, por fin tengo una visión despejada.

Frente a nosotros, ventanas que van del suelo al techo dan a un océano azul oscuro, y Stanton y Mathias se dirigen de inmediato hacia allí para observar a los peces que pasan por delante y que abarcan todos los colores de la paleta de la Naturaleza.

Debe de ser casi el atardecer porque los rayos rojos de Helios encienden la capa superior del agua. Normalmente, yo también correría a la vitrina para verlo todo. Pero hoy me quedo con Engle, observándolo consultar la pared pantalla que tenemos más cerca. Aún sigo sorprendida por la piel traslúcida y los ojos color escarlata del Estridente; proviene de Oscuro, el mundo acuático más profundo que tiene Esconcio, que no recibe la luz del sol.

—No es una actitud racista observar lo desconocido —dice, encontrándose de pronto con mi mirada—, o dejarse sorprender por ello.

Siento que las mejillas me arden.

—Yo no... lo siento, es solo que...

—No termines esa excusa. Solo haz referencia a mi comentario anterior.

Me encantaría que hubiera una guía de traducción para hablar con los Escorpios. Una vez más, no tengo ni idea de lo que piensa Engle de mí.

Un noticiero inicia su presentación en otra pared pantalla. Cuando comienza a transmitirse un montaje de cancerianos en campos de refugiados de todo el Zodíaco, se me contrae el estómago. No alcanzo a oír por encima del ruido de la narración, pero me imagino lo que dice el conductor.

Al principio, las Casas estaban contentas de acoger a nuestra gente y de asistirnos. Cualquiera diría que con treinta y cuatro planetas habitables —bueno, ahora son treinta y uno— habría más que espacio suficiente para todos los nuestros en el Sistema Solar del Zodíaco.

Luego se conoció la noticia de Aryll.

Cuando las Casas se enteraron de que había un Ascendente Marad oculto entre los sobrevivientes cancerianos, casi todos los gobiernos elaboraron una lista de motivos por los cuales ya no podían acogernos: porque representamos un drenaje de sus recursos; porque interferimos con las leyes al funcionar como una nación soberana sobre su territorio; porque aceptamos de forma egoísta su limosna sin buscar soluciones a largo plazo. Pero a lo que más le temen es a que haya más soldados del Marad ocultos entre nosotros.

El planeta Tethys, de Virgo, está en su mayor parte inhabitable, pero su población tuvo la opción de evacuar a diez planetoides de su constelación. Los geminianos que abandonaron Argyr aterrizaron en Hydragyr, donde se había instalado la mayor cantidad de cancerianos, solo que ahora el planeta no parece ser lo suficientemente grande para ambos.

Y, sin embargo, los cancerianos no tenemos a dónde ir dentro de nuestra constelación. No tenemos más remedio que pedirles ayuda a las otras Casas. Junto con nuestro planeta, arrasaron nuestras instituciones financieras y, hace unas semanas, cancelaron oficialmente nuestra moneda a lo largo de todo el sistema solar. Así que, por ahora, nuestras únicas opciones son instalarnos en un campo de refugiados o mudarnos a una comunidad con un sistema de trueque, como Piscis.

——Nuestra embarcación sale de la puerta seis —dice Engle, y me aparto de la transmisión—. Vamos.

Busco a mi hermano y a Mathias, y minutos después embarcamos en un enorme submarino de pasajeros rumbo a Pelagio, uno de los mundos acuáticos menos profundos de Esconcio, donde nos hemos estado alojando Stanton, Mathias y yo. Engle nos reservó dos hileras de asientos enfrentados; tomo la ventana, y Mathias se asegura el lugar al lado mío.

Mi hermano se desploma sobre el asiento de enfrente, con la mirada fija en la ventana, al tiempo que una anguila verde esmeralda pasa deslizándose por ella. El Estridente Engle se sienta al lado de Stan, proyecta una pantalla holográfica personal de su Pincel —un dispositivo que se lleva en la punta del dedo y que es el equivalente escorpiano de la Onda— y comienza a revisar sus mensajes.

—Buenas tardes, les habla el Capitán Husk —dice la voz de un hombre por el intercomunicador—. Anticipamos un viaje tranquilo a Pelagio. Las condiciones actuales de marea determinan que llegaremos en poco más de tres horas. Una vez que la señal luminosa de cinturones se apague, los invitamos a visitar nuestro bar y restaurante, ubicados en el medio de la nave. Ahora, prepárense para nuestro descenso y disfruten de su tiempo a bordo.

Cinturones de seguridad se deslizan automáticamente sobre nuestro pecho, y se enganchan con un clic en los conectores de nuestros asientos. El movimiento del submarino es tan suave que solo advierto que hemos echado a andar cuando veo el deslumbrante paisaje deslizándose por delante de mi ventana. Sobrevolamos corales multicolores que podrían ser lechos de golosinas; luego nos abrimos paso a través de un bosque de esbeltos árboles submarinos, rebosantes de pequeñas criaturas marinas, hasta que llegamos a un claro majestuoso, donde el agua es infinita y refulge como un diamante. Los rayos púrpura rojizos del atardecer perforan la extensión azulada como flechas encendidas.

Más que nada, quiero estar allí fuera.

Extraño deslizarme entre los pliegues del Mar de Cáncer, nadar junto a sus tortugas, caballitos de mar y peces metamorfos, siguiendo sus corrientes familiares para llegar a mis rincones favoritos del planeta. Creí que estar en otra Casa de Agua podía sanarme... pero solo me hace extrañar aún más a Cáncer.

Una manada de delfines rayados baila fuera de nuestra ventana, girando, retozando y siguiéndonos hasta que la nave cobra impulso, y nos precipitamos en un abismo, dejando atrás la luz del sol. Las burbujas rozan el vientre del submarino, y cardúmenes de peces se dispersan a nuestro paso a medida que nos sumergimos en aguas cada vez más profundas.

Me atrevo a echarle un vistazo a Mathias. Tiene la cabeza inclinada hacia atrás y los ojos, cerrados. Se ha estado dejando crecer el cabello ondulado, y una capa ligera de barba incipiente cubre las mejillas huecas y el minúsculo hueco de la barbilla. Me sigue costando aceptar que ha regresado, cuando estar con él me recuerda que, en realidad, no lo ha hecho.

—¿Qué hay de nuevo?

Su voz cosquillea mis pensamientos, y el dedo me comienza a zumbar con la infusión de psienergía. Miro hacia abajo a mi Anillo.

Cuando llevábamos los abultados trajes de compresión, no tenía acceso a él, pero ahora puedo tocar el aro metálico de silicona.

—*No estoy segura de lo que sucederá ahora* —le respondo, mirando el elegante guante negro que me ciñe la mano izquierda, el que conservo puesto siempre, ya que la piel de las puntas de los dedos seguirá sensible hasta que me vuelvan a crecer las uñas.

Todo el mundo me animó a curarme las heridas del brazo y a deshacerme de las huellas que dejó Corintia al torturarme, pero aquello hubiera significado volverle la espalda a todo lo que viví. Y no estoy dispuesta a hacerlo.

Férez me enseñó que el pasado puede coexistir con el presente, pero solo si lo recordamos. Así que, si engaño al pasado intentando cambiarlo, corro el riesgo de olvidarlo... y hay cosas que no me puedo dar el lujo de olvidar. Como el hecho de que la niña que llevaba el traje espacial rosado y flotaba sobre la superficie de Elara no tuvo la oportunidad de curarse. Tampoco la tuvieron los muertos de Cáncer, Virgo, Géminis o la armada.

Y tampoco la tienen los Ascendentes.

—*Tu hermano lo está pasando mal* —dice Mathias—. *¿Has hablado con él?*

Miro a Stanton, del otro lado. Se ha quedado dormido con los auriculares holográficos puestos, y la Onda nueva que Sirna pudo conseguirle descansa abierta sobre su pecho. No lo he visto así desde que mamá nos abandonó: distante, hosco, desconfiado. Pero, por lo menos, en aquel momento apartó aquellos sentimientos a un lado para dedicarse a criarme. Ahora solo supuran dentro de él, manifestándose en la aspereza de su voz y en el endurecimiento de su corazón.

—*Lo he intentado* —le susurro a Mathias a través del Psi—. *Se siente culpable por haber defendido tanto a Aryll, y, tal vez, también, avergonzado por haber sido usado por él. Pero no quiere hablar del tema conmigo, y creo que es porque... porque es mi culpa.* Yo *soy la razón por la que Aryll lo usó.*

Es la primera vez que expreso esta idea, y me alegra que suceda solo en mi mente y no en voz alta, porque una burbuja de emoción me cierra la garganta.

—*No creo que ese sea el motivo. Para nada.* —La voz de Mathias es suave, y suena casi como antes: seguro de sí y con una actitud protectora hacia mí.

—*Creo que no puede hablar contigo porque siente que te falló. Aryll lo usó para llegar a ti, y tu hermano no lo reconoció por lo que realmente era. Por eso no pudo protegerte. En lugar de ponerte a resguardo, te puso en peligro al traerlo a tu vida.*

Lo miro con el ceño fruncido.

—*Mathias, esto no es culpa de Stanton…*

Sacude la cabeza.

—*No digo que lo sea. Solo te estoy explicando cómo se siente porque… es como me sentiría yo si fuera él.*

Sus ojos color medianoche se quedan mirando los míos un instante más, suspendiendo mi pulso. Ninguno de los dos dice una palabra más.

Cuando mi hermano y yo regresamos a Capricornio, Mathias se quedó un mes y medio con sus padres en Tauro, concentrado en recuperarse de la tortura a la que lo había sometido el Marad, entrenándose con otros Polaris de la embajada. Luego, hace un par de semanas, se puso en contacto y dijo que estaba listo para ayudar, así que Stan y yo lo invitamos a que viniera con nosotros. No hemos hablado de nuestro beso o de las palabras que cruzamos la noche de la celebración de Vitulus… lo cual es bueno, porque no estoy segura de lo que le diría.

No es que resulte importante, dado que la nota que les envié a él y a Hysan después del ataque en Piscis prácticamente le cerró la puerta durante un tiempo a cualquier conversación sentimental. Supongo que debería estar agradecida porque Mathias me siga dirigiendo la palabra, a diferencia de…

—Disculpen la interrupción —la voz del capitán Husk por el intercomunicador me provoca un sobresalto—. Si miran a estribor, verán una ballena escorpiana abriéndose camino hacia la superficie.

Apoyó el rostro sobre el frío cristal para echarle un vistazo al gigantesco mamífero.

—*Santo Helios* —susurro al tiempo que su sombra engulle al submarino.

La ballena negro azabache es imposiblemente inmensa —por lo menos, diez veces más grande que este submarino para cien pasajeros— y sus seis pares de aletas lo impulsan hacia delante a tal velocidad que la embarcación comienza a mecerse por la fuerza de las olas a su paso.

La ballena pasa surcando las aguas a gran velocidad.

Un instante estoy mirando una pupila del tamaño del *Equinox*, y al siguiente lo único que veo es una cola serpenteante deslizándose como un latigazo. Todo sucede tan rápido que genera la misma sensación surreal y pasajera que una visión del Psi. Levanto la mirada hacia el horizonte brumoso e intento no perder de vista a la ballena, pero ya ha desaparecido entre las sombras oscuras que están arriba.

Decepcionada, bajo la mirada y por fin alcanzo a ver las luces plateadas de Pelagio brillando a lo lejos en el agua.

2

El submarino reduce la marcha cuando una brillante burbuja, del tamaño de una luna, brota delante de nosotros; sus paredes de cristal, salpicadas con pequeñas luces que titilan como estrellas.

Camino a Squary, el Estridente Engle explicó que aquellas luces eran *branquias* mecánicas, parte de un sistema de filtrado que emplea la electrólisis para romper el H_2O en partículas de oxígeno e hidrógeno. El aire se absorbe para la respiración mientras que el hidrógeno se convierte en combustible para suministrar electricidad al mundo acuático.

El planeta Esconcio tiene una docena de estos mundos acuáticos, cada uno, un territorio soberano. La mitad de ellos, incluido Pelagio, están ubicados en aguas lo suficientemente poco profundas para que la parte superior de los edificios se asome por encima del nivel del mar; la otra mitad, como Oscuro, está sumergido en aguas tan hondas que solo las embarcaciones especializadas de Escorpio soportan la presión.

Nepturno, la ciudad capital de Pelagio, se vuelve más grande ante la ventana del submarino. Parece un acuario invertido: en lugar de peces que atraviesan el agua, los seres humanos nadan a través del aire.

Los Escorpios se desplazan por los mundos acuáticos empleando *alas acuáticas* —brazaletes de metal provistos de dispositivos con chorros de agua lo suficientemente fuertes como para levantar a una persona del suelo y hacerla flotar. Los Escorpios complementan las alas con aletas que deslizan sobre el calzado, para poder, básicamente, "nadar" atravesando la pesada humedad del aire.

Para desembarcar, atracamos en un puerto contra el muro de cristal, y luego nos dirigimos por un estrecho sendero que conduce al centro de transporte de Nepturno, donde se confirman nuestras identidades y se revisan nuestras pertenencias antes de concedernos pasaje para entrar. Seguimos a la multitud de Escorpios, que van y vienen sobre modernas plataformas plateadas, a un muro de lockers donde guardamos nuestras alas de agua y aletas antes de marcharnos a Squary. Una vez que nos ponemos los brazaletes —que están fríos y resultan un tanto apretados—, llevamos las aletas bajo el brazo y nos abrimos paso hacia la salida.

—Estrella Errante.

Me volteo para ver a Sirna, escoltada por un Polaris y un Estridente. Sonrío y contengo el impulso de abrazarla; en lugar de ello, extiendo el brazo para chocar los puños.

Hace unos días, después de llegar a Escorpio, cuando la envolví en mis brazos delante de todo su séquito de Estridentes y Polaris, se puso rígida, como desaprobándolo. Me di cuenta de que no debí hacerlo. Sirna es por naturaleza cuidadora de vida, pero, como la mayoría de los cancerianos, lleva un caparazón al trabajo y guarda el costado más tierno para su vida personal.

Supongo que los últimos meses no he recibido demasiado afecto. Tampoco he frecuentado la compañía de mujeres. Y extraño a Nishi más que al agua.

—¿Cómo fue tu visita? —pregunta Sirna una vez que intercambia el saludo de la mano con todos los integrantes de nuestro grupo.

—Nada en especial —responde Engle por mí.

—Entonces, ¿no hay novedades?

—No —admito. En realidad, no creí que hallaría nada que a las demás Casas se les hubiera escapado, pero como el Pleno parecía tan entusiasmado por organizar el viaje cuando se lo pedí, esperé que hubiera una posibilidad de ayudar.

Sirna se vuelve hacia el Polaris y le susurra unas instrucciones. Este asiente con la cabeza y se marcha con el Estridente. Cuando se endereza, parece satisfecha por algo.

—Pero estoy segura de que el amo está lejos de acabar —le advierto—. Antes de presentar mi informe ante el Pleno, me gustaría consultar con los restantes equipos del Zodai que pasaron por aquí, así que, por favor, mantenlo en secreto por ahora. ¿Hay novedades de los soldados del Marad que están bajo custodia?

Sirna suspira.

—Los representantes de todas las Casas ya han intentado interrogarlos, pero se mantienen estoicos. La única persona con la que cualquiera de los soldados parece haberse abierto es... *contigo.*

No termino de encontrarme con su mirada azul marino.

—Supongo que cuando estás a punto de asesinar a alguien, dejas de pensar en ella como una persona.

Mathias me roza con el brazo, ofreciendo consuelo con su caricia. Comprende mejor que yo lo que se siente cuando alguien te trata como si fueras despreciable. Cuando realizan dibujos sobre tu piel como si se creyeran dueños de ella, reduciéndote a un lienzo descartable para expresar su odio.

—Debes de tener hambre —dice Sirna, y asiento con la cabeza, intentando hacer a un lado mis oscuros pensamientos—. ¿Qué te parece si cenamos?

—Les diré a Link y Tyron que nos acompañen —dice Engle—. Tú invitas, ¿no es cierto?

La boca de Sirna se retuerce en algo parecido a una sonrisa.

—Y dicen que la hidalguía visitó a Escorpio y se ahogó.

—¿Quién necesita de la hidalguía cuando se es tan apuesto? —Engle me dirige una mirada socarrona—. ¿No es cierto, Rho? Dile a tu embajadora cómo te costó quitarme los ojos de encima.

Comienzo a sonrojarme justo cuando entra Stanton.

—¿Son parte del orden del día estas bromas o podemos irnos? Me estoy *muriendo de hambre.*

Me quedo mirando a mi hermano sin reconocerlo. Sus mejillas están desprovistas de color; sus rizos carecen de energía y no hay consuelo en su mirada verde pálido.

—Sí, vamos —dice Sirna, retomando su profesionalismo. Mientras salimos en fila por la puerta, intento llamar la atención de Stan, pero se mantiene distante.

Afuera, quedamos fagocitados por el sofocante aliento de una ciudad extensa y mullida, con una altura imposible de calcular. El brillante resplandor de las branquias sobre los muros de cristal ilumina la vista con suavidad. El paisaje ante nosotros se despliega en un arcoíris de colores, y una vez más, me cuesta reconciliar el alegre aspecto de este mundo con la naturaleza taciturna de los Escorpios que he conocido.

Me deslizo las aletas sobre las botas y presiono la secuencia para desbloquear mis alas de agua; los packs de chorros de vapor vibran espasmódicamente un instante, y luego mis pies se elevan del fondo arenoso del océano y salgo flotando sobre la húmeda atmósfera como una pluma que vuela contra el viento. Cuando estoy arriba en el aire, mis preocupaciones permanecen ancladas en el suelo, y por fin me siento libre.

Los cuatro nos ubicamos en fila detrás de Sirna, y empalmamos con un banco de Escorpios que se dirigen aguas abajo. Qué bien se siente volver a nadar, aunque sea sin agua. Más difícil resulta tener todo el océano para explorar y estar atrapada dentro de una burbuja de aire.

Tomamos velocidad, nadando en forma sincronizada con los Escorpios que nos rodean, hasta que formamos un equipo estrechamente entrelazado que navega la corriente de aire creada por nosotros mismos. Cada vez que volteamos una esquina, nos mezclamos y volvemos a posicionarnos. Los viajeros que tienen intenciones de salir se dirigen al carril externo, mientras que los que tienen un viaje más largo por delante permanecen en el medio.

Los brillantes colores hacen que sea fácil esquivar los edificios con forma de cubo de Nepturno, y su textura esponjosa es lo suficientemente elástica como para que, incluso si una persona se desvía de rumbo y choca contra una pared, quede protegido por sus poros afelpados. Una vez que Sirna comienza a maniobrar hacia el carril exterior, el resto la sigue, e instantes después, nos separamos del grupo para dirigirnos hacia un edificio azul, más alto que los que lo rodean: la madriguera de visitantes.

Los Escorpios son los innovadores del Zodíaco. En todas las épocas, han sido los inventores de nuestra tecnología más revolucionaria, codiciada por la galaxia entera. La industria tecnológica de Escorpio es tan despiadada que las compañías son intensamente competitivas entre sí, y hay una preocupación constante por el espionaje corporativo. Por este motivo, la Casa opera bajo condiciones extremas de confidencialidad. Y si hay alguien de quien un Escorpio desconfíe más que de un compatriota Escorpio, es de una persona de otra Casa.

Esconcio no recibe muchas visitas porque Escorpio les complica a los extranjeros la obtención de visas. Los turistas aprobados son alojados en una madriguera de visitantes de la ciudad, donde se les asigna un Estridente como guía para monitorear sus movimientos y limitar el acceso a información privilegiada.

Cuando aterrizamos sobre el techo de la madriguera, guardamos las alas de agua y las aletas en lockers, ya que se prohíbe la natación de aire en el interior de los edificios. De cerca, la superficie esponjosa de la estructura es afelpada pero sólida, y sus poros están cubiertos con deshechos de todo tipo: caracolas, arena, piedras. Adentro, la temperatura es mucho más fresca, y tomamos un ascensor para descender al comedor en el corazón del edificio, una sala enorme que ocupa todo el piso.

El aroma a mariscos frescos me cosquillea la nariz, y una cacofonía de voces me agrede los oídos. Aunque no hay demasiada gente en la madriguera, lugareños curiosos que quieren saber las últimas noticias de otros mundos pululan por el vestíbulo.

Largas mesas comunitarias se alinean en la sala. Tomamos bebidas y cubiertos de un stand en la entrada, y luego escudriñamos el lugar hasta que ubicamos a Link y Tyron saludándonos desde una de las mesas cerca del muro del fondo, el que está más cerca de la pared pantalla oceánica de la sala.

Apenas me siento, un menú holográfico se despliega ante mí, y toco la pantalla para elegir lo que voy a comer —pescado a la plancha con una ensalada de algas sazonadas con pimienta. Luego de enviar el pedido, el holograma se desvanece.

Link y Tyron ya tienen delante la comida, pero solo Link ha comenzado a comer.

—¿Y? ¿Encontraste algo que al resto se nos escapó, *Estrella Errante*? —pregunta con la boca llena de comida—. ¿Algún otro mensaje secreto de tu cuco? ¿Acaso estás planeando hacer que nos maten a algunos más organizando una nueva armada?

Cuando abro la boca para responder, sorbe desagradablemente un tentáculo de pulpo y lo mastica haciendo ruido. En el pasado, a estas alturas Stanton y Mathias ya habrían intervenido para defenderme, pero hoy son personas diferentes, demasiado ocupadas en pelear contra sus propios demonios para protegerme de mis detractores.

—Déjala en paz, Link —dice Engle, observándome con atención—. No tiene la culpa de que la persona detrás de estos ataques esté confundiéndola. Tan solo es una chiquilla que trata de jugar un juego de adultos.

Miro furiosa a Engle, aunque no me da la impresión de que lo haya dicho en serio; creo que, más que nada, busca provocarme para que termine reaccionando. Y si me está probando, significa que aún no tiene una opinión formada de mí, así que todavía hay una chance de ganarme su respeto.

—Dame tu Efemeris —digo.

—¿Para qué?

—Para llamar a mi cuco.

Los ojos rojos de Engle se abren levemente, pero Link se inclina hacia adelante, interesado. Como él y Tyron son de Pelagio, su piel amarillenta no es tan traslucida como la de Engle, y el tinte rojo de sus ojos es un poco más oscuro y menos llamativo.

—Mi noche se acaba de volver interesante —dice Link, dándole un codazo al brazo de Engle—. Hazlo. Dásela.

Engle y yo seguimos midiéndonos; ninguno de los dos está dispuesto a ser el primero en apartar la mirada.

—¿Por qué no usas la tuya? —me pregunta.

—Porque no la traje conmigo —le respondo. Cuando no reacciona, bajo la voz—. No tienes miedo, ¿no?

Esboza una sonrisa fría.

—Miedo no… solo me pregunto a qué juegas.

—Creí que habías dicho que este no es mi juego. Que solo soy una chiquilla manipulada por otro —inclino la cabeza y enarco las cejas—. Pero los hombres adultos como tú no les tienen miedo a los monstruos, ¿verdad? —Las líneas alrededor de sus ojos se endurecen, y advierto que por fin lo estoy poniendo nervioso—. *Así que pásame tu Efemeris.*

—Basta —dice Sirna, que está sentada del otro lado de Engle. Este se sobresalta. La mira de repente, con el ceño fruncido, y tengo la sensación de que lo acaba de pellizcar debajo de la mesa.

Libre al fin, bajo la mirada y parpadeo. Justo en ese momento, una sombra se cierne sobre mí, y me inclino hacia atrás en el instante que unos drones descienden sobre la mesa de piedra y dejan caer nuestra comida antes de salir volando de regreso a la cocina.

Mientras mastico mi primer bocado del cremoso pescado, la enorme pared pantalla junto a nosotros se enciende con un destello, y comienza un noticiero holográfico.

"Interrumpimos su velada con un informe de último momento: nos acaban de alertar de que el Pleno Planetario se dispone a dar un anuncio sobre el Marad".

La comida se desliza insípida por mi garganta. De inmediato, la sala entera queda en silencio. Giro la cabeza rápidamente para encontrarme con la mirada de Sirna, pero no me mira a los ojos. ¿Qué anuncio? ¿Por qué no me comentó antes que había novedades?

"La transmisión del Embajador Crompton comenzará en cualquier momento —dice el conductor del noticiero—, así que no se vayan mientras esperamos estas últimas noticias".

El canal comienza la emisión transmitiendo material reciclado de archivo.

"El Marad apareció por primera vez en la escena galáctica instigando y, más tarde, provocando la escalada del conflicto entre los sagitarianos y los trabajadores inmigrantes de Lune —otro mundo acuático Escorpiano—, pero, como informó primero nuestra cadena de noticias, El Tratado de los Viajeros ha conseguido por fin sofocar aquel conflicto. ¿Así que adónde fue el ejército después de Sagitario?

"El Marad —supuestamente integrado por Ascendentes— llevó sus feroces métodos a las demás Casas, incluida las nuestra, cuando sabotearon la provisión de aire de Oscuro, matando a decenas de los nuestros".

Echo un vistazo al rostro abatido de Engle. Cuando veo que aprieta los puños, me pregunto si perdió a alguien en el ataque.

"Dado el carácter aleatorio e inconsistente de sus ataques, es imposible saber lo que realmente quieren. Han secuestrado rehenes y cargamentos de embarcaciones a lo largo de todo el Espacio Zodíaco; han asesinado a Patriarcas de la Casa de Acuario; han provocado explosiones en Leo; han volado parte del Zodíax en Tierre, y, más recientemente, han apuntado al planetoide pisciano Alamar, que fue víctima de una huelga tecnológica que destruyó su red de comunicaciones y desactivó su sistema durante casi dos meses galácticos".

La pantalla vuelve a cortar del montaje de imágenes al conductor de rostro sombrío.

"Y ahora, silencio. Pero ¿habrán terminado con nosotros o estarán planeando su siguiente ataque? Sin un enemigo en frente contra el cual combatir, ni nuevas manifestaciones de violencia que señalen el camino, ¿cómo pueden protegernos nuestros Zodai? ¿Y cuánto tiempo más tendremos que contener la respiración, esperando que nuestros líderes nos cuenten lo que saben? Este reportero cree que, si no comenzamos a respirar pronto, nos ahogaremos".

Aparecen nuevas imágenes de una estudiante de la Universidad del Zodai en Aries, un poco mayor que yo, llamada Skarlet Thorne.

"Nuevas voces emergen a pesar del silencio de nuestros líderes", dice el reportero mientras observamos a la increíblemente bella Skarlet hablando en un mitin en Fobos, el planeta ariano donde se descubrió por primera vez el Marad. Los Zodai de todo el Zodíaco han estado explorando el lugar con la esperanza de encontrar pistas.

La voz clara y fuerte de Skarlet resuena sobre la multitud de estudiantes de la Academia y la Universidad de Aries allí reunida.

"Si es cierto que el Marad está integrado por Ascendentes, entonces ya sabemos lo que quieren. Es lo que querríamos todos si estuviéramos en su lugar: *aceptación*".

Aunque ya he visto este clip de noticias, no puedo dejar de estar de acuerdo con sus palabras. Skarlet es una de las pocas personas que propone una actitud empática con los Ascendentes, pero, a diferencia de Fernanda, que soslaya el tema de los Ascendentes desequilibrados cuando defiende a toda la raza, Skarlet evita la cuestión política, centrándose simplemente en encontrar una solución.

"Estamos peleando para defender nuestros hogares, pero los Ascendentes están peleando por su derecho a tener uno...".

Skarlet desaparece de golpe, y su discurso cede lugar a la imagen de un hombre acuariano de unos cuarenta años con ojos del color de los amaneceres rosados, parado bajo un estandarte con todos los símbolos de las Casas. En un segundo plano, detrás de Crompton, un puñado de Asesores acuarianos se encuentra de pie.

Hay un leve retraso mientras espera a hablar, y luego sonríe con calidez antes de comenzar el anuncio:

"Hermanos y hermanas del Zodíaco, tras una larga temporada de oscuridad, vengo ante ustedes en nombre de mis compañeros embajadores con buenas noticias.

"Durante meses, los Zodai de todas las Casas han estado investigando la guarida del Marad en Squary. Ahora estoy en condiciones de anunciar que no hemos hallado absolutamente ninguna evidencia de que vaya a haber futuros ataques, más allá del arma sin terminar, que ya no constituye una amenaza al estar actualmente bajo nuestra custodia. En consecuencia, hoy —un término relativo, pues nos encontramos desperdigados en el sistema solar, viviendo decenas de tiempos presentes diferentes...

Algunos de los Patriarcas detrás de él arrugan el entrecejo y carraspean. Su sonrisa vacila.

"... Como decía, hoy, en la Casa de Escorpio, nuestra propia Estrella Errante, Rhoma Grace, ha visitado Squary...

Al escuchar mi nombre, suelto una exclamación e intercambio miradas de asombro con Stanton y Mathias.

"... Tampoco ella ha encontrado pruebas concretas de nada que temer. Por ello, con gran esperanza y alivio, este Pleno está preparado una vez más para declarar la paz en el Zodíaco".

3

Miro furiosa a Sirna, pero ella mantiene la vista fija en la pared pantalla. A estas alturas, ya debería estar acostumbrada a la traición. Y, sin embargo, cada vez que sucede parece una nueva cachetada que no veo venir.

Hasta este momento, realmente pensaba que estaba aquí porque el Pleno quería mi opinión. Creí que Sirna necesitaba mi ayuda. Pero lo que querían era una mascota.

Detesto el hecho de que Engle tuviera razón: adonde vaya, no tengo otra opción que la de jugar el juego de otro.

El estómago se me cierra y no puedo probar la comida que tengo en el plato. Sé que en el medio de la noche, cuando me vuelva el apetito con ganas, me arrepentiré, pero no puedo estar cerca de Sirna un instante más. Me manipuló, al igual que los otros Embajadores. Durante todo este tiempo, me ha estado usando, y, como una idiota, creí que éramos amigas.

—Rho, no… —comienza a decir Stanton, pero ya estoy de pie.

—Los veré arriba.

Mathias comienza a objetar, pero me desplazo rápidamente para que sus palabras no me alcancen. Cada uno tiene su propia habitación, así que tomo el ascensor a uno de los pisos altos de la madriguera, trabo la puerta con los controles de mi muñequera y me dejo caer sobre la cama de agua.

Me recuesto de costado y miro por la ventana; desde esta altura, tengo una vista panorámica de los coloridos edificios de Nepturno, obstaculizada cada tanto por bancos de Escorpios. Como no hay que preocuparse por el estado del tiempo, no hay cristales en las ventanas, y a cada lado de la abertura hay delgadas cortinas ceñidas hacia arriba para dar privacidad. La tecnología de refrigeración de la madriguera tiene la fuerza suficiente para impedir que la humedad exterior la impregne.

La ventana está equipada con un sistema de alarma láser, que puede ser activada desde la muñequera que me expidió la madriguera. El brazalete negro de goma también controla las cerraduras y las luces de la habitación. Cuando me incorporo para abrir mi Onda, el agua del colchón se desplaza en el interior, y, una vez que se emiten los menús holográficos, llamo a Nishi.

Como era de esperar, no me atiende. Últimamente, rara vez la encuentro. Stan y Mathias no dejan de recordarme que necesita espacio para lidiar con la muerte de Deke. Pero lo que me duele es que nadie parece darse cuenta de que yo también lo perdí.

Durante cinco años, Nishi, Deke y yo operábamos como una unidad. Solo me fui de Oceón 6 porque creí que estaba peleando por un futuro *para todos.* Y ahora, Deke y papá no están, Nishi y Hysan están ausentes, y Stanton y Mathias son fantasmas de sí mismos.

Enjugándome las lágrimas de los ojos, suspiro por dentro, y aunque me prometí que no lo haría, llamo a *Nox.*

A medida que mi entorno se convierte en la proa acristalada familiar de mi nave favorita, parte de la tensión que me agobia comienza a disiparse; por lo menos no me han revocado mi acceso automático. Un hombre alto con cabello blanco y ojos de cuarzo está de pie ante el timón. No manifiesta sorpresa alguna ante mi llegada inesperada.

—Lady Rho —dice el Guardián de Libra con su sonora voz—, es maravilloso verte. Espero que Escorpio te esté tratando bien.

—Lo está. Gracias, Lord Neith. —Los latidos se me aceleran al examinar con avidez el espacio detrás de él para ver si veo a Hysan—. ¿Cómo está… todo?

—He estado bien desde nuestro último encuentro, gracias por preguntar.

Después de que atacaran Piscis, fue Neith quien respondió el mensaje que envié a Hysan y Mathias. El majestuoso androide me informó que Hysan estaría fuera de alcance durante un tiempo, pero me aseguró que él se pondría en contacto en su lugar.

—¿Has venido a discutir la desacertada declaración de paz del Pleno?

—Así es —admito, y los perceptivos ojos de cuarzo de Neith se suavizan con una sensibilidad absolutamente verosímil.

—Comprendo. Esperabas que Hysan estuviera aquí para consolarte, pero, en cambio, estoy yo —dice con total naturalidad—. Me doy cuenta de que soy un pobre sustituto, Lady Rho, pero si me lo permites, me gustaría decir algo.

Siento que los músculos de mi cara se relajan y oigo la sonrisa en mi voz:

—Lord Neith, *jamás* eres un pobre sustituto, y me encantaría escuchar lo que sea que tengas para decir.

—Es muy amable de tu parte. —Inclina la cabeza con humildad antes de continuar—: siempre he hallado interesante que el símbolo de la Justicia sea la balanza. Implica que para lograr la armonía perfecta, se deben equilibrar el bien y el mal. En lugar de erradicar a uno de los dos, ambos deben coexistir en partes iguales.

—Qué deprimente —digo rotundamente, recordando que Ocus me dijo una vez algo parecido—. ¿Para qué luchar contra el Marad si no se puede cambiar el resultado?

—Luchas contra ellos por el mismo motivo por el que ellos luchan contra ti: para inclinar la balanza. Y, sin embargo, ellos llevan una ventaja sobre ti: ya se han dado cuenta de que el mal debe coexistir con el bien, y también se han dado cuenta de que tú no quieres aceptarlo. Motivo por el cual, su mejor estrategia es agotarte: hacerte sentir pequeña, indefensa y sola… porque una vez que dejes de pelear contra ellos, serán ellos quienes ganen.

Me siento sacudir la cabeza involuntariamente.

—¿Y cómo puede ser eso equitativo?

Una carcajada —breve como un ladrido— escapa de los labios de Lord Neith. No tenía idea de que los androides podían reírse.

—¿Y quién dijo que la justicia era equitativa? —pregunta. Los dientes blancos relucen ante la mirada de indignación que debe de estar adueñándose de mi rostro.

—¿Acaso resulta *equitativo* que durante milenios la mayoría de los miembros del Zodíaco hayan tenido un hogar, una familia, una identidad, mientras desconocemos el hecho desagradable de que a las estrellas les gusta seleccionar personas de entre nosotros y maldecirlas con una condición que no tiene cura y que los transforma de adentro hacia afuera? ¿Acaso resulta *justo* que aquellas almas malditas se unan ahora para tomar represalias por lo que ha padecido su gente, y continúa padeciendo, por culpa de la ignorancia, el prejuicio y el desinterés de las Casas?

Neith sacude la cabeza con tristeza al agregar:

—No puede haber un estándar universal para la justicia o la equidad, Lady Rho, pues son conceptos que solo pueden definirse en un contexto; un villano solo es un villano desde el punto de vista del héroe. No hay bondad ni maldad universales porque no puede haber un juez universal. La existencia es demasiado complicada y ambigua para semejante ingenuidad. Y por eso el mal debe coexistir con el bien... porque erradicar a uno es erradicar a ambos.

Exhalo con fuerza mientras proceso la revelación de Neith.

—Entonces... ¿cuál es la solución?

—Si existiera alguna —dice en voz baja, rodeando el timón de control para que no haya nada entre ambos—, entonces deberá ser lo que los más sabios de entre nosotros han sabido desde siempre. —Se yergue por encima de mí, y tengo que inclinar la cabeza hacia atrás para seguir mirándolo a los ojos—. La única manera de lograr una sociedad justa es *tenernos en cuenta unos a otros.* Hasta el último individuo, sin descartar a ninguna persona ni población, sin ignorar a las personas a las que preferiríamos no ver, incluso a aquellas cuyos valores nos provocan rechazo. ¿Crees que sea posible que alguna civilización lo logre?

—No lo sé —susurro—. ¿Y tú?

No dice nada, pero la expresión de su rostro de Kartex es tan compasiva que parece una respuesta, incluso si no termina siéndola. Supongo que la pregunta era retórica.

Las ideas de Neith me han dejado con la misma sensación que tengo después de hablar con el Sabio Férez: como si un montón de globos de pensamiento se estuvieran multiplicando exponencialmente en la cabeza, y pronto no habrá lugar para ellos. Pero antes de que estalle mi cerebro, interviene mi corazón, y mi mente se desplaza del brillante Neith a su más que brillante creador.

Durante semanas he estado intentando bloquear mis recuerdos de Hysan, pero es imposible olvidar mis sentimientos. Y como mi corazón rara vez sigue los dictados de mi mente, ahora se encuentra martillándome el pecho y recordándome cuánto más fuerte me late cuando estoy con él.

—¿Dónde está Hysan? —Todos los músculos de mi cuerpo se tensan al pronunciar su nombre.

—No me está permitido decirlo.

Frunzo el ceño.

—Se supone que estamos trabajando juntos, no jugando a ver quién confía más en quién —digo. Mis palabras se vuelven acaloradas—. Necesito saber que se encuentra bien… Y si ha averiguado algo que pueda convencer al Pleno de cambiar su dictamen y tomarse al amo más seriamente, debe compartirlo ahora. Por favor, Lord Neith, realmente necesito saber dónde está…

—No me está permitido decirlo —repite Neith con calma—. Lo siento, Lady Rho. No es mi intención ser difícil; sencillamente, estoy programado para no pasar información.

—Oh… lo siento. —Miro hacia el suelo para evitar que Neith advierta la intensidad de mi decepción, aunque estoy segura de que se dio cuenta.

La verdad es que, incluso si Hysan aún me dirigiera la palabra, nada cambiaría. Tal vez haya tenido razón en que tenía demasiado miedo de amarlo... pero eso no importa ahora. Como Estrella Errante, me encuentro otra vez en el rango de los Guardianes, incluso si no tengo un voto oficial; y mientras que, técnicamente, el Tabú solo se aplica a los Guardianes, de todos modos estaríamos violando el espíritu de la ley. Nuestra unidad universal es demasiado frágil para que la alteremos por solo dos corazones. El Eje Trinario ya lo demostró.

—Si me permites el atrevimiento de compartir otra observación más —dice Neith, haciendo una pausa hasta que lo miro a los ojos y asiento para que siga—. Enviarle aquel mensaje a Hysan fue algo admirable. Como dijiste, habrá tiempo para resolver todas las demás cuestiones entre ustedes, pero por ahora, cada uno tiene tareas diferentes que requieren toda su atención. Si bien no puedo darte más detalles acerca de su paradero, al menos te puedo asegurar que está haciendo su parte. Pase lo que pase entre ustedes dos a nivel personal, por favor, confía en que él y yo siempre estaremos del lado de ustedes y de la Casa de Cáncer—. Sus ojos de cuarzo relucen al agregar—: *Lo juro por la vida de mi* padre.

Luego de una pausa espesa, consigo decir:

—Gracias. —¿Cómo es posible que un androide sea capaz de restaurar mi fe en la humanidad tanto mejor que los seres humanos?—. Dejando a Hysan a un lado —añado—, espero que sepas, Lord Neith, que me siento honrada por tu amistad.

—Y yo por la tuya, Estrella Errante. —Me hace una breve reverencia, y al comenzar a enderezarse, la sonrisa se congela en mi rostro.

Su torso se retuerce espasmódicamente, deteniéndose en un ángulo extraño, y la luz de sus ojos parpadea.

—¿L-Lord Neith? —Pero antes de pronunciar siquiera las palabras, se ha vuelto a levantar, y sus ojos están más vivaces y humanos que nunca.

—Cuídate, Lady Rho —dice, como si nada hubiera pasado. Luego la nave holográfica se desvanece, y vuelvo a quedar a solas.

***

Mucho antes de que la proa de *Nox* desaparezca de los muros de la habitación, sigo con la mirada fija allí, pensando en mamá. Desde que me di cuenta de que era *su* rostro el que Ascendía para convertirse en acuariana y no el mío, he estado registrando el Psi todos los días buscando una señal de ella. Por mucho que quiera descubrir y derrotar al amo, finalmente he encontrado otra cosa que deseo con el mismo grado de desesperación.

Quiero descubrir lo que le sucedió a mi madre.

Si realmente se marchó para ahorrarnos el estigma de una reputación envilecida, tal como lo hizo Grey/Aryll, entonces es posible que haya ido a la Casa de Acuario.

Estoy desesperada por descubrir si la caracola negra que me dio Aryll es realmente auténtica o, si como él, es solo una imitación muy convincente. Por otra parte, ¿de quién más pudo aprender Aryll tantos detalles de mi niñez si no fue de mamá?

Daría lo que fuera por echar a volar a la constelación del Portador de Agua y comenzar a buscarla en este mismo instante. Salvo que ya no puedo poner el foco en el amor, en la venganza o siquiera en la familia. No se me permiten misiones personales; no después de las promesas que les hice a todos aquellos con los que me encontré en Centaurión. Así que me sacudo de encima esos pensamientos, cierro las cortinas de tela de la habitación y tomo la Efemeris de Vecily con forma de corazón.

—¿*Rho?* —El dedo me zumba en el instante en que Mathias me llama a través del Psi—. ¿Estás bien?

Aunque no ha golpeado, tengo la sensación de que está fuera de mi habitación. Levanto la muñequera para destrabar la puerta, pero me detengo en seco: en este momento necesito toda mi concentración. Y Mathias es una de las distracciones favoritas de mi corazón.

—Estoy haciendo una lectura —envío de vuelta a través del Consciente Colectivo—. *Pero gracias por preguntar.*

Después de un instante, dice:

—¿Me vienes a ver después?

—Claro.

Cuando oigo sus pisadas atenuándose en la distancia, enciendo el dispositivo que tengo en la mano. Una luz plateada inunda la habitación y se configuran las doce constelaciones de nuestro sistema solar. Me concentro en la Cuarta Casa. El resplandor azul de Cáncer está sumergido en el anillo rocoso de escombros que gira en torno a aquel, describiendo una elipse. Los lugares donde una vez brillaron nuestras cuatro lunas son ahora sombras densas de Materia Oscura.

Parece como si el planeta llevara puesto un collar, y me recuerda el collar de perlas que me regaló mamá hace tantas lunas. Mi alma regresa a aquel día sobre el *Tranco*, y casi puedo ver a Helios reflejado en su cabellera clara y sus rasgos color marfil. ¿Acaso su cabello y su piel cada vez más claros eran señales de su transición para convertirse en una Acuariana? ¿Cuánto más no llegamos a saber nunca de ella?

Estoy tan profundamente Centrada que no advierto de inmediato cuando aparece.

—¿Una moneda dorada galáctica por tus pensamientos, cangrejo?

Inhalo bruscamente al volverme y encontrar los ojos de Ofiucus como un par de agujeros negros.

El pánico me paraliza el cuerpo a medida que la neblina de psienergía que lo rodea se solidifica transformándose en piel gélida. Ocus aparece en el aire cubierto de estrellas.

—He e-estado buscándote durante meses —digo, tratando de sonar más fuerte de lo que me siento—. ¿Dónde has estado?

—Solo Helios puede darles órdenes a sus estrellas —advierte. La temperatura en mi habitación desciende rápidamente en el momento en que su frígida figura aumenta de tamaño y se materializa, ocu-

pando casi todo el espacio. Tengo que cruzarme los brazos sobre el pecho para calentarme.

—*La última vez que viniste, me dijiste que los Ascendentes son descendientes de tu Casa* —la voz me tiembla al formular por fin la pregunta que, desde aquel día, ardo en deseos de preguntarle—, *pero si los Ascendentes realmente son ofiucanos, ¿por qué no quedan afectados linajes enteros? ¿Acaso familias enteras no cambiarían de Casa si descendieran de tu estirpe?*

La voz resonante de Ocus enfría el aire aún más.

—*Solo los verdaderos ofiucanos no encajan en otra Casa. Cada vez que nace un ofiucano auténtico, tarde o temprano tiene que Ascender.*

Exhalo lentamente, con los brazos fuertemente apretados contra el cuerpo mientras considero su respuesta. No conozco los valores de la Casa de Ofiucus —más allá de la Unidad—, así que no tengo manera de evaluar si yo también podría ser una Ascendente. Supongo que puedo sencillamente preguntarle al Decimotercer Guardián mismo.

Vuelvo a encontrarme con la mirada de Ofiucus, pero algo en su expresión me silencia.

—*Has cambiado* —dice gélidamente. Sus negros ojos se agrandan al observarme.

—*Claro, resulta que la tortura, el asesinato y la destrucci*ón pueden cambiarte bastante —le disparo a mi vez sin antes considerar las consecuencias.

El estómago se me contrae previendo lo peor, y para evitar el castigo por mi sarcasmo, añado rápidamente:

—*Si aún quieres que te ayude a terminar con tu existencia, dime dónde está el Marad para que pueda detener al amo.*

—*No conozco su ubicación* —su voz es como un trueno suave que amenaza la llegada de una tormenta—. *El amo aún tiene planes, y le importan tan poco las vidas de sus soldados como le importa la tuya. Cada uno de nosotros es un peón en su juego. Acá* todos *somos víctimas.*

No puedo evitar la carcajada fría y mordaz que se escapa de mis labios; un sonido tan escalofriante que no parece mío.

—*No tienes derecho a usar la palabra* víctima. *Jamás podría aplicarse a ti.*

Ocus se incorpora velozmente, apropiándose de toda partícula de aire. Su forma se disuelve en una violenta tormenta de hielo. Hundo la cabeza en los brazos para escapar al viento crudo que me azota, sintiendo que el glacial ventarrón prácticamente me levanta del suelo.

Las estalactitas me apuñalan la piel como cuchillas. Suelto un grito ahogado, encogida de miedo contra el suelo. El dolor me quema el brazo izquierdo y los dedos sin uñas, como si acabara de sufrir las heridas. Los ojos me arden, y el corazón me late con tanta fuerza que estoy segura de que en cualquier momento comenzará a fallar. Por fin, no resisto un segundo más y solo quiero que termine conmigo de una buena vez. Solo quiero que esto acabe.

De golpe, la violencia desaparece, pero me quedo acurrucada en el suelo con las piernas contra el pecho, tratando de calmar mi respiración.

—*Realmente, eres débil*—estalla con una voz más fría que la tormenta que desencadenó—. *Jamás has manifestado tu temor en este lugar, ni siquiera cuando creías que te mataría.*

Me niego a levantar la mirada, me niego a creer en sus palabras. Está intentando proteger a los Ascendentes. Está poniendo excusas para no tener que contarme nada sobre el Marad…

Ahora ya no me sirves.

Una brisa leve pasa siseando junto a mí, y la temperatura se eleva. Ha desaparecido. Aliviada, relajo los músculos y levanto la cabeza.

Luego vuelvo a quedarme helada. Ocus está sentado al lado mío.

Apenas consigo respirar mirando aterrada al Decimotercer Guardián, tan cerca de mí que su gélida psienergía me quema la piel. Cuando sus ojos primordiales me clavan la mirada, me asalta un siniestro presentimiento.

—*¿Crees que las pérdidas personales y el dolor físico son las peores cosas que puedes soportar?*—su voz es un susurro, tan pequeño que se desliza entre mis poros, helándome desde adentro—. *Hay algo aún peor* —dice con suavidad—. *Como quedarte sola.*

Un sentimiento que no es sed de sangre ni odio contrae sus rasgos. La mortal emoción le da un aspecto aún menos familiar y más atemorizante.

—*Cuando eres un exiliado sin hogar, sin voluntad propia, sin seres queridos vivos, sin esperanzas que te mantengan cuerdo, sin indicios de que vaya a finalizar alguna vez tu desesperación*: entonces *es cuando estás realmente muerto.*

Me gustaría señalar la hipocresía de lo que dice, dado que es él el motivo por el que perdí mi hogar y mis seres queridos: me hizo a mí eso mismo que asegura que le hicieron a él. Pero no quiero provocar más dolor físico. Así que, en lugar de eso, digo:

—*No estoy sola. Aún tengo a algunos seres queridos que no has matado.*

—Estar solo *no tiene nada que ver con la cantidad de personas que nos rodean* —suena distante, como si su Centro estuviera alejándose de nuestra conversación—. *La soledad es una condición del alma. Una vez que te infecta, debe ser succionada hacia fuera, como el veneno de las Maw, antes de que llegue a tu corazón. Especialmente*, en tu caso.

Su voz y su mirada vuelven a hacerse presentes, y siento que desplaza una vez más su atención de él mismo hacia mí.

—*Tu blando corazón canceriano jamás podría sobrevivir a la soledad real.*

—*He estado aprendiendo más y más lo que mi corazón puede soportar* —digo bruscamente—. *Y no es tan blando como crees.*

—*Yo no lo señalaría con tanto orgullo, cangrejo. Tu corazón blando es justamente lo que te hace canceriana. Si lo pierdes, te pierdes a ti misma.*

Los dientes me castañean no por la temperatura, sino por el temor que he estado albergando desde que vi por primera vez el rostro acuariano en mis estrellas. La posibilidad de que podría Ascender.

—*¿Un consejo no solicitado?* —Ocus se vuelve a expandir, haciéndose más transparente a medida que el hielo de su ser comienza a derretirse—. *Confía en alguien. Es lo que no tuve yo, y es lo que tal vez te termine salvando.*

—*¿Dónde está el Marad?* —le reclamo a medida que se desvanece.

—*Ya no puedes ayudarme* —susurra, y un instante después lo único que queda de él es una neblina de psienergía.

4

Las luces de la Efemeris de Vecily resplandecen en la oscuridad que me rodea. Me quedo sentada sobre el suelo blando respirando hondo, tratando de comprender mi conversación con Ocus. ¿Dejará de ayudarme? ¿Significa que regresará al amo?

—¡RHO! —Mi hermano golpea a la puerta con fuerza—. ¡Abre!

Abro la puerta con la muñequera, e irrumpe en la habitación.

—¡Hay novedades!

Luego vuelve a salir corriendo. Me paro de un salto y salgo corriendo tras él.

—¿Adónde vamos? —pregunto a voces.

—¡Al camarote de Sirna!

—¿Le contaste a Mathias?

No alcanzo a oír su respuesta porque ha dado vuelta a la esquina, así que, por si acaso, me detengo y me vuelvo hacia la puerta de Mathias.

—*Estoy afuera*, transmito, tocándome el Anillo.

—*Entra* —transmite a su vez.

Cuando echo un vistazo dentro, está sentado sobre la cama de agua, con la misma mirada soñadora que ya le vi una vez en Tierre.

—¿Qué hay? —pregunta.

—Stan dice que hay novedades.

Su expresión tarda unos instantes en registrar mis palabras; en seguida, toma rápidamente la Onda junto a él y se une a mí.

—¿Estabas hablando con Pandora? —le pregunto mientras apuramos el paso por el corredor.

—Pues... sí. ¿Todo está bien?

—No lo sé —digo, menos cómoda que hace unos instantes.

—Nos esperan en el camarote de Sirna.

Cuando un embajador de otra Casa o mundo acuático visita Pelagio en épocas en que no se desarrolla un Pleno, lo hospedan en uno de los camarotes del último piso de la madriguera de visitantes. La puerta de la suite de Sirna está abierta de par en par, y la encontramos adentro, junto a Engle y Stanton, observando el mismo noticiero de hace un rato en una pared pantalla. Evito su mirada mientras vuelvo mi atención al reportero.

"Tenemos más noticias de último momento, esta vez, de la Casa de Piscis. Acabamos de recibir información de que una epidemia se encuentra afectando a los piscianos de los cinco planetoides. Hasta ahora, lo único que sabemos de esta enfermedad es que de buenas a primeras está sumiendo a las personas en estados de coma. No resulta claro cómo resultan infectadas, pero los sanadores se encuentran reportando casos nuevos a un ritmo alarmante, y ya se han puesto en marcha procedimientos de cuarentena.

Intercambio miradas de pánico con Stan y Mathias, y mi pulso triplica su velocidad.

"La Profeta Marinda les ha pedido a las Casas que envíen ayuda —sigue diciendo el reportero—. Los Discípulos de su Guardia Real creen que las estrellas están castigando a la constelación del Pez por no prever la amenaza del Marad; sin embargo, a nuestra audiencia le complacerá escuchar que nuestros propios Estridentes ya están en camino para diagnosticar la *verdadera* causa".

—*Ya conocemos la causa: ¡es el Marad!* —el grito de Stanton es tan fuerte y repentino que todos nos sobresaltamos.

—¡Todo lo que tocan lo destruyen!

—El ataque del Marad fue un ataque con un blanco específico, cuyo objetivo era destruir la red de comunicación de un planetoide —le dice bruscamente Sirna—. *Esto* es un virus que infectó a los piscianos de todo el planetoide. No hay absolutamente ninguna evidencia que lo vincule al ejército. Cuando lanzas acusaciones infundadas como estas, perjudicas nuestra causa y la credibilidad de Cáncer.

Subo el volumen del noticiero a propósito.

"Aquellos piscianos que no han manifestado aún signos de la enfermedad están pidiendo asilo inmediato en otras Casas —continúa el reportero—. Un Asesor anónimo del Consejo del Cacique Skiff ha dicho que nuestro Guardián tiene previsto proponer una cuarentena galáctica de la Duodécima Casa, y creo que cualquiera que esté en su sano juicio estará de acuerdo. Sea lo que fuere que esté sucediendo en Piscis, *debe* quedar contenido dentro de aquella constelación. También nos llega información de que no hay correlato alguno entre esta epidemia y el ataque del Marad de hace unos meses ni con la supuesta Decimotercera Casa de la Estrella Errante, Rhoma Grace.

—¡Qué montón de cangrajo! —ladra Stanton.

—Stan…

Mis palabras se apagan en el instante en que arroja su Onda nueva contra la pared. Todo el mundo se estremece cuando el caparazón de almeja dorado se rompe en mil pedazos.

—La única solución es la guerra —dice salvajemente, pasándose una mano temblorosa por los rizos rubios y con los ojos inyectados de sangre por falta de sueño—. Necesitamos reunir equipos de Zodai de todas las Casas para formar nuestro propio ejército, y luego hay que ahuyentar a esos cabrones y terminar con esto.

—Esa decisión no depende ni de ti ni de Rho; es el Pleno el que decide —interviene Sirna.

Ignorándola, mi hermano se acerca a mí y me mira realmente a los ojos por lo que parece la primera vez desde que le mostré la caracola de mamá. Estaba segura de que querría hablar de aquel descubrimiento conmigo, pero apenas me ha mirado hasta ahora.

—Rho, debes valerte de tu estatus de Estrella Errante para convocar a una sesión de emergencia. —Toma mis manos entre las suyas—. Sé que te estoy pidiendo demasiado, que te opongas al Zodíaco de nuevo. Pero esta vez, te prometo que estaré a tu lado durante todo el camino. No estarás sola.

Ahora todo el mundo vuelve la atención hacia nosotros, en lugar de al noticiero. Al observar los pálidos ojos verdes de mi hermano, me viene el recuerdo de los microbios bioluminiscentes de la laguna interna de Kalymnos, y la imagen de ambos hundiendo los pies en el agua fresca y trazando constelaciones sobre los diseños de los microbios. Jamás imaginé que mi hermano me pediría algo alguna vez —y, mucho menos me imaginé que yo podría negárselo.

Mientras la sala aguarda mi respuesta, vuelvo a examinar la pared pantalla. Ahora, en lugar del reportero, quien habla es Skarlet. Transmite en vivo desde el Hipódromo de Faetonis, dirigiéndose a una multitud de arianos, constituida por Zodai y soldados. Por primera vez en décadas, el gobierno militar de la Casa y los Zodai marginados están sentados unos junto a otros.

La semana pasada se informó que se había levantado el arresto domiciliario del Guardián Eurek y que lo invitaban a una reunión con los doce hechiceros de la junta. Las palabras esperanzadas de Skarlet están sanando las viejas heridas de su Casa e integrando a Aries una vez más al Zodíaco.

"La mayoría de nosotros nos convertimos en quienes somos cumpliendo con las normas que establecen nuestros superiores, referentes y familias —comienza a decir atravesando la tensión con su voz clara—. Pero los Ascendentes no tienen a nadie a quien seguir. ¿A qué tipo de vida pueden aspirar en nuestros mundos cuando no les hemos ofrecido ningún camino para alcanzar el éxito? ¿Ningún hogar? ¿Ninguna oportunidad para ser felices?

"Nosotros los arianos somos guerreros, y los verdaderos guerreros no consideran que la violencia sea un arma. La violencia es un escudo que debemos calzarnos a veces para proteger a nuestros seres queridos, y siempre es la última forma de defensa. Ahora depende de nosotros enseñarles esto a los miembros del Marad. Si podemos ofrecerles algo que quieren —algo útil—, tal vez logremos hallar una solución sin derramamiento de sangre innecesario".

El corazón se me ensancha ante las palabras de Skarlet, y al percibir el vínculo olvidado entre las Casas de Aries y de Cáncer, en ese instante tomo una decisión. Siempre creí que Aries debía ser el polo opuesto de Cáncer, pero me equivoqué... somos hermanos.

Skarlet tiene razón respecto de que la guerra debería ser el último recurso. Pero Stanton también tiene razón: tenemos que tomar medidas agresivas para detener al Marad... incluso si no me gusta ver a mi hermano reaccionando de un modo tan violento y vengativo, y preferiría no validar esos sentimientos.

—Me gustaría invocar mi estatus de Estrella Errante para crear una comisión que abra una investigación a gran escala del Marad, y me gustaría invitar a Skarlet para que pronunciemos juntas un discurso ante el Pleno sobre este asunto. Creo que, si nuestras Casas presentan nuestro caso de forma conjunta, tendremos una mejor oportunidad.

—Lo siento, pero no.

Me lleva un segundo procesar el rechazo instantáneo de Sirna, y antes de hacerlo, Stanton ya se encuentra gritando:

—*¿Cómo que NO?*

—Careces de autoridad para convocar a una reunión del Pleno —dice Sirna, mirándome e ignorando a mi hermano—. Tu rol es simplemente simbólico. El Pleno puede llamarte para hacerte consultas, pero ese privilegio no funciona en ambos sentidos.

—*ESO ES*...

—Se ha declarado la paz —dice Sirna, interrumpiendo la renovada ira de mi hermano—. Hay asuntos más urgentes de los que ocuparse.

—Sirna —digo antes de que Stan pueda responder—. Tú no crees realmente que la amenaza del Marad haya concluido, ¿verdad? —Señalo a Mathias, que está mirándonos estoicamente sin dar indicación alguna de lo que piensa. Junto a él, Engle también guarda un silencio inescrutable—. Mathias puede decirte que no se trata solamente de un puñado de terroristas. Estamos ante un ejército organizado que ha estado planeando estos ataques durante demasiado tiempo para detenerse ahora. Tenemos que aprender de cada experiencia o jamás estaremos preparados para lo que nos espera. No podemos volver a foja cero luego de cada tragedia.

—Lo tuyo es puro palabrerío. Pero no sabes nada sobre dirigir mundos —dice Sirna. Líneas duras atraviesan su suave rostro color ébano—. En este momento tenemos que enfocarnos en cuidar a las personas que siguen vivas, no en vengar a las que ya no están.

—¿Desde cuándo los gobiernos se enfocan en una tarea por vez? Podemos dividir nuestros recursos…

—Están expulsando a nuestra gente de los campamentos de refugiados de todas las Casas. La población pisciana enfrenta una epidemia de la que no sabemos nada. La escasez de alimentos causada por el ataque en Tetis afecta a todas las Casas. ¿Y *qué* recursos quieres que dediquemos para atrapar villanos malvados sin nombre ni rostro, sobre los que aún no sabemos nada, y que no han atacado durante meses? —La ira creciente le colorea la piel morena de tintes rojos—. No puedes tergiversar cada desgracia que ocurre para transformarla en combustible que sacie tu sed de venganza. Somos cancerianos, y nuestro deber es cuidar de los demás, no ir a la guerra.

—Nuestro deber es ser protectores, no cobardes —le retruco, sintiendo el mismo ardor furioso abrasándome la piel—. ¿Y los agentes del Servicio Secreto Canceriano? Los infiltraste en el Marad hace meses, y ahora han cortado completamente la comunicación y lo más seguro es que estén muertos. Si les volvemos la espalda ahora, habrán muerto en vano.

Sirna me mira furiosa, y es como si los últimos meses jamás hubieran sucedido. Advierto la decepción en su rostro, y de pronto estamos una vez más en nuestra primera reunión en el Hipódromo de Aries, cuando me acusó de tratar de ganarme más seguidores con mi "culto a Ocus".

Un estruendo me hace apartar la mirada bruscamente, y me volteo para ver a Stanton saliendo de la habitación hecho una tromba de la sala, dejando atrás su Onda destrozada. Mathias y Engle también se retiran. Solo quedamos Sirna y yo, y los sentimientos cancerianos desbordados que parecen ocupar un lugar físico en la sala.

—Sé que no estás de acuerdo y sé que parece insensible —comienza a decir con el tono tenso y contenido, como si estuviera haciendo un esfuerzo por escoger las palabras adecuadas—, pero hice un juramento para servir a Cáncer, y ese juramento viene antes que cualquier otra cosa. La persona en el poder siempre cambia, y por eso no sirvo a las personas. Sirvo a mi Casa, y siempre haré lo que sea mejor para ella. Esta es quien soy, Estrella Errante. Tú me importas y quiero que seamos amigas, pero Cáncer viene antes. Siempre.

—Comprendo, Sirna...

—No, no creo que lo comprendas aún —sigue hablando lentamente, como si intentara impedir que las emociones se filtren a través de sus palabras—. Eres joven, y los jóvenes tienden a tomarse todo personalmente. Pero es *imperioso* que aprendas a separar lo que tú eres del deber.

—¿Crees que me tomo esto personalmente porque soy *joven*?

Intento contener el tono de voz tanto como ella, pero los latidos galopantes de mi corazón hacen que me tiemblen las palabras.

—Jamás he sido joven, Sirna. No tuve ese lujo. Me tomo el deber hacia Cáncer personalmente porque es mi vida. *Mi vida.* No es un empleo para el que me entrené y que solicité. Cuando la Casa de Cáncer me llamó para servir, invadieron todo mi mundo. Las estrellas me pidieron que asumiera la responsabilidad y lo hice, y luego, cuando demostré que tenía mis propias ideas y no era un simple instrumento que obedecía órdenes de arriba, mi propio pueblo me traicionó y me echó a la calle.

"Unos meses después, aquellas mismas personas cambiaron de opinión y me volvieron a pedir que las ayudara... y como canceriana tonta y compasiva que soy, me atreví a creer que esta vez sería diferente. Que las amistades que había formado eran reales, que mi fe en mi propia gente no era inmerecida. Y luego, esta mañana, me clavaste un puñal en la espalda.

Las fosas nasales de Sirna se ensanchan, y aprieta los labios. Me doy cuenta de que está haciendo el mismo esfuerzo que yo por no gritar. No puedo creer que, después de todo por lo que hemos pasado, no pueda confiar en ella. Pero supongo que ese ha sido siempre mi problema: negarme a ver a las personas como son.

—Un consejo antes de que te vayas, *amiga* —dice en voz baja, y su tono letal me retuerce las entrañas—. Necesitas dominar tus emociones. Porque, te guste o no, estás en el ojo público y representas algo mucho más grande que a ti misma. Tu vida ya no te pertenece. Haz lo que debas hacer para adaptarte a esa realidad, y luego *adáptate* —antes que suban las aguas y te encuentres mal preparada. *Otra vez.*

Le lanzo una mirada de odio, sin atreverme a hablar por temor a gritar y a darle la razón.

—Tomarse las cosas personalmente es otro lujo que no tienes —susurra, echando chispas por los ojos azul marino—. Y si fuera tú, iría a buscar a tu hermano y le transmitiría el mismo mensaje.

5

Mi onda suena casi en el momento exacto en que cierro de un portazo la puerta de mi habitación. Acepto la llamada, y la forma holográfica de Nishi surge hacia fuera.

Ver su hermoso rostro es el único antídoto contra mi furia, como un rayo de luz que ahuyenta la oscuridad. Su holograma queda congelado un instante antes de activarse, y advierto que se ha dejado crecer el flequillo y que sus ojos color ámbar han recuperado un brillo vital.

—¡Rho! Siento tanto no haber estado en contacto. Pero recibí tus mensajes. ¿Así que estás en Escorpio? ¿Cómo son las cosas por allá?

Suena alegre, y ahora la demora de mi reacción no es simplemente a causa de la transmisión. Por supuesto que quiero que Nishi sea feliz, es solo que espero que esté manejando sus emociones de manera prudente, ya que, como sagitariana que desborda vitalidad, algunas veces puede tomar, hacer y sentir las cosas de forma extrema.

—Realmente, es un mundo impresionante, lleno de edificios coloridos y esponjosos. Literalmente, nadamos a través del aire para desplazarnos de un lado a otro, y hoy llegué a ver una ballena Escorpión. Pero ¿y tú? ¿Estás en casa?

—No... estoy en Acuario.

El corazón se me atasca mientras lo dice.

—Me fue difícil comunicarme conmigo porque me eligieron para unirme a un movimiento político nuevo de jóvenes que están luchando por la unidad y la aceptación de todas las Casas; básicamente, las mismas cosas por las que hemos estado luchando. Se llama el Partido del Futuro.

Me lleva un instante escucharla tras el shock. ¿Será una coincidencia que Nishi esté en la misma Casa que deseo visitar? ¿O será esta la idea que tienen las estrellas de lo que puede ser una broma?

—Ahora que el Pleno ha declarado la Paz —prosigue—, algo que ambas sabemos que no durará mucho tiempo, tenemos una ventana para atraer a más personas a nuestra causa. Hay grandes planes en marcha, y sé que querrás ser parte de este movimiento, ¡así que *por favor* di que vendrás al planeta Primitus!

Sus palabras son tan perfectas que temo confiar en que sean reales. Después de tantos meses buscando el más mínimo atisbo de esperanza, no estoy segura de cómo reaccionar teniendo ante mí semejante abundancia de ella.

¿Será posible que las estrellas no estén manipulándome? ¿Será que realmente estén respondiendo a mi llamado? ¿Habré hallado por fin el motivo "correcto" para ir a Acuario?

O —dice la despiadada voz de mi mente— *tal vez solo estés buscando justificaciones para hacer lo que quieres.* Tal vez Sirna tenga razón respecto de mí. Tal vez durante todo este tiempo haya sido egoísta.

—L-Lo pensaré —digo por fin—. Déjame consultarlo con los muchachos.

—Avísame cuando estés lista. Enviaré a buscarte.

Obviamente, no lo dice literalmente… es posible que la familia de Nishi sea rica, pero no lo suficiente para disponer de un traslado privado entre Casas. De todos modos, acepto contactarla pronto con mi respuesta. Nos quedan algunos minutos para ponernos al día, así que le cuento sobre Squary, Stanton y Sirna, pero antes de que pueda darme algún consejo, tiene que terminar la llamada para asistir a una reunión del Partido.

—Rho —dice antes de marcharse—, ¿recuerdas cuando me anoté para la muestra musical de la Academia?

Casi de inmediato siento una ola gigante de temor que me arrastra hacia abajo. La fuerza de aquel recuerdo es tan poderosa que me aterra desperdiciar el poco aliento que me queda en hablar.

—Estabas enojada conmigo por proponerles un nuevo camino —dice Nishi, ajena a lo que me está sucediendo por dentro—, pero al final te encantó nuestra banda. Así que confía en mí cuando digo que, si te unes a mí aquí, encontrarás lo que estás buscando… tal como yo.

Su voz y su imagen desaparecen, y me dejo ahogar por el recuerdo.

***

Jamás le conté a nadie lo que sucedió aquella noche. Lo que hice fue tan imprudente que tenía miedo de confesárselo a Stan, Nishi o Deke. Ver sus reacciones habría confirmado lo temeraria que había sido, y prefería hacer de cuenta que jamás había sucedido.

Después de discutir con Nishi y Deke en el estudio de música, la ira me consumía de tal manera que no podía pensar con claridad, y me largué furiosa del complejo residencial quince minutos antes del toque de queda. No llevé mi Onda porque no quería tener ningún contacto con mis amigos, y sin ella el sistema de comunicación de mi traje espacial quedaba desconectado.

Recuerdo haber cruzado a grandes saltos la superficie rocosa de la luna, bajo un cielo estrellado, camino al domo de cristal. Las otras tres lunas de nuestra Casa formaban una línea ligeramente quebrada por encima, que se enderezaba cada día más. Un año después, las cuatro lunas se alinearían por única vez en el milenio para el Cuadrante Lunar.

Una alarma sonó en el aire, tan fuerte que hizo que me vibraran los huesos —la primera de dos campanas de advertencia antes del toque de queda. Las puertas del complejo residencial se cerrarían con llave a la tercera campana, y sin mi Onda para alertarle a alguien que estaba allí, si no llegaba a tiempo, terminaría pasando toda la noche afuera.

Todas las células de mi cuerpo eran conscientes de que debía regresar, pero de solo pensarlo se me hizo un nudo en el estómago, así que seguí adelante a pesar mío. Apenas daría un breve paseo por la luna y regresaría en seguida.

Detrás del domo había una muestra de arte creada por los estudiantes de escultura de la Academia: un Laberinto de Piedra Lunar. Un poco a los saltos y otro poco deslizándome, me abrí camino hacia las imponentes estatuas de piedra, tan altas que oscurecían el horizonte. Durante todo el año observábamos a los artistas esculpiéndolas sobre la superficie de Elara, tallando la piedra con el cuerpo suspendido en el aire.

Entré en el laberinto por la primera entrada que vi y recorrí flotando un estrecho sendero; el largo tramo de piedra a mi izquierda representaba una hilera de diferentes árboles de todo el Zodíaco, y a mi derecha había símbolos de las Casas de tamaño gigante, comenzando con Aries y terminando con Piscis. Apenas se posó mi mirada sobre el Arquero, volví a pensar en Nishi. A pesar de su audacia, ella jamás había salido del complejo residencial tan cerca del toque de queda, y especialmente sin su Rastreador. Mis hombros se elevaron ligeramente al considerar que podía ser más valiente que mi mejor amiga. Tal vez no me conociera tanto como creía. Después de todo, ¿acaso esta noche mi aventura no resultaba mucho más sagitariana que canceriana?

A Deke solía encantarle decir que la única manera de cambiar las normas era rompiéndolas. Les decía eso mismo a nuestros instructores cada vez que se metía en problemas por transgredir las reglas. ¿Y acaso no era exactamente lo que yo estaba haciendo al apartarme de mi conducta habitual? Si hubiera sabido lo cerrada y aburrida que me habían considerado mis amigos todos aquellos años, tal vez habría intentado esto antes.

La segunda campana repicó, y el sistema de luces que rodeaba el complejo se apagó, envolviéndolo en tinieblas. Se me heló el corazón. Solo tenía cinco minutos para regresar a mi habitación.

Dentro del laberinto, el eco de la campana parecía rebotar contra los pasadizos rocosos, debilitándose lentamente, y las sombras de las estatuas se estiraron alrededor. Encendí los faros de mi casco y miré asombrada las esculturas. En lugar de árboles y símbolos de las Casas, me hallaba rodeada de imponentes representaciones de la fauna de Cáncer: cangranchos, tiburones cangrejo, caballitos de mar. No había prestado atención al camino por donde flotaba.

Me precipité lo más rápido posible por el pasadizo, y di vuelta tras vuelta tomando más senderos que no reconocía. Cada vez que doblaba un recodo, esperaba toparme con una salida, pero no encontraba ninguna. Entonces sonó la tercera alarma, y jadeé aterrada.

Me había quedado encerrada afuera.

Pero en el instante en que se me cruzó aquel pensamiento, advertí la luz roja en la esquina de mi visor. El zumbido provenía de dentro de mi casco, una advertencia de que los niveles de oxígeno eran bajos. Seguramente, ya había habido poco para empezar, y el esfuerzo y la ansiedad hicieron que consumiera casi todas las reservas.

Los faros se atenuaron: mi traje pasó a modo de supervivencia para conservar carga eléctrica y aire, lo cual también significaba el racionamiento de oxígeno. Si no lograba llegar antes de la última campanada, no tendría que preocuparme por sobrevivir fuera toda la noche: solo me quedaría suficiente aire para durar unos minutos.

Tanteé a mi alrededor y me aferré a la estatua más cercana, tirándome hacia adelante para avanzar de una a otra. Se suponía que no debíamos tocar la piedra, pero eso no importaba en ese momento. Sentía un hormigueo en el cerebro por la falta de oxígeno y los músculos parecían funcionar a media máquina; tampoco resultaba útil que apenas pudiera ver con la luz atenuada del casco.

Mi pulso, aunque lento, me latía demasiado fuerte en los oídos, y mientras lágrimas de derrota me abrasaban los ojos, un resplandor de luz se encendió más adelante.

Desesperada, extendí la mano para tomar la siguiente escultura, y la siguiente, hasta que al fin, alcancé a liberarme del laberinto.

A mi alrededor, la superficie de la luna se extendía como tinta negra, y solo podía ubicar la entrada del complejo residencial por las luces de emergencia azules que parpadeaban a lo lejos. Desde aquella distancia, parecían estrellas.

La alarma del toque de queda podía sonar en cualquier momento, así que me obligué a avanzar, a pesar de que sentía la mente centrada y medio dormida por la falta de aire... como cuando intentaba aguantar la respiración durante demasiado tiempo en el mar de Cáncer.

Al pensar en casa, la voz de Stanton penetró mi mente: *Si pierdes tu oxígeno y estás lejos de la superficie del Mar, no te dejes llevar por el pánico. Solo consumirás más aire.*

El recuerdo tenía casi una década, de cuando me enseñó buceo profundo. Me obligué a estabilizar la respiración mientras me movía hacia delante.

Busca una superficie desde la cual tomar impulso, para que puedas conservar tu energía para el tramo final.

Así como las historias de Stan me habían salvado una vez de mis pesadillas, oír su voz ahora me calmó los nervios, manteniendo a raya la desesperación. Al doblar en el domo de cristal, me arrojé contra su superficie. Empujé su pared para cobrar envión y salí despedida un buen trecho antes de caer de nuevo sobre la luna.

Las estrellas azules del complejo residencial se ampliaron, y aproveché el impulso para realizar un segundo salto en el aire, no tan amplio como el primero, pero que de todos modos sirvió. Y al aterrizar, mis faros se apagaron por completo.

Casi no me quedaban tiempo y oxígeno, y ahora tampoco *carga eléctrica.*

Envuelta por completo en la oscuridad, el miedo me acechaba desde todos lados. Hasta que la voz de mi hermano vino al rescate otra vez.

No temas lo que no puedes tocar.

Es algo que comenzó a decirme luego de que mamá nos dejara, cuando imágenes siniestras del plano astral me seguían a casa, hostigando mi mente.

Habiendo recuperado el valor, completé de memoria las siluetas envueltas en mortajas que me rodeaban, y cuando la oscuridad se disipó un poco de mi mente, consumí hasta la última reserva de vida que me quedaba, sin desaprovechar ninguna fuente de energía, ni olvidarme de ninguna parte mía, hasta que, increíblemente, mi casco chocó contra las puertas metálicas del complejo residencial.

La alarma final resonó en el preciso momento en que pasaba a través de la cámara de descompresión. Un segundo más y no habría llegado.

Cuando las cerraduras automáticas calzaron en su lugar, exhalé y me deslicé sobre el suelo del vestíbulo oscuro y vacío, con la espalda contra la puerta, empleando la fuerza que me quedaba para quitarme el casco de la cabeza. La garganta me ardía y el cerebro me latía con fuerza. Aspiré profundas bocanadas de aire hasta que el cuerpo comenzó a recuperarse lentamente.

Sabía que corría el riesgo de que me viera un monitor, pero habiendo desafiado hacía instantes a la muerte, me sentía invencible. Apenas recuperé el movimiento, me arrastré a mi cápsula estudiantil y me despojé del traje espacial. Luego me escabullí una vez más fuera de la habitación y caminé a hurtadillas pasando algunos corredores hasta la de Nishi. Golpeé suavemente a su puerta y la abrió de inmediato.

—¡Rho! —me tiró hacia dentro rápido y cerró la puerta—. ¿Qué haces acá? ¡No has estado respondiendo tu Onda!

—Lo siento —dije tomando su mano en la mía—. Tienes razón. Me cierro a las ideas nuevas, especialmente si creo que fracasaré. Pero confío en ti... así que le daré a la presentación una oportunidad —aunque no pude evitar agregar—: incluso si estoy casi segura de que no me gustará.

Nishi se rio y me atrajo hacia ella para abrazarme.

—Eres fatal cuando te peleas con alguien —me dijo cerca de la oreja—. Y me alegro, porque no soporto estar peleada contigo.

—Yo tampoco —dije contra su cabello.

Cuando regresé a mi habitación, le envié un mensaje a Stan preguntándole si tenía tiempo de charlar al día siguiente. Había estado perdiéndome sus llamados por mis cursos y el ensayo de la banda, pero después de lo que sucedió aquella noche, no se me ocurría nada más importante que ver el rostro de mi hermano.

A medida que el recuerdo retrocede en el tiempo, y mi vista se acomoda al entorno de Escorpio, siento la misma necesidad: quiero ver a mi hermano.

Es posible que mamá me haya criado para confiar en mis temores, pero Stan me enseñó a enfrentarlos. Fue la confianza que ella tuvo en mí lo que me dio el valor suficiente para mudarme a Elara, y fueron las enseñanzas pacientes de Stan las que me ayudaron a sobrevivir aquellos minutos fatales sobre la luna. Es la única persona que me ha hecho sentir que tal vez mis temores no sean reales. Y ahora me necesita para recordarle que los suyos tampoco lo son.

Los pies me conducen sin pensarlo a la habitación de mi hermano. Golpeo a su puerta, y cuando no responde, intento abrirla. Está sin llave, así que asomo la cabeza dentro, pero no está. Pruebo con la habitación de Mathias.

—Entra —dice, y lo encuentro sentado sobre el suelo azul y esponjoso, haciendo girar un fichero de carpetas holográficas; cada archivo, de un color diferente.

—Hola —digo desde la entrada. Lleva una camisa blanca sencilla y pantalones cómodos. Me sorprendo a mí misma mirando la gruesa cicatriz que desciende, surcándole el cuello. No hemos estado a solas desde Tauro, y al advertirlo, el aire frío de la habitación se vuelve más cálido.

—Por casualidad, ¿sabes dónde está mi hermano?

Levanta la vista de los hologramas para mirarme y sacude la cabeza.

—¿Cómo estás?

Hago un gesto con la mandíbula hacia los hologramas.

—¿En qué andas?

Mathias levanta el cejo ante mi falta de respuesta, pero no insiste.

—Reviso los informes que envió papá. Es el estado actual de nuestros ocho campos de refugiados: Aries, Escorpio y Virgo son las únicas Casas que no hemos poblado. Nuestra Guardia Real está intentando ponerse en contacto con los cancerianos que están en Piscis para saber si se han infectado.

Una punzada de culpa me golpea el pecho.

—Pero la situación no pinta bien para nosotros en ningún lado —añade con un suspiro profundo—. El gobierno taurino exige que nos unamos a su fuerza laboral si queremos quedarnos. Tu amiga Rubidum nos está defendiendo ante su población, pero como este siglo el gobierno geminiano es una democracia, perderá la votación y tendremos que encontrar un nuevo hogar para nuestro asentamiento más grande. Tal vez Sagitario sea nuestra mejor opción, ya que tienen la constelación más grande, y la mayoría de los sagitarianos no viven allí todo el año.

A esta altura siento la culpa por todos lados, como si fuera un veneno que infecta todos mis órganos. Mientras estaba obsesionada por mis problemas personales, Mathias ha estado aquí, pensando en nuestro pueblo, haciendo lo que yo debería estar haciendo.

Por otro lado, siempre he sabido que, de los dos, él era mejor Zodai.

—¿Crees que Sirna tenga razón? —pregunto débilmente, aún de pie en el umbral de la habitación—. ¿He perdido la perspectiva?

Mathias apaga los hologramas con un toque de su Onda, y cuando los colores evanescentes desaparecen, el aire se vuelve estático y gris. Observo un cardumen de Escorpios pasar nadando por la ventana, y me concentro en sus movimientos gráciles y sincronizados.

—Cuando era tu Guía, me pasé más tiempo juzgándote que guiándote —dice con suavidad— y, lejos de ser útil, creo que solo hice que te cuestionaras a ti misma.

—Mathias, eso no es…

—Es *verdad*, Rho. —Hay una determinación resignada en su tono, como si hubiera estado evitando enfrentar este hecho durante demasiado tiempo para no decirlo en serio ahora. Así que, en lugar de discutir, entro y cierro la puerta detrás de mí.

—En lugar de compararte con los Guardianes que vinieron antes de ti, debí haber confiado en tu instinto —dice mientras me siento junto a él sobre el suelo azul y esponjoso—. Cuando te convertiste en nuestra líder, tuviste que adaptarte a nuevo orden galáctico, y lo hiciste con una velocidad admirable… pero yo me aferré a los métodos del pasado sin darme cuenta de que el mundo que quería conservar ya había desaparecido.

Las imágenes de Cáncer se me cruzan rápidamente por la mente, y la sensación de pérdida se vuelve a apoderar de mí. El amo nos arrebató mucho más que el planeta donde vivíamos: nos quitó nuestro modo de vida.

En Cáncer, la mayoría de los cancerianos vivían en islas o en ciudades vaina, que desbordaban de nuestros seres queridos. A medida que las familias crecían, se extendían y se formaban nuevas familias, nos agrupábamos aún más, como colonias de nar-mejas, y construíamos cabañas más grandes donde entraran más personas.

Ahora las familias están irreparablemente rotas; nuestra población, dispersa en todo el Zodíaco, y una generación de cancerianos se criará en orfelinatos. Y pensar que nuestro lema era "Los corazones sanos provienen de una familia feliz".

—Tus padres —murmura Mathias—, ¿acaso no te criaron a ti y a tu hermano en la tierra de tus abuelos maternos?

—Mis padres comenzaron un hogar nuevo en un lugar diferente… Stan y yo jamás conocimos al resto de nuestra familia. —Mathias y yo sabemos lo decididamente poco canceriano que resulta esto último, así que no hay necesidad de señalarlo.

—¿Qué querías hacer de tu vida antes del Cuadrante Lunar? —le pregunto, más que nada para evitar detenerme en el tema de mi familia.

La expresión de Mathias se vuelve melancólica. El color índigo de sus ojos, girando como los remolinos del mar de Cáncer.

—Tenía la esperanza de destacarme de pequeño en la Guardia Real… y luego retirarme joven para volver a casa y comenzar una familia.

Se trata de una respuesta muy canceriana y, sin embargo, no es lo que esperaba de él. Creo que imaginaba que Mathias estaría en la Guardia Real para siempre.

—¿Tenías alguna perspectiva matrimonial en mente? —le pregunto.

Quise que sonara travieso, pero por algún motivo la pregunta tuvo menor peso en mi mente que en mi lengua.

—Supongo que pensé que algún día encontraría a la persona adecuada —responde, con las mejillas tan sonrojadas como yo siento las mías. La pasividad de su respuesta es un típico rasgo de los hombres heterosexuales de nuestra Casa. El motivo es que Cáncer es *—fue—* un mundo femenino: somos la Casa de la maternidad, y por eso una de nuestras imágenes más sagradas es la de una madre que amamanta. La nuestra es una sociedad maternal, en la que las mujeres llevan la casa adelante, las mujeres escriben las leyes, y las mujeres toman la iniciativa.

—¿Alguna vez… —el ardor se expande por mi rostro como un fósforo recién encendido, y no logro explicarme cómo logro formular el resto de la pregunta—. ¿Alguna vez te fijaste en mí en el solárium? —La llamarada también se extiende a los rasgos de Mathias como una antorcha.

—No en el sentido en que tú lo dices—dice, y mis ojos examinan el suelo poroso—. Siempre habías sido una chiquilina para mí, y no quería fomentar tu enamoramiento. Pero algo cambio el último día de la universidad.

Levanto la vista y advierto que tiene la mirada extraviada, como si estuviera mirando el pasado.

—No me entristecía marcharme de Elara. No me gustaba estar allí. Pero aquel último día, cuando me desperté, no esperaba con impaciencia recuperar mi libertad. Algo me molestaba, y no supe qué hasta que entré en el solárium. —Su mirada se cruza con la mía, y hay una claridad intensa en lo profundo de sus ojos que transmite una sensación de seguridad, de sinceridad, de algo muy canceriano—. Tenías dieciséis años, pero hasta ese momento no me di cuenta. Supongo que, en cierto sentido, aquella mañana fue la primera vez que realmente me fijé en ti.

Su voz de barítono se vuelve más grave y retumba en mis huesos.

—Me di cuenta entonces que las mañanas contigo se habían transformado en mi parte favorita del día. —Por alguna razón parece más cerca, aunque ninguno de los dos se ha movido—. Durante cinco años, me había estado despertando y eligiendo estar contigo más que con cualquier otra persona…y lo que no quería admitir a mí mismo era que te iba a extrañar.

Noto que estoy sacudiendo la cabeza sin quererlo, incapaz de reconciliar su recuerdo de aquel día con el mío.

—Pero aquella mañana, apenas entraste y me viste, te diste vuelta para salir furioso, como si estuvieras enojado porque yo estuviera allí.

Jamás olvidaré aquel día. Los meses previos a la graduación de Mathias, había estado tan deprimida. Sabía que pronto se marcharía y jamás volveríamos a compartir otra mañana juntos. Durante semanas intenté armarme de valor para hablar con él. Nishi amenazó con invitarlo a mi fiesta de cumpleaños número dieciséis si yo no lo hacía, y aunque *realmente* quería hacerlo… no me animaba.

Detrás del temor al rechazo que me paralizaba, había oculto un motivo más profundo: me gustaba demasiado lo que representaba Mathias para mí.

Mathias se había vuelto muy importante sin decir jamás una palabra. Por él, visitaba el solárium todos los días para leer o meditar, y como resultado encontraba una profunda paz y concentración en Centrarme, que no había sentido desde los días en que practicaba Yarrot con mamá. Cada vez que me enteraba de otro de sus logros a través del noticiero de Elara, me esmeraba aún más en clase para ser alguien en quien se fijaría en algunos años. Era la presencia constante en mi vida: podía discutir con Nishi y Deke, podía sacarme malas notas, podía padecer una terrible nostalgia de mi hogar, pero Mathias estaría en el solárium todas las mañanas, tan cierto como que los rayos de Helios iluminarían sus paredes de cristal.

Así que finalmente aquel último día decidí hablar con él. Me pareció un signo auspicioso que me sostuviera la mirada aquella mañana. Pero justo cuando abrió la boca para decir algo, se largó sin más del recinto, de la luna y de mi vida.

—El instante en que advertí cómo me sentía, supe que tenía que marcharme —dice ahora, cerrando la pequeña brecha que hay entre nosotros—. Seguía siendo demasiado mayor para ti —susurra, acariciándome el rostro con su aliento—, y estábamos en puntos tan diferentes de nuestras vidas que aún creo que habría sido egoísta actuar de otro modo.

—¿Y ahora? —pregunto, mirando la barba incipiente de su mentón, sus gruesos labios, las líneas esculpidas de sus pómulos. Pongo la atención en cada rasgo familiar de su rostro, olvidando la decisión de paralizar mi corazón con la esperanza de desentrañar mis sentimientos—. ¿Crees que lo que sentimos el uno por el otro es real… o un recuerdo?

He deseado estar con Mathias desde los doce años. Mi amor por él me ayudó a resistir la añoranza cuando estuve en la luna, y su amor por mí lo ayudó a resistir su tortura a manos del Marad. Lo que fuera que hubo entre Hysan y yo estaba equivocado porque iba contra nuestras leyes y siempre habría tenido que permanecer oculto… pero Mathias y yo estamos predestinados. Entonces, ¿qué esperamos?

El aliento me queda atrapado en la garganta al advertir que se inclina hacia mí, moviéndose con suma lentitud hasta que nuestros labios se unen. Su pulgar me acaricia la mandíbula, su mano se desliza hacia mi nuca y me atrae hacia él, apretando mis labios contra los suyos.

El beso es profundo. Nos quita el aliento y nos domina por completo, como el primer amor. Su boca sabe a las mañanas en el solárium, a las tardes en el mar de Cáncer y a los ayeres que venían con días asegurados.

—Sea lo que sea esto —murmura Mathias—, no creo que desaparezca jamás. —Me mira a los ojos, y el azul profundo de su mirada parece tan suave como las nubes—. Pase lo que pase, Rho… una parte de mí siempre estará esperando ser tuyo.

6

A la mañana siguiente, me despierto demasiado temprano y me incorporo en la cama, desorientada. Al mirar detenidamente mi habitación buscando la causa, los vestigios de mi sueño pasan relampagueando por mi mente, y una sensación de calor me invade el cuerpo al revivir el beso de anoche con Mathias...

Luego vuelvo a oír los sonidos: alguien golpea a mi puerta.

—¿Quién es?

—Helios —dice la voz monótona de Engle—. Es hora de levantarse, cangrejo.

Me dejo caer otra vez sobre la cama de agua y tiro las sábanas encima de la cabeza.

—Estoy durmiendo.

—El Cacique Skiff ha solicitado una reunión contigo debido a la inminente partida de tu grupo.

Bajo las sábanas hasta el mentón.

—¿Lo dices en serio?

—Sus asuntos aquí han terminado. Esperamos que se marchen mañana a más tardar.

Cómo voy a extrañar la hospitalidad de esta Casa.

Bajo arrastrándome de la cama y me echo encima, medio dormida, un traje azul fabricado del mismo hilo liviano y elástico que lleva todo el mundo en este planeta: lo suficientemente flexible para nadar por el aire y lo suficientemente delgado para soportar la humedad de este mundo. Mi cabello es un desastre; está todo encrespado. Pero me tengo que apurar, así que me lo sujeto en un rodete desprolijo. Seguramente, debería esmerarme más con mi aspecto: estoy a punto de reunirme con un Guardián, pero si a Skiff le importara, entonces debería haberme dado más tiempo para que me arreglara.

Mientras subimos en el ascensor hasta la cima, le envío por Onda un mensaje a Mathias, para hacerle saber a él y a Stan que ya no somos bienvenidos en Escorpio y que tendremos que decidir adónde iremos. Decido no mencionar la invitación de Nishi porque cada uno tiene motivos personales para querer visitar la Decimoprimera Casa y, si terminamos yendo, quiero estar segura de que no sea por una de esas razones.

—¿Dónde nos reuniremos con tu Guardián? —pregunto mientras retiramos nuestras alas de agua y nuestras aletas de los lockers.

—El Cacique Skiff tiene una agenda muy apretada, así que viajaremos para ir a verlo. En este momento se encuentra en el mundo donde yo vivo, Oscuro.

Levanto bruscamente la cabeza de las aletas que estoy deslizándome sobre los pies.

—¿Abandonamos Pelagio?

—¿Qué parte no entendiste? —pregunta, activando sus packs de chorros de vapor. Lo miro fastidiada mientras sale flotando hacia el cielo, y luego me elevo tras él.

Empalmamos con un cardumen de nadadores de aire. El océano a nuestro alrededor se encuentra tan transparente que la luz de Helios ilumina toda la ciudad de Nepturno, reflejándose en las paredes de cristal y descubriendo más abajo un mundo rebosante de actividad. Las multitudes de Escorpios se dan prisa sobre aceras de arena, mientras familias a bordo de embarcaciones pequeñas navegan las redes de estrechos canales equipados con luces y cruces peatonales.

A diferencia de la madriguera de visitantes, la mayoría de los edificios con forma de cubo que nos rodean no tienen ventanas. Eso es porque los inventores que están dentro trabajan con tecnologías que se han adelantado a su tiempo en varias décadas, por lo que están menos preocupados por mirar fuera que por que quienes están fuera miren dentro.

Abordamos un submarino en el puerto espacial, y esta vez traemos nuestras alas de agua y nuestras aletas y las guardamos en los compartimientos superiores.

Me siento al lado de la ventanilla; Engle se sienta al lado mío. De inmediato se pone a proyectar mensajes con su Pincel, ignorando mi presencia.

Una chica enjuta de rostro alargado se sienta frente a mí, con una camiseta y un short negros confeccionados del mismo material liviano que llevamos todos. Sujeto con un clip a su camiseta hay un dispositivo metálico con forma de escorpión; a los escorpianos les gusta añadir piezas raras de tecnología a su vestimenta; a menudo, sus propias invenciones.

Cuando estamos en camino, la muchacha se pincha el dedo con el aguijón y una gota de sangre se escurre hacia afuera y se filtra en el metal. Después de un instante, el cascarón del escorpión se entreabre y la chica se limpia la mano sobre el ruedo de la camiseta antes de presionar su Pincel dentro de la abertura. Las patas y la cola del escorpión le atenazan el dedo, y ella cierra los ojos quedándose completamente quieta.

—Se los llama Rastreros —señala Engle, y me volteo para encontrarme con sus ojos rojos—. Todo Escorpio diseña su propia versión porque el dispositivo se amolda a su mente. Se destraba con la secuencia adecuada de ADN.

—¿Y qué hace? —pregunto mirando a la chica paralizada.

—Organiza tus ideas.

—¿Cómo?

—Cuando una persona coloca su Pincel contra el sensor oculto, el software se sincroniza con su mente y ejecuta un programa en su cabeza que clasifica sus pensamientos en un sistema de procesamiento de diseño propio. Es algo compatible con el modo en que funciona su cerebro, pero más fácil que la configuración natural de su mente.

—¿Dónde puedo obtener uno?

—Qué tramposa eres —dice con una mirada que solo un Escorpio puede dirigir.

—¿*Yo* tramposa?

—Tengo que reconocer que eres hábil con las palabras. Pero todo tu discurso acerca del Zodíaco que se une mágicamente contra un monstruo mítico no resulta convincente en Escorpio. Aquí nos tomamos en serio aquello de *confía solo en lo que puedas tocar* —con el ceño fruncido y la voz áspera añade—: y aún es demasiado difícil tocarte, con lo cual es imposible que hagas algo real.

Su tono mordaz me da la pauta de los sentimientos que se esconden tras sus palabras: el problema que tiene Engle conmigo va más allá de la falta de fe: no *confía* en mí.

—¿Qué nos ocultas? —pregunta, demostrando que tengo razón—. ¿Qué es lo que realmente quieres?

Sus preguntas son tan ridículamente paranoicas que, en lugar de responderlas, replico con una mía.

—¿A quién perdiste en el ataque a Oscuro?

No responde, pero advierto que ha vuelto a apretar el puño.

—Supongo que no soy la única a quien no puede tocarse.

Engle vuelve a sus hologramas, y yo sigo mirando a la chica, que ahora mueve las manos en el aire como si estuviera conduciendo una orquesta. Justo cuando comienzo a perder interés en ella y decido revisar mis mensajes, el agua azul del otro lado de la ventana se oscurece hasta convertirse en un negro aterciopelado tan opaco que podría estar flotando en el Espacio.

El sistema de luces del submarino se apaga, y me vuelvo hacia Engle. Solo alcanzo a ver sus ojos de Maw color rojo mientras susurra:

—Bienvenida a nuestro lado más oscuro.

Más allá del cristal, luces brillantes pasan a toda velocidad junto a nosotros, como lluvias de estrellas fugaces. Una vez que bajamos la velocidad, veo que, en realidad, son cardúmenes de peces fosforescentes. Sus colores trazan dibujos en la oscuridad, como constelaciones que van cambiando de forma.

Cuando vuelvo a mirar dentro del submarino, todo el mundo ha comenzado a emitir luz como los peces del otro lado de las ventanas, incluida, yo. Miro hacia abajo a la túnica azul de mi traje, y parece que una intensa luz azul estuviera latiendo desde el interior de la tela. Como si llevara puestas las olas del mar de Cáncer.

En el agua oscura que está del otro lado, aparecen centelleando las estrellas plateadas de las branquias mecánicas de Oscuro. Dentro de la burbuja protectora del mundo, los cardúmenes de Escorpio vadean el aire en trajes fluorescentes, como si fueran peces que presumen de su piel brillante.

—Vas a necesitar estos —dice Engle.

—No veo lo que me estás mostrando.

Toma mi mano y presiona algo pequeño en la palma. Tiene la piel delgada, como encerada, y no puedo imaginar que ofrezca demasiada protección del entorno externo.

—Son lentes de contacto.

—¿Y cómo se supone que debo ponérmelos si no veo?

Engle presiona algo sobre el apoyabrazos, y una luz tenue se enciende sobre mi cabeza. Abro una hendija de mi Onda y emerge un espejo holográfico para ver lo que hago. Haciendo caso omiso a la mata de rizos que me adorna la cabeza, levanto el gotero y aprieto una única gota dentro de cada ojo.

Cuando el líquido entra en contacto con la córnea se solidifica para formar unos lentes de contacto suaves, ajustados a mis irises, que pasan de verdes a rojos.

De pronto, el brillo de las luces del techo me ciega con un fogonazo. Grito mientras cierro los párpados con fuerza para mitigar el dolor y me cubro con las manos los ojos llorosos.

—Ya se apagó —dice Engle.

Con cautela extiendo los dedos sobre el rostro y miro hacia fuera. Ya no hay iluminación dentro del submarino, y sin embargo, de alguna manera, puedo distinguir cada detalle de la embarcación. Las formas a mi alrededor tienen todas diferentes matices de gris; jamás pensé que podía haber tantas variantes del mismo color. Es como si hubiera acercado tanto el foco sobre una única onda de luz que pudiera ver las partículas que la crean.

Atracamos en la estación, y resulta agotador obtener acceso a este mundo. Después del ataque en Oscuro y de lo que se descubrió en Squary, los Escorpios saben que debe de haber agentes dobles dentro de sus filas, y se han vuelto más desconfiados de lo que lo son naturalmente, lo cual ya es bastante.

Una vez que los oficiales terminan de interrogarnos, concediéndonos el pasaje para atravesar sus fronteras, entramos en un mundo donde siempre es de noche.

Las branquias encima de nosotros brillan como estrellas en un cielo negro y curiosas criaturas de mar escudriñan las paredes de cristal, apareciendo y desapareciendo cada pocos metros. A diferencia de Pelagio, este mundo acuático no tiene una red de canales; en lugar de eso, el suelo está sumergido bajo un océano de agua. Abundan los barcos, transportando personas a los edificios esponjosos del horizonte; cada embarcación se identifica por el suave resplandor dorado de una especie de vela que arde desde la proa. El efecto hace que el lugar resulte casi romántico, aunque cuando se trata de su gente eso no podría estar más lejos de la realidad.

—¿Quieres visitar a tu familia, ya que estamos aquí? —le propongo a Engle.

Su mirada furibunda cierra el tema, y me deslizo en silencio las alas de agua y las aletas para levantar vuelo y unirnos a los nadadores del cielo. Este mundo es tan oscuro que no falta mucho para que los botes debajo de nosotros solo puedan verse por el resplandor de sus luces que parecen velas.

Como tengo puestos los lentes de contacto especiales, los edificios con forma de cubo son fáciles de ver y evitar. Me desplazo girando las piernas en el aire hacia el carril externo cuando lo hace Engle, hasta que nos apartamos del grupo y aterrizamos sobre el estrecho tejado de un edificio verde.

Después de guardar nuestro equipo en un locker, lo sigo a lo que parece un enorme agujero en el cielorraso de la estructura. Miro por encima del borde del edificio, vacilando. Más abajo no veo más que penumbras.

—Salta —ordena.

—Sí, claro —digo, retrocediendo del agujero—. Después de ti.

—Como quieras.

Antes de que lo pueda detener, Engle salta de la cornisa y desaparece.

—¡Espera! —grito, demasiado tarde. Caigo de rodillas y asomo la cabeza por encima del boquete, pero está oscuro como una boca de lobo, incluso con los lentes de contacto—. ¿Estás bien? —grito hacia dentro de la fosa.

No hay respuesta. No oigo nada ni veo ningún movimiento. Ni siquiera percibo un soplo de aire.

—No puede ser tan terrible como el cañón —me digo a mí misma, y salto.

Grito mientras me dejo caer a través de la oscuridad, pero no sale sonido alguno. Ni puedo sentir ninguna presión de aire que afecte mi caída. Es como si estuviera suspendida en la nada, aunque sé, por lógica, que debo estar descendiendo. Un instante después, siento tierra firme bajo mis pies, y los murmullos cáusticos de Engle rompen el silencio.

—Cangrejo miedoso.

Volteo la cabeza. Estamos solos en una elegante sala, decorada con asientos esponjosos negros y adornos recargados de caracolas.

—¿Qué fue *eso*?

—Una inspección para confirmar nuestra identidad y revisarnos. Es un requisito para cualquiera que se reúna con el Cacique Skiff.

—¿Revisarnos para qué? ¿Por si nos encuentran armas?

—Cualquier cosa que sea peligrosa —cuando advierte la curiosidad que sigue tiñendo mi rostro, suspira y comienza a contar las posibilidades con los dedos—. Podrías tener programas espía incrustados dentro de la piel, o tu cuerpo podría estar infectado con una enfermedad no diagnosticada, o...

La única puerta de la sala se abre, y aparece una Escorpio demacrada con la piel blanco azulada y los ojos escarlata.

—Por acá.

Lleva colgados del cinturón los artilugios más extraños, que retintinean entre sí mientras nos conduce por un pasillo oscuro hacia otra puerta.

—Solo tú puedes pasar —me dice mirándome.

—Te buscaré después —dice Engle. Él y la chica ya se dirigen al siguiente pasillo, sin siquiera volver la vista atrás. Me aplasto la abundante melena, me rehago el rodete, abro la puerta y entro en un sitio prácticamente vacío.

Me recuerda al Salón Blanco sagitariano, solo que hay una energía imposible de identificar en la desnudez de la sala, como si las paredes mismas estuvieran vivas.

Un hombre de cabello gris que me da la espalda mete la mano *dentro* de la pared blanca y saca una línea holográfica negra. Con los ojos bien abiertos, observo mientras dobla la línea para obtener una figura de múltiples facetas y la ubica dentro de un modelo holográfico que flota delante de él. Me acerco lentamente para ver lo que está armando, cuando desaparece todo el objeto.

—No es algo muy canceriano fisgonear en los pensamientos de un desconocido.

Me quedo paralizada donde estoy. El Cacique Skiff se voltea. Su cabello y su figura ligeramente curva traicionan su edad avanzada, pero sus rasgos finos y su piel suave y nacarada lo hacen atemporal.

Solo lo he visto una vez, durante la primera reunión de la armada a la que asistí en Aries, pero recuerdo que mientras los demás Guardianes discutían sobre la estrategia, él permaneció en silencio.

—¿Te sorprende que te haya querido ver? —pregunta.

—Sí. —La tensión me oprime los nervios y me retrotrae a lo que sentía durante las mañanas que me despertaba con el silbido de mamá. Es la combinación familiar de temor y estado de alerta que resulta de enfrentar a un oponente que ya está trescientos metros más adelante que tú.

—Has celebrado reuniones privadas con prácticamente todos los Guardianes del Zodíaco, ¿así que por qué yo debía privarme de una?

—Yo… no pensé que quisiera reunirse conmigo. El Embajador Caronte me odia, y hasta hace poco él lo representaba…

—Caronte es libre de hacer lo que quiera y tiene derecho a sus propios prejuicios —interviene Skiff.

Cuando los Estridentes descubrieron los soldados en Squary, volvieron a considerar la prueba de los sobornos que Sirna había encontrado antes de la armada y arrestaron una vez más a Caronte.

—Pues entonces… —trago saliva, con la garganta seca—, también yo.

Skiff enarca una ceja gris, un gesto que le da el aspecto de sentirse insultado a la vez que intrigado.

—¿Estás admitiendo que me excluiste a propósito?

Encojo los hombros para restarle importancia a mi malestar.

—Usted y su Casa no me han dado ningún motivo para confiar, así que no vi ninguna razón para volver a humillarme ante usted.

—¿Te han aconsejado alguna vez que no te tomes la política tan personalmente?

Estoy a punto de preguntarle si Sirna le sugirió que me hiciera esa pregunta. Pero luego recuerdo el emisor de interferencias plateado que ella activó en su oficina dentro del Hipódromo de Aries y su advertencia en aquel momento: *Mi oficina siempre está bajo vigilancia.*

Pero en lugar de eso, digo:

—Usted está espiando los camarotes de lujo de la madriguera de visitantes.

—Estás paranoica —dice, pero suena satisfecho—. Sí, los camarotes de lujo tienen micrófonos ocultos. Nuestro primer deber es protegernos a nosotros mismos.

—Pero Sirna es embajadora… tiene inmunidad diplomática de sus leyes. ¿Lo sabe?

—Nadie fuera de mi Guardia Real lo sabe.

Abro y cierro la boca. Desafortunadamente, no me sale ninguna palabra. ¿Me revela por voluntad propia algo que es ultrasecreto?

—Esto es una prueba —digo por fin.

—A nosotros los Escorpios nos dicen muchas cosas: desconfiados, celosos, manipuladores, ambiciosos. —Avanza unos cuantos pasos hacia mí y alcanzo a distinguir algunos detalles más de su rostro: una pequeña cicatriz sobre la mejilla y tenues arrugas sobre la frente—. Pero hay un valor que apreciamos más que todos, uno que no estoy sorprendido de que haya sido pasado por alto por las demás Casas. La *lealtad.*

Sus ojos rojos arden como fuego.

—Has adoptado el nombre de Estrella Errante, lo que significa que ya no puedes poner tu Casa por encima de las demás. Ahora eres ciudadana de todos los mundos.

Su mirada se desvía hacia mi brazo izquierdo, donde las doce cicatrices están ocultas bajo la tela azul.

—He compartido un secreto contigo como un gesto de bienvenida. Lo que hagas con él ahora depende de ti.

Se vuelve a girar, y la maqueta sobre la que estaba trabajando aparece una vez más. Apenas se ve su tenue aureola holográfica.

—Buen viaje.

7

El despido abrupto de Skiff me desorienta. Cuando abandono la sala, Engle ya me está esperando. Guardamos silencio mientras me conduce en una dirección diferente y nos topamos con un elegante vestíbulo donde se exhibe un puñado de piezas con etiquetas holográficas. La más grande por lejos se encuentra en el medio de la sala.

> ***El Esquife original***
> *Descendiente del Estridente Galileo Sprock, creador del primer holograma, el Cacique Placarus Skiff es también un gran inventor. Se hizo famoso en todo el mundo durante su juventud cuando diseñó este Esquife. El primero de su tipo, se trata de una nave de rescate unipersonal que funciona con la mínima cantidad de energía, producida a partir de materiales livianos con recursos sustentables. En modelos posteriores, el Cacique Skiff añadió un sistema de navegación psienergético que permite que la mente del piloto sincronice con la nave para dirigirla.*

Mi mente vuelve rápidamente al rostro feliz de Hysan en el *Avefuego*, maravillándose ante el esquife que estaba aprendiendo a pilotear: se manejaba como una extensión de su mente. Aún puedo escuchar su voz en mi cabeza: *Solo me hubiera gustado haber sido yo quien lo inventara. Voy a construir uno igual cuando llegue a casa.*

¿Estará en su casa ahora?

¿Estará construyendo algún invento nuevo y asombroso en su taller de Eolo?

¿Pensará en mí?

BASTA, le ordeno a mis pensamientos por enésima vez. Es evidente que Hysan me ha olvidado, y ahora yo necesito olvidarlo a él.

Una vez que hemos embarcado el submarino de regreso a Pelagio, espero que Engle comience a proyectar mensajes desde su Pincel otra vez, pero en lugar de eso se voltea para mirarme.

—¿Qué te dijo el Cacique Skiff?

—Eso queda entre nosotros.

—¿Y si te hubieran preguntado Sirna, Stanton o Mathias?

Frunzo el ceño.

—No dejaré que me intimides. He estado diciendo la verdad durante meses, y nadie quiso creerme. Hacerlo me ha costado casi todo lo que tengo. Ya me harté de tratar de ganarme la confianza de todo el mundo. Ahora les toca a ustedes tratar de ganarse la mía de nuevo.

Después de eso no volvemos a hablar, lo que me viene bien porque necesito dedicar todas mis neuronas a resolver el acertijo del Guardián Skiff. Su prueba no ha acabado… solo terminará cuando le cuente o no a Sirna sobre los micrófonos ocultos.

Le *tengo* que contar. Es la embajadora canceriana, y estoy obligada por ley a informarle. Y aunque no fuera así, decirle es lo correcto; no está bien invadir la privacidad de las personas de esa manera.

Y, sin embargo, Skiff tiene un poco de razón. Ya no pertenezco solo a la Casa de Cáncer. Espiar a los políticos es una práctica habitual que Escorpio ha empleado durante mucho tiempo, y lo hace con dignatarios de *todas* las Casas, así que, en realidad, no es un ataque a la mía.

Podría optar por revelar el secreto de Skiff a todo el Pleno y no solo a mi Casa, pero aquello solo aislaría aún más a Escorpio. Y ganarnos la antipatía de la Casa de la Innovación del Zodíaco tal vez no sea la mejor estrategia cuando enfrentamos un enemigo cuya mayor ventaja es su tecnología avanzada. Vamos a necesitar nuestros mejores inventores para rivalizar con los Velos y las armas superiores del Marad. Si hay algo de lo que estoy segura, especialmente ahora que he visitado este mundo, es que no ganaremos la guerra que viene sin ellos.

Las palabras de Lord Neith me parecen ahora proféticas. Tenía razón: no puede haber una fórmula universal para medir la justicia porque cada situación necesita un contexto. Todo son matices de grises.

Una vez de regreso en la madriguera de los visitantes, Mathias y Stanton se han ido a bucear. Me encantaría ir con ellos, pero necesito este tiempo para someterme a la prueba de Skiff. Estoy deseando que resuelva lo que piensa de mí, en particular, porque este es el tipo de prueba que él puede prolongar durante mucho tiempo. Ambos sabemos que solo porque no le cuente a Sirna hoy no significa que no se lo diré mañana.

Pero necesito su confianza *ahora.*

Tengo que compartir un secreto con ella.

La respuesta aparece tan rápido que es casi como si la hubiera tenido en la cabeza desde Oscuro, esperando advertirla. Y por primera vez en demasiado tiempo, da la casualidad de que lo que tengo que hacer coincide con lo que quiero hacer, y sin pensarlo demasiado, le envío una Onda a Crompton.

Embajador Crompton, por favor, llámeme lo más pronto posible. Es un asunto privado.

Una vez enviado el mensaje, salgo de mi habitación y me dirijo hacia el camarote de lujo de Sirna, donde golpeo a la puerta. Tal como lo anticipaba, nadie responde. La suite está cerrada con llave, pero se puede acceder a la sala del vestíbulo, y luego de asegurarme de que no hay nadie cerca, me acomodo en el borde del sofá negro de levlan y espero.

Siento el estómago tan revuelto que comienzo a preguntarme si el pulpo que comí a la hora de almuerzo durante el viaje en submarino sigue vivo dentro de mí. He estado soñando con hacer este llamado desde que descubrí que el rostro de mis visiones era el de mamá, pero tenía demasiado miedo de admitir quién era ella de verdad.

Suena mi Onda.

Con las manos húmedas, abro una hendija de la caracola dorada para aceptar el llamado, y un instante después, se proyecta el holograma elevado del Embajador Crompton.

—Estrella Errante Rhoma Grace —dice con afecto—. Es un honor hablar contigo —hace una leve inclinación antes de preguntar—: ¿En qué puedo servirte?

—Hola, Embajador —me encantaría comenzar recriminándole que me haya usado en el anuncio de ayer. Pero dado que justamente estoy a punto de usarlo yo a él, las palabras me resultan demasiado hipócritas—. Lamento llamarlo así, pero no estaba segura de a quién más podía recurrir. Me gustaría que me ayudara en un asunto personal, pero primero necesito que me dé su palabra de que no le dirá a nadie lo que estoy a punto de contarle.

—Comprendo, y puedes estar segura de que guardaré silencio —dice, al llegar su siguiente transmisión.

Levanto la mirada hacia el cielorraso, a los lugares donde el Guardián Skiff podría tener escondidos sus micrófonos, esperando que también pueda confiar en él. Odio tener que sacrificar más de mi vida personal por motivos políticos, pero es el mejor secreto que puedo ofrecer.

¿Cómo es posible que Sirna no se dé *cuenta de lo personal que me resulta esto?*

—Tengo motivos para creer que mi mamá, Kassandra Grace, podría estar viva. Y creo que podría ser una Ascendente acuariana.

Cuando su holograma se reactiva, Crompton luce estupefacto —como si no pudiera creer que admitiría algo así a una persona prácticamente desconocida—, y por un instante, me siento mortificada por lo que acabo de revelar. Debe de creer que estoy loca por compartir un secreto tan íntimo con alguien que apenas conozco, alguien que ni siquiera pertenece a mi Casa.

—Comprendo tu necesidad de discreción, Estrella Errante. Comenzaré una búsqueda de inmediato.

Cuando me llega su respuesta, no percibo un tono de censura en su voz ni desprecio en su cálida mirada. Solo quisiera saber si su sinceridad es real o solo una ilusión. Ya me equivoqué demasiadas veces para volver a tener certezas.

—Gracias, Embajador.

—De nada. Y ya que te tengo conmigo, me contaron que te has estado reuniendo con los dignatarios de varias Casas. Me gustaría extenderte oficialmente una invitación a ti y a tu equipo para visitar la constelación del Portador de Agua.

—Gracias —repito, y ahora mis latidos se intensifican, porque su decisión ha confirmado mi decisión.

—Lo consultaré con mi equipo y le avisaré cuanto antes.

***

Cuando Stanton y Mathias regresan de bucear cenamos en mi habitación para discutir nuestros planes en privado. Para conversar estos asuntos prefiero evitar la compañía de Sirna y los comentarios de Engle.

Mathias es el primero en llegar a mi habitación, y en el instante en que lo veo, desaparece de mi mente el motivo por el cual estamos reunidos.

—Bienvenida de regreso —dice, parándose más cerca de mí que de costumbre. Mi mirada encuentra su boca, y levanto el rostro para besarlo justo cuando Stan entra por la puerta.

—Qué hambre tengo —dice a modo de saludo.

Mathias y yo nos apartamos y nos unimos a mi hermano ante la mesa de piedra, en la que dispuse comida traída del salón comedor.

—Creo que deberíamos regresar a Tierre y asegurarnos de que nuestro asentamiento canceriano no corre riesgos políticos —dice Mathias sirviéndonos agua a ambos en los vasos mientras Stanton llena su plato.

—Férez no dejará que eso suceda —digo. Hace tiempo que no me oigo a mí misma siendo tan asertiva—. Y creo que deberíamos ir a otro lado.

Mathias apoya la jarra y Stanton deja de masticar un bocado de ensalada de algas marinas que se metió en la boca un instante antes. Ambos me miran con un aire de impaciente anticipación, una expresión que reconozco al instante porque es como los he mirado yo durante toda mi vida.

Como esperando que los guíe.

—Llamó Nishi. Le han solicitado unirse a un movimiento político nuevo, integrado por personas libres de prejuicios que quieran unir a las Casas. Se llaman a sí mismos el Partido del Futuro, y creo que deberíamos reunirnos con ella allá y averiguar de qué se trata.

Stanton se desliza al borde de su asiento, como si fuera un cohete a punto de ser eyectado, pero Mathias se queda quieto y arruga el entrecejo.

—¿Está en Sagitario?

—No, está en la Casa… —la voz me sale áspera, y carraspeo— de Acuario.

Apenas digo la palabra, la reacción de los muchachos se invierte: la expresión de Mathias se vuelve animada mientras que la de mi hermano se ensombrece.

—¿Sabes en qué planeta? —pregunta Mathias, con la voz cautelosamente esperanzada.

—Primitus.

—Allí vive Pandora —dice, y detesto lo feliz que suena al saberlo—. Tal vez haya escuchado hablar del Partido de Nishi.

Me obligo a asentir con la cabeza.

—Es posible.

—Allá se está haciendo tarde, así que debería intentar comunicarme con ella antes de que se vaya a dormir —se pone de pie y agrega—: le diré que iremos y averiguaré si sabe algo. —Con la Onda abierta en la mano y la comida olvidada, sale a grandes pasos de la habitación sin decir una palabra más.

Su reacción es como un puñetazo en el estómago, pero no me puedo sumir en el desánimo, así que me trago mi dolor y me volteo hacia mi hermano. Una vez que la puerta se cierra, me dirijo a él.

—Háblame, Stan.

No levanta la mirada de su plato.

—¿Acerca de qué?

—No hagas eso —miro obstinadamente su cabellera de rizos rubios hasta que levanta el rostro a regañadientes para encontrarse con el mío.

—Rho, no pasa *nada*...

—*¡Arrojaste tu Onda contra una pared!* —golpeo la mano sobre la mesa de piedra para dar mayor énfasis—. *Sí* pasa algo, y como solo nos tenemos tú y yo, ¿por qué no me lo cuentas y ya?

—¿Y decirte *qué*? —habla en voz baja y controlada, y es tal el contraste con la mía que me pregunto si he estado gritando—. ¿Que lamento haber traído a aquel monstruo a nuestras vidas? ¿Que lamento haberte hecho desconfiar de las advertencias de Hysan? ¿Que lamento que casi conseguí que te mataran? ¿Acaso pude defraudarte más como hermano... *como canceriano*?

—No es culpa tuya. Nos engañaron a ambos. —Extiendo la mano para tomar la suya, pero se aparta bruscamente de la mesa y cruza a la única ventana de mi habitación.

—Durante todo el tiempo que estuvimos separados —dice sin mirarme—, no dejaba de pensar que, si solo podía llegar adonde estabas, estaríamos bien porque yo te mantendría a salvo. Pero resulta que tú estabas mucho mejor sin mí. Mathias te ha protegido mucho mejor de lo que yo jamás podría haberlo hecho.

—Te equivocas, Stan. —Me pongo de pie, pero no camino hacia él, porque parece necesitar espacio entre ambos—. Es gracias a *ti* que he podido enfrentar mis temores... no solo estos últimos meses, sino toda mi vida. Me inspiras coraje.

No sé cuántos minutos pasan pero, finalmente, vuelve a la mesa.

—Lo siento —dice mientras nos volvemos a sentar—. Es solo que creo que necesito unirme a algún tipo de iniciativa de resistencia o encontrar un camino para ayudar a las Casas como sea. No soporto seguir siendo inútil. ¿Crees que el Partido de Nishi tenga un plan real?

Levanta los cubiertos y vuelve a abocarse a su cena.

—No estoy segura —digo, observándolo zamparse la comida y esperando poder mirarlo a los ojos—. Por eso pensé que podíamos ir a averiguarlo.

—Es solo que Acuario... —mastica unos segundos, luego traga el bocado y pincha otro trozo de pescado con el tenedor—. No lo sé. Pareciera que quieres ir allí por motivos personales.

—Bueno... ¿acaso tú no?

Encoge los hombros.

—Solo porque tuviste una visión de mamá como Ascendente acuariana no significa que sea cierto, ni que esté viva, ni que esté allá. No quiero que te hagas demasiadas ilusiones.

Aunque aún no consigo que me mire a los ojos, me gusta que vuelva a comportarse como el hermano mayor sobreprotector de siempre. Y antes de poder evitarlo, comienzo a hablar de todo lo que me ha estado molestando.

—Me preocupa Nish, Stan. No sé lo que le ocurre, y quiero estar segura de que está manejando la muerte de Deke de manera sana. También quiero averiguar más sobre el Partido del Futuro antes de que se involucre demasiado, para estar segura de que es fiable. Y sí, me encantaría encontrar alguna pista que nos lleve a mamá… si hubiera alguna.

Ofiucus tenía razón: abrirse de nuevo a alguien se siente bien, y creo que mi hermano también se beneficiará de ello.

—¿Y tú cómo estás, Stan? ¿Cómo está Jewel? ¿Has hablado con ella desde que nos marchamos de Tierre?

—Estamos bien —dice vagamente, bebiéndose de un trago la mitad de su bebida.

—¿Quieres que te preste mi Onda para llamarla?

—Rho, basta. —Apoya el vaso con tanta fuerza que el líquido se vuelca—. Deja de comportarte de un modo tan infantil. Las Casas enfrentan la aniquilación, ¿y tú quieres chismes?

—No era esa mi intención…

—¡Piscis está bajo ataque! Creo que podemos encontrar un momento más oportuno para compartir nuestros sentimientos, ¿no crees? —Aunque me levanta la voz, todavía no me mira a los ojos, y siento que durante todo este tiempo ha estado intentando evitar que lo mire de verdad.

—No sé qué hacer —digo con cautela—. Es como si cualquier cosa te irritara…

—¡Tal vez sea por eso que he intentado evitar esta conversación! *Tú* eres la que me acorraló esta noche para que hablara contigo, así que no me hagas sentir culpable por no estar preparado para hacerlo. —Se pone de pie de un salto—. Si crees que ir a Acuario es la mejor manera de participar, entonces vamos. Pero si este Partido termina siendo un puñado de escolares que discuten cuestiones filosóficas, no me quedaré.

Asiento porque no quiero volver a equivocar las palabras. Luego sale irritado sin siquiera decir *buenas noches.*

Por primera vez en dos meses, no busco a mamá en las estrellas. No tiene sentido activar la Efemeris de Vecily; ya sé que esta noche no hay ninguna posibilidad de encontrar mi Centro.

8

Envío un mensaje por Onda a Crompton y Nishi aceptando sus invitaciones a Acuario. En su respuesta, Nishi incluye información acerca de un vuelo chárter a primera hora de la mañana que se dirige a Primitus. Aparentemente, no estaba exagerando cuando hablaba de los recursos de su nuevo Partido.

Cuando finalmente caigo en la cuenta de que volveré a ver a Nishi, el humor me cambia por completo, e incluso la pena de discutir con Stan pasa a segundo plano. Hace demasiado tiempo que espero con impaciencia el mañana.

Antes de irme a la cama, paso por el camarote real de Sirna para contarle nuestro plan. Me recibe en la puerta.

—Entra —dice.

—Descuida. Solo quería informarte que nos marchamos a la Casa de Acuario a primera hora de la mañana.

Sus ojos azul mar examinan los míos con curiosidad.

—¿Puedo preguntar qué hay allá?

—Mi amiga Nishi está trabajando con un nuevo partido político, y cree que yo les sería útil… para cambiar un poco.

La expresión cautelosa de Sirna se relaja.

—Rho, me temo que ayer me dejé llevar por los nervios, justamente la misma transgresión de la cual te acusé. Lo siento.

—Yo también lo siento —digo, pero sin dejar de apretar los músculos. Puedo perdonar sus palabras acaloradas, pero no el hecho de que ella y el Pleno me hayan manipulado otra vez.

—Los acuarianos se precian de sus tradiciones. Te recomiendo empacar un vestido de buena calidad para el viaje.

—Gracias. —Ni me molesto en señalar que, por obvias razones, no tengo ningún vestido conmigo.

Al mirar el océano de sus ojos, por un instante considero advertirle acerca de las cámaras secretas de Escorpio.

—Cuídate —digo, en cambio.

***

Cuando me despierto por la mañana, veo una pequeña caja negra posada junto a mi nariz sobre la almohada. Me lleva un segundo registrar lo que estoy viendo, y luego salto de la cama.

—¿Hay alguien más acá? —grito, con un temblor en la voz.

Abro la puerta del lavabo de una patada, pero no hay nadie allí. Luego reviso el armario y bajo la cama: no hay duda de que estoy sola.

Consulto la configuración de mi muñequera. La habitación está cerrada con llave, y el sistema de alarma láser que se encuentra sobre la ventana está activo. Eso significa que quienquiera que haya entrado tuvo la facultad de burlar el sistema.

El paquete por sí solo es una prueba de que es posible violar la seguridad de mi habitación, pero colocarlo sobre mi almohada es como una advertencia de lo fácil que pueden dar conmigo. Turbada, abro la tapa de la caja. Adentro hay un brazalete liso y negro sobre un cojín de terciopelo.

¿Una alhaja?

A diferencia de la muñequera de goma con los controles de la habitación, este brazalete parece hecho de perla negra, y es casi doce veces más grande que mi muñeca; con un movimiento amplio del brazo, saldría volando.

Me deslizo el brazalete sobre la mano izquierda y, tal como lo preví, me cuelga de la muñeca. ¿Por qué alguien habría de pensar —probablemente Skiff— que esto me quedaría bien?

Trato de quitármelo con un movimiento rápido de la muñeca. Y el brazalete comienza a encogerse.

Gritando, sacudo el brazo con desesperación, intentando arrojarlo a un lado. Pero el antes duro material se ha vuelto lo suficientemente flexible para sujetarme la muñeca con fuerza. Con el corazón desbocado, golpeo el brazalete contra la mesilla de luz una y otra vez, procurando romperlo, pero nada sucede.

Reviso la habitación buscando un objeto que me ayude a abrirlo, y luego me acuerdo...

Todas las Casas salvo Piscis tienen su arma preferida, y la de Escorpio es uno de los dispositivos más mortíferos del Zodíaco. Los Estridentes marchan a la batalla armados de Escarabajos: brazaletes negros como este que, una vez que se activan, disparan diminutos dardos venenosos hacia su objetivo. El agente paralizante es tan efectivo que es capaz de neutralizar por completo los dispositivos electrónicos del blanco, y es fatal, salvo que el antídoto se administre dentro de las veinticuatro horas galácticas.

Me quedo completamente quieta y dejo de atacar el dispositivo para no accionarlo sin querer. Por suerte está sobre la mano que generalmente conservo cubierta con el guante negro, así que es fácil ocultarlo. Si esta es la idea que tiene Skiff de premiar mi lealtad, entonces debí haberle contado a Sirna la verdad. No tengo ningún interés en un arma, especialmente en una tan destructiva.

Inesperadamente, me pasa por la mente la visión de Corintia hundiendo el cuchillo en la carne de mi hermano, y el odio me brota en la garganta como bilis.

Tal vez, tener un arma no sea algo tan terrible.

***

El puerto espacial interplanetario está ubicado en lo alto de Neptuno, en el estrato superior de Pelagio, donde la burbuja de cristal rompe la superficie del océano. El infinito paisaje de modernas plataformas plateadas está atestado del movimiento ascendente y descendente de naves espaciales; información holográfica de vuelo planea sobre cada nave, y Engle nos conduce por un corredor peatonal a la puerta de embarque número diecisiete.

Helios arde con tanta intensidad aquí arriba que las paredes de cristal sobreexpuestas a nuestro alrededor son casi invisibles, y la vista que hay del otro lado tiene pinceladas de diferentes intensidades de azul: los tintes azul claro del cielo resaltan los tonos azul profundo del mar.

Esta vez es Engle quien lleva gafas protectoras, parecidas a las que llevan los Escorpios que me acorralaron en las inmediaciones del Hipódromo de Aries. No puedo evitar preguntarme si él era uno de ellos.

Cuando Stan y Mathias deambulan hasta la ventana para examinar el paisaje, me dirijo a Engle.

—Es posible que esta sea la última vez que nos veamos —le digo.

A pesar de los cristales tintados, las líneas de su rostro traicionan su confusión.

—No te abrazaré.

—Dime por qué me odias tanto.

Encoje los hombros.

—No me importas lo suficiente para odiarte.

—Entonces dime lo que tú y Link me reprochan.

Su escaso cabello se agita con el viento. Un Esquife anaranjado desciende a través del techo de cristal y aterriza al lado nuestro, frente a la puerta de embarque número dieciséis.

Engle grita por encima del rugido de los motores:

—Había un delegado de Escorpio en tu ceremonia de investidura.

Recuerdo haber identificado al Estridente, apenas entré al salón, por los extraños dispositivos tecnológicos que le colgaban del traje.

—¿Y él qué tiene que ver? —le grito a mi vez. Azotados por el viento, los rizos se me escapan del rodete y se meten en mi boca.

El motor del Esquife finalmente se apaga.

—Descubrió que estabas conspirando con Hysan Dax, de la Casa de Libra —dice Engle en el resonante silencio.

Hasta mi corazón se olvida de lo que debe hacer.

Oír el nombre de Hysan me corta la respiración, y mi mirada se precipita hacia el suelo plateado para poder recobrar el aliento.

—Informó que tú y Hysan se miraron toda la noche. Dijo que en un momento incluso se hablaron de manera furtiva fuera del alcance del oído de sus Polaris, y que era evidente por su familiaridad que se conocían desde hacía tiempo.

En mi mente veo los labios de Hysan curvándose en su sonrisa de centauro y siento el contacto de su piel como si fuera una descarga de absenta. La intensidad del recuerdo me impide corregir las sospechas de Engle.

—Esa misma noche, más tarde, nuestro delegado te espió con Mathias embarcando la nave de Hysan. Tal vez hayas logrado engañar al resto del Zodíaco, pero en Escorpio vemos más que los demás. Evidentemente, hay una agenda más compleja que tú y el libriano aún deben compartir con todos, y hasta que lo hagan, no confiaremos en ninguno de los dos.

Jamás en mi vida me he encontrado con semejante paranoia. El error de interpretación de Engle es tan desconcertante que no estoy segura de lo que debo decir. Es como cuando Caronte malinterpretó por completo mis intenciones acusándome de abandonar a Mathias para resguardarme a mí misma.

—¿Sabes cuál es el problema con ustedes los Escorpios?

Engle esboza una sonrisa de desdén.

—Estás *desviando*...

—Ustedes se niegan a reconocer que poseen los mismos sentimientos que el resto de nosotros. Están tan desesperados por creer que operan desde un lugar de pura lógica que se olvidan de que no son librianos. Están gobernados por el mar volátil, y sus mareas cambian con los caprichos del viento... *igual que los cancerianos.*

La sonrisita burlona se desvanece de su rostro, y le devuelvo la misma mirada pétrea con la que me mira él.

—Creen que las emociones enturbian la mirada de uno, pero cuando están tan desconectados de sus sentimientos no ven a nadie con claridad. *Ese* es el motivo por el que siempre se sienten separados del resto de nosotros. No es solo su complejo de superioridad lo que los mantiene aislados. Están realmente aterrados de no encajar en esta galaxia.

Engle sacude la cabeza.

—Todo este rodeo, y aún no has desmentido mi informe.

—Hysan y yo no nos conocíamos antes de la ceremonia ni estábamos tramando plan alguno. Lo que tu amigo desconfiado presenció fue un fenómeno científico que nosotros los cancerianos llamamos *química*…

—*Claro.* Y en lugar de viajar a Géminis y Virgo en una nave canceriana, resultó que embarcaste en la del libriano…

—Cuando vi a Ofiucus en el Psi después de la ceremonia, le ordené a Mathias que tomara posesión de la nave más rápida de la que se disponía para que me llevara a Géminis y Virgo y pudiera advertirles sobre la amenaza. Resultó ser la nave de Hysan —miro los oscuros cristales de Engle como si pudiera ver los ojos rojos que acechan detrás—. Juro… que los únicos seres del Zodíaco que hacían planes para Hysan y para mí aquella noche eran las estrellas.

Engle cruza los brazos sobre el pecho angosto. Guarda un hosco silencio unos instantes más.

—¿Hay algo que pueda decir que te convenza de que me des una oportunidad?

Estoy tan segura de que no responderá que comienzo a voltearme, cuando murmura:

—Dime lo que realmente deseas.

Me vuelvo para mirarlo.

—Quiero que las Casas comiencen a confiar en sí mismas…

—No, eso no. —Sacude la cabeza con impaciencia—. ¿Qué quieres *tú*?

—*Yo* quiero... —las palabras parecen escurrirse de mis labios—. Quiero que mis seres queridos sean felices y que...

—¡*Helios!*—responde furioso, soltando los brazos con frustración—. ¿Eres realmente tan tonta o me estás tomando el pelo? Si quieres que confíe en ti, ¡entonces dime lo que quieres!

—¡*No sé lo que quiero!* —digo bruscamente, y ya no puedo hablar porque respirar se vuelve más importante.

Mathias dijo que soñaba con regresar un día a casa y comenzar una familia. Pero aun antes de convertirme en Guardiana, yo no tenía ni idea de lo que quería hacer de mi vida. Unirme a la Guardia Real era un sueño de mamá, no algo que elegí por mí misma. Jamás he sabido lo que hay en mi corazón.

Ni sé si jamás quise saberlo.

—Supongo que no soy el único que está desconectado de sus emociones.

Miro a los ojos de Engle, pero esta vez solo advierto una chispa divertida en su mirada. Ya no hay desconfianza.

—¿A quién perdiste en Oscuro? —me animo a preguntar.

—No perdí a nadie que conociera, pero estuve allí cuando sucedió.

Entonces comprendo de inmediato; no hay demasiadas personas que hayan experimentado la violencia de un ataque terrorista o presenciado lo rápido que una persona viva puede transformarse en cadáver. Este es el motivo por el que Engle estaba tan desesperado porque me ganara su confianza: había estado necesitando alguien con quien hablar.

—Las branquias de Oscuro dejaron de funcionar un instante, y nuestro mundo se quedó sin aire —dentro de nuestras casas, afuera, en todos lados. Hacía tantos siglos que alguno de los mundos acuáticos había sufrido un percance de oxígeno que ya nadie llevaba máscaras de aire consigo. —Su expresión se oscurece, y recorre el ralo cabello con sus dedos veteados de venas—. Los Escorpios caían del cielo jadeando en busca de aire. Fue tan…

—Horroroso —termino por él.

El rostro de Engle luce más pálido de lo habitual.

—Quería ayudar, pero tenía que bloquear lo que estaba sucediendo para Centrarme y conservar mi aire —casi parece estar pidiendo perdón—. Solo nos faltó el oxígeno un par de minutos, y los Estridentes fueron capaces de resucitar a la mayoría de las personas… pero no a todas.

Pienso en los estudiantes congelados flotando en la superficie de Elara y en las familias que se ahogaron, en las que se tragó el mar de Cáncer y, junto con la tristeza familiar y la culpa del sobreviviente, experimento un renovado sentido de propósito y determinación.

—No pudiste haberlos salvado, Engle. Ni los mataste. Y no le sirve a nadie que te quedes paralizado en ese instante.

—Lo entiendo, pero… —Sus rasgos se transforman y por un momento parece vulnerable—… ¿qué se supone que tengo que hacer con lo que pasó?

—Recordarlo —digo, y por su expresión de decepción, es evidente que es el peor remedio que le pude haber prescrito—. Lo único que les debes a los Escorpios que se ahogaron es compartir su historia. Si no olvidas jamás lo que sucedió, estarás honrándolos y velando porque otro ataque como ese jamás vuelva a sorprender a tu mundo.

No responde pero al menos su silencio resulta menos hostil que de costumbre.

Una sombra cae sobre nosotros, y al levantar la mirada vemos una nave plateada con forma de estrella descendiendo frente a nuestra puerta de embarque. A la luz del sol, brilla como si la hubieran pintado con una pasta de diamantes pulverizados. El motor zumba ligeramente y unas letras pequeñas recorren la parte inferior con trazos elegantes: *Partido del Futuro.*

Mientras aterriza, los cuatro miramos fascinados el esplendor de la nave. De pronto, una voz fuerte nos grita: "¡*DETÉNGANSE!*".

Nos volteamos y vemos a Link y Tyron avanzando hacia nosotros, escoltados por media docena de Estridentes armados.

—Ustedes tres, cancerianos, quedan detenidos —ruge Link.

Los estridentes se despliegan en un semicírculo, apuntando los Escarabajos en las muñecas hacia nuestras cabezas.

—¿De qué se los acusa? —reclama Engle, parado entre él y sus amigos.

—De robo.

Mi mano derecha envuelve mi muñeca izquierda involuntariamente en el lugar en donde el guante negro oculta el Escarabajo de Skiff. ¿Cómo pudieron enterarse de esto?

—Han revisado sus pertenencias —dice Engle, refiriéndose al escaneo de seguridad al que nos tuvimos que someter para acceder al centro de transporte.

—Creemos que llevan oculto encima lo que robaron, y que no necesariamente llamaría la atención —insiste Link, y la nuca me comienza a arder.

Sin duda, esto debe de vincularse con el Escarabajo. Tal vez este haya sido el motivo por el que lo envió Skiff: para tenderme una trampa justo en este momento. O tal vez no haya sido de Skiff sino de algún Zodai de su Guardia Real que deseaba una excusa para arrestarme. ¿Quién me creerá cuando diga que el Escarabajo fue un regalo que alguien depositó de manera anónima en mi habitación, una vez que sepan que lo estuve guardando en secreto?

—Si quieren abandonar nuestras fronteras, los tres deben someterse a registros corporales —ordena Link—. De lo contrario, quedan detenidos.

Todo el cuerpo me comienza a sudar.

—A mí no me tocarán. —Stanton avanza un paso hacia Link como si lo retara a hacer lo contrario.

—Entonces, vendrás con nosotros. —Link también se acerca a Stan, y los Estridentes que nos rodean cierran filas, manteniendo los Escarabajos en posición de fuego. Me volteo hacia Mathias para pedir que ayude a mi hermano, pero tiene una postura estoica y una mirada pétrea, y parece haberse retraído completamente de la situación.

De pronto, Engle se enfrenta a su amigo.

—Retírate, Link.

—No puedo. Desde los sucesos de Squary, el nuevo protocolo es investigar toda acusación. No pueden marcharse sin autorización oficial.

—¿Y qué causa tienen para sospechar de ellos?

Link aprieta los dientes.

—Eso es confidencial.

—Qué conveniente —dice mi hermano, que sigue parado demasiado cerca de Link, como si *quisiera* que el Escorpio nos arrestara. Si nos revisan por sus bufonadas, soy yo la que estaré en problemas.

—Yo tengo el mismo nivel de acreditación de seguridad que tú —dice Engle, y Link voltea la mueca de recelo de mi hermano a él—. Así que dime qué evidencia tienes.

Link no responde, y Tyron avanza unos pasos, solidarizándose de modo sutil con él. Pero Engle no se amedrenta frente a ambos amigos.

—¿Qué diablos te pasa? —pregunta Link. Su voz es un sordo rugido.

Engle me mira un instante y luego se voltea de nuevo a Link.

—No estoy seguro de que corresponda seguir esperando que los demás confíen en nosotros si nosotros no hacemos lo mismo a cambio. Jamás nos llevaremos bien con las demás Casas si seguimos actuando así.

—¿Desde cuándo nos queremos llevar bien con las demás Casas? —el tono de Link destila repugnancia.

—Desde que cuidar de nosotros mismos no consiguió proteger a ninguna Casa de los ataques, incluida la nuestra. Creo que juntos podemos ser más fuertes. Y creo que el Cacique Skiff está de acuerdo.

Al oír mencionar a su Guardián, los Estridentes se vuelven más atentos, como si la discusión se hubiera vuelto más seria.

—Ayer se reunió con Estrella Errante —prosigue Engle— y le ha dado instrucciones confidenciales que no ha compartido conmigo ni con el resto de su grupo. Así que, si ahora interfieren con esos planes, tendrán que vérselas con él y explicarle ustedes mismos. Además, querrá saber las causas probables que tienen para arrestarlos.

Link hunde los hombros, derrotado, y los Estridentes bajan las armas y dan un paso al costado. Pero antes de marcharse, se vuelve hacia mi hermano, como si tuviera algo más para decir.

Stan es el primero en hablar.

—Creo que toda esta escena fue solo una manera de proyectar su culpa sobre nosotros.

—¿Culpa por qué, canceriano?

—Por dejar que el Marad entrara en Squary.

Link levanta la mano tan velozmente que Stanton no tiene tiempo de esquivarlo. El Escarabajo vuela delante del rostro de mi hermano, pero antes de que el Escorpio lo dispare, Mathias se despabila súbitamente y empuja a Stan al suelo.

Engle también se lanza hacia delante e inmoviliza el cuello de Link rodeándolo con los brazos.

—¡Baja el arma! —grita.

Link lucha por zafarse de Engle; Tyron y los demás Estridentes los miran, demasiado aturdidos para reaccionar.

—¡Me acaba de acusar de ser un traidor! —grita Link. Su rostro se vuelve rojo, paralizado por el brazo de Engle.

—Estrella Errante, lleva a tu grupo a bordo —me grita este mientras lucha con Link.

Echo un vistazo a la nave con forma de estrella y advierto que dos asistentes de vuelo han estado parados en la puerta durante todo este tiempo, observándonos perplejos. Mathias agarra a Stan para subir la rampa de embarque, y yo sigo detrás. Los asistentes cierran la puerta rápidamente una vez que entramos, y el sonido de la discusión queda ahogado.

Al instante en que vislumbro el glamur del interior de la nave, me olvido de todo lo que sucede afuera.

La nave es inmaculada y resplandeciente, y tiene la forma de una estrella de cinco puntas. El ala delantera tiene el timón de control; las alas traseras alojan una sala y lavabos; y cada una de las alas laterales tiene una mesa, una pared pantalla y un sofá lujoso de levlan. El centro de la nave es un enorme espacio abierto, cuyo suelo es de cristal, para que podamos ver la pista de aterrizaje plateada que está debajo.

Stan se apropia de una de las alas laterales, dejando que Mathias y yo compartamos el sillón de la otra. Una ventana triangular se extiende por encima de nosotros, sobre el techo del ala, estrechándose hasta un punto; la luz del sol se filtra por el cristal.

Miro hacia abajo para ver lo que sucede en el puerto espacial. Los otros Estridentes se han marchado, pero Engle sigue montando guardia en nuestra puerta de embarque, con los brazos cruzados sobre el pecho.

La nave comienza a ascender, y una voz automatizada se oye por el intercomunicador.

"El Partido del Futuro les da la bienvenida a bordo de este viaje nocturno. Estaremos aterrizando en el planeta Primitus en aproximadamente veintiséis horas galácticas. Por favor, si necesitan algo no duden en llamar al asistente de vuelo. Disfruten de su tiempo a bordo".

Me quedo mirando fijo la pálida figura de Engle hasta que lo pierdo de vista. Al retirarnos de la atmósfera, las alas se sacuden con violencia, y los dientes me castañean tanto que me preocupa que el esmalte se fracture. Sentarse en el brazo de una nave es mucho menos divertido que estar bien acurrucados en el centro.

Para cuando llegamos a la zona oscura del Espacio, el viaje se estabiliza, y observo el planeta azul oscuro alejándose a través del suelo acristalado. De todas las Casas que he visitado, creo que Escorpio fue la más inesperada. No imaginé encontrar un mundo tan colorido… ni que me haría alguna vez un amigo escorpiano.

—¿Cómo te fue ayer con Skiff?

Levanto la vista del suelo de cristal para encontrarme con la mirada de Mathias. Parece la primera vez que nos vemos desde que se marchó anoche de mi habitación para llamar a Pandora. Sus ojos tienen un atisbo de aquella mirada perdida que tenía cuando lo rescatamos del Marad, como si la confrontación con los Escorpios lo hubiera arrastrado de nuevo a su secuestro. Si quedó así de conmocionado tras enfrentar a un puñado de compañeros Zodai, ¿cómo soportará al amo y su Marad?

—No lo sé —digo, tratando de dejar a un lado mis preocupaciones—. Es tan inescrutable como cualquier Escorpio. No tengo ni idea de si a alguien de aquella Casa le importa lo que nos suceda a cualquiera de nosotros. Pero sí sé que los necesitamos.

Mathias asiente, dándome la razón.

—Recién, Engle parecía estar cambiando de actitud.

—Sí. —Miro más allá, adonde está sentado mi hermano. Tiene sus auriculares holográficos conectados al sistema de audio y la mirada fija en la oscuridad del otro lado de la ventana, con los pensamientos perdidos entre las estrellas.

—Me pregunto qué les hizo pensar que nos hayamos robado algo —dice Mathias, siguiendo mi mirada dirigida a Stan—. Y qué creen que robamos.

Me trago la culpa que siento por el Escarabajo, y se disparan otros sentimientos que me cierran la garganta.

—¿Te encontrabas bien… allá?

Mathias se voltea para mirarme. Es evidente por su expresión dolorida que la parálisis anterior ya lo atormenta, y deseo más que nada no haberlo mencionado.

—¿Ya estuviste antes en Acuario, verdad? —pregunto cuando el silencio se vuelve demasiado largo.

Parpadea como si estuviera acomodándose a un nuevo tema, y asiente.

—¿Cómo es?

—*Mítico* —dice, y al ver que las arrugas se desvanecen de su rostro, sé que elegí un tema adecuado—. La primera vez que vi ese mundo, pensé que había entrado en las páginas de un libro de cuentos.

Su mirada se torna vidriosa por el recuerdo, y lo dejo revivirlo un poco.

—¿Estuviste allí cuando eras más joven? —pregunto luego de un rato.

—Estudié en el Lykeion cuando tenía ocho años, igual que mi madre y mi abuela, y varias generaciones antes —su voz recupera el timbre musical, y su melodía es como una canción que jamás quiero que termine. Así que sigo haciendo preguntas.

—¿Y cómo es la cultura acuariana? ¿Y su gente?

—Están entre mis personas favoritas —dice con fervor, y los celos me abrasan el cuello pensando en que podría estar refiriéndose a Pandora—. Son atentos, profundos, estudiosos, tienen conciencia social... y también, es divertido hablar con ellos porque tienen una palabra para todo. Para todo sentimiento, toda experiencia, todo concepto.

Me acuerdo de mamá, y me pregunto si realmente ha cambiado de Casa. ¿Se aplicará a ella la descripción que acaba de hacer Mathias? ¿Cómo sería encontrarme con ella como acuariana?

Cuando era menor, solía soñar despierta que mamá estaba viva y solo había perdido su memoria. La imaginaba viviendo en una cabaña acogedora sobre una pequeña isla, en donde pasaba los días leyendo las estrellas de la gente, y las noches intentando recordar la vida que había olvidado.

Los cancerianos navegaban desde lejos para que esta vidente misteriosa y admirable les leyera las estrellas, y en cada futuro que trazaba, buscaba un atisbo de su pasado. Me imaginaba a mí misma intentando localizarla para ver mi futuro, y apenas se encontraban sus insondables ojos azules con los míos, su amnesia desaparecía por obra de magia.

Un solo vistazo sería suficiente para saber que yo era suya y ella, mía. Se disculparía por abandonarnos y por el modo en que me había criado, y juntas regresaríamos a casa para crear recuerdos nuevos y mejores. Recuerdos que valieran la pena conservar.

La Onda de Mathias comienza a sonar, y cuando acepta la llamada, los hologramas de Amanta y Egon se proyectan hacia fuera. Cuando termina de intercambiar novedades con sus padres, los asistentes de vuelo salen de la sala para servirnos el almuerzo. Gracias a la falsa gravedad, comemos comida de verdad —una bandeja colorida de sushi recién hecho— y no una comida comprimida.

Siete horas después, nos vuelven a dar de comer, a lo que sería la hora de la cena en Esconcio, y después bajan las luces de la nave para que podamos dormir. Stan se queda dormido con el traje de viaje puesto, pero yo paso al lavabo para ponerme el pijama, mientras Mathias se cambia en nuestra ala.

Al reclinar el asiento hacia atrás, el sofá se convierte en cama, y nos cubrimos con mantas suaves de algodón que nos dan los asistentes de vuelo. El ruido sordo y uniforme del motor es el único sonido de la nave completamente oscura, y cada tanto se ven los destellos de luces plateadas que pasan junto al cristal. La atmósfera se siente extrañamente cargada… tal vez, porque estoy compartiendo una cama con Mathias.

Me volteo de costado para encontrarme con su mirada azul medianoche. La luz de las estrellas se refleja en el blanco de sus ojos.

La respiración se me acelera.

—Hola —susurro.

Extiende el brazo y me acerca a él, abrazándome a su pecho y descansando el mentón sobre mi cabeza.

—Lo siento —murmura—. No sé por qué me quedé paralizado cuando nos detuvieron los Estridentes. Creo que antes era más fácil saber cómo actuar, cuando aún creía que había un modo "correcto" de hacer las cosas.

Su voz resuena en mi oído, y lentamente comienza a deslizar las puntas de los dedos hacia arriba y hacia abajo de la espalda. Un hormigueo me recorre el cuerpo bajo la camisa.

—Cuando el Marad me secuestró, los observé asesinar y diseccionar cuerpos de todas las Casas para encontrar eso que nos hace diferentes —por qué *nosotros* encajamos, y *ellos* no. —A pesar del calor que despide la piel de Mathias, mi cuerpo se enfría. Su mano hace una pausa sobre mi columna, y estampo un beso en el escote de su camisa.

Cuando vuelve a hablar, se reanudan las caricias.

—El problema es que a todos nos criaron para ver al Zodíaco así. El hecho de que el noventa y nueve por ciento se casa con personas de *su clase* supone que hay "clases" de seres humanos, que se nos puede clasificar en un archivo de cancerianos y no cancerianos. Pero somos la misma especie. No doce, sino una.

El corazón late tan rápido en mi oído que me aparto bruscamente de su pecho para mirarlo, y su mano se vuelve a quedar quieta. Por la vulnerabilidad de su mirada siento que la conversación está pasando del terreno filosófico al personal.

—Ya no sé lo que es mejor para la Casa de Cáncer ni para el Zodíaco, pero creo que he llegado a entender algo acerca de nosotros dos. —Traga saliva y oigo la aspereza de su garganta—. Creo que la única manera de saber si lo que tenemos es real o un recuerdo es si tú dejas a un lado el deber que crees que le debes a Cáncer, y la lealtad y la culpa que sé que sientes hacia mí, y te escuchas a ti misma. Creo que sé lo que quieres; eres tú quien debes soltar lo que *quieres* querer.

Comienzo a incorporarme en el sofá-cama.

—Mathias, si sientes algo por otra persona y estás intentando hacerme a un lado…

—No es eso para nada —susurra, sujetándome tan cerca que tengo el mentón acunado en el recodo de su hombro—. Intento actuar con nobleza —respira en mi oído—, porque… me parece que eso es lo que haría el libriano.

Todos mis músculos reaccionan tensionándose; mi cuerpo no está preparado para escuchar a Mathias refiriéndose a Hysan. Por millonésima vez, el solo pensar en él echa por tierra el débil muro que intento construir y reconstruir para contener mis sentimientos, y una vez más reprimo aquellas emociones.

El pulso de Mathias se vuelve a acelerar en mi oído.

—He estado pensando en todo lo que te admití en Tauro acerca de mi captura. No quiero que la culpa que sientes por lo que tuve que soportar —y la lealtad que siempre hemos tenido el uno por el otro— afecte tus sentimientos. No sería justo… para ninguno de los dos.

—No sé cómo me siento —digo, avergonzada de tener que admitir la espantosa verdad.

Se aparta de mí, y me preocupa que me haga a un lado por mi egoísmo, como lo hizo Hysan.

—Mathias, por favor, no…

—Está bien, Rho —susurra, trazando el contorno de mi mandíbula con la punta de los dedos—. No te culpo por estar confundida. Cuando enviaste aquella nota acerca de esperar que la guerra terminara para comprenderlo todo, creo que mi yo anterior lo habría aprobado. Pero a este nuevo yo le preocupa que, si esperamos demasiado, perdamos nuestra oportunidad. Su tono barítono compite con los latidos retumbantes de mi corazón, y toma mi mano en la suya para apretarla.

—La *mayoría* de los cancerianos que conocemos han muerto. La *mayoría.* Yo también me morí, pero me han dado una segunda oportunidad. Y si bien me gustaría intentar dejar un mejor Zodíaco antes de pasar al Empíreo, morir también me ha enseñado lo importante que es *vivir* mientras aún sigo aquí.

Lleva nuestras manos unidas a sus labios y me besa la piel. Jamás lo escuché a Mathias tan indefenso, y todas mis células se paralizan, sintiendo la importancia de este momento.

—El otro día te conté sobre el futuro con el que alguna vez soñé antes de que atacaran nuestra Casa. Pero no te conté sobre el futuro con el que sueño ahora.

Sus ojos color índigo están tan transparentes que tengo la sensación de que su alma se ha elevado a la superficie.

—Me di cuenta de que el futuro es diferente para cada uno de nosotros: para algunos son cincuenta años; para otros, diez meses, y algunas veces, son solo unos minutos. No sé cuánto dura el mío, pero sí sé cómo lo quiero pasar.

"No quiero solo pelear por lo que creo que está bien. También quiero ser *feliz.* Quiero amar con pasión, quiero ver nuevos mundos, quiero comenzar una familia… y, sobre todo, *no quiero esperar.*

9

Me despierto despatarrada de piernas y brazos, tendida a todo lo largo del sofá-cama. Cuando levanto la cabeza, veo a Mathias en el centro de la nave recorriendo las poses de Yarrot. Lo miro unos segundos. Tengo la sensación de que hay algo diferente en sus movimientos; la coreografía no es exactamente igual a la que era.

Echo una mirada alrededor buscando a Stan y lo encuentro todavía durmiendo, con el cuerpo vuelto hacia la ventana. Me pregunto cuánto falta para aterrizar.

—¿Cómo dormiste? —pregunta Mathias. Se desploma al lado mío, jadeando por el ejercicio.

—Bien. Lamento haber acaparado la cama.

—Jamás me habían despertado con un codazo en la cara.

Desvío la mirada para ocultar mi rubor; esta mañana me siento extrañamente tímida con él. Tal vez porque anoche no llegamos a terminar nuestra conversación. Aunque supongo que el punto es que aún no hemos elegido nuestro final.

—¿Estabas haciendo Yarrot? —le pregunto, tomando el menú de ajustes para la cama y poniendo el asiento en posición vertical.

—Yarrot *acuariano*. Pandora me lo enseñó.

Asiento, tratando de no pensar demasiado en las semanas que estuvieron solos en Vitulus cuando yo me fui a Tierre.

—En Acuario emplean astrogeometría en lugar de astroálgebra para leer las estrellas…

—Lo sé —digo, y quisiera no sonar tan brusca.

—La geometría es muy importante en la Casa de Acuario. Dado que las posturas de Yarrot están diseñadas para imitar las doce constelaciones, los acuarianos son más precisos respecto de las formas, así que practican los movimientos de un modo diferente.

Asiento y abro mi Onda para revisar mensajes, pero el texto azul que tengo ante mí se mezcla hasta hacerse ininteligible. Acaba de suceder algo que vuelve a Mathias menos familiar para mí.

Después de tantos años de observarlo practicar la misma rutina de Yarrot, este cambio de enfoque parece otro signo más de que el viejo Mathias desapareció. Y es un recordatorio de que aún no conozco por completo al nuevo.

***

No mucho después entra en escena la constelación del Portador de Agua. Ver la Undécima Casa me hace estremecer de anticipación, como si me hubieran cambiado la sangre por una frenética psienergía. Como si mi corazón supiera que falta poco para resolver el misterio de mamá.

Acuario tiene tres planetas habitados: Primitus, Secundus y Tertius, todos equidistantes entre sí. Las atmósferas de los planetas se encuentran lo suficientemente oxigenadas y perfectamente presurizadas, y una pequeña luna gira alrededor de cada una. Cuando estamos por entrar en la atmósfera de Primitus, una de las asistentes de vuelo emerge del salón y se dirige a nosotros desde el centro de la nave.

—Pido disculpas por esta breve interrupción —dice, y Mathias y yo cerramos las Ondas al unísono. Las pantallas azules suspendidas delante de nosotros se esfuman.

—De acuerdo con el protocolo, ahora pasaremos un mensaje grabado del líder del Partido del Futuro, el Corazón de León, Blaze Jansun.

Me doy cuenta de que la asistente de vuelo es leonina por el ancho rostro, la sonrisa que deja al descubierto los dientes y los párpados tatuados. Cada vez que pestañea, la constelación del León titila en sus ojos.

Después de que se aleja, el elegante logo holográfico del Partido del Futuro se enciende y se apaga sobre el suelo de cristal, y por el rabillo del ojo alcanzo a ver a mi hermano, que se incorpora en su asiento.

—Bienvenidos al Partido del Futuro.

La holografía de un apuesto leonino, con una melena de cabello azul, descubre sus dientes afilados en una amplia sonrisa.

—¿Quiénes somos? Un grupo de sindicalistas galácticos que cree con pasión en nuestra visión de un Zodíaco unido. Queremos reconfigurar nuestro sistema solar para hacer de él un lugar en donde podamos ser, primero, seres humanos, y segundo, ciudadanos de una Casa.

Se encuentra rodeado de hologramas de las doce constelaciones.

—Soy el Corazón de León, Blaze Jansun, y antes de invitarlos a que se unan a nosotros, quiero contarles un poco sobre mí. Nací en la Manada del Poder de mi Casa pero, incluso de niño, sentía que no pertenecía allí. Cuando cumplimos doce años, los leoninos nos marchamos de casa y nos embarcamos en un *peregrinaje*: nos pasamos los siguientes años transitando escuelas de las nueve naciones de nuestro planeta. Somos nosotros quienes elegimos cuánto tiempo estar en cada lugar, o si acaso queremos probar las nueve. Pero, con el tiempo, se espera que juremos lealtad a una Manada.

Blaze se pasa una mano por los encrespados mechones azules, y alcanzo a ver mechas coloridas de reflejos arcoíris ocultas en las capas interiores de su cabello.

—Fue en la Manada de Liderazgo donde sentí que finalmente encontraba mi lugar. Allí aprendí sobre el hijo pródigo de Liderazgo, la histórica figura por la que fui nombrado: el Sagrado Líder, Blazon Logax, del Eje Trinario. Me intrigaban las personas de esta Manada porque parecían completamente diferentes de aquellas con las que me había criado. En lugar de estimar sus intereses personales por encima de otros, les daban prioridad a los intereses de otros por sobre los suyos.

La pasión de su voz y su sorprendente franqueza le dan un aspecto salvaje e indomable. Un verdadero León.

—Fue allí que tuve la revelación que alteró el curso de mi vida. Un hombre *poderoso* quiere que las personas sueñen con él, pero un *líder* quiere que las personas sueñen consigo mismas.

Un resplandor enciende sus ojos rojizos, y una pasión salvaje se adueña de su voz.

—No nací en el mundo para mí. Tuve que dejar mi primer hogar para encontrar el verdadero. ¿Quién dice entonces que *cualquiera* de nosotros haya nacido en su verdadera Casa? ¿Cómo sabemos dónde pertenecemos si desconocemos lo que nos falta?

Sus palabras me recuerdan a Férez y la decisión de poseer once tecnologías en lugar de una. Y otro recuerdo se cuela en mi memoria, algo que Hysan me contó en Centaurión: *He visitado cada Casa del Zodíaco, y tengo la abrumadora sensación de que no todos alcanzan la felicidad en el lugar en donde están.* El leonino, el capricorniano y el libriano todos parecen estar diciendo lo mismo: en un universo gobernado por el destino, nuestro poder reside en nuestras elecciones.

—Cuando el Pleno honró a Rhoma Grace con el título de Estrella Errante, sentí algo. —Mi pulso se acelera cuando escucho mi nombre—. Su fuerza y su pasión me inspiraron para hacer público un plan en el que solamente había soñado, un plan para construir puentes en todo el Zodíaco.

"*Nosotros* somos esos puentes. El Partido del Futuro busca activamente jóvenes que quieran ayudar a reconfigurar los mundos que mañana heredaremos. Y, sinceramente, espero que consideren unirse a nosotros.

El holograma se apaga, e instantes después la voz automatizada de la nave anuncia por el intercomunicador:

"Por favor, prepárense para el aterrizaje. —Al abrocharnos los cinturones de seguridad, siento el primer atisbo de excitación por este nuevo partido político. El idealismo de Blaze me recuerda a Twain, Candela y Ezra, y a todos los que conocí en Centaurión hace unos meses, y me siento ansiosa por participar y sentirme útil una vez más.

Cuando recuerdo aquel viaje, la mente se dirige automáticamente a Hysan. ¿Habrá o*ído hablar del Partido del Futuro? ¿Qué pensará de él?*

Pero me obligo a dejar esos pensamientos atrás. Si existe una chance de que Mathias y yo compartamos una vida juntos tengo que soltar a Hysan tan definitivamente como él me ha soltado a mí.

Cuando cruzamos la barrera invisible para entrar en la gravedad de Primitus, las alas se vuelven a sacudir peligrosamente. Siento todo el peso de mi cuerpo al tiempo que los contornos coloridos del planeta se amplían a través de la ventana acristalada del suelo. La Casa de Acuario es una Monarquía Real gobernada por el Guardián Supremo; la facultad de ser Guardián es un derecho de nacimiento, así que el linaje está determinado por la sangre. Como el Guardián Supremo Gortheaux, el Trigésimo Tercero, solo tiene seis años, su Asesora Principal, Untara —la mejor vidente de la Casa— gobierna en su lugar.

Acuario está constituido por seis Clanes, dos en cada planeta: el Clan Alanocturna son los lectores de estrellas de la Casa (como Pandora y Mallie, del Halo de Helios); los Literati, estudiosos y educadores; la Hermandad, activistas y filántropos con conciencia social; los Naturalistas, ambientalistas; los Visionarios, arquitectos del mañana, y el Clan Real, donde reside la Monarquía de la Casa que ejerce el gobierno. Como Primitus alberga a los Clanes Real y Alanocturna, tengo la esperanza de ver el palacio real, que es una de las Cuatro Maravillas del Zodíaco. Supuestamente, el castillo es tan grande que, en un día despejado, se advierte su silueta desde cualquier lugar del Reino Real.

La nave aterriza sobre una colina cubierta de hierba bajo un cielo encapotado, y el asistente de vuelo leonino nos asegura que entregarán nuestras maletas en la sede central del Partido. Antes de desembarcar, los tres nos cambiamos y nos ponemos nuestros trajes azules de Cáncer.

Soy la primera en bajar del avión y de inmediato deseo haber traído un abrigo más grueso. Jamás he estado tan lejos del sol. La órbita de la Undécima Casa está más alejada de Helios que cualquier otro mundo que he visitado; sus tres lunas son incluso conocidas por sus famosos spas de esquí.

Apenas alcanzo a ver un establo de madera en el horizonte, cuando Nishi me envuelve en sus brazos, y comenzamos a girar y girar sobre la pista de aterrizaje, unidas y riendo eufóricas una en el oído de la otra. Cuando dejamos de reír, nos estrechamos aún más, y me doy cuenta de que ambas estamos luchando por contener las lágrimas.

Al separarnos, le echo el primer vistazo a mi mejor amiga, y me sorprende lo diferente que está. Lleva un abrigo de levlan blanco que seguramente costó tres veces más que el traje rojo que llevó al Cuadrante Lunar, y un par de brillantes piedras preciosas le cuelgan de los lóbulos de las orejas, tan luminosas que parecen estrellas. Nishi siempre tuvo gustos costosos, pero, como yo, suele sentirse más cómoda llevando ropa informal. Verla arreglada de un modo tan inusual en ella me recuerda a mis propias apariciones públicas como Guardiana, cuando no me vestía por mí sino por mi causa.

Mientras saluda a Stan y Mathias, noto a un par de hombres acuarianos de cabello entrecano acercándose; les siguen de cerca una manada de caballos con los colores del arcoíris: gris, aguamarina, rosado, verde. A medida que las enormes criaturas se acercan dando fuertes pisadas, el corcel color aguamarina se aparta del grupo para sacudir su melena, y un par de gigantes alas emplumadas se extienden a uno y otro lado en dirección al cielo.

—¿Y *esos* qué son? —pregunta Stan, y por primera vez en demasiado tiempo, la melancolía ha desaparecido de su voz.

—Pegazi —dice Nishi—. Los montan los miembros del Clan Real para desplazarse de un lado a otro.

El caballo rosado se acerca trotando hacia Nishi, como si la reconociera, y los hombres acuarianos presentan a Stan y Mathias a los Pegazi verde y gris. Yo miro fijo a la criatura aguamarina que sigue de pie a cierta distancia de nosotros.

—Ese es Candor —dice uno de los hombres después de ayudar a Mathias a montar el corcel gris, refiriéndose al caballo aguamarina—. Es la cabeza de la manada: solo un líder lo puede montar.

Considero mencionar que mi papel de Estrella Errante carece de cualquier poder *real*, pero el hombre de cabello entrecano ya se encuentra chasqueándole la lengua a Candor para que se acerque. El caballo no se mueve.

—Parece que espera que nosotros vayamos a él. —Me dirige una amplia sonrisa y advierto que le faltan dos dientes. Espero que no haya sido el casco de Candor el que se los haya quitado de una patada.

—Estamos en tierra de los Pegazi, así que me parece que tenemos que acatar sus deseos —dice con afabilidad—. Después de todo, la decisión de crear un lazo afectivo debe ser mutua. Tiene que aceptarte.

Lo sigo hacia el caballo alado, que me observa a través de ojos color ónix; cuanto más los miro, más colores veo en sus profundidades. Me recuerdan al Talismán de ópalo negro.

—¿A qué te refieres cuando dices que "es tierra de los Pegazi"? —pregunto, sin dejar de estudiar los ojos de Candor.

—La historia nos cuenta que cuando los seres humanos colonizaron Primitus, los Pegazi ya habitaban el hemisferio norte del planeta. Para evitar perturbar su modo de vida, nuestros ancestros diseñaron el Reino Real en función de ellos. A lo largo de los siglos comenzamos a despertar curiosidad entre estos caballos alados, y se fueron haciendo amigos de las personas y aprendiendo nuestro idioma.

Me volteo a toda velocidad para mirar al acuariano. Debe de estar bromeando, pero luce serio.

—¿Pueden… comprendernos? —pregunto, incrédula.

Candor relincha y se inclina bien abajo.

—¡Te ha aceptado! —exclama el hombre.

Tengo un nudo en el estómago al tomar la mano que me extiende y subir la pierna por encima del lomo del corcel.

—Tiene una cresta en la espina dorsal que te puede sostener —dice el acuariano, haciendo un gesto para que me corra hacia delante. Cuando me deslizo sobre el suave pelo del Pegazi, siento que caigo dentro de una ligera cresta en los intervalos de su lomo.

—Una vez que han creado un lazo afectivo, es de por vida —dice con reverencia—. Un Pegazi jamás se olvida de un alma. Sentirá tu presencia cada vez que entres en el Reino Real.

—Eso es… *increíble.*

Al mirarlo desde lo alto del lomo de Candor, se me ocurre que, aunque parece una especie de pastor de los Pegazi, el hombre no toca a las criaturas ni parece tener control alguno sobre ellas.

De improviso, Candor avanza dando pisadas fuertes para unirse a los demás; me doy vuelta para saludar al acuariano con la mano en alto.

—¡Gracias!

Los otros Pegazi han formado una línea para saludarnos, como soldados que saludan a su capitán. A medida que Candor inspecciona a los caballos alados, echo una mirada a mis amigos.

—¡Tranquila, Rho! —llama Nishi a voces—. ¡Trata de divertirte!

Las alas de mi caballo se despliegan súbitamente con fuerza, y el mundo entero comienza a temblar al tiempo que avanza al galope. Es como pasar en un instante de la quietud absoluta a la velocidad de la luz. Me sujeto con fuerza a su cuello mientras sus alas se baten a mis costados, soplándome aire en el rostro, y oigo los cascos de los demás caballos resonando detrás. A medida que nos acercamos al borde del acantilado, aceleramos el paso, y suelto un grito cuando nos precipitamos desde lo alto de la colina. Luego, endereza las alas, y remontamos vuelo hacia el cielo poblado de nubes.

A estas alturas el viento que me golpea el rostro me habría congelado si no fuera por el tibio cuerpo del Pegazi; el calor que emana su cuero neutraliza el frío y termina haciendo que la experiencia sea bastante... *deliciosa.*

Miro hacia abajo mientras volamos por encima de un amplio valle de fincas familiares, bien separadas unas de otras. Las enormes casas se extienden sobre uno de los lados de un lago turquesa transparente; del otro, hay un hábitat de Pegazi, que cuenta con chozas techadas, fardos de heno y mantas de pluma. Nos elevamos más y más para alcanzar la cima de una colina escarpada, y luego irrumpe un bosque, tragándose el paisaje en sombras y texturas de verdes, hasta que el tapiz de árboles queda interrumpido por el rugido del océano azul.

Después de un tiempo de estar "cabalgando", el cuello se me comienza a acalambrar, así que miro hacia arriba. E inhalo, sobresaltada.

Cerniéndose enorme en el horizonte grisáceo, como si planeara más arriba del Reino Real... hay un castillo entre las nubes.

10

Un majestuoso palacio de múltiples torres flota en el cielo, cubierto de cientos de cascadas que se precipitan de sus muros.

Por las lecciones de mamá, recuerdo que el castillo no está realmente flotando, al menos, no como las ciudades voladoras de Libra; en realidad, está sostenido por hielo invisible que se recolecta en la luna de Primitus. El hielo es tan consistente que nunca llega a derretirse, y ha estado afirmando el castillo desde que los colonizadores terrícolas del Zodíaco lo construyeron en sus orígenes, hace milenios.

Candor galopa sobre las nubes algodonosas, en realidad, remolinos de vapor helado que se agitan sobre la capa superior del hielo. Dado que su superficie es lo suficientemente fría como para quemarle la piel a una persona, el hielo está enterrado bajo un abultado manto de arena.

Si bien me encantaría ver el castillo, no puedo evitar preguntarme por qué estamos yendo hacia allí ahora, cuando deberíamos estar encaminados a la sede del Partido del Futuro.

Los Pegazi interrumpen el galope en una rotonda de cascadas al pie de la entrada del palacio, y el rugido del agua que cae con fuerza resuena en aquel espacio abierto. Por todos lados, dignatarios acuarianos engalanados con gruesas capas de telas vistosas se ocupan de sus obligaciones, portando llamativas Piedras Filosofales que cuelgan del cuello. Tienen la cara estrecha, piel color marfil y ojos vidriosos cuyos irises abarcan todas las tonalidades del cielo: negro, gris, morado, azul, rojo, rosado, naranja, amarillo.

Un ayuda de cámara con un sombrero de copa de terciopelo me ofrece una mano, y Candor se inclina bien abajo para que descienda deslizándome sobre su lomo. Pero antes le susurro en el oído: "Qué momento *estelar*. Gracias, Candor. Y... gracias por crear un lazo afectivo conmigo".

Mis botas aterrizan sobre un suelo arenoso, y me dirijo a Nishi, que se ha apeado de su Pegazi rosado.

—¿Qué hacemos en el palacio real? —le pregunto.

—Después de Leo, Acuario fue la primera Casa que apoyó al Partido del Futuro, así que Blaze se puso en contacto con la Monarquía y les preguntó si podíamos celebrar aquí nuestro evento de lanzamiento. Hemos estado aquí un par de semanas, preparándonos para mañana por la noche.

—¿Qué habrá mañana por la noche? —pregunto. En ese momento, Stan y Mathias se unen a nosotros.

Nishi hace una pausa dramática, y no puedo evitar una sonrisa ante lo teatral que se comporta.

—¡*Un baile real!*

Cuando ninguno de nosotros reacciona con la misma emoción, pone los ojos en blanco.

—Tenían que ser *cancerianos* —masculla para sí—. De cualquier manera, es nuestro primer evento formal, una campaña para afiliar socios a la vez que un evento para recaudar fondos. A Blaze le pareció mejor si el país anfitrión era un mundo neutral, dado que hacerlo en su propia Casa los haría perder objetividad. Además, Leo apoya tantas causas que nadie toma demasiado en serio su respaldo.

Siento un aliento caliente sobre el hombro, y al levantar la mirada me encuentro, asombrada, con los ojos de ónix de Candor. Me mira parpadeando antes de alejarse al trote, seguido a una distancia respetuosa por los demás Pegazi. Poco después desaparecen doblando el ángulo del castillo.

—Hay un predio natural para ellos dentro del territorio del palacio —dice Nishi—. ¡Ahora vengan a ver adentro!
La seguimos atravesando hileras de cascadas. Me rodeo los brazos alrededor del pecho mientras avanzamos, intentando recuperar un poco de calor para mis miembros helados. Las bajas temperaturas de este mundo, combinadas con el agua fría que se precipita a nuestro alrededor, me hacen extrañar el calor de Candor.

La arena bajo nuestros pies se transforma en piedra al entrar en una arcada protegida, donde un grupo de Patriarcas —Zodai acuarianos— en trajes color aguamarina montan guardia a las puertas del castillo; no dicen nada cuando pasamos a su lado. Luego entramos en un vestíbulo circular con un cielorraso tan alto que no alcanzo a verlo. Las paredes de piedra arenisca a nuestro alrededor están caladas con diseños de cristales coloreados, decorados y teñidos para reflejar las doce constelaciones del Zodíaco. En lugar de la Decimotercera Casa hay una enorme representación de Helios, cuya luz dorada es tan brillante que bien podría ser un día de sol afuera. No tengo mucho tiempo para admirar el esplendor de la sala ni los cortesanos suntuosamente ataviados, que llevan capas y telas de todos los colores encima de sus vestimentas, porque Nishi me empuja para que siga.

Cortamos camino por incontables espacios comunes, donde los cielorrasos texturados están cubiertos de telas ondulantes dispuestas de desiguales maneras; cada techo representa un cielo diferente: atardeceres rojos, amaneceres azules, lunas llenas, noches estrelladas, mañanas nubladas. Hacia donde miremos, hay telas coloridas, gruesas como alfombras, que se adhieren a los muros, con elaborados dibujos en mosaico. Cada paño parece rodeado de su propia corriente de aire, y todos serpentean como olas ondulantes hasta el suelo de piedra, creando la impresión de que la obra de arte está viva.

Mientras nos zambullimos en una sala tras otras, atisbo por momentos el balcón de un nivel superior, pero aún no he visto escalinatas o ascensores. Es imposible darse cuenta de la cantidad de pisos que hay porque el plano del castillo parece tan intricado como los diseños que danzan en sus muros.

Nishi deja de caminar cuando llegamos a un tapiz bordado de azules y bordós. Presiona el pulgar contra el sensor de la pared que está al lado, y retrocedo asustada cuando la tela se hincha hacia fuera sola, y luego comienza a ondular para formar una escalera alfombrada.

—Acuario es un mundo tempestuoso —dice Nishi cuando ve nuestros rostros estupefactos—, y como el palacio real se yergue tan alto, a cada rato lo alcanzan los rayos. Así que los Patriarcas aprendieron a aprovechar las corrientes eléctricas del aire para activar las cargas estáticas de estas telas.

"Es completamente seguro —añade cuando advierte mi expresión desconfiada—. Si recibes una leve carga de una superficie, no te preocupes. Lo peor que te puede pasar es que termines con el cabello rizado. —Me agarra para que suba las escaleras con ella—. Y en tu caso, nadie notará la diferencia.

—*Muy graciosa* —digo, aunque su broma me hace acordar a Leyla y Lola, y lo mucho que me gustaría que estuvieran aquí.

Los escalones parecen inesperadamente sólidos bajo mis pies, y cuando llegamos al final de la escalera, trepamos por una abertura en la pared que había estado oculta. Salimos a un área común bien iluminada, con un cielorraso ondulante que representa un crepúsculo violeta; seguramente así es como se veía el cielo acuariano cuando nació Pandora. Una constelación de estrellas brilla desde la tela con la forma del Arquero sagitariano.

Por lo menos cien jóvenes —vestidos de uniformes de diferentes Casas— se reúnen en sofás de terciopelo afelpados, revisan pantallas holográficas en mesas de piedra arenisca o sintonizan con noticieros que emiten las pantallas circundantes. Al menos la temperatura aquí adentro es más cálida que en el resto del castillo.

—Este es el Partido del Futuro —dice Nishi, orgullosa, paseando la mirada por la escena ante nosotros—. Acuario nos prestó esta ala del castillo durante nuestra estada. Hemos estado planeando el evento de mañana durante semanas. Hay tanto que hacer, desde encargarse de las invitaciones y las confirmaciones al evento hasta elegir las decoraciones, la comida y el espectáculo, preparar nuestra presentación y la agenda de la noche, decidir todo lo que sucede después, y... no sigo —dice Nishi, haciendo una pausa para recobrar el aliento.

—Estrella Errante.

Me doy vuelta para ver a una chica geminiana curvilínea, que lleva ropa ajustada y tiene la piel morena y lustrosa.

—¡*Imógene!*—exclamo, y realizamos su saludo minuciosamente coreografiado, que involucra chocar los nudillos, golpear los codos y palmearse las manos.

—Imógene y yo nos unimos al Partido en la misma época —dice Nishi—, y como no conocíamos a nadie más, permanecimos juntas.

—Tienes que conocer a Blaze —dice Imógene y, como la última vez, el brillo rojo de sus labios resulta tan intenso que no puedo apartar la mirada—. Está deseando conocerte.

—Me encantaría conocerlo.

—¡Sagrada Madre! —me sorprende que me llamen otra vez con ese título, y me vuelvo para ver a un grupo de cancerianos en trajes azules. Tras intercambiar el saludo de la mano con todos, me entero de que han venido de campamentos de refugiados de todo el Zodíaco. La mayoría son sobrevivientes de Elara.

—En este momento tenemos bastante colmada nuestra capacidad —dice Nishi, una vez que se detiene la oleada de cancerianos—. Especialmente dado que los invitados de mañana también se quedarán a pasar la noche en el castillo. Así que, si no les importa, Stan y Mathias —mira a los muchachos por encima de mi cabeza—, compartirán una habitación, y tú, Rho, te quedarás conmigo.

Una sonrisa imposible de reprimir se dibuja en mis labios. Nishi advierte mi reacción y vuelve a entrelazar su brazo con el mío.

Cruzamos a una alcoba en el otro extremo del área común, donde una escalinata de piedra sube en espiral a los pisos más altos. Camino al piso superior, Imógene se detiene ante una puerta del nivel inferior para darles a Stan y Mathias acceso a su habitación, pero Nishi y yo continuamos hasta lo más alto de la torre.

Cuando termina la escalinata, Nishi abre una puerta para revelar una habitación circular revestida de ventanas de cristal que dan a todo el reino. Si afuera no estuviera nublado, seguramente podríamos ver gran parte del hemisferio norte de Primitus desde aquí arriba.

—Este lugar es *espectacular* —digo, y advierto mis pertenencias sobre una banqueta al pie de la cama—. Nishi, ¿cuál es tu importancia para este Partido?

Examino la suite, que tiene su propio lavabo y un área acordonada que seguramente sea un Tocador de Damas —un elemento esencial en los hogares de las damas que pertenecen a la nobleza acuariana—. Recuerdo haber leído sobre ellas en la Academia; a través de una abertura en las cortinas de borlas doradas, entreveo sus paredes de espejos y el tocador de terciopelo.

Nishi se apoya en el borde de una enorme cama de plumas, y mientras descansa, su sonrisa comienza a flaquear. Me siento a su lado en silencio, esperando que se desmorone ahora que estamos solas y por fin podemos hablar en privado.

—Cuando regresé a Centaurión —comienza a decir. Parece más exhausta aquí dentro que cuando estaba fuera—, era un desastre.

Se pasa los dedos ligeramente temblorosos a través del grueso cabello.

—Mis padres estaban tan preocupados. Querían que me postulara a un campus de una Universidad del Zodai en otra Casa, pero no podía... —Sus ojos color ámbar comienzan a cerrarse con pesadumbre, y le tomo la mano, segura de que va a llorar.

—Luego, hace tres semanas, me llegó un mensaje de Blaze. Me contó sobre este Partido y me preguntó si me podía reunir holográficamente con él. —Se endereza un poco más y parpadea para ahuyentar la tristeza con sorprendente facilidad.

Al observar la pesadumbre desvanecerse de sus ojos, recuerdo una mañana en Elara hace cuatro años. Se acercaba las primeras vacaciones de nuestra clase en la Academia, y un par de días antes, Nishi se despertó con una grabación de sus padres diciendo que asistirían a un festival en la Casa de Leo y que no podrían reunirse con ella en casa. Recuerdo observarla mientras parpadeaba un par de veces, y tomarle la mano entre la mía, como ahora, segura de que iba a llorar. Pero luego se volteó hacia mí con una sonrisa.

—¡*Adivina quién va contigo a Cáncer!* —fue todo lo que dijo en ese momento.

—Cuando conocí a Blaze —continúa la Nishi del presente, y la tristeza ha desaparecido de su voz—, dijo que era un fan de la canción que había lanzado, *Confía en la Guardiana Rho*, y que le parecía un modo inteligente de trasmitir la existencia de Ofiucus. También había escuchado hablar, por otros miembros del Partido del Futuro, sobre el grupo que reunimos en Centaurión, y estaba impresionado por mis habilidades para reclutar gente. Me contó que el Partido estaba listo para traer su mensaje al Zodíaco, pero antes quería encontrar al codirector adecuado para el movimiento —y, en particular, quería que fuera alguien de otra Casa.

Exhala con fuerza.

—Me está considerando *a mí.*

—¡*Helios*, Nishi! —La abrazo con fuerza y ella me estrecha a su vez—. Qué genial —digo contra su cabello.

—Aún no se ha decidido nada; hay otros candidatos —me advierte una vez que nos separamos, pero sus ojos siguen brillando de ilusión—. ¿Te imaginas si el Partido del Futuro gana la fuerza suficiente para ser reconocido en el Pleno? Podría ser algo muy *trascendente.* Podríamos cambiar la manera en que opera todo el Zodíaco, y no del modo violento en que lo hizo el Eje, sino a través del liderazgo y la comunicación. Este podría ser el propósito de mi vida… mi manera de contribuir a nuestra causa.

Sus ojos se vuelven más grandes, y reaparece mi preocupación. Estoy encantada de que reconozcan su inteligencia, pero me preocupa que se involucre tanto con este Partido cuando aún conozco tan poco de él. Y lo que más me preocupa es que todavía no ha mencionado a Deke.

El Rastreador de sílex que lleva en la muñeca comienza vibrar, y extrae una seguidilla de pantallas holográficas rojas. Decido revisar mi Onda también, y aparece un mensaje azul de Crompton, que me invita a reunirme con él a primera hora de mañana.

Aunque sé que es demasiado pronto para que tenga noticias de mamá, no puedo evitar ilusionarme.

—¿Recibiste algún mensaje de Hysan?

Le disparo a Nishi una mirada sombría.

—Te dije que él y yo no estábamos hablando…

—Lo siento, lo siento —dice rápidamente—. Es solo que por un segundo te alegraste. ¿Es Mathias?

Para dar por finalizado el interrogatorio, le respondo:

—Es el Embajador Crompton.

—*¿Crompton?* —arruga la nariz como cuando las cuentas no coinciden con las medidas del Astralador—. Es nuestro invitado de honor en el evento de mañana.

—Impresionante. —Como embajador galáctico, Crompton no es solo una figura política de Acuario, sino una de carácter universal, de modo que su participación resulta muy alentadora para el Partido.

—Al principio iba a ser el Líder de la Manada de Liderazgo de Leo, pero tenía una incompatibilidad de horarios y nos abandonó, así que nos salvó totalmente que Crompton haya accedido a reemplazarlo. —Inclina la cabeza, mirándome con curiosidad—. ¿Por qué te reunirás con él?

—Pues… hay algo que he estado queriendo contarte, y es otro de los motivos por los que quería venir a Acuario… Creo… creo que mamá podría estar aquí.

Nishi me toma las muñecas con fuerza, estrujándome las venas.

—*¿Qué?*

Describo las visiones que he tenido de su rostro acuariano, y luego extraigo la caracola negra de mi bolsillo y le explico por qué la tenía Aryll.

—No sé qué es real y qué no. Pero estar en esta Casa es la mejor oportunidad que tengo de averiguarlo.

—Esto es increíble, Rho —susurra Nishi. Sus ojos siguen ocupándole todo el rostro—. ¿Hay algo que pueda hacer para ayudar?

—Gracias, Nish. En realidad, he estado consultando a las estrellas lo más seguido posible para buscar señales de ella. ¿Habrá alguna sala de lectura que pueda visitar o debería limitarme a usar mi Efemeris aquí dentro?

—Te llevaré. De todos modos, tengo que ocuparme de algunos asuntos del Partido.

En la mitad de la escalera, me detengo para ver la habitación de Stanton y Mathias. También tiene una gran vista, pero es más pequeña que la nuestra.

—Me voy a hacer una lectura —les digo desde la puerta—. ¿En qué andan?

—Estamos a punto de explorar el castillo —dice Stan en voz fuerte desde el lavabo cerrado—. Imógene nos dará un tour rápido.

Mathias se acerca adonde estoy.

—Si quieres hablar más tarde y no estoy, intenta comunicarte con mi Anillo.

—Claro —digo, queriendo decir algo más aunque no sé qué. Luego la puerta del lavabo comienza abrirse, y me lanzo escaleras abajo para buscar a Nishi.

Observo a distancia mientras ella les da instrucciones a varias personas, y luego pasamos por el hoyo oculto de la pared y descendemos la escalinata de tela azul y bordó. Cuando llegamos al piso de abajo, solo damos unos pasos y Nishi se inclina abruptamente para levantar una manija de bronce escondida en el suelo de arenisca.

La trampilla se abre y escudriño la oscuridad que está ahí abajo.

—¿Tengo que descender?

Nishi asiente.

—¡Buena suerte!

***

Desciendo las escaleras y me encuentro en un extremo de un túnel de piedra, escasamente iluminado. Lo sigo hasta llegar a una cueva que titila con luces plateadas. Estoy en la sala de lectura.

Sola en la cueva, intento abstraerme de todo para acceder a mi Centro. Sumergiéndome en mi alma, no convoco solo a los azules de Cáncer para estabilizarme, sino a un tapiz de rostros: papá, Deke, Stan, Nishi, Mathias, Hysan, Brynda, Rubidum, Twain, Leyla, Lola, Férez y tantos otros.

En cierto sentido, ha cambiado la definición de lo que es mi hogar. Mi alma ya no se siente anclada a un trozo de tierra o a una masa de agua. Ahora está atada a todas las personas que amo de todo el Zodíaco.

La absenta de mi anillo vibra con el influjo de psienergía, y el mapa se expande alrededor al tiempo que accedo al plano astral. Asteroides, enanas blancas, gigantes rojas, cuásares, cúmulos etéreos de fuego —el Sistema Solar del Zodíaco se despliega ante mí como un *hermoso baile de luces.* Mientras observo la acción cósmica, se siente un cosquilleo en el aire por la inestabilidad. Hace meses que el Psi está así.

Imagino el rostro de mamá, y mis dedos encuentran la caracola negra en mi bolsillo. La doy vuelta en la mano mientras me enfoco, valiéndome de ella como un amuleto de la suerte. Después de un tiempo examino la constelación del Portador de Agua, tratando de captar su psienergía para averiguar dónde se origina su señal en el plano astral. Pero como las veces anteriores, no siento nada.

Decido realizar una lectura más general. Las Casas de Fuego —Aries, Sagitario, Leo— brillan más fuerte que nunca, pero hace un tiempo que suena esa señal de alarma. Continúo observando nuestros mundos, tratando de vislumbrar algún atisbo del futuro, y de pronto un sabor amargo y agrio se adueña de mi lengua.

La sustancia se propaga hasta cubrirme la boca, y me sobreviene un ataque de tos que me quema la garganta hasta irritarla. Cuando la sensación se desvanece, me rodeo el cuello con las manos, inhalando lenta y profundamente.

No tengo ni idea del tipo de presagio que acabo de sentir.

Pero sabe a Muerte.

11

El día siguiente amanece tan oscuro y sombrío como el anterior. Cuando me despierto, Nishi sigue dormida, y me quedo recostada en la cama junto a ella, pensando en el presagio de la Muerte que me atormentó toda la noche.

Apenas hablé durante la cena, y cuando Nishi me preguntó qué me ocurría, le dije que solo estaba cansada, así que nos fuimos a dormir temprano. Sé que debería contarle a ella y a los demás acerca del presagio, pero no quiero distraer su atención de todo lo que sucede en el Zodíaco en este momento. Prefiero esperar y ver si vuelve a aparecer. Es posible, incluso, que haya leído mal los signos.

Cuando Nishi se despierta, pide que nos sirvan el desayuno en la habitación. Una vez que llenamos el estómago con panes hojaldrados, pasteles acaramelados y mermeladas exquisitas, nos turnamos bañándonos en la lujosa tina de porcelana del dormitorio. Luego de un baño prolongado, me pongo una bata de felpa color aguamarina y me reúno con Nishi en el Tocador de Damas. Revestida de espejos, la sala tiene un largo tocador de terciopelo, atiborrado de una variedad de productos de belleza. Encuentro un espray que parece pertenecer a la misma familia que los productos que me echaban Lola y Leyla sobre el cabello. Me lo rocío encima, y exhalo aliviada cuando mis rizos lustrosos comienzan a secarse.

Nishi se desploma sobre un sofá rojo cubierto de cojines grises de pluma.

—Prepárate para asombrarte —dice—. Ve y párate donde está la marca.

Doy un paso hacia la línea negra dibujada sobre el suelo de arenisca. Delante de mí una caja rosada colgada de la pared emite un láser. Me examina el cuerpo lentamente y, al finalizar, Nishi palmea el lugar junto a ella sobre el sofá y me desplomo a su lado. Justo en el lugar donde acabo de estar parada, aparece una réplica holográfica idéntica a mí.

—Impresionante —digo, mirándome.

—Es un *archivo de armario.* Emplea un sistema de simulación holográfica para probarte ropa, peinados y maquillaje —explica Nishi, al tiempo que abre un menú de opciones—. Una vez que acabas y eliges lo que deseas ponerte, el espejo del medio se abre y aparece tu vestimenta.

—Qué espectacular —digo, apoderándome de los controles para desplazarme por un inventario de prendas guardadas en el armario. Nos turnamos para elegir algunas opciones al azar para mi holograma. Cada vez que armamos un conjunto, el programa evalúa nuestro buen gusto comparando nuestra elección con lo que está actualmente de moda en los círculos que marcan tendencia de cada mundo.

Al final, Nishi se elige un par de pantalones grises y una delicada blusa color lavanda, sutilmente salpicada con partículas plateadas. Esta moda acuariana es un tanto extravagante para mi gusto, así que prefiero quedarme con mi confiable traje azul de Polaris. Anoche Nishi lo colgó fuera de nuestra habitación, y esta mañana lo hallamos en una funda, con la tela tan limpia y fresca que el traje podría haber sido nuevo.

Mientras deslizo el brazo izquierdo dentro de la larga manga de la túnica, siento la mirada de Nishi posándose sobre mis cicatrices. Ya no tengo vendajes; ahora las marcas son apenas surcos rojos que me cubren la piel.

—¿Cómo estás, Rho? —pregunta desde su asiento frente al tocador, donde se acaba de maquillar.

—Estoy bien —me siento en el borde del vaporoso sofá para calzarme las botas, y ella se acerca para sentarse junto a mí.

—¿Estás segura? —pregunta en voz baja.

Encojo los hombros, sin levantar la cabeza mientras hablo.

—Al principio, me impresionó lo fácil que podía aislar en un compartimento la tortura de Corintia. Solo tenía que hundir el recuerdo cada vez que subía a la superficie de la mente... como hacía con mamá.

Como estoy haciendo con Hysan.

Me arriesgo a lanzarle una mirada a Nishi, porque advierto que lo que estoy diciendo se aplica también a su situación.

—Pero tal como me advirtió Férez, el dolor termina aflorando. No se puede reprimir nada para siempre.

—Vas a necesitar un abrigo si sales afuera —dice Nishi imprevistamente, y vuelve a activar el archivo de armario.

—Nish —digo con cautela—, ¿cómo has estado desde que De...

—¡Me gusta este! —Las paredes a nuestro alrededor giran ruidosamente mientras elige un abrigo sin consultarme, y cuando el espejo del medio se desliza hacia arriba, sale una funda sobre un brazo mecánico. Nishi retira la percha del gancho y abre el cierre de la bolsa para revelar una chaqueta sencilla y ligera de color azul intenso. Es exactamente lo que habría elegido para mí misma.

—Es perfecta —digo, doblándola sobre el brazo.

—Tenemos que irnos o llegarás tarde. —Toma su costoso abrigo de levlan blanco y sale de la habitación tan rápido que tengo que correr tras ella. Para cuando llegamos a la sala común, ya se encuentra en el otro extremo hablando con Imógene.

Mientras me apuro por alcanzarlas, Nishi se vuelve hacia mí.

—Llego tarde a una reunión —dice—, así que Imógene te llevará a ver al Embajador Crompton. Pero nos encontraremos más tarde para almorzar.

No hay reproche en su voz, y sé que solo me evita para no tener que abordar la conversación que estuvimos a punto de comenzar. De todos modos, me concede un rápido abrazo antes de partir y me susurra al oído: "Espero que haya buenas noticias".

***

—¿Cómo conociste a este grupo? —le pregunto a Imógene mientras descendemos la escalera alfombrada, activada por la estática.

—Cuando te fuiste de Centaurión para encontrarte con el Marad, me ofrecí para dirigir una nave de rescate que fuera a buscarte. Pero una vez que supimos que estabas a salvo, la Gemela Rubidum se marchó a Tauro, y el resto nos quedamos buscando modos de ayudar. —Sus tacones afinados son tan altos que no sé cómo consigue mantener el equilibrio sin tomarse de un pasamano.

—¿Y tus clases de la Universidad del Zodai?

—No puedo volver —dice decididamente.

En esa misma respuesta puedo oír a Nishi, a Mathias, a Stan y a mí.

—Lo comprendo.

Sus ojos moteados de cobre van y vienen de mí al suelo.

—Algunos de mis compañeros de clase habían oído hablar de Blaze, y cuando averiguamos acerca de su Partido, me gustó lo que vi y decidí participar. Fue un gran alivio encontrar a Nishi aquí, y me imaginé que solo sería cuestión de tiempo hasta que también vinieras tú.

Cuando llegamos al suelo de arenisca, zigzagueamos a través de una serie de salones rematados por cielorrasos cubiertos de lienzos vaporosos y corredores envueltos en telas ondulantes gruesas como alfombras.

—¿Cuándo conoceré a Blaze?

—Seguramente, hoy. Sé que tiene las mismas ganas de conocerte que tú.

Al cruzar a un área que está completamente sumida en la neblina, las paredes languidecen a nuestro alrededor. El frío vapor blanquecino me empaña la vista hasta que lo único que veo es a Imógene.

—¿Qué...?

—Lo sé. ¿No es maravilloso? —interrumpe—. ¡*Es un túnel de la reflexión!* —A través de la niebla, las sombras de los acuarianos que caminan cerca de nosotros me recuerdan a las huellas psienergéticas del Psi.

—A los acuarianos les gusta caminar por aquí para tomar lo que llaman un *paseo por las nubes* siempre que necesitan pensar sobre algún tema en profundidad. Emplean estos túneles para desconectarse del mundo que los rodea y conectarse a su vez con su mundo interior.

Cuando se disipa el humo blanco, hemos cruzado a otra área común, e Imógene camina decidida hacia un lienzo particularmente largo, color aguamarina y plata. Presiona el pulgar contra el sensor de la pared para activar la estática que se almacena en la tela, y esta se ahueca hacia fuera convirtiéndose en una escalera.

—¿Sabes cuál es el objetivo de Blaze con este partido? —pregunto mientras trepamos—. Me refiero al tipo de planes políticos que tiene en mente.

—Creo que era Nishi quien quería explicártelo —dice Imógene misteriosamente—. Es una líder increíble. Blaze está realmente prendado de ella.

Hay tantos escalones que guardamos silencio el resto del camino, jadeando cada vez más. Cuando llegamos a la entrada oculta de la pared, Imógene usa la huella del pulgar para acceder a un pasadizo de mármol. Se oye el clic-clac de sus tacones afinados sobre el suelo lustroso. Al final del corredor se detiene ante una puerta cerrada.

—Gracias por lo que hiciste. —Sus labios rojos son tan intensos que parecen absorber todo fotón de luz.

—¿Lo que hice? —repito.

—Demostraste que se puede sobrevivir a horrores como el dolor físico, las pérdidas personales y el odio universal... siempre y cuando creas con todo el corazón en lo que haces.

No sé bien qué decir; la última vez que nos vimos, Imógene también me emocionó con sus extraños e inesperados elogios.

—Gracias… pero la convicción por sí sola no fue suficiente —le advierto, pensando en lo segura que estaba de que Ocus era mi enemigo y Aryll, mi amigo—. De hecho, a veces nuestras creencias más profundas pueden volverse en nuestro peor enemigo.

—¿Cómo es eso? —pregunta.

—Creo que la convicción nos juega en contra cuando *lo que queremos* que sea cierto se vuelve más importante que lo que es cierto.

—En Géminis consideramos que creamos nuestras propias verdades —dice. A medida que se vuelve más grave, su voz adquiere un timbre más apasionado—. Si eres capaz de imaginar algo, entonces lo puedes realizar.

—Parece divertido pero complicado.

—Se parece a lo que somos nosotros —dice con una sonrisa—. Solo puedo traerte hasta aquí. La oficina del Embajador Crompton está detrás de aquella puerta. Llámame a mi Tatuaje si necesitas ayuda para regresar a la novena torre.

—¿La qué?

—El palacio real tiene doce torres, y estamos alojadas en la novena —dice por encima del hombro al tiempo que el clic-clac de sus tacones se aleja—. Por eso la novena constelación colorea el cielorraso de nuestra sala común.

Presiona el interruptor de la pared y vuelve a meterse por la abertura, en tanto yo me volteo hacia la puerta que tengo al lado. En lugar de un picaporte hay un sensor de palma plateado, y presiono la mano contra el frío metal. Segundos después, la neblina blanca del túnel de la reflexión inunda el pasadizo y me enceguece.

Me quedo inmóvil mientras se disipa la niebla, descubriendo primero mi cabeza, luego mi torso y mis piernas, hasta que una capa liviana de nubes algodonosas se arremolina alrededor de mis pies. En lugar del pasadizo de mármol, me encuentro ahora en una gran habitación de piedra. Por encima planea una enorme pelota de energía azul, que echa chispas y vibra, cargada de electricidad.

—La fuente de energía del palacio real —dice una voz cálida, y me vuelvo para ver a un hombre alto con ojos del color de un amanecer rosado—. Es maravilloso volver a verte, Estrella Errante.

—Y a usted, Embajador. —Lleva un traje de corte nuevo bajo una amplia capa color aguamarina. Una Piedra Filosofal le cuelga del cuello, con un aspecto menos ordinario que las demás, y lleva el símbolo de la corona del Clan Real.

Al intercambiar el saludo de la mano, siento una descarga de estática; instintivamente, me toco el cabello para ver si lo tengo crespo.

—Lo siento —dice Crompton, haciendo una mueca de disculpas—. A veces, la energía de esta sala interfiere con mi Portador.

Al mencionar la palabra, miro hacia abajo, a los anillos interconectados que lleva en los dedos, y reconozco el dispositivo: es el arma de la Casa de Acuario, que se desenfunda rápidamente. Las bandas del Portador convierten la energía de la atmósfera, emitiendo brillantes arcos de electricidad color aguamarina que pueden moldearse en una serie de formas letales, incluida una espada, un arco y nudillos de latón. Los Patriarcas del Clan Real siempre están armados a fin de estar preparados en todo momento para defender a su soberano.

Sigo a Crompton por una de las decenas de puertas que rodean la sala, y entramos en una oficina austera y sin ventanas, que solo tiene algunas piezas selectas de muebles *vintage*. Lo único que interrumpe los muros sencillos de arenisca es un carrete rotatorio de retratos holográficos, y reconozco el primer rostro por la frente saliente y los ojos que despiden energía.

—El Embajador Morscerta —digo cuando aflora súbitamente un recuerdo— solía proyectar una sombra a su alrededor. Lo vi en el Pleno, y cuando la toqué, sentí un shock eléctrico.

Miro a Crompton, que asiente con nostalgia hacia el retrato.

—Era uno de los Patriarcas más avanzados que he conocido. Podía realizar cosas asombrosas con un Portador, incluida la proyección de un escudo de energía tan poderoso que podía neutralizar la mayoría de los ataques. Jamás se separaba de él... ni siquiera cuando dormía —al encontrarse con mi mirada, Crompton encoge los hombros y añade—. Era una persona paranoica.

El acuariano se acomoda en un sillón color aguamarina con aspecto de trono, detrás de un escritorio con ribetes dorados. Yo tomo asiento en uno de los sillones de terciopelo frente a él.

—El Embajador Morscerta fue mi mentor. Esta era su oficina antes de que la heredara yo, y esas imágenes son los rostros de todos los dignatarios que han ocupado este despacho, desde el primer embajador designado por el mismísimo Supremo Guardián Acuario en los primeros tiempos de nuestra Casa.

No puedo evitar pensar en Cáncer y en todas las verdades, tesoros y tradiciones que se hundieron en el fondo del mar de nuestro planeta. Cuando Hysan me contó que el ópalo negro era el Talismán de Cáncer, me explicó que los Guardianes dejan mensajes en sus hogares para que encuentren sus sucesores... solo que jamás sabremos las últimas palabras de nuestra Sagrada Madre.

La voz aterciopelada del embajador me trae de regreso a su oficina.

—Ahora mismo quiero que sepas que todavía no tengo ninguna pista sobre el paradero de tu madre.

Aunque esperaba esta respuesta, mi corazón entero parece desmoronarse. No me explico cómo pudo contener tanta esperanza cuando apenas me contacté con Crompton unos días atrás.

—No quiero ser brusco —dice— pero, sabiendo que el tema te resulta tan angustiante, no quería hacerte sufrir con lo que los acuarianos llamamos *charlatría*, o sea, la cháchara cortés que demora conversaciones importantes.

—Se lo agradezco —digo, intentando parecer calmada.

Pero seguramente no lo logre porque Crompton continúa con un tono que intenta ser demasiado optimista:

—De todos modos, acabamos de comenzar esta búsqueda, y aún no planeo rendirme, como tampoco deberías hacerlo tú.

—Lo sé, Embajador —digo, levantando al fin la mirada del escritorio con ribetes dorados—. Pero es tan… encontrar a una sola persona que podría estar en cualquier lado…

—Es difícil pero factible —sus ojos rosados brillan cálidos—. Si no tenemos esperanza, mañana es solo un día más.

Quiero creer que su compasión es genuina, pero a estas alturas sé que no todo lo que reluce es oro. Solo les intereso a los senadores del Pleno en la medida en que puedan usarme. Si no puedo confiar en Sirna, tampoco puedo confiar en ningún embajador.

—Hay algo más que tengo que decir. No quiero sonar desagradecida, su ayuda es muy importante para mí, pero ya no permitiré que usted o el Pleno se aprovechen de mí.

La expresión compasiva de Crompton se torna confundida.

—No comprendo.

—Su declaración de Paz. Usted usó mi nombre para impulsar un programa en el que no creo. Me atribuyó palabras que no dije jamás.

Crompton frunce el entrecejo, demostrando una consternación que podría ser completamente fingida.

—La Embajadora Sirna nos contactó asegurándonos que estabas absolutamente de acuerdo con nuestra apreciación. Juro por mi honor, Estrella Errante, que jamás emplearía tu nombre en vano.

Su preocupación por mi nombre me recuerda lo importante que es el concepto en la Undécima Casa. Cuando un acuariano se convierte en Zodai, pierde su nombre de nacimiento y adopta uno nuevo asignado por el Clan: se trata de una única palabra que encarna su personalidad.

No sé qué pensar de Crompton. En Vitulus, cuando di testimonio de la existencia de Ofiucus, fue el primer embajador de las Casas disidentes en ponerse de pie y cambiar de bando para ponerse de mi lado. También fue quien me dio el título de Estrella Errante. Antes de Aryll seguramente miraría con buenos ojos a Crompton; tal vez, incluso me agradaría... pero ya no puedo confiar en mi criterio.

El embajador se pone de pie.

—Deseo que lo pases maravillosamente bien en el baile de esta noche, Estrella Errante, y buen viaje adondequiera que te lleve tu camino. Me pondré en contacto si surge la necesidad.

—Oh. —Me lleva un instante ponerme de pie.

El embajador me dedica una breve inclinación de la cabeza, y me siento aturdida por el cambio abrupto de actitud y lo rápido que me despide. Por un instante considero disculparme, dado que sigo necesitando su ayuda para encontrar a mamá, pero luego me paralizo al ver a la mujer esbelta de cabello blanco que acaba de entrar en la sala.

—Asesora Suprema Untara —digo, extendiendo la mano para el tradicional saludo. La conocí cuando convocaron a todos los Guardianes a Faetonis; vino con Morscerta y el Supremo Guardián de seis años—. Es un honor volver a verla.

Ella no levanta el brazo. Detrás de mí oigo la voz de Crompton.

—La Asesora Suprema Untara es un holograma. —Aunque amable, su tono de voz se vuelto tensa.

Untara tiene un aspecto tan real que debe de estar transmitiéndose desde dentro del castillo, como hacía el doctor Eusta en Oceón 6. Este tipo de proyección holográfica activa solo es posible en lugares que han sido previamente equipados con transmisores, como edificios gubernamentales y oficinas de empresas, y generalmente solo los oficiales de alto rango están autorizados a desplazarse tan libremente.

Untara me sigue mirando un largo momento antes de inclinar levemente la cabeza.

—Estrella Errante, Rhoma Grace. Nos honras con tu presencia —su voz es asombrosamente aguda—. ¿A qué debemos este placer?

—Vine para aprender más acerca del Partido del Futuro.

—Qué maravilloso. —Sus ojos son tan grises y sombríos como el cielo de la mañana—. ¿Y es el Embajador Crompton quien te lo está enseñando?

—Solo le estaba dando la bienvenida a nuestra Casa —dice Crompton, aun cauto—. Sin embargo, ya hemos terminado, así que estoy a tu disposición.

—Gracias por su tiempo —digo ante esta segunda señal de que la reunión ha concluido.

Untara me observa en silencio hasta que me retiro.

12

Abrirme paso por los corredores del palacio tras mi encuentro con Crompton me trae recuerdos del Laberinto de Piedra Lunar en Elara, y después de perderme por enésima vez, me toco el Anillo para comunicarme con Mathias.

—*Estoy perdida.*

—*¿Necesitas orientación física o metafísica?*

Sonrío, aunque no puede verme.

—*¿Crees que puedes proyectarme al cerebro un mapa del palacio?*

—*Puedo hacer algo mejor. Encuéntrame en el Consciente Colectivo.*

Cierro los ojos, y los muros de arenisca que me rodean quedan envueltos en la oscuridad.

—*Estoy aquí* —le anuncio al vacío.

Hay algunas figuras en sombras cerca de allí, pero ninguna me presta atención. Una tenue luz se vuelve más fuerte en el horizonte lejano, acercándose a una velocidad vertiginosa, y antes de que la pueda esquivar, la huella psienergética me invade, fulminante. Abro los ojos de golpe.

El rostro esculpido de Mathias está al alcance de mi mano.

—Hola.

Jadeando, le toco la manga para ver si es real, y mis dedos palpan sus duros músculos.

—¿Cómo... hiciste eso?

—Es una medida de protección que emplea la Guardia Real cuando necesitan encontrar a su Guardián con urgencia, pero solo funciona si están cerca. —Un oscuro mechón de cabello se le mete en el ojo; instintivamente, levanto la mano para apartárselo hacia atrás—. Gracias —murmura en voz baja, y me sujeto las manos detrás para resistir volver a hacerlo.

—¿Cómo funciona? —pregunto para disipar la tensión.

Comienza a caminar mientras explica, y me uno a su ritmo.

—Los Guardianes poseen una íntima conexión con las estrellas, lo que significa que atraen por naturaleza más psienergía que los demás. Dentro del Psi, la psienergía posee propiedades gravitatorias; si alguien domina la cantidad suficiente, puede deformar la red. Así que si un Zodai y un Guardián tienen una conexión fuerte y ambos están sintonizados con el Consciente Colectivo, el Zodai puede permitir que lo guíe la psienergía de su Guardián.

—Pero ya no soy Guardiana…

—Supongo que nadie se lo informó a las estrellas. —Su mirada divertida me hace pensar en el Halo de Helios, la última vez que vi sonreír a Mathias. Me encantaría que se repitiera.

—Entonces, ¿qué planes tienes? —pregunto al tiempo que nos acercamos al imponente vestíbulo. No tengo ni idea de cómo ha logrado conducirnos hasta aquí.

—Voy a buscar a Pandora para traerla al palacio—. Su nombre es como un muro de hielo que cae estrellándose entre los dos. Mathias parece sentir el mismo frente frío, porque añade—: Quería ver la fiesta, y Nishi dijo que no había problema. Imógene dijo que podía dormir en su habitación esta noche.

Me cambio la chaqueta azul de brazo.

—Oh, genial.

Los hombros de Mathias se hunden ligeramente, y el cabello se le vuelve a meter en los ojos.

—En realidad, te estaba buscando hace un rato para ver si querías acompañarme, pero Nishi dijo que tenías una reunión con el Embajador Crompton. ¿Qué quería?

—Asuntos diplomáticos —digo, evasiva, sin querer meterme en toda la cuestión de mamá en este momento—. Y me encantaría ir contigo. —La idea de volver a ver a Candor es motivación suficiente, pero también necesito presenciar el reencuentro de Mathias y Pandora. Es muy posible que le haya tomado el gusto a la tortura.

Mathias se endereza, y su tono se vuelve menos serio.

—Pandora se reunirá con nosotros en el mercado ubicado en la frontera entre los Reinos Real y Alanocturna. Volaremos allá con los Pegazi.

—¿Cómo los llamamos? —le pregunto en el momento en que descendemos a la rotonda de las cascadas y me pongo el abrigo.

—No lo hacemos. Si estamos destinados a montarlos, vendrán a buscarnos.

Justo cuando estoy a punto de preguntarle a qué se refiere, un par de corceles color aguamarina y gris salen trotando de un costado del castillo.

—Eso es imposible —susurro, mirando boquiabierta a medida que Candor se acerca.

—Los acuarianos protegen mucho a los Pegazi, así que es difícil obtener información sobre ellos —dice Mathias en voz baja para que los ayudas de cámara con trajes de terciopelo no nos oigan—. No permiten la experimentación animal, por mucho que les ofrezcan los científicos de las demás Casas para estudiar a estas criaturas, pero tienen una filosofía fascinante acerca de ellos.

Sus ojos color índigo parecen absorber los tonos grises de la piel del caballo y del cielo encapotado, y brillan como el acero.

—Creen que, como los Pegazi atraen tanta psienergía, están siempre sintonizados con las estrellas y conscientes de todo lo que está a punto de suceder. Los acuarianos creen que este es el modo como deciden con quién crear un lazo afectivo, a dónde viajar, y cuándo aparecer. No se mueven por el espacio, sino por el tiempo. —Me da una mano para que me trepe a Candor—. Sus movimientos están guiados por el *destino.*

***

Sobrevolamos el vasto océano hacia el hemisferio sur de Primitus. Aferrada al cuello del Pegazi, me pregunto si es cierto que estas criaturas saben todo lo que ocurrirá. Pensarlo hace que sienta que estoy cabalgando sobre una estrella fugaz.

Candor y yo volamos en amigable silencio; acunada en su espina dorsal, me reconfortan su tibia piel, sus suaves alas y el corazón a prueba de estrellas. Un instinto primordial comienza a agitarse en mi Centro, como si alguien hubiera tocado la esencia de la Casa de Cáncer, la destreza de supervivencia central de todo canceriano: la capacidad sustentadora de Candor me recuerda al amor maternal.

No estoy segura del tiempo que hemos estado volando a baja altitud sobre el océano, cuando de pronto se transforma en picos: las montañas serruchan el horizonte, sumergiendo la tierra que está abajo en sombras. Si el Reino Real se diseñó en un sueño, el del Alanocturna nació de una pesadilla.

La línea filosa de la costa de picos curvos y torcidos tiene un aspecto letal, y de pronto tiene sentido el motivo por el cual los Pegazi solo andan por el hemisferio norte de Primitus. La instructora Tidus se refirió brevemente al Reino del Alanocturna cuando impartió la lección sobre los mejores videntes del Zodíaco —ya que la mayoría provienen de aquí o de Piscis. Recuerdo que dijo que las personas de este Clan viven en las cimas de las montañas para estar cerca de las estrellas.

Candor gira alrededor de la cumbre más elevada, donde hay un mercado pequeño, a cielo abierto; una plataforma de aterrizaje, y un corral para los Pegazi, aunque no sea un puerto espacial ni una estación para cargar combustible, ni nada que insinúe demasiado flujo turístico entre las Casas. Los dos Clanes que comparten Primitus son notoriamente insulares, así que no me sorprendería que este planeta no acogiera a demasiados visitantes.

Los cascos de Candor retumban sobre la tierra rocosa del corral cuando aterriza, y unos instantes después oigo los mismos movimientos por parte del caballo gris. No hay Pegazi aquí, y al mirar alrededor, advierto que todos los rostros acuarianos se dirigen a nosotros.

Apenas desmonto, un par de Patriarcas en atuendos color aguamarina —un hombre y una mujer— aparecen junto a nosotros.

—¿Identificación?

Mathias y yo presionamos los pulgares sobre las pequeñas pantallas que levantan hacia nosotros, y cuando aparece mi placa de identificación holográfica: *Estrella Eerrante, Rhoma Grace, de la Casa de Cáncer*—, me miran con curiosidad, pero no hacen preguntas.

—¿Dónde nos encontraremos con Pandora? —le susurro a Mathias mientras seguimos a los Patriarcas para salir del corral.

—Dijo que ella nos encontraría a nosotros —responde, y entramos en un mercado escasamente concurrido. Cruzamos por el medio de un entramado de puestos, cubiertos con gruesas telas, que venden de todo, desde ropa hasta alimentos y suministros de los Zodai. Mathias se entretiene ante un exhibidor de Efemeris intrincadas de marfil, y yo echo un vistazo alrededor, solo que no busco a Pandora.

Busco el rostro acuariano de mis visiones.

¿Será ese el motivo por el que Candor estaba destinado a traerme volando aquí…? ¿Para reunirme con mamá?

Mis ojos se posan sobre un puesto oscuro al final de la hilera, cubierto de una tela negra tan opaca que absorbe la luz circundante. El material me hace pensar en la Materia Oscura.

—Estrella Errante.

Me doy vuelta para ver a Pandora. Su cabello color caoba cae como una cascada, absorbiéndolo todo salvo las esferas amatistas de sus ojos. Se inclina ante mí antes de chocar puños.

—Qué bueno volver a verte, Pandora. —Lleva un vestido gris, casi idéntico al mío, y un bolso de viaje cuelga de uno de sus hombros.

Mathias se acerca a mí, y los ojos violeta color crepúsculo suben deslizándose a los suyos. Tímidamente, ella le ofrece el puño para el saludo de la mano, y él sonríe —*Mathias sonríe*—. En lugar de contestar el saludo, la atrae hacia él para abrazarla.

Ver su amplia sonrisa me recuerda de inmediato al chico que observaba en el solárium, el que no cargaba con el peso de la muerte. La pálida piel de Pandora se sonroja, y de pronto me siento como una intrusa en una cita privada. El aire se enfría, y me cruzo de brazos para mantener el calor. No debí haber venido.

—¿Así que tus padres te dejaron venir finalmente? —le pregunta Mathias, y por su tono de voz es evidente que hay una historia detrás de esta conversación.

Pandora inclina la cabeza hacia abajo, como si las preocupaciones familiares le pesaran físicamente.

—No fue fácil —dice con un hilo de voz—. Mi hermana está ayudándolos a entender…

Mathias extiende la mano y le levanta el mentón con suavidad, como ayudándola a soportar la carga.

—Iré a dar un rápido paseo para ver los puestos —me escucho decir.

—Rho, espera —dice Mathias, con la frente fruncida de preocupación al ver que comienzo a alejarme—. Te acompañamos…

—*No.*

La palabra me sale brusca, así que añado:

—Ustedes pónganse al día. Ya regreso.

Me encamino hacia la hilera de tiendas, y finjo estar interesada en un estuche de alhajas llamativas que se encuentra algunos puestos más allá, hasta que por fin alcanzo a oírlos retomar su conversación. Recién entonces les vuelvo a echar una mirada discreta.

Pandora se encuentra toqueteando nerviosa la Piedra Filosofal, pero por la postura corporal, es evidente que Mathias se ha relajado, como si se sintiera cómodo con ella. Al principio, Stan solía ser así con Jewel, y también Deke con Nishi… antes de que cualquiera de ellos reconociera que lo que sentía era más que amistad.

¿Cómo pudo haberme hablado así Mathias durante el vuelo a Acuario cuando él y Pandora tienen una conexión tan obvia? Es la persona más sincera que conozco... se supone que debo poder confiar en él. Y sin embargo, como yo, cuando se trata de asuntos del corazón, le falta mucho para ser consciente de lo que le sucede por dentro.

Me obligo a seguir caminando, y cuando llego al final de la hilera, vuelvo a ver la carpa negra. Solo que esta vez distingo un par de ojos blancos entre los pliegues de la oscuridad. Una extraña energía envicia el aire entre los dos, como una ondulación en la tela del universo.

Me acerco lentamente hasta que quedo de pie justo fuera de la sombra de la tienda. Pero aún no distingo nada salvo aquellos ojos.

El dedo que tiene puesto el Anillo comienza a zumbar. Al llevar la mano a la gélida energía, una voz áspera me rasguña la mente.

—¿Te gustaría saber tu futuro, pequeña?

Retrocedo un paso. Se considera extremadamente tabú irrumpir en el inconsciente de una persona desconocida sin ser invitado; solo sucede si un Zodai tiene una discapacidad física que hace vital la telecomunicación.

Los irises del vidente tienen el color del hielo azul, tan pálidos que son casi blancos.

—Conozco la respuesta que buscas tan desesperadamente... ¿o debería decir a la persona?

Un pequeño jadeo se escapa de mis labios, y doy un paso hacia la entrada de la tienda, tan cerca de la oscuridad como me atrevo. Tal vez, las estrellas sí me trajeron acá para encontrar a mamá.

—No tengo dinero —digo en voz baja, y la vergüenza me invade lentamente el rostro.

—Para una persona tan joven, atraes mucha psienergía —susurra la voz en mi mente—. *¿Te gustaría realizar un trueque?*

—No tengo nada para intercambiar —digo, esta vez hablando a través del Psi, más que nada para que mi voz no traicione mi incomodidad.

—Te diré dónde la puedes encontrar… si me das un poco de tu psienergía.

Temblando, ahogo un segundo jadeo. He oído hablar de un mercado negro de psienergía, pero jamás creí que fuera real. Creí que era algo que solo sucedía en las películas y en los holoshows.

—No, gracias —digo en voz alta.

—¿Estás tan segura de que tu psienergía es más valiosa que tu tiempo?

Los ojos se acercan a mí, pero aún no veo nada más. Jamás oí hablar de una tela que pudiera absorber luz de modo tan absoluto.

—La Muerte está ansiosa por acogerte.

La visión de ayer me paraliza de terror, y casi puedo sentir el pútrido sabor del presagio que me vuelve a llenar la boca…

—Rho.

Los dedos fríos de Pandora se cierran alrededor de mi brazo, y me agarra para unirme a ella, alejándome de aquellos ojos helados.

—¿Estás bien? —me pregunta con su voz lánguida—. Te ves pálida.

El regusto de la muerte desaparece de mi boca, e intento volver a concentrarme en lo que me rodea. Caminamos hacia el corral de los Pegazi.

—¿Dónde está Mathias?

—Vio a otro canceriano y quiso hablar con él.

—¿Q-qué era ese puesto negro?

—Es peligroso —dice en voz baja—. Hay videntes que se meten con una práctica mortífera llamada Psifonear —canalizan la psienergía de otra persona para poder Ver mejor en el Psi. Pero es un proceso muy delicado, que requiere mucho control mental, y muy a menudo el vidente toma demasiada psienergía, y la persona en trance queda atrapada en la mente de aquel para siempre.

Siento una repulsión demasiado intensa para responder, pero por suerte llegamos al corral, y Pandora se distrae con los Pegazi.

—No puedo creer que hayas creado un lazo afectivo con tu propio Pegazi. Es raro que lo hagan con alguien que no pertenezca al Reino Real.

—*¡Oigan!*

Nos volteamos al oír la voz de Mathias.

—Lamento lo de recién —dice ligeramente agitado—. Había un hombre del asentamiento de Secundus. Dice que el Clan de la Hermandad ha sido bueno con ellos, y van a presentar una petición a la Monarquía para ver si pueden asociarse como una aldea canceriana bajo la corona acuariana.

—Identificación.

El mismo hombre y la misma mujer de antes nos detienen ante la barrera del corral, solo que esta vez se dirigen a Pandora. Cuando presiona el pulgar contra la pantalla, se proyecta la placa de identificación holográfica: *Pandora Koft, Casa de Acuario, Sobreviviente de la Armada,* y mientras los Patriarcas buscan más datos, alcanzo a oír retazos de conversación, como "Clan Alanocturna" y "abandonó la Academia".

—¿Cuál es tu asunto en el Reino Real? —le pregunta el Patriarca masculino.

Pandora abre la boca para hablar, pero un barítono familiar se le adelanta.

—Trajimos a Pandora al palacio —dice Mathias, hablando con el tono de voz firme pero respetuoso que recuerdo de cuando yo era su Guardiana y él, mi Guía—. Ha sido invitada a un baile real que se celebra esta noche.

La Patriarca arruga el ceño.

—No hay indicación alguna de una invitación de este tipo en tu huella astrológica —le dice a Pandora.

—Es una invitación de último momento. Podemos hacer que venga alguien del holograma del palacio y lo confirme.

La asertividad de Mathias no tiene nada de la incertidumbre que manifestó en Escorpio. Pero en lugar de darme seguridad, su confianza recién descubierta me hace sentir menos segura.

—No tenemos manera de verificar que aquel con el que te contactes sea un organizador genuino —dice el Patriarca.

Los hombros de Pandora se hunden. Su reacción derrotada me hace exigirles una explicación:

—¿Por qué no quieren ver nuestras invitaciones? ¿Por qué se preocupan solo por la de ella?

La mirada color tormenta de la mujer se encuentra con la mía.

—El Pegazi eligió crear un lazo afectivo contigo, así que tu llegada y partida debieron suceder por mandato de las estrellas. Pero no se puede decir lo mismo de ella.

—Esta es la Estrella Errante, Rhoma Grace —dice Mathias, como si invocar mi nombre fuera a dar por finalizada la cuestión—. Es bajo su autoridad que Pandora debe venir con nosotros.

—La política del Pleno no influye para nada en cuestiones de la realeza acuariana —dice el Patriarca, pero me inclina la cabeza respetuosamente—. Sepan disculpar, pero debemos proteger a nuestro soberano y a la familia real a cualquier costo.

Pandora mira fijo el suelo, y Mathias y yo cruzamos una mirada de duda, cada uno esperando del otro que se le ocurra algo. Me siento bastante tentada de contactar a Crompton mismo para que nos ayude, cuando de pronto los Pegazi comienzan a moverse.

Miramos asombrados los corceles gris y aguamarina acercarse a la barrera del corral. El Patriarca forcejea para descorrer el cerrojo, y la mujer lo ayuda a abrir la verja para que los caballos salgan fuera. Luego los Patriarcas se precipitan hacia atrás, dándoles a las criaturas una distancia respetuosa al tiempo que ellos se acercan a nosotros golpeando los cascos.

Es como si los caballos hubieran comprendido toda nuestra conversación. Candor asiente hacia el corcel gris, y este se inclina ante Pandora. La Patriarca no puede evitar un jadeo.

—Parece que las estrellas están hablando a través de los Pegazi —dice Mathias, y sin esperar que le den permiso, ayuda a Pandora a montarlo, mostrándole la hendidura del lomo para que se deslice dentro. Por un momento, pareciera que los Patriarcas quieren objetar, pero no encuentran las palabras para hacerlo.

—¿Quieres que te ayude a montarlo? —me pregunta, y sacudo la cabeza. Camino hacia Candor, y ella se inclina bien abajo para que pueda treparme sola. Miro hacia atrás y veo a Mathias sentado detrás de Pandora, con los cuerpos tan pegados que el cabello de ella roza el mentón de él.

Candor arranca primero, lo cual es bueno porque significa que no tendré que observarlos durante todo el vuelo.

El aire frío que me golpea el rostro me aclara la mente. Ofiucus dijo que lo peor que puede sucedernos es estar verdaderamente solos… sin amigos, sin familia, sin futuro. Pero desde que me volví Guardiana he pasado la misma cantidad de tiempo luchando contra mi corazón como contra el amo. Tal vez Mathias tenga razón cuando dice que, en lugar de reprimir nuestros sentimientos, deberíamos aceptarlos. A ninguno se nos garantiza un futuro… entonces, ¿por qué no aprovechar la oportunidad de ser felices mientras seguimos aquí?

Hace unos meses creí que el amor no podía existir en tiempos de guerra… pero ahora creo que me equivoqué. El amor es la manera en que se *ganan* las guerras. Es solo cuando tenemos una vida que queremos conservar que vale la pena librar la guerra y ganarla. Ver a Pandora disfrutando del cuidado y de la protección cancerianos de Mathias me hace extrañar este sostén más de lo que creí posible. Me hace querer hacer algo para asegurarlos antes de que desaparezcan. Salvo que esta vez, fue Pandora la que sacó fuera la fortaleza de Mathias… no yo.

Cuando el Marad los capturó, los arrojaron juntos a una situación tan aterradora que aún no terminan de explicar lo que sucedió. Durante semanas, que debieron parecerles años, se aferraron el uno al otro para sobrevivir. Los quebraron una y otra vez, y cada vez tuvieron que repararse mutuamente antes de la siguiente paliza. Después de todo por lo que han pasado, no tengo dudas de que entre ambos haya algo real y perdurable.

Pero solo si Mathias y yo podemos soltarnos mutuamente.

13

Nos encontramos con Stan, Nishi e Imógene para almorzar en el comedor más cercano a la novena torre. Bajo un techo abovedado de gran altura hay un montón de mesas circulares rodeadas de sillas tipo trono.

Nishi y Stan me están esperando en la entrada con la anticipación en el rostro, y al acercarme sacudo la cabeza.

—Aún no hay novedades —digo, tras dejar que Pandora y Mathias caminen por delante. La mirada de mi hermano me hace añadir—: Pero sabíamos que era demasiado pronto, y Crompton tiene esperanzas.

—Yo también —dice Nishi con delicadeza. Parece dispuesta a olvidar el incómodo momento de esta mañana, y me alegro porque no quiero entristecerla. Aunque cuando pienso en el momento en que finalmente enfrentemos esta conversación que ella evita con tanta obstinación, se me revuelven las tripas.

Enlaza el brazo con el de Stan, y nos reunimos con Mathias, Pandora e Imógene en una mesa.

—¿Qué hay de nuevo? —pregunto, mientras nos sentamos.

—Estamos escuchando las noticias —dice Stanton con la voz tensa—. Hay novedades de Piscis.

Me inclino sobre la mesa, pero la aparición de dos ayudas de cámara vestidos de terciopelo, llevando bandejas de comida, interrumpe nuestra conversación. Depositan enormes fuentes doradas y plateadas en el centro de nuestra mesa, con suficiente comida para alimentar al doble de personas de las que somos. Placas de identificación holográficas planean unos instantes por encima de cada platillo, y cada ingrediente me resulta extraño —carne al horno glaseada, chicharrones especiados de cerdo, brochetas dulces de acuadilo— y junto con las carnes hay fuentes de las verduras más grandes que haya visto jamás.

Anoche aprendí que no debía llenar mi plato con demasiada comida; es rica, pero tan pesada que apenas unos bocados son suficientes. Apenas se marchan los ayudas de cámara, mi hermano retoma el hilo de la conversación.

—Los sanadores de otras Casas han llegado a Piscis, y la situación es peor de lo que informaron la primera vez. Aún no saben cómo se contagia el virus letárgico, pero se propaga a tal velocidad que ya infectó a más de la mitad de la población. La Profeta Marinda tuvo que promulgar un decreto para confinar a la gente en sus hogares porque los cuerpos se desplomaban por todos lados.

—¿Qué medidas están tomando para curarlos? —pregunto.

—Primero, tenemos que saber qué los está afectando —dice, sombrío—. Los Guardianes han repartido el cuidado de los cinco planetoides entre todas las Casas. La primera preocupación será proteger a los piscianos que aún no muestran signos de infección. Por eso van a separar a las personas de cada planetoide en dos grupos.

—¿Qué podría estar causándolo? —pregunto, volviéndome a Nishi. Sacude la cabeza como si estuviera tan desconcertada como yo, pero mira hacia abajo, a la pantalla holográfica de su Rastreador y tipea un mensaje.

—Hay un problema todavía peor —señala mi hermano, y vuelvo la mirada bruscamente hacia él.

—¿Peor que el hecho de que toda la población pisciana caiga en coma…?

—Las personas infectadas no pueden Centrarse —dice Pandora, y un silencio espeso cae sobre la mesa.

—Han estado discutiendo esto toda la mañana en Alanocturna —añade con su tono suave—. Como hemos estado en paz los dos últimos meses, hay muy pocos piscianos fuera del planeta, lo que significa que casi toda la población está en su casa.

No hace falta seguir para sentir todo el horror de la situación. Cáncer perdió su tierra, pero un décimo de nuestra población sobrevivió gracias a evacuaciones tempranas. Virgo perdió el cincuenta por ciento de su población y Géminis perdió un tercio. Pero si el noventa y nueve por ciento de los piscianos pierde su conexión con el Consciente Colectivo...

—El Psi perderá a la Casa de Piscis —susurro.

Igual que sucedió con la Casa de Ofiucus.

El silencio cargado de tensión que sigue a mis palabras es interrumpido por mi hermano.

—La única buena noticia es que las Casas están ahora tan preocupadas con Piscis que se han olvidado de echar a nuestra población de los asentamientos.

Clava un trozo de carne con el tenedor, y advierto que tiene de nuevo los ojos inyectados en sangre. Me vuelvo hacia Nishi, que apenas ha tocado su comida. Sigue respondiendo mensajes; seguramente tienen que ver con la preparación del evento de esta noche. Su concentración absoluta en sus tareas me hace recordar a la intensa dedicación que tenía con nuestra banda. Ha vuelto a ser la *vieja* Nishi, la de la época anterior a cuando perdimos nuestra escuela, nuestra seguridad y a nuestro Deke.

—Entonces, ¿cuándo conoceremos a Blaze? —pregunto, consiguiendo apartarla por fin de su Rastreador.

Apaga la pantalla holográfica roja.

—¡Ahora, si estás lista!

Se aparta de la mesa con un empujón.

—Una sola cosa —señala Imógene en ese momento—: tal vez deberíamos arreglar primero las parejas para el baile.

—Oh, claro —dice Nishi.

—¿Por qué necesitamos parejas? —pregunto.

—Es una costumbre acuariana —dice Pandora, y es difícil no oír el destello de ilusión en su voz—. A la mayoría de los eventos, vamos con una pareja. Y especialmente, a un baile real.

Mi mirada se dispara hacia Mathias, y una oleada de calor me trepa por el rostro cuando advierto que ya me está mirando.

—No iré en pareja —anuncia Stan.

—Aquí somos invitados, así que tenemos que seguir las tradiciones acuarianas —dice Nishi, y su modo de contradecirlo me recuerda al modo como contradecía a Deke en la Academia—. Pero el asunto —prosigue como pidiendo disculpas mientras se vuelve hacia mí— es que, como el objetivo del Partido del Futuro trasciende las divisiones de las Casas, Blaze quiere que esta noche sea distinta de los bailes anteriores. Así que cada uno tiene que llevar a alguien de una Casa diferente.

Apenas salen las palabras de su boca, no puedo volver a mirar en dirección de Mathias y Pandora.

—Stanton, tendrás el honor de ser mi pareja esta noche —la invitación de Imógene suena más a declaración que a pregunta. La confianza que tiene en sí misma me recuerda a Miss Trii.

Observo el cuello de mi hermano brillando rojo de vergüenza, y luego se lleva el vaso de agua a los labios para evitar responder.

Sabiendo quién será la que más sufra esta noche, me vuelvo a mi mejor amiga y le tomo la mano.

—¿Vendrás al baile conmigo, Nish?

Asiente y apoya la cabeza sobre mi hombro. Le acaricio la larga cabellera negra, intentando no mirar lo que sucede delante. Lo único que veo es la Piedra Filosofal de Pandora, que da vueltas, una y otra vez, ansiosa, entre sus manos.

—¿Te gustaría ir juntos esta noche?

Al oír el barítono musical de Mathias, la Piedra Filosofal deja de girar, y tiro de Nishi para que se ponga de pie y no tener que oír la respuesta de Pandora.

—Tenemos que irnos —digo, abriendo el camino hacia la novena torre sin mirar atrás, con el pulso acelerado y las manos sudorosas.

No sé cómo terminé con el corazón tan enredado. En algún momento, comencé a dejar que mis emociones proliferaran indomables, enmarañándose, sin tomarme el tiempo de podarlas. Ahora me han envuelto las costillas como hiedras, impidiéndome ver lo que sucede adentro.

Me gustaría decir que he estado demasiado concentrada en todas las vidas amenazadas por Ocus, el amo y el Marad para poder pensar en la mía. Pero la verdad que me obligó a enfrentar Engle es que ya estaba descuidando mi corazón mucho antes del Cuadrante Lunar. Incluso de niña, en Cáncer, en lugar de enfrentar el dolor de crecer en una casa sin madre, elegí escaparme a la luna. Luego, como Acólita, en lugar de arriesgarme a sufrir abriéndole el corazón a otra persona, elegí la seguridad de amar a un hombre mayor, que fue demasiado noble para corresponderme, y encontré consuelo en la paradoja de saber que, si Mathias hubiera sentido algo por mí cuando yo era demasiado joven, no habría sido el hombre noble que yo amaba.

Pero ya no puedo ocultarme tras nuestra diferencia de edad, porque ahora no importa. Entonces, ¿será que mi temor intenta conducirme una vez más por un camino en el que no sufra? Y si es así, ¿qué me asusta más: estar enamorada de Mathias… o que tal vez no lo esté?

—Llegamos —dice Nishi cuando estamos de regreso en la bulliciosa sala común de la novena torre. Golpea a una puerta en el otro extremo.

Se oye una voz desde adentro:

—¡Adelante!

Cuando Nishi abre la puerta, me detengo un instante en el umbral de la oficina de Blaze. Jamás he visto una habitación tan revuelta en mi vida. Pósteres holográficos cubren cada centímetro de las paredes, y por donde se mire hay cajas abiertas de todos los tamaños desparramadas, que vuelcan su contenido colorido sobre el suelo.

—¡Por aquí! —dice la misma voz desde algún lugar del fondo, detrás de las pilas y pilas de documentos, decoraciones y dispositivos. Mientras nos abrimos paso entre el desorden, me doy cuenta de que las cajas están allí por una razón: son como banderines que indican donde termina una colección de objetos y comienza el siguiente.

Mi mirada se pasea por las montañas de libros, canastas de comida, camisetas del Partido del Futuro… y cuanto más me detengo ante cada objeto, más me doy cuenta de que su ubicación aparentemente descuidada tiene, en realidad, un sentido. Hay una intención ininteligible en el caos: es el sistema organizacional de una criatura salvaje.

—¡Un poco más! —nos anima.

Zigzagueando entre las pilas de pertenencias, es fácil advertir que este espacio tiene un dueño. Por más temporario que parezca el lugar en donde están las cosas, es evidente que esta oficina le pertenece a quien la ocupa.

Por fin llegamos al final de la sala, donde hay un área un poco más despejada con una mesa y sillas.

—¡Bienvenida! —anuncia un leonino sonriente de cabello azul, mostrando la mandíbula con una ancha sonrisa. En lugar de extender la mano para el saludo tradicional, nos toma a cada uno para abrazarnos—. Es un honor, Rho —dice Blaze, con voz ronca. Después de que todos se presentan, me mira y abre los brazos como ofreciéndome otro abrazo.

—Entonces, Estrella Errante, ¿qué te gustaría saber?

Ahora que lo he conocido, puedo entender el estado de esta oficina. Blaze parece ser el tipo de hombre que se adueña de todos los espacios en los que entra.

—¿Qué objetivo te propones con el Partido del Futuro? —pregunta mi hermano antes de que yo pueda decir algo.

Blaze toma asiento en la cabecera de la mesa y hace un gesto para que nos sentemos a su alrededor.

—Nuestro objetivo es tender puentes en el Zodíaco para dejar de vernos unos a otros como desconocidos. Queremos darle la bienvenida a una nueva generación de líderes que quiera trabajar junto con las otras Casas y anime a las personas a ver más allá de los muros de sus propios planetas. Y lo estamos haciendo concentrándonos en determinadas acciones.

"En primer lugar, la recaudación de fondos. Sin dinero, no podemos pagar iniciativas como el evento de esta noche, en el que nos presentaremos ante un pequeño grupo de personas de otras Casas que tienen poder para juzgar el tipo de apoyo o de resistencia que, seguramente, encontremos en el resto del Zodíaco. En segundo lugar, estamos buscando los líderes sindicales de cada Casa que tengan un futuro para respaldarlos en las próximas elecciones. —Pasea la mirada de mi hermano a mí, y alcanzo a distinguir las mechas de los colores del arcoíris asomando entre su cabello azul—. No creo que sea una coincidencia que, las últimas dos décadas, las estrellas hayan elegido a algunos de los Guardianes más jóvenes que hemos tenido jamás. La Guardiana Brynda, de Sagitario; la Profeta Marinda, de Piscis; Gortheaux, de Acuario —y, por supuesto, tú.

Hysan también, pienso para mis adentros.

—Las estrellas han estado eligiendo Guardianes cada vez más jóvenes porque nuestra galaxia está dando vuelta la hoja. Se necesita un nuevo orden para el Zodíaco, una nueva visión para el futuro.

—Suena genial —digo—, pero cada Casa tiene su propio gobierno y ciclo electoral, y construir nuevos jugadores y plataformas políticas en doce planetas llevará años. Es posible que el Zodíaco no tenga tanto tiempo. Necesitamos unirnos *ahora*.

No fue mi intención sonar tan amenazante, pero, por la manera en que me miran, me doy cuenta de que están preguntándose si he tenido una visión. El sabor amargo de la Muerte se apodera de mi lengua una vez más, y hago un esfuerzo por ignorarlo.

—Tienes razón —dice Blaze. Su mirada rojiza es tan intensa que no puedo apartarme de ella—. Y por eso no esperaremos.

Nishi e Imógene se incorporan, y un aire de suspenso desciende sobre la mesa.

—La tercera y última tarea en la que hemos estado trabajando se asegurará de que, cuando termine esta amenaza, la naciente era de paz de nuestro Zodíaco sea aún mejor... y más progresiva. Estamos trabajando con un equipo de científicos de todas las Casas, financiado por particulares, para desarrollar un planeta terraforme entre las constelaciones de Leo y Virgo. Estamos pidiéndole al Pleno que permita, a título experimental durante un año, que este asentamiento se convierta en el hogar de una población mixta de personas de todas las Casas.

Nishi me aprieta la mano bajo la mesa, pero no puedo ni parpadear.

—Queremos crear un modelo de vida zodiacal en el que no seamos segregados por razas. Un sistema en el que tan solo seamos un conjunto de individuos que trabajen juntos y celebren una variedad de culturas. Un planeta en el que la elección pese más que el azar, en el que un hombre pueda cambiar sus estrellas. Y hemos llamado a este nuevo planeta *Luna Negra.*

14

Una hora después, Nishi y yo estamos recostadas, una al lado de la otra, sobre la cama mullida, mirando hacia la cúpula puntiaguda de la torre.

—¿Por qué *Luna Negra*? —susurro.

—Es un término que se usa para cuando hay más de una luna nueva en un mes —dice en voz baja—. Lo consideramos como la oportunidad de un nuevo comienzo.

Todavía estoy demasiado conmocionada para hilar mis pensamientos y darles cohesión. Solo puedo pensar en Férez y en su visión para nuestro futuro: está realizándose. Nishi tenía razón. Este Partido es todo aquello por lo cual hemos estado luchando.

En su oficina, Blaze nos mostró diseños deslumbrantes de una ciudad capital, que algún día será el hogar de personas de todas las Casas. También habló de tener centros culturales alrededor de toda la ciudad, adonde las personas puedan ir a aprender sobre la raza de unos y otros a través de talleres y exposiciones interactivas. Habrá una decena de templos donde cualquiera que lo desee pueda seguir celebrando las tradiciones de su planeta. La Luna Negra tendrá un gobierno democrático: los residentes elegirán a sus propios representantes, y cualquiera tendrá derecho a presentarse como candidato. Será un lugar donde la filiación a una Casa no tendrá importancia, donde todos tendrán un hogar.

Ni Stanton podía encontrar algo que objetar. Una vez que Blaze terminó de hablar, mi hermano quedó sumido en el mismo silencio perplejo que el resto de nosotros.

—Esto es increíble, Nish —digo finalmente. Una lágrima cae sobre mi cabello. Ella se gira de lado para mirarme, recostando la cabeza sobre el codo.

—¡Te dije, Rho! Ya no estamos hablando... estamos *haciendo*. Estamos cambiando la...

Su rostro se vuelve completamente pálido, y se para de un salto, como si la hubiera picado una mosca de agua.

Sé lo que estaba a punto de decir porque yo también lo estaba pensando. *Estamos cambiando la norma rompiéndola.* Tal como lo quería Deke.

Camina resuelta hacia la puerta.

—Tengo que ir a ver algo...

—Nish, espera... hablemos...

Extiendo mi mano para tomar la suya, pero me hace a un lado con una palmada. Cuando se vuelve para mirarme, su tez color canela está pálida y su rostro desfigurado me resulta irreconocible.

—No lo hagas... —me advierte.

—Pero...

—No soy de las que viven en el pasado, Rho. —Me estremezco al oír la dureza de su voz.

—Lo sé —digo—, pero tampoco puedes seguir huyendo de él. Si quieres avanzar, necesitas enfrentar lo que sucedió y hacer las paces...

—¿Igual que como hiciste con tu mamá? —pregunta, con la voz casi gélida—. ¿Cómo lo estás haciendo con Hysan?

De pronto, la boca se me reseca.

—Así que como yo manejé mal los momentos dolorosos de mi vida, ¿tú harás lo mismo con los tuyos?

—Yo no soy la que está manejando las cosas mal—retruca ásperamente—. Yo soy la que está dejando a un lado los problemas personales para hacer lo que debe hacerse. Pero sé sincera contigo misma: ¿realmente viniste a Acuario para formar parte de este Partido o estás acá para encontrar a tu mamá?

Trago los horribles sentimientos que me suben a la garganta.

—Vine para asegurarme de que estuvieras bien, Nish.

Su austera expresión se resquebraja. Cierra los ojos e inhala lentamente como si estuviera Centrándose. Cuando me vuelve a mirar, parece cansada y triste.

—No quiero pelear —dice, dejando que le tome la mano—. Aquí encontré algo en lo que creer, algo de lo que él hubiera querido ser parte. En este momento solo necesito focalizarme en eso. Es mi manera de honrarlo.

***

Después de estar a punto de pelear con Nishi, decido marcharme de la habitación para estar a solas, antes de tener que comenzar a alistarnos para el baile. Entre la Luna Negra, el Alanocturna y Piscis, hoy ha sido un día agotador en todo sentido. Y, sin embargo, de todo lo que pasó, aún no me puedo sacudir de encima el sonido de la voz rasposa del vidente.

Ella también Vio mi muerte.

Me encamino abajo a través de la trampilla para consultar la Efemeris, y tal como sucedió en Vitulus, Pandora llega antes a las estrellas.

—Realmente, tenemos que dejar de encontrarnos así.

Al oírme, me mira rápidamente, pero no parece sorprendida.

—En Acuario, cuando los caminos de dos personas se enredan constantemente, decimos que las *almas están unidas*, lo que significa que las mismas estrellas deben estar moviendo los hilos.

—Eso me gusta.

Nos encontramos en el medio de la sala, como un par de estrellas atraídas por el Helios holográfico.

—Mis padres no podían creer que me hubieran invitado al palacio real —dice, con una nota de orgullo en la voz—. Por lo general, solo permiten la entrada a nuestros Patriarcas mayores.

—¿Por qué es tan difícil ser admitido en el palacio?

—Porque quieren proteger a la familia real. Si termina la línea de sangre, también se acaba nuestra conexión con las estrellas. —El mapa espectral salpica los muros oscuros de piedra arenisca, y las sombras del rostro de Pandora me recuerdan su aspecto cuando la descubrimos en la cámara de tortura del Marad.

—¿Cómo fue el regreso a casa? —pregunto. Por un instante, casi la envidio por tener un hogar, una familia y un planeta al cual regresar.

Su mirada se nubla.

—Creí... Creí que jamás lograría regresar. Y en ciertos sentidos, no lo he hecho.

—¿A qué te refieres?

—Fue genial ver a mi familia, especialmente a mi hermana. Pero ahora siento que...

Sus palabras se van apagando, su voz etérea se disipa hasta desaparecer, y cuando no retoma el hilo, la insto a hacerlo con cautela.

—¿Ahora sientes que...?

—Que mi vida ha quedado atrás —dice. Su mirada color amatista tiene el mismo brillo que los orbes de luz que nos rodean—. Que esta ya no soy yo. —Su voz se vuelve tan baja que no sé si las palabras están destinadas a mis oídos o solo a los suyos. —En un momento la cámara de tortura donde nos encontraste comenzó a parecer más familiar que mi propio hogar.

La admisión es tan sombría y personal que me toma por sorpresa la facilidad con que confía en mí, especialmente cuando es tan difícil saber cuál es nuestro vínculo real. ¿Podemos ser amigas y rivales a la vez?

Antes de que pueda preguntar a lo que se refiere, me pregunta:

—¿Crees que la luz puede borrar hasta la oscuridad más espantosa? —Comienzo a asentir, pero me detengo cuando comienza una nueva pregunta—: ¿O crees que a veces la oscuridad ejerce tal presión sobre tu piel que se filtra dentro de tus poros y se vuelve parte de ti?

—No sé a lo que…

—Después de estar tanto tiempo sin luz, no creo que pueda regresar a una vida ordinaria. No puedo quedarme aquí, en Primitus, fingiendo que no sé lo que acecha en la oscuridad. Necesito ser parte de esta lucha… porque esta guerra es el único hogar que me queda.

La comprendo plenamente y digo:

—Parece que, después de todo, nuestras almas sí están unidas.

***

Una hora antes de que comience el baile, Nishi y yo estamos acurrucadas sobre el sofá del Tocador de Damas mientras ella prueba decenas de atuendos con mi holograma.

Mi doble queda envuelto en un torbellino de vulgares vestidos de baile con corsé y faldas amplias y vaporosas, en todo tipo de telas —tafetán bordado con toques de encaje, gasa transparente entretejida con perlas, brocados adornados con plata, crepes de satén forrados con piel, y otros. Nishi planea llevar un traje de tafetán rosado pálido, y cuando se lo probó en su holograma para que lo viera, parecía una princesa cuyo lugar era este palacio.

Nishi es alta y las faldas recargadas acuarianas le quedan mucho mejor que a mí. Mi holograma no hace más que quedar hundido bajo las telas.

—*Ninguno* de estos te queda bien —dice bruscamente. Lo bueno de tener a una mejor amiga tan sincera es que no tengo que preocuparme de que me mienta para hacerme sentir mejor—. Pero no te preocupes —añade rápidamente—. Algo encontraremos.

Golpean a la puerta, y cuando la abrimos vemos a un par de doncellas acuarianas. Una de ellas lleva una funda grande.

—Buenas noches. Estamos aquí para ayudarlas a prepararse para el baile —dice la mayor. Tiene los ojos anaranjados de una tarde soleada—. También traemos un mensaje para Estrella Errante de parte de… —parece vacilar respecto de las palabras— una mujer bastante *desagradable*, que insistió en que te entregáramos este vestido y dio a entender que provocaríamos un incidente político entre nuestras Casas si no lo hacíamos.

—Oh. Yo… lo siento.

Nishi oye la carcajada que intento reprimir y mueve la boca en silencio para preguntar: "¿Quién?".

—Apuesto mil monedas de oro galácticas a que es Sirna —digo, aceptando la funda de la acuariana. La extiendo con cuidado sobre la cama. Nishi se inclina hacia abajo, impaciente, y abre el cierre. Al ver el suave brillo dorado que irradia hacia fuera, suelta un grito ahogado.

El vestido está hecho de la tela más espectacular que haya visto jamás, como si millones de hebras de oro líquido se hubieran entretejido para crearlo. El rígido corsé tiene un escote con forma de corazón y se sujeta con una columna de diminutos brillantes que se abrochan en la espalda. La falda se despliega con mucho menos vuelo que todas las que acabo de ver. No tiene ningún adorno ni decoración extra; el vestido es tan solo un infinito océano dorado, y viene con un par de guantes dorados que cubren todo el brazo, haciendo juego.

—*Helios* —exhala Nishi—. Es espectacular, Rho.

El color me recuerda al traje dorado de caballero que lleva Hysan, y antes de que pueda reprimirlos, los recuerdos se vierten de mi inconsciente y se desparraman por mi cuerpo.

El instante en que dejo que afloren mis sentimientos por él, me comienza a doler el corazón. No sé qué extraño más: si sus caricias o sus palabras. He estado poniendo tanto esfuerzo en avanzar retrocediendo; recuperando el paso del tiempo, recuperando mis sentimientos por Hysan, recuperando mis años de silencio con Mathias. Pero por mucho que lo intente, no consigo que el Tiempo se mueva en esa dirección.

La delgada tela del vestido es vaporosa como el aire, y al pasar los dedos por él, una nota manuscrita cae de entre los pliegues de la falda.

Si las estrellas me hubieran convocado para ser conductora cuando tenía dieciséis años, no sé cómo me habría ido. Pero dudo de que hubiera demostrado ni la mitad de tu valor o tu corazón. Cuídate allá afuera, Rho.
Tu amiga, Sirna

Mi mirada se detiene en la última línea... *tu amiga.* Pero ¿Sirna es mi amiga, incluso después de todo lo que me dijo, incluso después de traicionarme ante el Pleno?

Entrelazo los dedos en la cadena de oro que tengo alrededor del cuello, con su única perla rosada de nar-meja —otro regalo de Sirna— mientras Nishi se baña y las doncellas preparan gabinetes en el Tocador. Si Sirna y yo somos amigas o no, no se puede desconocer el hecho de que tenga la costumbre de aparecer para salvarme en el momento justo. Supongo que le debo demasiado para guardarle algún rencor.

Decido dejarme el collar puesto —después de todo, combina con el vestido— y tras bañarme en la opulenta bañera, me pongo la bata de felpa color aguamarina y me siento junto a Nishi ante el tocador. La doncella más joven ya se encuentra peinándole la cabellera negra, realizando un rodete trenzado que le da el aspecto de llevar una corona puesta.

—El estilo real te sienta bien —digo, y Nishi me guiña un ojo en el espejo.

La mujer con los ojos soleados me cepilla el cabello rubio y rocía las mechas hasta que los rizos se convierten en ondas lustrosas. Luego comienza a sujetar los mechones para crear un peinado asimétrico que me da un aspecto ligeramente torcido. Cuando se inclina encima para ponerme el maquillaje, me bloquea el espejo, y para evitar mirarle el pecho, cierro los ojos mientras trabaja, concentrándome en los comentarios de Nishi.

—No, tan oscuro no —le dice a la doncella que la maquilla—. Usemos una línea delgada de delineador negro para las pestañas y añadamos solo un toque de brillo en los párpados, pero... no, ese color de lápiz labial, no; no quiero que choque con el tono pálido del vestido...

Comienzo a desconectarme de su voz, y me distraigo pensando en el lugar donde podrían estar Lola y Leyla. La última vez que hablamos fue hace un mes, cuando le envié una Onda a Leyla para ver cómo estaba; ella y Lola acompañaban a Agatha a realizar la visita a nuestro campo taurino, ubicado en la Sección del Flanco, de Vitulus.

Pobre Agatha. Debe de estar abrumada por la situación de nuestros asentamientos, especialmente ahora que tiene que lidiar con lo que sucede en Piscis. Tal vez haya algo que pueda hacer para ayudar. Llamaré a Sirna mañana para agradecerle el vestido y ver si puede pasarle a Agatha un mensaje de mi parte.

Oigo a Nishi poniéndose de pie.

—Rho, necesito ir a ver a Blaze e Imógene para asegurarme de que esté todo en orden; regresaré para vestirnos juntas.

No puedo responder porque me están pintando los labios. Una vez que la doncella se aparta de mi rostro, abro los ojos y veo mi reflejo.

Pego la lengua al paladar hasta que estoy segura de que tengo mis emociones bajo control. Recién entonces me animo a hablar.

—Muchas gracias.

Cuando quedo a solas en el Tocador de Damas, me examino en el espejo. Ahora entiendo por qué Nishi se expresó de modo tan airado hace un rato. Mi rostro es un espanto. Parezco un fantasma sofisticado. Tengo la piel maquillada de un blanco pálido y polvoroso, y los ojos delineados en dorado, con una sombra de brillos. Mi mirada sube al disparatado desastre que tengo sobre la cabeza, y sé a ciencia cierta que no hay manera de que pueda salir con este aspecto de aquí.

Comienzo a quitarme las horquillas. Hay cientos, y para cuando termino, mis rizos caen libremente sobre mi rostro. Después, entro al lavatorio y me quito el maquillaje en el lavabo.

Regreso al tocador y observo mi reflejo con desaliento. Luego abro mi Onda y llamo a Leyla. En lugar de comunicarme como se suele hacer —enviándole mi holograma—, envío una solicitud inversa: si acepta, transmitirá su holograma hacia aquí.

Unos minutos después, la figura recatada de Leyla se aparece en el aire ante mí; como siempre, lleva el cabello rojizo tirante hacia atrás, despejando los ojos color zafiro.

—Estrella Errante, es un honor que te comuniques conmigo —dice, inclinándose, con la voz ligeramente agitada.

—También para mí, Leyla. Si estás ocupada, podemos hablar en otro momento —le envío a su vez, advirtiendo que mi actitud es bastante egoísta. No sé dónde está, así que no tengo ni idea de la hora que es para ella—. No quiero interrumpir tu descanso, ni apartarte de la Sagrada Madre, ni de ninguna otra obligación.

Cuando se reactiva la transmisión, se encuentra sacudiendo la cabeza ante mi inquietud.

—Estamos en Leo, en la mitad de la tarde —su mirada echa un vistazo a mi entorno y pregunta—: ¿En qué puedo servirte?

—Bueno... estoy en Acuario, a punto de asistir a un baile real, y me preguntaba si tendrías un momento para ayudar a prepararme.

Leyla me dirige una de sus raras sonrisas.

—Me hubiera ofendido si no lo hacías.

Después de mostrarle el vestido, me hace levantar varios recipientes y tubos de la mesa, y luego comienza a darme instrucciones.

—El dorado del vestido es lo suficientemente llamativo, así que deberías adoptar un look más natural, y tal vez resaltar los labios un poco. Muéstrame aquella base de nuevo.

Una vez que elige lo que me voy a poner, me dirige mientras me coloco cada producto. Durante la sesión, me pone al día con lo que está sucediendo en nuestros campos de refugiados.

—Vamos a abandonar nuestro asentamiento de Hydragyr —me dice, con el rostro sombrío—. Hay demasiados geminianos desplazados, y no corresponde pedirles que repartan sus recursos con nosotros cuando a ellos les hacen falta tanto como a nosotros.

Bajo la brocha de polvo y la miro.

—¿Adónde irán?

Hay un retraso en la transmisión.

—Estamos negociando con el gobierno sagitariano para crear un asentamiento permanente sobre la costa del planeta Grifón. O, por lo menos, lo *estábamos* hasta que Piscis pasó a ser la preocupación más importante de todos.

—¿Has escuchado alguna teoría sobre lo que podría ser esta epidemia?

—No, pero Lola se enteró de que los Estridentes consiguieron aislar el agente en la sangre de los infectados, así que ahora pueden someter a los piscianos que no están en coma a pruebas clínicas para ver quién desarrolla los síntomas. También sintetizaron un tipo de antivirus que protege a los Zodai que van de visita para que no se infecten.

Recuerdo una vez más la importancia que tiene la Casa de Escorpio para el Zodíaco. Su Innovación es lo que vamos a necesitar para sobrevivir a esta guerra, y tan importante como eso, para reconstruir el Zodíaco.

—Déjame mirarte —dice Leyla, sacándome de mi ensimismamiento—. Puedes quitarte la vincha para que veamos qué hacemos con tu cabello.

Los rizos me caen libremente, y mientras espero que se reactive el holograma de Leyla, miro mi reflejo en el espejo. Mi piel dorada por el sol brilla, y los pómulos están sutilmente empolvados con un polvo bronceador dorado. Los párpados tienen un delineado marrón, suavizados con un brillo de sombra cremoso. Los rizos playeros y el maquillaje discreto me recuerdan el look natural de los cancerianos en casa.

Observo la mirada de Leyla desviándose hacia la hilera de lápices labiales sobre el tocador.

—¿Te gustaría llevar un color llamativo en los labios?

—¿Cuál se te ocurre? —le pregunto, siguiendo su mirada.

—El *rojo*.

A diferencia del brillo rojo que emplea Imógene sobre los labios, Leyla elige un color mate que me recuerda los pétalos de rosa.

—Déjate el cabello suelto —dice, y mi hogar también resuena en su voz—. Así luces más como tú misma.

—Gracias, Leyla. No podría haber hecho esto sin ti.

—Claro que sí. Pero no lucirías tan bien.

Me rio, y luego terminamos la llamada justo cuando Nishi entra en el Tocador.

—¡Lo sabía! —dice al instante en que me ve—. Vi tu maquillaje cuando me iba, y sabía que para cuando regresara te lo habrías quitado todo. Has hecho un buen trabajo maquillándote sola.

—Me ayudaron —admito, siguiéndola a la sala principal, donde los vestidos están tendidos sobre la cama.

Las doncellas nos esperan para ponernos los trajes, y cuando la joven de ojos anaranjados ve que todo su esfuerzo ha quedado en nada, hunde las cejas en un gesto de desaprobación. Mis mejillas se enrojecen de vergüenza.

—Lo siento —murmuro al tiempo que ella me levanta el vestido—. Me sentía un poco rara…

Mientras trabaja no me habla, y tiene que tironear bastante para abrochar hasta el último brillante que recorre la espalda del corsé. Advierto que la mirada se desvía a las cicatrices de mi brazo, y cuando intenta quitarme el pequeño guante negro de la mano izquierda para reemplazarlo con el dorado largo, tiro el brazo hacia atrás.

—Yo puedes ponerme los guantes. Gracias por tu ayuda. —Asiente y abandona la habitación.

Les doy la espalda a Nishi y a su doncella mientras me quito el guante negro para que no vean el arma de Escorpio que oculta debajo. Luego deslizo los brazos en los largos guantes dorados.

Una vez que hemos quedado a solas, Nishi y yo nos miramos. Ella luce como la reina del baile, con su corona de cabello negro, el suave maquillaje en tonos pastel, y su vestido de tafetán color rosado.

—Vamos a divertirnos esta noche —dice apretándome la mano—. Prohibido tener pensamientos sombríos.

Asiento.

—Hecho.

Nos inclinamos para volver a entrar en el Tocador de Damas y mirarnos una última vez en el espejo, y casi de inmediato el Rastreador de sílex de Nishi comienza a sonar con alertas.

—Necesito ir abajo —dice, y sale corriendo tras un último vistazo a su reflejo—. ¡Nos encontramos allá!

Estoy a punto de seguirla, pero decido mirarme antes en el espejo. Y cuando lo hago, veo a otra persona.

El vestido es tan increíble que parece que Helios me hubiera envuelto uno de sus rayos alrededor del cuerpo. Pero eso no es lo que me llama la atención.

Mis rasgos reflejan los efectos de haber dejado atrás los días sedentarios en Elara para llevar una vida repleta de aventuras, desplazándome por todo el Zodíaco. Mis pómulos se destacan, tengo la cintura más tonificada, y el cabello me cuelga más largo que en muchos años. Es difícil encontrar a la niña que solía ser en la mujer en la que me he convertido. Pero aun así, no es ninguno de estos detalles el que me resulta más asombroso.

Lo que aún no puedo creer al mirar mi reflejo… es el gran parecido con mamá.

15

Cuando salgo de la habitación, veo que todo el mundo me está esperando al pie de la escalera de caracol. Todos, salvo Nishi.

Al descender las escaleras en mis tacones altos, me concentro en mirar el suelo, pero cuando estoy bajando el último tramo, advierto a Mathias. Y al verlo enfundado en su esmoquin negro, estoy a punto de saltarme un peldaño.

Mathias me ve tropezándome, y cuando avanza para ofrecerme el brazo, el calor me enciende las mejillas. Por cómo luce el esmoquin, tengo la impresión de que el estilo debe de haber sido inventado especialmente para él.

—Parece que estuvieras a punto de encender el universo —murmura con su tono musical. Su cabello oscuro y ondeado está peinado hacia atrás, destacando los ojos color índigo, y me devuelve a la noche en que me pasó a buscar para mi ceremonia de investidura, cuando aún parecía que cualquier cosa era posible entre los dos.

—Tú pareces… —Mi voz se va apagando. No consigo encontrar una palabra que sea tan hermosa como él. Entonces, me doy cuenta de que todo el mundo se ha quedado en silencio y digo en voz alta—. ¡Qué bien nos vemos todos!

En su esmoquin azul oscuro, Stanton tiene una expresión contrariada. A su lado, Imógene lleva un vestido escotado de levlan negro, que le da el aspecto de una cantante sexy de rock. Pandora luce bonita en un vestido turquesa que es más sencillo que los otros, aunque por mucho parece la más incómoda. Habría pensado que, como acuariana, estaría acostumbrada a este tipo de opulencia, pero da la impresión de que los Clanes Alanocturna y Real siguen reglas muy diferentes.

—Apurémonos —dice Nishi, que aparece corriendo desde la sala común—. Llegaremos tarde y, si alguien lo nota, Imógene y yo quedaremos mal.

Me toma del brazo, y los seis salimos corriendo del palacio por los corredores de piedra arenisca, cortando camino por numerosos salones, un par de túneles de la reflexión y el vestíbulo de altura inalcanzable con sus ventanas de vitrales. Junto a las puertas principales nos topamos con una especie de refriega: una decena de ayudas de cámara en sombreros de copa de terciopelo cubren el alboroto impidiendo ver qué lo provoca. Cuando echo un vistazo entre los cuerpos, me parece ver una cara conocida con una melena color marrón. Pero antes de que la pueda ubicar, ya hemos doblado la esquina.

Finalmente llegamos al muro de mármol que marca el extremo más oriental del castillo. Un par de Patriarcas se acercan a nosotros para verificar nuestras identidades. Después de mostrar nuestros pulgares, un acuariano presiona la huella de la mano en la pared, y una plancha de mármol se desliza hacia abajo, abriendo una puerta que da al baile.

Damos un paso hacia la galería de una gran escalinata que desciende a un enorme salón de baile coronado por una cúpula. El nivel inferior está abarrotado de parejas vestidas de etiqueta, y un manto de humo blanco algodonoso se arremolina sobre el suelo, dando la impresión de que todo el mundo está caminando sobre nubes.

Mis ojos recorren con rapidez todo el espacio, observando el esplendor de la sala. Diseños intrincados, enchapados en oro y plata, se entretejen en las paredes de mármol blancas, formando composiciones elaboradas que dan la impresión de que, si se miran durante un tiempo suficiente, podrían revelar un diseño oculto. Una orquesta sinfónica toca un vals alegre en el extremo opuesto del salón, y bandejas ornamentadas de plata y oro, con copas de pie largo y una bebida clara y burbujeante, flotan solas entre los asistentes.

El evento en su totalidad da la sensación de ser placentero aunque decadente, tal como la Casa de Acuario. La vestimenta es demasiado llamativa; el comportamiento, demasiado ruidoso; las comidas, demasiado pesadas; las porciones, demasiado grandes; el país, demasiado vasto, y por momentos todo resulta demasiado. Y, sin embargo, también es mítico, majestuoso y cautivante, y entiendo que haya alguien que no quiera marcharse jamás de este lugar. Es el tipo de mundo en el que realmente podrían existir los cuentos de hadas.

Y tal vez, incluso con *finales felices para siempre.*

—Piscis está a punto de extinguirse, nuestra población ha sido exiliada, el Marad podría atacar en cualquier momento, y nosotros acá, en un baile real —dice Stanton, una vez que nos volvemos a reunir sobre el suelo cubierto de nubes.

No lo digo en voz alta para evitar inquietarlo aún más, pero no puedo evitar estar de acuerdo. Me pregunto de dónde salió todo este dinero, ya que tenía la impresión de que los seguidores del Partido eran jóvenes idealistas, no adultos adinerados; este nivel de opulencia parece casi una contradicción con la filosofía de aceptación y con el espíritu abierto del Partido.

De todos modos, es lógico que a medida que se reúnan diferentes culturas, choquemos. Sus tradiciones nos sacarán de las casillas, habrá gente incomprendida, surgirán discusiones… pero no podemos apurarnos por juzgar o jamás progresaremos.

—Stan, era imposible aceptar el apoyo de Acuario y desestimar sus costumbres al mismo tiempo. Esta es la manera en que el palacio real celebra sus fiestas, y el Partido del Futuro debe respetarlo.

—¡Sí, señor! —dice una voz a mis espaldas, y me volteo para ver a una chica sonriente con la cabeza cubierta de trenzas, que extiende la mano para chocar los puños conmigo.

—¡Ezra! —exclamo al ver a la quinceañera descarada y brillante de Centaurión. Lleva un vestido de tul plateado que revela los pies enfundados en un par de pesadas botas militares.

—¿Has venido a unirte al Partido del Futuro? —pregunta, intercambiando el saludo de la mano.

—¿O has venido en tu carácter de Estrella Errante? —interviene otra voz, antes de que pueda responder.

Levanto la mirada y me encuentro con su amiga, la filosófica Gyzer, que me sonríe. Yo también siento que una sonrisa me entibia el rostro.

—¿O ambos? —pregunta Ezra.

—¿O ninguno de los dos? —pregunta Gyzer.

—Helios, ¿así sueno yo? —pregunta Nishi, volviéndose a mí con el entrecejo fruncido de preocupación.

Observo los tres pares de ojos entrecerrados mirándome, esperando respuestas.

—Ustedes los sagitarianos son agotadores —es todo lo que logro decir.

—¡Gracias! —dice Ezra, y Nishi suelta una carcajada.

—¿Sabías que tenías que traer una pareja de otra Casa, verdad? —pregunta Imógene, luego de que Ezra y Gyzer han intercambiado el saludo de la mano con todos.

—Intenta decírselo. —Ezra pone los ojos en blanco en dirección a Gyzer.

—¿Qué problema hay con traer a alguien de nuestra propia Casa? —pregunta, y en las profundidades de sus ojos tiernos, advierto un desafío—. Considero inadecuado que un Partido fundado sobre la base de la elección nos prohíba traer a quien queramos.

—No estaba destinado a que se lo interpretara de ese modo —dice Nishi, a la defensiva—. Se trata de celebrar el espíritu del Partido. No quiere decir que habrá alguien que lo haga cumplir.

—Ese no es el punto —dice Gyzer. Su pajarita color lavanda —el color de Sagitario— se destaca contra el gris oscuro de su esmoquin y su piel negra como el carbón—. La libertad no debería moverse como una flecha en una única dirección. Debería deslizarse como un océano, tragándose todo el horizonte.

—Me gusta —digo, y al ver el gesto contrariado de Nishi, me vuelvo hacia Ezra—. ¿Qué ha estado ocurriendo desde Tauro? Recuerdo que tu invento rastreó parte de la señal de transmisión del Marad. ¿Quiere decir que ahora trabajas para Brynda?

Ezra mira a Gyzer antes de responder.

—Bueno, primero quiere que terminemos nuestros estudios como Acólitos, pero nosotros ya damos por concluida esa etapa. No podemos sencillamente regresar a la escuela después de todo lo que sucedió.

—¿Entonces, qué harán? —pregunta Stan.

—Eso es lo que intentamos descubrir. —Parece estar a punto de seguir, pero vuelve a mirar a Gyzer, y esta vez noto su reacción: un ligero movimiento de la cabeza. Entonces, ella deja de hablar.

Justo en ese momento, otra pareja se acerca a nuestro grupo, y reconozco más rostros de Centaurión.

—¡Numen!

La libriana rubia me dirige una sonrisa encantadora.

—Lady Rho, es maravilloso volver a verte. —Hace una reverencia y luego choca los puños conmigo; tengo que apartar la mirada de sus ojos grises para evitar la estrella dorada familiar que tanto dolor me causa.

—Ella es Qima —dice, presentándonos a una chica de tez color aceituna con los ojos color verde musgo, a la que recuerdo de la tripulación de Twain.

—Qué bueno volver a verte —digo, intercambiando el saludo de la mano con la virginiana—. Lamento lo que sucedió con Twain. Y con Moira —agrego, pensando en la Guardiana, que aún sigue en coma.

—¿Y también con el planeta Tethys? —pregunta, enarcando la ceja—. Parece que nuestra Casa ha perdido muchas cosas desde que pisaste nuestro suelo.

—Yo…

—No te estoy culpando. —En realidad, no hay amenaza ni sarcasmo en su voz; tan solo enumera los hechos—. Sencillamente, estoy señalando que nuestra Casa ha sufrido tanto como la tuya. Así que, si necesitas ayuda, debes venir a vernos.

—Lo haré —digo, aunque más no sea para escapar a la intensidad de su mirada.

—Los virginianos han estado encerrados durante tanto tiempo en su constelación que se han olvidado de socializar —dice Numen, con humor—. Supongo que la amabilidad no es una función de sus Perfeccionarios.

—¿Qué hay de malo con lo que dije? —pregunta Qima, que parece intentar reprimir una sonrisa, mientras la libriana se ríe abierta y melódicamente.

A medida que se presentan los demás y observo a mi grupo de amigos cada vez más grande, siento que ahora pertenezco a una nueva familia; una con más miembros que mi familia canceriana. La diversidad no nos debilita; al contrario, nos une más fuerte. Numen y Qima vienen de culturas opuestas, pero en lugar de polarizarlas, sus perspectivas opuestas las mantienen en equilibrio. Así será la Luna Negra: un lugar donde nuestros prejuicios heredados se dejarán a un lado porque tendremos la oportunidad de interactuar personalmente con gente de todas las Casas.

Skarlet Thorne tiene razón: la única manera de combatir la violencia del Marad es reemplazar el odio de los soldados con la esperanza. Y esta noche parecería que la Luna Negra es la esperanza hecha tangible.

La bulliciosa orquesta comienza a tocar su primer tema lento, y Gyzer y Ezra se apartan para dirigirse hacia la pista de baile. Mathias se acerca a mí.

—¿Te gustaría bailar? —murmura.

Confundida, miro rápidamente a Pandora, que ronda cerca de Nishi e Imógene, pero no participa de la conversación del grupo. Luce completamente abatida.

—Claro —digo, aunque no parezco muy entusiasmada.

Me conduce a la pista de baile, cerca de la orquesta, y le paso alrededor del cuello uno de los brazos enfundados en el guante dorado mientras él me toma la otra mano en la suya. Los dedos de Mathias me rozan la parte inferior de la espalda.

—Me gustaba todo acerca de este Partido nuevo hasta este baile —dice—. Es más parecido a una celebración de las viejas costumbres que de las nuevas.

—Sí —digo con la boca reseca—, salvo que estamos aquí con parejas de Casas diferentes. Eso jamás habría ocurrido antes.

Se queda callado, replegándose en su mente, pero sin sentirse ofendido. En lugar de parecer extraviado, sus ojos están concentrados, como si estuviera reflexionando intensamente.

—¿Qué te imaginas que hubiera sucedido —susurra, y la nostalgia se cuela en su voz musical— si te hubiera hablado mi último día universitario?

Imaginando la escena y un final diferente, entiendo la verdadera tragedia de Mathias y yo.

Somos una pareja de clichés cancerianos: más que confiar en nuestro corazón, siempre hemos confiado en nuestros temores. Incluso si no podíamos evitar enamorarnos el uno del otro, lo que importó fueron las decisiones que tomamos después.

Si cualquiera de los dos se hubiera atrevido a hablar alguna de aquellas mañanas en el solárium —si él no hubiera reprimido mis sentimientos en *Equinox*, si yo no le hubiera cerrado la puerta de la cámara de descompresión en el *Avefuego*— hoy no seríamos los mismos. Las estrellas nos pusieron en el mismo camino... pero nuestras elecciones nos separaron.

Durante todo este tiempo, he estado intentando regresar a aquellas mañanas en Elara, cuando la vida era tan simple y mis sentimientos tan claros. Pero cuando se presentó la oportunidad —cuando Mathias me abrió el corazón camino a Acuario— no la aproveché.

Tal vez no me guste la idea de que le pertenezca a Pandora, pero tampoco lo reclamé para mí.

Cuando vuelvo a mirar los ojos medianoche de Mathias, la decisión se adueña de todas las células de mi cuerpo, aunque hay un pequeño rincón de mi corazón que aún no ha dado su consentimiento. Hay una parte de mí que siempre amará a Mathias, pero he estado ocultándome detrás del recuerdo de lo que sentí una vez para no admitir que ya no estoy enamorada de él.

La verdad es que mi corazón ya eligió entre Hysan y Mathias... es solo que mi cerebro no quiere enterarse.

—No quise preocuparte —murmura Mathias, atrayéndome aún más cerca. Mis sentimientos se pegan a mi lengua, pero aún no se convierten en palabras. No sé cómo decir lo que necesita decirse.

Cuando estábamos en Vitulus, Miss Trii me dijo que a veces la mejor manera de amar a alguien es soltarlos. Así que inhalo profundamente.

—Y-yo ya no creo que esos sentimientos sean reales, Mathias —mi voz jamás ha sonado tan ajena—. Creo que solo son recuerdos.

Se aparta lo suficiente para mirarme, y veo sus ojos anegados de tristeza, la misma tristeza que yo intento contener.

Pero en las profundidades de esa tristeza creo que también hay libertad.

Nos apartamos antes de que termine la canción, y cuando regresamos junto a los demás, Nishi se acerca y enlaza el codo con el mío.

—¿Te encuentras bien? —pregunta en voz baja, pero no le respondo más que con una lágrima que se desliza por mi mejilla.

Me arrastra hacia ella para abrazarme, y descanso el rostro contra su clavícula, contenta de solo respirar por un momento. Siento el corazón frágil, como si estuviera recuperándose de una operación grave, así que mantengo una distancia prudencial de mis sentimientos e intento concentrarme en inhalar y exhalar.

Unos pasos más allá, Numen y Qima están poniendo a Stan e Imógene al día con las novedades de sus mundos, y Mathias y Pandora se encuentran de pie en extremos opuestos del grupo, sin mirarse. Una bandeja dorada ricamente ornamentada con copas con bebidas claras y burbujeantes pasa flotando al lado nuestro, y Mathias toma una.

Es asombroso que pueda sintonizar tan bien con mis emociones y permanecer tan ajeno a las propias. ¿Cómo no se da cuenta de que sus sentimientos por Pandora van más allá de la amistad? Odio admitirlo, pero a veces los cancerianos podemos ser tan duros de coraza.

Nishi y yo nos apartamos, y ella me aprieta el brazo para animarme al tiempo que nos reunimos con el grupo. Deseando evitar a toda costa cruzar miradas con Mathias o Pandora, levanto la mirada a la parte superior de la majestuosa escalinata, donde aparecen más parejas en la galería superior descendiendo a la sala de baile. Entre los rostros nuevos alcanzo a ver a una ariana espectacular con rostro conocido, que luce un sensacional vestido rojo. Al entrecerrar los ojos examinando sus cálidos rasgos color bronce, reconozco a Skarlet.

El estómago me revolotea, excitado. Claro, cómo no la iban a invitar si es exactamente el tipo de líder en ascenso que el Partido del Futuro estaría interesado en cortejar. Avanzo un par de pasos hacia las escaleras a fin de ubicarme lo suficientemente cerca para hablar con ella, y noto el brazo de un hombre rodeándole la cintura. Curiosa por ver a su pareja, subo la mirada para ver su rostro.

Y me derrumbo.

16

Cuando veo el cabello dorado y los chispeantes ojos verdes, todo parece, sencillamente, *detenerse.*

La música.

El Zodíaco.

Mi corazón.

Con un inmaculado esmoquin blanco y su característica sonrisa de centauro, Hysan desciende la escalinata con Skarlet del brazo, atrayendo la atención del salón de baile entero.

—Respira —susurra Nishi, apretándome el hombro con la mano—. Lo siento tanto, Rho… el Partido lo invitó, pero jamás envió su respuesta, así que supuse que no vendría. No me pareció que tenía sentido comentarlo contigo sin un motivo válido.

El corazón me bombea con tanta fuerza que tengo miedo de que se me escape del pecho. Si sigue martillando así hará estallar mi caja torácica.

—¿Qué quieres hacer? —me pregunta Nishi al oído. Pero no puedo pensar, no puedo responderle, no puedo apartar la mirada de él mientras avanza hacia mí.

—Rho, si no quieres verlo, tal vez debamos…

—¡Estrella Errante!

Hago un esfuerzo por arrancar la mirada, y veo a Blaze apartándose de su séquito para venir a saludarme con su pareja a cuestas. Lleva un llamativo esmoquin color púrpura, y a medida que se acerca a nosotros, noto que sus pantalones no son pantalones sino una falda larga.

—Te ves luminosa —dice. Cuando me planta sus besos en la mejilla, el bigote me raspa ligeramente la piel. Su aliento huele dulce; ha estado bebiendo el cóctel acuariano del que todo el mundo está disfrutando. Luego ve a Nishi.

—¡Por las musas! ¿Nishiko Sai? —chilla.

Después de besar sus mejillas sonrientes, le toma las manos entre las suyas.

—Hiciste un trabajo inmejorable con la organización de esta noche.

Nishi hace una reverencia en broma.

—Gracias.

Blaze desliza un brazo alrededor de la cintura de su pareja, una mujer de cabello rojo corto.

—Ella es mi amiga Geneva. Hace dos años, a los diecinueve, se convirtió en la Promisaria más joven de la Casa de Tauro.

Geneva revolea los ojos pero sonríe.

—Si sigues hablando así, todo el mundo creerá que mis mejores años ya quedaron atrás.

Nishi y yo le estrechamos la mano, y mi mirada se desvía a los rostros que están detrás, buscando una vez más a Hysan. Él y Skarlet aún no han caminado demasiado lejos; siguen al pie de la escalinata, rodeados de por lo menos una decena de invitados. El grupo estalla en carcajadas, y otros invitados se acercan para escuchar lo que sucede.

—¿No crees, Rho?

Miro a Nishi, cuyas cejas se encuentran casi rozando el nacimiento del pelo.

—Yo… lo siento, ¿qué dijiste?

Enlaza el codo con el mío y me gira para mirar a Blaze.

—Estaba halagando a Blaze por su estilo. ¿Qué te parece?

—Claro… me encanta la falda —digo, intentando sonreír—. ¿Cómo elegiste este conjunto?

—Pedí una habitación en un Tocador de Dama, y cuando me probé todos los vestidos y esmóquines de la base de datos del archivo, me pareció que esta prenda era la que mejor me quedaba. —Habla como si jamás hubiera sentido inhibición alguna en su vida.

Nishi y Geneva se ríen. Del rabillo del ojo, advierto que la multitud comienza a desplazarse. Hysan y Skarlet han vuelto a avanzar.

Con cada paso de Hysan, mi temperatura parece elevarse, y gotas de sudor me cosquillean el cráneo. Sea lo que fuera que estoy sintiendo, jamás me ha pasado. Es como si mi cerebro le hubiera enviado la señal a mis órganos para que se autodestruyan, y me aterra que en cualquier momento estalle en llamas.

—Bueno —comienza a decir Nishi, con el tono de voz más agudo que de costumbre—. Rho y yo tal vez debamos…

—*¡Hysan Dax!* —Cuando Blaze ruge el nombre de Hysan, siento el corazón tan paralizado que por fin parece haber perforado un agujero lo suficientemente grande para escapar del pecho—. Por aquí, playboy. ¿Estás demasiado ocupado para responder a mis llamados? —Blaze atrae a Hysan hacia él para abrazarlo—. ¡Hace semanas que intento contarte sobre el Partido del Futuro!

Fijo la mirada en las nubes blancas del suelo, incapaz de levantar los ojos de los remolinos de vapor.

—Vine para compensártelo.

Al oír la voz que destila encanto, me rindo y levanto la mirada.

—Es un comienzo —dice Blaze, arrojando un brazo alrededor del cuello de Hysan—. Ahora, ven y saluda a la otra invitada destacada que tengo… por lo que sé, es amiga tuya.

Blaze lo hace girar, y al fin Hysan me ve.

El instante en que sus ojos color verde hoja se encuentran con los míos, una serie de sistemas solares se encienden por dentro.

Me quedo helada; una vibración me recorre el cuerpo por el efecto de estar nuevamente en la órbita de Hysan. Al mirarnos, me olvido de dónde estoy, de lo que estoy haciendo, de por qué estoy acá… me olvido de todo el Zodíaco. Y lo único que recuerdo es la sensación de hormigueo de su piel electrizante. El sabor a absenta de sus besos tan seguros de sí. El vivaz resplandor de su hermosa mente.

Luce igual y completamente cambiado a la vez. Sigue siendo el hombre mejor vestido del salón, pero su mirada posee una gravidez que le da a su vestimenta un carácter meramente accesorio. Me hace pensar en la luz de las estrellas remotas que tarda millones de años en llegar a nosotros, de modo que cuando miramos hacia arriba, vemos la estrella como solía ser y no como es ahora. Si bien sé que estoy ante el Hysan real, también soy consciente de que ya dejó de ser esta persona.

Nishi me estruja el brazo, trayéndome de nuevo al baile. Cuando parpadeo para contener mi estupor, advierto que Hysan tampoco ha reaccionado aún. Su mirada parece tan confundida como lo que siento en mi propio cuerpo.

—Mi… —su voz flaquea, y lo intenta de nuevo— Miladi.

Extiende la mano para saludarme, y dudo un instante porque sé lo que sentiré cuando me toque, y entonces mi corazón me delatará. Pero Blaze y los demás se encuentran mirándonos, así que lo hago.

De pronto, Nishi me tironea el brazo.

—Disculpa, Hysan, acabo de ver a un donante potencial al que estamos intentando convencer, ¡y voy a necesitar la ayuda de mi pareja para persuadirlo!

Y antes de saber lo que está sucediendo, me saca de allí a toda velocidad.

—¿Adónde vamos? —pregunto por encima de los latidos de mi corazón. Nishi me arrastra a tal velocidad que me tropiezo con los tacos de mis zapatos.

—Deberías estar agradeciéndome —dice mientras nos abrimos paso a través de la multitud—. Estaban enfrentados como una pareja de lanzachispas —¡y solo Helios sabe lo inflamables que son esas telas acuarianas!

Pasamos por una puerta con el letrero “Tocador de Damas”, y entramos en un espacio imponente, cubierto de espejos y atestado de sillones de terciopelo, mesas de piedra arenisca, paredes pantalla y refrescos. Aunque la fiesta acaba de empezar, hay al menos una decena de mujeres —mayormente de Virgo y Escorpio— que ya están echadas sobre sillones, con las faldas de sus vestidos desaliñadas, sus peinados sueltos, y disfrutando de su mutua compañía.

Nishi encuentra un sillón desocupado.

—¿Cómo estás? —pregunta al instante en que nos quitamos los zapatos. Sin darme tiempo a responder, dispara más preguntas—. ¿Qué significó aquel baile con Mathias? ¿Y la tensión con Hysan? Por favor, comienza a hablar o seguiré haciendo más preguntas…

—Mathias y yo hemos… terminado —digo, manteniendo la voz baja para que nadie más pueda escuchar—. Verlo con Pandora fue doloroso, pero… perderlo fue como soltar a la chica que fui una vez y un futuro en el que quería seguir creyendo.

—¿Y Hysan? —pregunta con cautela.

Sacudo la cabeza.

—Es otra asombrosa demostración de lo oportuno que es mi corazón: me *acabo* de dar cuenta de que es la persona con la que quiero estar. Estoy completamente enamorada de él.

Ahora sacude la cabeza.

—Es una buena cosa que ustedes, los cancerianos, sean bien parecidos, porque son más idiotas que una bolsa de nar-mejas. —Cuando la miro con furia, encoge los hombros desfachatada—. Me quieres porque soy honesta.

—Te quiero *a pesar* de tu honestidad. —Me enfurece que sea sarcástica cuando estoy sufriendo de verdad; ella no es así. Pero por otra parte, tiene razón. He sido tan idiota como las nar-mejas.

—He sido tan cobarde, Nish. —Dejo caer la cabeza entre las manos—. No de la manera a la que se refirió Caronte, sino en mi vida personal. Todo este tiempo he sido lo suficientemente valiente para arriesgar mi vida, pero no mi corazón.

Me envuelve el hombro con el brazo.

—Rho, no hay motivo para que te sientas así. Hysan también está enamorado de ti. Eso no es algo que cambie de un mes a otro. Y si cambió, entonces para empezar no estaba enamorado. Pero si me dejo guiar por la tensión que acabo de sentir entre ambos, no creo que ese sea el caso. Así que ánimos.

Su tono se vuelve más duro a medida que aborda el tema, como si estuviera revoloteando demasiado cerca de puertas que está desesperada por mantener cerradas. Discutir mi vida amorosa debe de hacerla pensar en la suya. Heme aquí, obsesionada por lo que siento por un muchacho que está justo fuera de esta habitación, cuando el hombre que Nishi ha amado durante toda su adolescencia se fue para siempre.

—No tienes ningún motivo para quejarte, Rho. Así que deja los pensamientos negativos aquí y salgamos a divertirnos un poco. —Levanta los tacones del suelo y me entrega los míos—. Prometo estar muy atenta para que no tengas que cruzártelo de nuevo.

Preferiría mucho más quedarme aquí el resto de la noche, pero me pongo de pie por Nishi. No puedo ahogarme en mis propias penas de amor, no cuando su corazón apenas está resistiendo.

***

Cuando salgo del Tocador, echo un vistazo al salón de baile para ver si encuentro a Stan, Mathias y los demás, pero el recinto ya está tan atestado de gente que es difícil ubicar a quien sea. Cada pocos pasos, Nishi hace señas para que se detenga otro dignatario o miembro del Partido y presentármelo. Entre el temor de cruzarme con Hysan y el estrés de interactuar con tantas personas nuevas, me siento embriagada de mis propias emociones, aunque aún me queda por degustar la bebida burbujeante predilecta de la Casa.

Finalmente, una ronda de bandejas con la cena comienzan a flotar entre nosotros, y Nishi y yo nos llenamos con canapés —hamburguesas de cerdatito, pasteles de acuadilo, lanzadores de halcones. Mientras conversamos con un grupo de dignatarios acuarianos, escorpianos, geminianos y capricornianos, alguien me da un golpecito en el hombro y me doy vuelta.

—Estrella Errante —dice una mujer de tez oscura y de mediana edad, con el cabello fino y corto. Lleva un vestido llamativo, con brillantes plumas verdes.

Cuando reconozco a la Guardiana taurina, me mantengo en guardia. No esperaba ver a nadie de un nivel tan elevado del gobierno en esta velada juvenil.

—Es un honor reencontrarnos, Fernanda... quiero decir, Directora Ejecutiva Purecell.

—Puedes seguir llamándome Fernanda. —Cambia su bebida de mano para poder realizar el tradicional saludo taurino—. ¿Te unirás al Partido del Futuro?

—Creo que sí. —Al decir las palabras, una fantasía florece en mi mente: Nishi y yo, viviendo juntas en nuestro propio hogar dentro del asentamiento de la Luna Negra; Hysan y yo saliendo sin ocultarnos; y Stan y Jewel, casándose y comenzando una familia... y una sonrisa me asoma a los labios—. ¿Y tú?

—Soy una de las que le da apoyo financiero al Partido.

—Oh... no tenía idea. —Qué extraño que con todo lo que está sucediendo en el Zodíaco, se haya tomado el tiempo para venir hasta aquí para un baile.

—Creo que cualquier movimiento que adopte la inclusión y la posibilidad de elegir merece nuestra consideración y nuestro apoyo, ¿no te parece? —El foco de sus agudos ojos me recuerda a los halcones cornudos de Tierre.

—Sí, y más adelante será muy valioso contar con tu apoyo. —Cuanto más pienso en ello, más me gusta el enfoque experimental del Partido del Futuro para unir a nuestro sistema solar. Después de todo, es poco probable que convenzamos a todas las Casas de echar abajo sus muros y comenzar a aceptar a todo el mundo de una sola vez, así que este ensayo a pequeña escala es mucho más sensato.

Fernanda se inclina más cerca, y su voz tersa y sensata me trae de nuevo a la realidad.

—Nadie lo sabe todavía, pero el Pleno ha convocado un tribunal confidencial con la participación de todas las Casas para investigarme a mí y mis vínculos con los Ascendentes. Si me hallan culpable, me juzgarán por traición.

Mi embriaguez de emociones desaparece en el acto.

—*¿Por qué?*

—Tal vez porque me pronuncié a favor de los Ascendentes o porque mi padre fue Ascendente. —Sacude la cabeza—. Como sabes muy bien, quienes están en el poder siempre necesitan un nuevo cuco. Así conservan su poderío.

Me viene a la mente el Cacique Skiff: la última vez que un Guardián compartió un secreto conmigo hubo condiciones.

—¿Por qué me cuentas esto?

—Porque si te piden que des testimonio de lo que discutiste conmigo en mi oficina... sobre mi correspondencia con los Ascendentes... necesito que mientas.

Me siento empalidecer y echo una mirada alrededor para ver si alguien nos está escuchando. Nishi sigue atendiendo al mismo grupo de diplomáticos, y a nuestro alrededor todo el mundo está sumido en su propia conversación. Cuando giro hacia Fernanda, apenas muevo los labios para formar una respuesta:

—¿No crees que esta debería ser una conversación más *privada*?

—No confío en ninguna habitación privada que no sea una propia —dice, bebiendo un sorbo lento de su bebida.

—Fernanda, no soy buena mintiendo. Quiero ayudarte, pero incluso si lo intentara, seguramente se darían cuenta en seguida de mi ardid. De cualquier manera, por todo lo que me has contado, no has cometido ningún acto de traición. De lo único que te pueden acusar es de no haber manifestado antes tus preocupaciones, pero no pudiste saberlo...

—*¿De lo único que me pueden acusar?* —repite con amargura—. ¿Acaso no te das cuenta aún de que pueden hacer lo que quieran? Tú misma eres prueba de ello. ¡Pueden vender el relato que más les guste, pueden reescribir la historia, pueden hacerme parecer el amo del Marad!

—Si el sistema está tan quebrado, ¿por qué no intentaron repararlo tú y los demás Guardianes antes del ataque en Cáncer? —La furia me estalla por dentro.

—¿Quién dice que no lo intenté? —pregunta, y un destello de poder cruza sus rasgos morenos; una mirada a su alma intrépida—. Pero una reacción química requiere de algo más que energía. Necesita un catalizador.

—Te refieres a un *sacrificio.*

Esta noche hay algo nuevo en su mirada, una sombra que no vi en Vitulus.

—En Cáncer ustedes creen que la pérdida de una vida es tan inaceptable como la de diez mil personas —dice, y asiento—. Pero en Tauro jugamos en equipo, y creemos en hacer sacrificios por un bien mayor. Lamento que hayamos perdido vidas, pero no puedo fingir que algo así no iba a suceder. No se puede aplastar a una raza entera de personas y creer que se detentará el poder para siempre; la Naturaleza termina equilibrándose.

La miro con furia.

—Eso no suena a equilibrio. Suena a un tira y afloja.

—Entonces, ¿tu respuesta es *no*? ¿No me ayudarás?

Suspiro.

—No mentiré. Pero tampoco traicionaré tu confianza.

Inclina la cabeza.

—¿Entonces?

—Si vienen a preguntar —digo, y la respuesta me viene a la cabeza mientras hablo—, les diré que lo que discutimos era solo entre tú y yo. Es todo.

Su expresión es inescrutable, así que no sé si son buenas o malas noticias para ella. Con sus ojos rapaces y su vestido emplumado parece más que nunca un ave de rapiña.

—Sabes —dice, bebiendo lentamente otro sorbo de su bebida—, creo que haremos de ti una política después de todo.

17

Me alejo de Fernanda y pienso que, definitivamente, es hora de ir a buscar un trago acuariano.

El círculo de admiradores de Nishi se ha ampliado, y en lugar de regresar a su lado, decido salir a buscar una de las bandejas flotantes. Ella se desempeña mucho mejor con las conversaciones triviales; yo prefiero evitar todo este tipo de *charlatría* y comenzar a trabajar directamente sobre el proyecto Luna Negra.

El salón de baile está tan atestado de gente que no veo los refrescos por ningún lado, así que me dirijo lentamente hacia la periferia de la multitud para conseguir un lugar estratégico, chocando con codos y hombros al pasar. Cuando llego a la pared de mármol blanca, hay un impresionante espejo labrado en oro, donde un puñado de mujeres se arregla. Sus vestidos de chifón, satén y terciopelo tienen faldas tan amplias que no pueden acercarse demasiado al cristal.

Me paro cerca de ellas mientras recorro el salón con la mirada buscando el brillo de copas de tallo alto.

—Parece que andas de caza —dice una voz clara y confiada a mi izquierda. Cuando me doy vuelta, levanto la mirada para ver a la escultural Skarlet Thorne con dos bebidas en las manos.

Parece imposible pero de cerca es aún más espectacular. Su piel tiene un tinte iridiscente color bronce que parece producir su propia luz; sus ojos son sinuosos y rasgados, y los pliegues de su vestido de seda rojo ondean sobre su cuerpo como llamas líquidas.

Me ofrece una de sus copas.

—Gracias —digo, tomándola—. ¿Cómo sabías que era esto lo que buscaba?

—Me imaginé que si buscabas a un hombre, primero te habrías fijado en tu lápiz labial.

La miro de manera inquisitiva, y luego me inclino para mirarme en un rincón del espejo. La pintura roja se me ha corrido de la boca, seguramente, al haber comido.

—Creo que llevamos el mismo tono. —Saca un tubo rojo de un bolsillo casi imperceptible de entre los pliegues de su vestido. Al lado nuestro, la competencia por conseguir un espacio delante del espejo se ha vuelto más intensa.

—Descuida.

Me pasa su copa, pero retiene la servilleta que tenía envuelta alrededor del tallo. Luego me toma el mentón entre los dedos.

—Separa los labios.

Sus ojos felinos estudian mi boca mientras me pinta el labio superior.

—Me alegra que tengamos esta oportunidad de conocernos, porque creo que hay mucho que podemos hacer juntas por mejorar la situación de los Ascendentes —dice, pasando a mi labio inferior—. Me enteré que la Directora Ejecutiva Purecell también está aquí, y como es una abogada tan tenaz de los derechos de los Ascendentes, sería aún más efectivo si las tres combináramos fuerzas. Si lo deseas, obtendré información del Partido para que puedas organizarte.

Desliza la servilleta entre mis labios.

—Aprieta los labios. —Luego da un paso atrás para admirar su obra—. Perfecto.

—Gracias. Y sí, me encantaría —digo, devolviéndole su bebida—. Me siento muy inspirada por la manera en que has superado las divisiones de tu Casa.

Luego bebe un sorbo de su bebida y yo me llevo la mía a los labios.

La dulce efervescencia de la bebida parece invadirme la boca, los ojos y la nariz al mismo tiempo, y toso un par de veces. Para disimular mi mortificación, bebo un largo trago. La bebida es una mezcla de frutas que jamás he probado en mi vida, y otro sabor que resulta conocido pero que no logro identificar.

—Conocí a Corintia.

La dulzura se vuelve amarga en mi boca, y casi me atraganto con la sensación.

—¿Q-qué? ¿Cómo?

—Ella y las otras Ascendentes están detenidas en El Bramido, sobre el planeta Faet. —Es la prisión de máxima seguridad del Zodíaco—. Como es la única soldado sin máscara, es la que más interrogan, aunque aún no ha hablado. Los comandantes creyeron que como he estado promoviendo los derechos de los Ascendentes, y como tengo capacidad de dirigirme a nuestra población, podía tener mejores posibilidades.

La boca se me reseca de golpe.

—¿T-te... habló? —pregunto.

—No, pero soy la única que le ha provocado una reacción. —Skarlet se inclina un poco más cerca, y alcanzo a oler su fragancia floral y especiada que me recuerda a un prado de lanzachispas—. Lo hice mencionándote a ti.

La copa se desliza levemente entre mis dedos.

—¿A mí?

—Le pregunté si prefería hablar contigo. —La mirada de la ariana desciende a mi brazo enguantado, donde se ocultan mis cicatrices, y luego regresa rápidamente a mi rostro.

—Y *sonrió.*

Bebo otro sorbo de mi bebida para ahogar la imagen de la sonrisa perversa de Corintia.

—Ha terminado su transición. ¿Quieres saber a qué Casa pertenece ahora? —pregunta, como si pudiera darse cuenta de lo que estoy pensando.

Por algún motivo, ya lo sé antes de que lo diga.

—A Cáncer.

Así que la persona que no cree en el amor ahora pertenece a la Casa del amor. No puedo imaginar un peor castigo para Corintia.

—De hecho… —Skarlet escruta mi rostro de cerca—, se parece bastante a ti.

De pronto, el brazo izquierdo me comienza a arder. Me lo froto contra el vestido para aliviar la piel, como si la idea de Corintia portando mi rostro me quemara por dentro.

—Qué extraño, ¿verdad? —susurra Skarlet.

—¿Qué es lo que te resulta extraño?

Su fragancia de lanzachispas se vuelve más intensa, como si fuera ella quien estuviera a punto de soltar chispas.

—El sentido del humor de las estrellas.

Se aleja antes de que yo pueda decir algo, y la sigo con la mirada mientras se va. No soy la única que la observa.

Por dondequiera que pase Skarlet, las miradas se vuelven hacia ella: es como una llamarada de fuego de la que no se quiere apartar la vista, no sea que cambie la dirección del viento y sus llamas se vuelvan en tu dirección.

***

Cuando vuelvo a encontrar a Nishi, me aferra del brazo.

—¡*Ahí estás!* ¡Vamos! ¡Es la hora de los discursos!

Salimos corriendo hacia la gran escalinata, y nos detenemos junto a Blaze, Geneva y el resto del séquito.

—Oh, qué bueno que estás acá —dice, mirando a Nishi—. Quédate cerca.

—Lo haré.

Blaze le entrega la bebida a su pareja, y luego se levanta la falda color púrpura de un lado para trepar hasta la mitad de la escalinata. Al dar la señal, la orquesta deja de tocar, y en ausencia de música, todo el mundo mira alrededor.

—¡Bienvenidos, pioneros!

Su voz resuena en todos los rincones del salón, y noto un pequeño *volumizador* —una pelota negra que funciona como amplificador de sonido— que planea en el aire cerca de su cabeza. Espera que las ruidosas ovaciones y los aplausos se calmen antes de comenzar a hablar de nuevo.

—Todos los que vinieron esta noche son pioneros de un nuevo futuro. Un futuro diferente. Un futuro unido. Uno que tiene este aspecto. —Levantamos la mirada y vemos fotos holográficas que se materializan en el aire encima de nosotros.

Son imágenes de los invitados a la fiesta en el momento de descender a la pista de baile, cada uno caminando junto a una persona de una Casa diferente. Los Virgos de ojos color musgo junto con sagitarianos de cabello oscuro, junto con geminianos de tez dorada, junto con leoninos de rostro ancho, junto con arianos fornidos y así sucesivamente. No hay divisiones entre las Casas.

—Si están acá, ya me han escuchado dar cientos de discursos, así que cederé la palabra a alguien mucho más elocuente. Pero antes me gustaría dar un especial agradecimiento a algunos invitados que, a pesar de todo lo que está sucediendo en el Zodíaco, le dieron prioridad a venir aquí esta noche para apoyar nuestra causa. La Directora Ejecutiva Purecell; la Estrella Errante, Rhoma Grace y, por supuesto, nuestro invitado de honor, cuya hospitalidad nos encontramos poniendo a prueba esta noche, el Embajador Crompton.

La sala irrumpe en aplausos en el momento en que Blaze desciende del escenario y el Embajador Crompton sube a él. Cuando se encuentran, Blaze y Crompton intercambian el saludo de la mano. Luego el Embajador se vuelve para mirarnos.

Oigo a Nishi y Blaze murmurando cuando este regresa al grupo, pero no presto atención: acabo de ver a Hysan entre la muchedumbre. Está parado junto a Skarlet del otro lado de la escalinata, y ella le susurra algo al oído. Mi mirada se detiene en el modo en que su mano cuelga de la cadera de ella, y bebo otro sorbo de la bebida azucarada. Casi de inmediato, me comienzo a sentir mareada.

—Gracias, Blaze, Corazón de León, por invitarme generosamente a dirigirme a los líderes del futuro. Me honra que me honres. —Crompton se inclina en nuestra dirección, mirando a Blaze—. He pensado mucho en el tipo de consejo que puedo darle a un grupo tan lúcido como el de ustedes. ¿Qué puedo ofrecerles a cambio de esta distinción?

No puedo dejar de desviar la mirada hacia Hysan. Cada vez que lo miro, siento que él mismo acaba de hacerlo. Y, sin embargo, parece tan absorto en lo que fuera que Skarlet le está contando que parece imposible que su mirada se haya desviado ni por un segundo.

—*Seguridad.*

La voz del Embajador Crompton resuena en el recinto, atrayendo mi atención de nuevo hacia él.

—No hay nada a lo que los seres humanos le teman tanto como al cambio, y por eso, de aquí en más, enfrentarán una fuerte oposición. Lo mejor que puedo intentar ofrecerles antes de emprender el camino es la *seguridad* de que lo que están haciendo vale la pena, de que no están viviendo sus vidas en vano.

Todo el salón está en silencio, y me alegra ver que incluso Skarlet ha dejado de hablar.

—¡Que Helios me perdone pues soy acuariano! —Una gran risotada estalla en la sala ante el grito de Crompton—. Y, como Filósofo, tengo que rogarles que me permitan este momento para filosofar.

Sus ojos rosados brillan con intensidad, devolviéndonos el reflejo de los colores de la sala.

—¿Por qué gateamos un año y caminamos al siguiente? ¿Por qué les pedimos juguetes a nuestros padres para un cumpleaños, pero al siguiente queremos una Efemeris? ¿Por qué una camisa que nos va bien hoy no nos queda mañana? Porque somos organismos que estamos permanentemente cambiando. No fuimos creados para estar estáticos. El cambio es la única moneda del universo, y por eso es fútil resistirse al progreso, pues la evolución siempre termina prevaleciendo.

Estallan aplausos, y Crompton espera a que se apaguen antes de continuar.

—Entonces, ¿por qué le tememos a nuestro propio crecimiento?

Hace una larga pausa mientras recorre la sala con la mirada, como un maestro que espera que un estudiante esforzado levante la mano.

—Porque para cambiar, tenemos que ceder el control; tenemos que perdernos a nosotros mismos por unos instantes. Y en aquellos momentos, cualquier cosa es posible... lo mejor o lo peor.

"Cuando somos más jóvenes, saltamos esta brecha con facilidad, entusiasmados por ver lo que traerá el año siguiente. Pero a medida que crecemos, comenzamos a temer el dolor que acarrea el proceso de cambio, y nos preocupamos más y más por la persona en la que nos convertiremos del otro lado. Así que nos aferramos al tiempo, intentando impedir que siga avanzando y nos empuje hacia delante... y al hacerlo, atrofiamos nuestra evolución personal.

El silencio en el recinto es tal que podría estar susurrando, y aun así lo escucharíamos.

—En algún punto —continúa— nuestra arrogancia descaminada unió el orgullo humano con el progreso de la humanidad. Por eso enfrentan una oposición tan tenaz. Porque si consiguen diseñar un sistema más fuerte, eficaz y justo, *ustedes* serán los padres fundadores del nuevo mundo. Los viejos pensadores serán desplazados como filósofos defectuosos de una era anterior, atrapados dentro de los confines del pasado, volviéndose más y más irrelevantes.

"Así que quiero aprovechar este momento para *asegurarles* que su trabajo aquí es importante. Lo que están haciendo nos recuerda que, mientras que se debe recordar el pasado, no puede ser a costa del futuro. El cambio mantiene viva a nuestra especie, y por eso hay que dejar nuestro temor a un lado y permitirnos (y a nuestro sistema solar) crecer con los tiempos. Nuestros ojos están delante de nuestras cabezas, porque lo que viene por delante es más importante que lo que dejamos atrás. Adónde vamos significa más que de dónde venimos. Y como decimos en Acuario: *solo cuando soltemos el hoy viviremos en el futuro.*

Apoyo mi copa ahora vacía sobre el suelo y me uno a los demás en una gran ovación. Nuestros aplausos continúan durante varios minutos, y Crompton parece menos cómodo aceptando nuestros elogios que dando su discurso. Finalmente, levanta las manos para indicar que nos detengamos.

Mi visión se empaña por la bebida, y cuando miro a Hysan ya no distingo sus rasgos.

—Y hablando del *futuro* —dice Crompton—, me han pedido que reciba en el escenario a la nueva cocapitana del Partido del Futuro, que ayudará a Blaze, Corazón de León, a guiarlos hacia un nuevo futuro de esperanza. Con ustedes, *Nishiko Sai, de la Casa de Sagitario.*

Me vuelvo a Nishi, atónita, y ella me sonríe. Sus irises color ámbar están llenos de luz.

—¡Me enteré hace un rato, pero quería mantenerlo en secreto! —chilla.

Al envolverla en un fuerte abrazo, le digo al oído:

—Estoy tan orgullosa de ti, Nish.

Blaze le ofrece su brazo y acompaña a Nishi a subir las escaleras, a donde Crompton se encuentra parado. Intercambian el saludo de la mano, y luego él desciende, dejando a Nishi de pie ante el público. Al observarla allá arriba, siento el corazón henchido de orgullo. Después de todo lo que ha soportado estos últimos meses, Nishi se ha encontrado a sí misma y su lugar en el Zodíaco.

—No me extenderé demasiado —dice, y su voz se oye en toda la sala—. Primero, tengo que agradecerle al Embajador Crompton de parte de todos los presentes por ese discurso increíble que ha conseguido inspirarnos a todos. —La sala aplaude apoyándola, pero hace silencio rápidamente—. También quiero agradecer al incomparable Blaze Jansun por reunirnos a todos en una causa tan magnífica. Y, a título personal, por confiar en mí para ayudar a dar vida a esta visión revolucionaria.

Las personas vuelven a aplaudir, y me asombra la facilidad y la gracia con que Nishi se desempeña bajo cientos de miradas. De alguna manera, esta escena me reconforta: es agradable volver a estar en un segundo plano mientras Nishi ocupa el centro de la escena.

—Finalmente, quiero agradecerle a la persona que más significa para mí y cuyo coraje inspiró el mío. —Siento la mirada de Nishi avanzar directamente hacia mí y, estupefacta, le devuelvo la mirada a su rostro medio borroso.

—Estrella Errante, gracias por recordarnos que no somos impotentes, que somos el futuro. Cuando saliste a advertirles a las Casas acerca de Ofiucus, arriesgaste un montón de cosas; cuando te embarcaste en aquel Avispón para provocarlo, arriesgaste tu vida, y luego volviste a ponerla en peligro cuando te enfrentaste al Marad.

"Al resistirte a comprometer tus creencias, le probaste a todo el mundo que todos tenemos acceso a un arma poderosa, una que puede cambiar planetas con un solo sonido: *nuestra voz.* Al hacerle frente, denunciar lo que creías que estaba mal y negarte a desaparecer sin hacer ruido, nos mostraste cómo se logra un cambio.

Siento todos los ojos sobre mí mientras aplauden, y el calor colorea mis mejillas.

—Nuestro sistema solo existe porque nosotros suscribimos a él; eso significa que tenemos el poder para cambiarlo. Las personas que dictan las normas hoy no serán las que habiten nuestro sistema solar mañana... pero *nosotros sí.* ¿Acaso no merecemos opinar respecto del tipo de mundos que queremos heredar?

Al irrumpir en aplausos una vez más, un destello de cabello platinado me llama la atención. Una mujer acuariana, que por algún motivo me parece familiar, está a unos pocos metros, pero no alcanzo a verle el rostro. No dejo de pasear la mirada entre ella y Nishi, esperando el momento de verle los rasgos.

Cuando al fin se vuelve para hablar con la persona junto a ella, trazo de manera vaga los pómulos elevados de marfil y los ojos intensamente azules.

Todo se vuelve quieto en mi interior.

Mamá.

18

Mi cuerpo se convierte en una caja de resonancia del corazón; lo único que oigo son sus sordos latidos.

Comienzo a acercarme a la mujer, con la piel sudorosa y la mente en blanco, y a medida que sus rasgos se dibujan más nítidos, me doy cuenta de que no es mi madre.

El sobresalto desaparece muy lentamente. Cuando el calor que sobreviene con el alivio me arranca el frío de la piel, decido que esta noche ya he bebido lo suficiente.

La orquesta comienza a tocar de nuevo, y Nishi desciende las escaleras acompañada de otra ronda de aplausos. De inmediato, la acosan personas que quieren ofrecer sus felicitaciones, y en seguida me arrastran dentro de la celebración. Intercambiamos el saludo de la mano con lo que parecen ser cientos de personas, y aunque escudriño sus rostros buscando a Stanton o Mathias, no aparecen. Estos bailes no son un escenario demasiado canceriano, así que seguramente estén en algún rincón, reunidos con un grupo más reducido de gente.

Una vez que Nishi y yo logramos escabullirnos de sus admiradores, la llevo a un área más tranquila para darle otro abrazo.

—¡Estuviste fabulosa!

Sus mejillas color canela están sonrojadas; sus ojos, brillantes. Una bandeja plateada de bebidas cristalinas pasa flotando al lado nuestro, y Nishi toma un par de copas.

—¡Por nosotros! —las chocamos, y ella bebe un gran trago.

—Creo que una bebida fue suficiente para mí —digo, sin probar la mía—. ¿Cómo puedes beberte tantas copas cuando el alcohol es tan fuerte?

—No tiene alcohol —dice, terminándose el suyo—. Se lo llama *Sorbete Sideral*. Le echan un poco de Absenta.

—¿*Absenta*?

—Son solo unas pocas gotas. Como no provoca resaca, a los acuarianos les gusta más que el alcohol. Se supone que te hace sentir un poco etérea, nada más.

—Entonces, ¿por qué me hace… *ver* cosas?

El peinado de Nishi comienza a deshacerse, y mechones esquivos de cabello le caen sobre la frente.

—Afecta de modo diferente a cada persona según su grado de tolerancia. Dado que los mejores videntes atraen naturalmente más psienergía, lo sienten más, así que… sí, en realidad, tienes razón. Definitivamente, ya has bebido suficiente.

Extiende la mano para tomar mi bebida, solo que ya no estoy tan segura de que deseo cedérsela. Tal vez mis ojos no me hayan estado engañando. Tal vez, cuando creí que veía a mamá, estaba Viendo un presagio.

—¡Nishi! —Imógene viene corriendo hacia nosotras y enfunda a Nishi en un gran abrazo—. ¡Estuviste perfecta!

La acompañan un grupo de potenciales miembros del Partido, y mientras se presentan a Nishi, yo me aparto para reflexionar sobre la copa que tengo en las manos.

No he tenido suerte alguna en hallar señales de mamá en la Efemeris, y no tengo más pistas. ¿Por qué no probar un poco más de este Sorbete y averiguar lo que puedo Ver? Además, no es que alguien me necesite en este momento. Nishi ha encontrado su lugar; Mathias y Pandora se han encontrado entre ellos, y una vez más, no veo a Stan por ningún lado.

Me acerco sigilosa detrás de Nishi.

—Voy a echar un vistazo —le digo al oído— para ver si encuentro a Stan. Volveré en un rato.

—Envía una Onda a mi Rastreador si no estoy aquí —dice, y asiento, sin molestarme en señalar que no traje mi Onda conmigo.

Bebiendo el Sorbete espumante y frutado, recorro el perímetro de la sala, donde hay menos gente. Aunque es evidentemente antiguo, este recinto parece por algún motivo más nuevo que el resto del castillo, más prístino. Tal vez, haya sido usado menos seguido.

Cruzo debajo de las escaleras cargadas de estática hacia el otro lado del salón de mármol, donde hay menos gente reunida. Cuanto más bebo, más inestable se vuelve mi vista, como si las moléculas de oxígeno alrededor se hubieran transformado en psienergía errática.

Tras advertir un remolino de cabello rubio más adelante, apuro el paso para ver a una mujer borrosa en un vestido blanco doblando la esquina.

La sigo hasta que llego al otro extremo de la sala, pero no hay lugar hacia dónde voltear. Ha desaparecido dentro de la pared.

Con el corazón acelerado, doy un paso hacia atrás para examinar el mármol veteado de líneas doradas y plateadas, y veo una arcada tenue y en sombras. Pero cuando la toco, solo siento la piedra fría.

Echo una mirada alrededor para asegurarme de que nadie esté observando, y luego sigo el diseño en la piedra con el dedo, tratando de hallar una clave oculta. Pronto comienzo a sentir una extraña atracción hacia lo que sea que esté del otro lado del muro, y un cosquilleo de curiosidad me recorre el cuerpo, anhelando traspasarlo.

El instinto parece estar susurrándome instrucciones, y al recordar que la Absenta es más fuerte recién tomada, bebo lo que queda y me concentro en la arcada de la pared.

El dedo del Anillo zumba cuando atraigo la psienergía para Centrarme, y lentamente la arcada en sombras comienza a oscurecerse.

La vuelvo a tocar.

De inmediato, me transporto a algo que parece el mundo oculto del Consciente Colectivo, solo que no veo las huellas psienergéticas de otros Zodai. No puedo ver ni sentir mi cuerpo, y el pánico se apodera de mis pensamientos al sentir que alguien me dirige el Ojo, como si estuvieran examinándome y confirmando mi identidad.

De pronto, el castillo vuelve a aparecer alrededor de mí, solo que ahora estoy dentro de un frío vestíbulo de piedra arenisca, y la música de la fiesta suena muy lejana. Debe de ser algún tipo de medida de seguridad sofisticada, como la caída que experimenté con Engle en Escorpio.

Las rodillas me tiemblan demasiado como para que arriesgue a moverme, así que permanezco de pie, quieta, mirando el imponente espacio vacío. Debo de estar del otro lado del mármol.

—Untara te advirtió esta mañana que no hicieras esto.

El corazón se me dispara a la boca al oír la voz de un hombre. Parece provenir de muy cerca atrás de mí, solo que, cuando me doy vuelta, no hay nadie.

—Ya sabías que le molestaba que los miembros del Partido del Futuro vinieran al castillo. Su intención era que el apoyo de nuestra Casa fuera simbólico, no práctico.

Examino una vez más la recámara polvorienta y sombría, y esta vez distingo una escalera en espiral, en el otro extremo. Un haz de luz largo y delgado desciende derramándose sobre las escalinatas. Por un momento, me quedo quieta, debatiéndome entre espiar o regresar al salón de baile.

—No quería que un ridículo movimiento juvenil tiñera nuestros muros antiguos, y…

—Como Embajador, es mi derecho reconocer a los líderes y movimientos nuevos.

Al oír la voz de Crompton, tomo mi decisión. Camino de prisa y sin hacer ruido hacia las escaleras y alzo la vista hacia los peldaños que suben en espiral.

Tal vez sea el Sorbete Sideral, o tal vez Skiff haya tenido razón y ya no pertenezca a Cáncer. Pero estoy cansada de que las personas en las que quiero confiar me tomen por sorpresa. Si Crompton me está engañando, necesito saberlo.

—Por favor, sir —oigo que dice el otro hombre—. Solo te estás perjudicando a ti mismo.

—Agradezco tu preocupación —dice Crompton, con un tono cálido pero firme—, pero entablar conversaciones nuevas y explorar diferentes puntos de vista es el alma de la Filosofía. ¿Desde cuándo la Casa de Acuario no acoge nuevos modos de pensar y de conducir? ¿Qué pasó con las palabras inmortales de nuestro venerado Guardián de Acuario: "El hombre necesita un cerebro para vivir, pero una mente para estar vivo"?

Trepo las escaleras lo más lento posible. Por suerte, el polvo suspendido en el aire amortigua el sonido de mis tacones.

—No disiento contigo por motivos filosóficos —dice el otro hombre. Sus palabras cobran un tono plañidero—, pero Untara no está contenta. Sabías que la presencia de Estrella Errante no pasó desapercibida, ni el hecho de que hubieras estado de acuerdo con ser el invitado de honor de este evento. Y, sin embargo, a pesar de sus advertencias, ¡lo hiciste igual!

La primera puerta con la que me topo está entreabierta, y la habitación del otro lado está a oscuras, así que continúo trepando.

—Son niños, Crompton. No harán más que distraernos en un momento en que el foco del Zodíaco debería ser detener a este ejército de Ascendentes y encontrar a la persona que los dirige. Cuando este grupo salga a la luz con todas estas tonterías, se estará exponiendo como objetivo, y acuérdate de lo que te digo: el Marad vendrá por ellos por atreverse a dar esperanza a las Casas. Así funciona el terrorismo.

A mitad de camino hacia el piso siguiente, me quedo helada. La puerta está apenas abierta, y el haz de luz que me guía proviene de allí dentro, como también las voces de ambos hombres.

—¿Así que sacrificarías la esperanza de nuestra galaxia para garantizar la seguridad? —pregunta Crompton. Parece paciente y frustrado a la vez—. ¿Incluso cuando la seguridad es una mera ilusión? Comprendo e incluso comparto tu temor, Pollus, pero permitir que este sentimiento nos gobierne es cederles el triunfo a los terroristas. La realidad es que la *esperanza* es el arma más poderosa de nuestro arsenal… y los acontecimientos recientes prueban que se necesita un cambio para lograrlo.

—Lo que te escuché decir esta noche no sonaba a cambio —dice el otro hombre, Pollus, con cautela—. Sonaba a revolución.

Sigue un largo silencio.

—Ese es tu temor que habla de nuevo, Pollus —dice entonces Crompton—, y te hace un flaco favor. El sistema no es perfecto, y no sirve de nada fingir lo contrario. ¿Sabes lo que me contó ayer Rhoma Grace? Jamás consintió con la declaración de Paz. De hecho, cree que el Marad sigue representando una amenaza. Pero cuando sugerí al Pleno que la invitáramos a dar un testimonio antes de oficializar la Paz, me dijeron que no había necesidad porque ya lo había pactado. ¿Te parece que sea un sistema digno de preservar?

Pollus exhala ruidosamente, y lo oigo caminar de un lado a otro.

—¿Te das cuenta de lo que está sucediendo? Te pusieron al frente de la declaración de la Paz, tal como te pusieron al frente de coronar a la chica Estrella Errante. Te han estado usando tal como la usaron a ella. Eres el miembro más nuevo y, sinceramente, eres demasiado ingenuo. ¡Y ahora te están tendiendo una trampa para que, cuando todo fracase, puedas ser su chivo expiatorio!

—¡Si estás en lo cierto, razón de más para apoyar el cambio!

—¡*Lo apoyo!* —dice el otro hombre, levantándole la voz a Crompton por primera vez—. Pero también intento protegerte. Ambos sabemos que Untara se siente amenazada por ti.

—Pero *¿por qué?* —pregunta Crompton, como si acabara de encontrar una pregunta que no puede responder—. ¿Te lo has preguntado?

—Está celosa de tu talento, y le preocupa que, si la retas a un duelo en el plano astral, podrías realmente ganar, con lo cual serías el legítimo Asesor Supremo del Guardián. Tiene miedo de que seas un mejor vidente que ella.

—O —dice Crompton, tan bajo que tengo que hacer un esfuerzo por escucharlo— tal vez tenga miedo de que yo Vea algo.

—Escúchame. Tienes que ir a verla de inmediato y pedirle disculpas. Seguramente, ya escuchó tu discurso y lo empleará como fundamento para...

—Suficiente.

La voz de Crompton sigue siendo amable, pero lleva una finalidad irrefutable.

—Agradezco tu amistad y me honra la profunda preocupación que sientes por mí. Pero me cuidaré solo.

La puerta se abre y, a medida que la luz se derrama hacia fuera, me aparto rápidamente, deslizándome por la puerta abierta del primer piso y ocultándome en la habitación oscura.

Contengo la respiración mientras Crompton y el otro hombre descienden las escaleras. Al sentir el corazón martillándome en el pecho, la misma frase me da vueltas en la cabeza: *Tal vez tenga miedo de que yo Vea algo.*

***

Los sigo de regreso en silencio a través de la arcada, manteniendo una distancia prudencial. Del otro lado del muro, la fiesta ya acabó. La orquesta ha dejado de tocar, y a medida que la muchedumbre se congrega para subir las escalinatas hacia la salida, el murmullo de sus conversaciones suena como las olas del océano que se alejan cada vez más.

Crompton y Pollus caminan hacia la escalera uno junto a otro, en tanto este último sigue hablando de manera subrepticia, y Crompton se entretiene bebiendo un Sorbete.

—¡Embajador!

Ambos se voltean.

—¡Estrella Errante! —exclama Crompton afectuosamente, y por el sonido de su voz, me da la impresión de que siente alivio de tener un motivo para abandonar a Pollus. Este, en cambio, luce furioso al verme. Se da media vuelta, alejándose a grandes pasos.

—Estás preciosa —dice Crompton, inclinándose profundamente. Sus ojos rosados brillan con la Absenta que le recorre el cuerpo, y ahora que está lejos de las advertencias de Pollus, parece disfrutar de su momento efervescente y estar satisfecho con la velada.

—Gracias. Su discurso fue fantástico y significa mucho para el Partido del Futuro que haya siquiera accedido a hablar aquí esta noche. Quiero decir que es como usted dijo, el progreso siempre tiene opositores, ¿verdad? Y estoy segura de que usted debió lidiar con su propio cúmulo de dificultades cuando accedió a hacer esto… ¿no es cierto?

Espero que la bebida le haya embotado los sentidos lo suficiente para no advertir la falta de sutileza de mis intentos por sonsacarle información.

—Oh, no me preocupa; todo saldrá bien —dice, sonriendo alegremente—. La intención de encontrar una solución está en la naturaleza misma de un desacuerdo.

Su optimismo me recuerda a cuando yo era Guardiana, antes de que el Pleno me despojara de mi título.

—¿Disfrutaste de la velada? —me pregunta.

—Sí, ha sido fabulosa, gracias —Poco dispuesta a rendirme fácilmente, sigo adelante—. Creí que tal vez vería a la Asesora Suprema esta noche. Ya sabe, como la vi esta mañana en su oficina.

—¿*Untara?* —Crompton se ríe—. ¡Esa mujer ni siquiera podría encontrar el futuro en un calendario! —Su expresión se endurece al advertir lo que acaba de decir, y su mirada se vuelve más alerta—. Por supuesto, no hablo en serio…

—Descuide —digo sonriendo—. Ella no parecía ser la persona más… *progresiva* del mundo.

—Por cierto que no lo es —accede Crompton, aunque sigue preocupado por su comportamiento. Apoya la bebida sobre una bandeja dorada llena de copas vacías que pasa flotando al lado—. Tanto hablar del futuro está haciendo que me comporte como si fuera el pasado —dice, riéndose de su propia broma—, pero ya no soy un hombre joven.

—Embajador, ¿por qué el Pleno estará fingiendo que el Marad no es una amenaza? —A juzgar por mi atrevimiento, tal vez yo también me encuentre aún bajo el efecto de la Absenta.

Crompton me fija la mirada, recuperando rápidamente la sobriedad.

—No creo que eso sea cierto….

Pero no sigue, como si no tuviera el ánimo de encontrar excusas, y suspira, atrapándome con una mirada particularmente paternal.

—Rho, ten cuidado. Si creen que no estás de su lado, sabes mejor que nadie lo que puede suceder.

Resulta gracioso que me esté brindando el mismo consejo que él mismo le rechazó a Pollus.

—¿Pero por qué eligen cerrar los ojos de modo tan obstinado?

—Porque no tienen ningún avance para ofrecerle a su población, y cuanto más extendamos el período de purgatorio que significa esperar el próximo ataque, más reina el desánimo entre las Casas. No significa que los Zodai no sigan buscando señales del ejército.

—Claro.

Mira abruptamente detrás de mí. Cuando me doy vuelta veo a Nishi acercándose a nosotros; detrás de ella, el salón de baile está casi vacío.

—Hola, Embajador —dice Nishi—. Gracias de nuevo por su increíble discurso.

—Lo mismo para ti —dice, inclinándose ante ella—. Al observarte hablar esta noche, vi un futuro brillante ante ti, Nishiko. Mi puerta estará siempre abierta para ambas, para lo que necesiten.

Apenas se marcha, Nishi se da vuelta para mirarme.

—La fiesta acabó, pero hay un evento posfiesta. Pero antes tengo que ir a ultimar unos detalles. ¡Así que quédate donde estás!

En el instante en que sale corriendo a hablar con otros miembros del Partido, aparece mi hermano. Por lo sincronizada de su aparición, parece que ha estado esperando encontrarme sola.

—Tenemos que hablar —dice en voz baja.

—¿Dónde están Mathias y Pandora? —pregunto, paseando la mirada por el salón casi desocupado.

—Los vi marchándose hace un rato —dice, y la punzada de sus palabras resulta menos profunda de lo que esperaba—. He estado escuchando disimuladamente las conversaciones de muchas personas durante la noche, Rho, y hay cosas del Partido que Blaze y Nishi no mencionaron.

—¿Has estado *escuchando conversaciones*? —pregunto en voz alta, aunque acabo de estar haciendo lo mismo—. Stan, lo digo en serio, tienes que dejar de ser tan cínico respecto a todo. No es propio de ti, y te está convirtiendo en alguien que no eres.

—Escúchame. —Me sujeta el brazo con fuerza—. Todo ese discurso acerca de la unidad y la aceptación son puras mentiras. En realidad, la Luna Negra es lo más elitista y excluyente que hay. —Señala con un gesto hacia nuestro entorno—. Viste a las personas que asistieron esta noche. Solo invitaron a los miembros más ricos, mejor educados y más talentosos del Zodíaco.

—Stan, el objetivo de esta noche era recaudar fondos y atraer atención hacia el Partido. No tiene nada que ver con quienes irán al nuevo asentamiento. Ese proyecto sigue siendo ultra secreto, ¿recuerdas?

—Pues la gente está hablando de eso —la voz de Stanton se vuelve más tensa y queda.

—No creo que la gente haya estado discutiendo abiertamente sobre él. Nishi no habría esperado para traerme hasta aquí y contarme sobre la Luna Negra si fuera algo que pudiera conversarse así no más en una fiesta.

Stan pone los ojos en blanco, frustrado, y extrae algo del bolsillo del esmoquin. Parece un Escorpión metálico.

—¿Qué es eso? —pregunto, pensando en el dispositivo Trepador, que organiza los pensamientos de los Escorpios.

—Es lo que le robé a Link que tanto lo irritó.

—¿Lo que le *robaste*? —El Escarabajo que llevo en la muñeca parece cerrarse aún más, recordándome que esta es mi segunda afirmación hipócrita en menos de dos minutos.

—Después de romper mi Onda, le dije a Engle que quería comprar un nuevo dispositivo de comunicación y le pedí que me mostrara algunos dispositivos tecnológicos escorpianos para decidir qué compraba. Pero dijo que no tenía sentido, porque ya no se aceptaba el dinero canceriano. Así que decidí intentar el argumento con alguien más imbécil.

"Link estaba encantado de invitarme a su alojamiento para presumir de sus artefactos favoritos. Pero como la mayoría opera con ADN o tecnología de huellas digitales, me fueron inútiles. Salvo por el *Eco*. —Stan levanta el dispositivo en alto, y advierto pequeños puntos rojos sobre el caparazón del escorpión.

"En un momento Tyron entró para decirle algo a Link y fingí que los quería escuchar para que fueran a hablar afuera. Como había visto dónde había guardado el Eco, fue bastante fácil deslizarlo en mi bolsillo.

Sacudo la cabeza, sin terminar de aceptar que mi hermano se haya convertido en un ladrón. Y peor aún, uno que carece por completo de culpa.

—Stan, no me gusta cómo estás actuando. Este no eres…

—Puedes programar palabras clave específicas en un menú holográfico —dice, pasando por alto mis preocupaciones—, y cuando activas el dispositivo, busca todas las transmisiones electrónicas dentro de un radio específico y te devuelve cualquier mención de tus palabras clave.

—*Stan*…

—Rho, *escucha*. Se están pasando listas entre los donantes más importantes del Partido. Son los nombres de miembros de cada Casa elegidos para la Luna Negra. Están garantizando lugares a cambio de respaldo financiero y favores políticos.

Mi corazón supera la velocidad de mis pensamientos.

—Tienes que terminar con esto —susurro.

Este no es mi hermano. ¿Qué sucedería si todo lo que estamos sufriendo lo afectara en niveles profundos?, ¿dispararía algún tipo de gen ofiucano? Nadie comprende muy bien cómo o por qué Ascienden los Ascendentes… pero si mamá era Ascendente, significa que la sangre de Ofiucus corre por nuestras venas. Así que si Stan altera su alma demasiado, ¿es posible que su cuerpo adopte una nueva forma?

—Stan, incluso si tienes dudas respecto del Partido, por lo menos puedes confiar en Nishi —digo, tratando de que mi voz sea lo más tranquilizadora posible—. Jamás sería parte de una organización elitista y excluyente, y ella lo investiga *todo*, así que puedes estar seguro de que ha aprobado a esta gente.

Stan solo sacude la cabeza, y tengo la sensación de que es la primera vez en la vida que no nos podemos comprender.

—Tal vez no lo hayas notado, pero en este momento, Nishi no es ella misma. No está pensando con claridad. Acaba de perder al amor de su vida y actúa como si jamás hubiera existido. ¿Te parece sano?

—Enfrentará su dolor cuando esté lista, pero eso no significa que haya tenido un trasplante de personalidad. Sufra o no, Nishi jamás defendería un sistema discriminatorio de ningún tipo. —Me viene a la cabeza un recuerdo de los tres en el *Equinox* solo un par de meses atrás, soñando con los futuros hijos de Nishi y Deke—. Está haciendo esto por Deke, para crear el tipo de mundo que querían para sus hijos. Está haciendo el duelo a su manera.

—Solo piénsalo —suplica mi hermano—: el Partido del Futuro debe de haberle hecho promesas a la mayoría de las personas que están aquí. De otro modo, ¿cómo conseguirían que un montón de chicos jóvenes y de mentalidad abierta venga hasta aquí? ¿Cómo se pueden dar el lujo de trasladarnos acá en aquella nave? Están haciendo un gran despliegue de dinero...

—Tienen sponsors, personas con recursos, como la Guardiana de Tauro.

—En realidad —dice, bajando aún más la voz—, tengo algo para decir acerca de ella...

—¡Bueno, vamos al jardín de invierno! —anuncia Nishi, interrumpiéndonos, y Stan no termina la oración. Ezra y Gyzer la acompañan.

—Me voy a la cama —dice mi hermano, y se marcha sin decir otra palabra. Nishi me mira con curiosidad, pero sacudo la cabeza para que no pregunte.

No sé bien qué hacer: si ir tras él o quedarme con ella, pero como si supiera lo que estoy pensando, Nishi se me adelanta.

—¡Ven al festejo posfiesta! Puedes hablar con tu hermano en la mañana.

Ezra levanta su rostro color caoba hacia nosotros, abriendo bien los ojos con una expresión de ilusión.

—¿Alguien dijo *festejo posfiesta*?

***

El jardín de invierno del castillo es un parque verde con un enorme jardín adjunto, todo encerrado en paredes de cristal. Arriba, el cielo acuariano está encapotado y oscuro, pero diminutas luces cuelgan del cielorraso de cristal, esparciendo el sitio con un resplandor sutil y estrellado. Las luces me recuerdan un poco a las branquias de los mundos acuáticos de Esconcio.

Alrededor de cien personas se reúnen sobre un prado atestado de mesas elevadas con hileras de Sorbetes Siderales. El césped está cubierto de mantas acolchadas, sobre las cuales hay canastos de bocadillos. Los asistentes a la fiesta que no están parados junto a una mesa, se encuentran reclinados sobre las mantas en sus trajes formales, comiendo y bebiendo como si estuvieran en el picnic más refinado del mundo.

—¡Allí está Blaze! —dice Nishi, distinguiéndolo junto a Geneva y media decena de personas, compartiendo una manta de agua. Se dirige a donde está, acompañada por Ezra y Gyzer, pero yo me quedo mirando el selvático jardín que se perfila justo detrás del parque.

Un sendero de piedra desaparece dentro del follaje, y lo sigo hacia las altísimas plantas. En la entrada del jardín hay una serie de bancas plateadas donde se ha reunido un grupo de invitados. Se me ocurre pasar a su lado para deambular entre la vegetación, pero como el vestido dorado que llevo puesto es bastante llamativo, lo más seguro es que quede atrapada en alguna conversación. Tal vez sea mejor que vuelva con Nishi.

Cuando me doy vuelta para irme, alcanzo a ver un resplandor dorado entre el follaje.

Hysan está inclinado contra una banca conversando con un pequeño grupo de personas. Una sonrisa perezosa indica que probablemente esté cansado, pero divirtiéndose demasiado para irse a dormir. No veo a Skarlet cerca.

Antes de que pueda decidir lo que voy a hacer, me ve.

Nos miramos a través de decenas de invitados durante no sé cuánto tiempo. Lleva el cabello revuelto, y la pajarita torcida, pero cuanto más desaliñado está, más apuesto luce.

Lo observo excusarse, y acercarse a donde me encuentro de pie. Se detiene a unos pasos, dejando una apabullante zona neutra entre los dos.

Mientras me observa, vuelvo a las otras veces que nos hemos encontrado en fiestas, y me doy cuenta de cómo me gusta la forma en que me mira. Me hace sentir como si pudiera ser más de lo que soy… como si pudiera ser *cualquier persona* que haya soñado ser alguna vez.

Creo que eso es lo que más me asusta de él.

—Tu vestido es realmente impactante… —dice, sin ofrecerme la mano para el saludo tradicional—. ¿Cómo estás, Rho?

Quiero responder a su pregunta, pero no encuentro mi voz. Las palabras quedan atrapadas en la garganta, peleándose por salir, y realmente quisiera tener un Trepador que me ayude a organizarlas.

—Estoy…

Mi voz se quiebra de modo extraño, y fijo la mirada en el sendero de piedra sobre el que me encuentro, mortificada. Lo peor es que Hysan también la oye, y cambia el peso de un pie al otro.

—Lo siento —digo por fin.

Y realmente deseo que todo termine allí, pero la acumulación de palabras ha llegado a una masa crítica, y antes de que pueda taparlo todo herméticamente, una catarata de sentimientos sale a borbotones.

—*Odio* no poder hablar contigo. Sé que es mi culpa que las cosas hayan llegado a este punto, pero realmente te extraño. Si hay algo que pueda hacer para arreglar las cosas entre nosotros, quiero intentarlo. Tienes razón —*tenía* miedo—, pero ya no.

Avanzo algunos pasos, cerrando la distancia entre los dos.

—E incluso si es demasiado tarde —mi tono de voz desciende ahora que estamos más cerca—, necesito decir esto. —Al mirar fijo sus vivaces ojos verdes, siento que me hundo en mi Centro. Como si estuviera delante de mi nuevo hogar.

—Estoy enamorada de ti, Hysan. *Solo de ti.*

Sus ojos se vuelven más luminosos y grandes, y sigo adelante, seducida por el aroma a cedro que conozco tan bien, que me acaricia la piel. Noto su mirada paseando sobre mis labios y por el escote profundo de mi vestido, y estoy a milímetros de su boca cuando murmura:

—Rho… no puedo.

Me siento empalidecer, y el pecho se me hunde bajo el peso de mi mortificación. Retrocedo demasiado rápido, me tropiezo con una piedra, y estoy a punto de caer.

Hysan da unos pasos hacia delante, como si estuviera listo para atraparme antes de caer.

—Me refiero a que he venido con Skarlet.

—Claro… Por supuesto. Lo siento. No sé en qué estaba pensando…

—Tal vez debería irme —dice, metiendo las manos en los bolsillos de su esmoquin blanco—. Espero que disfrutes del resto de tu noche, miladi.

Mientras se aleja de mi lado, siento que se lleva todo mi mundo con él. No puedo creer que lo arruiné todo. Soy una verdadera paradoja: una canceriana que resultó un fracaso absoluto en el amor.

Presiono la mano contra el estómago porque siento como si acabara de perder un órgano vital, uno sin el cual no creo que pueda sobrevivir.

Entonces, el dedo me zumba con psienergía, y la voz de Hysan se abre camino a través de mi dolor.

—*¿Nos encontramos en el vestíbulo de entrada dentro de treinta minutos?*

19

Veinte minutos después me encuentro en el vestíbulo sombrío, con su techo tan alto que se pierde entre las sombras, y con sus constelaciones brillantes de vitrales. Nishi estaba tan emocionada por mí cuando le conté lo que había sucedido que prácticamente me echó a patadas del festejo posfiesta para que no me perdiera y llegara tarde.

Siento a Hysan aun antes de verlo; ahora que no lucho contra mis sentimientos, lo percibo más fácilmente. Cuando entra en una sala, se produce un cambio.

Aunque haya sido una larga noche, sigue luciendo fantástico. Examino sus mechones dorados revueltos por el viento, los brillantes ojos color esmeralda y el arrugado esmoquin blanco; a medida que se acerca, advierto que lleva un abrigo negro sobre el brazo.

—¿Quieres salir de aquí? —me pregunta cuando me detengo ante él.

—¿Y a dónde vamos?

Abre el abrigo, y deslizo los brazos en las mangas tibias. Luego se acerca a las puertas del castillo y proyecta un diagrama desde su Escáner. Un instante después, una de las puertas se abre.

—¿Tienes permiso para hacer eso? —susurro.

Da un paso hacia la rotonda de arena con sus inagotables cascadas, y cuando me mira, aquella sonrisa irresistible de centauro tironea sus labios, le dibuja hoyuelos en las mejillas e ilumina la noche acuariana.

—¿Estás asustada, Grace?

Le devuelvo la sonrisa.

—Estás soñando, Dax —respondo.

Me quito los zapatos y los dejo caer dentro de los enormes bolsillos del abrigo para unirme afuera con él. Es agradable volver a sentir la arena bajo mis pies desnudos, y no me sorprende sentir que no está helada.

—La mantienen tibia para los Pegazi —dice Hysan, observándome. Cierra la puerta con llave una vez más, y luego rodeamos el perímetro del palacio, flanqueados por las cascadas.

—¿Adónde vamos?

—Los primeros colonizadores del planeta construyeron este castillo, y los acuarianos le han realizado tantas ampliaciones secretas a lo largo de los milenios que es improbable que haya alguien que lo conozca en su totalidad. Así que siempre que vengo de visita, me gusta descubrir algo nuevo…

—¡Yo descubrí algo esta noche! —digo de pronto, interrumpiéndolo—. En el salón de baile, había una arcada…

—La decimotercera torre —dice, volviéndose entusiasmado hacia mí—. ¡Yo también la vi!

—¿La *qué*?

—Fue por ti que la Guardia Real acuariana la descubrió. —Su piel dorada brilla excitada, y sus ojos parecen ocupar más espacio que el habitual—. Cuando los Patriarcas de la Casa reflexionaron sobre la historia de Ofiucus que relataste, se dieron cuenta de que era verdadera, de que debía haber una decimotercera torre en el palacio. Pero como no hay un decimotercer torreón que sobresalga de la punta del castillo, supusieron que la torre había sido demolida y que era cuestión de ubicar su base, seguramente sellada. Supe que cuando finalmente la hallaron, trabajaron durante semanas para poder pasar sus medidas de seguridad.

—Entonces, ¿cómo logré entrar en ella esta noche?

—¿Lograste entrar *adentro*? —Al asentir, la mirada de Hysan se torna distante, y una línea se dibuja entre sus cejas—. Interesante.

—Y *tú*, ¿cómo entraste?

—Creí que había secuestrado el código —dice, encogiendo los hombros—, pero tal vez no lo haya hecho. —Queda sumido en sus pensamientos durante algunos pasos—. Tal vez la persona que selló la torre programó una grieta que permitiera el acceso de cualquiera que posea una huella astrológica de Guardián. Pero necesitaríamos a un tercer Guardián para probar la teoría.

—Pues, mientras estaba allí, alcancé a escuchar algo —digo, relatándole la conversación de Crompton con Pollus.

—No me sorprende que haya disenso —dice Hysan cuando termino—. Morscerta proviene de una escuela tradicionalista de pensamiento, pero Crompton es más joven e idealista y mucho más progresivo que cualquiera que haya desempeñado su papel en la historia reciente. Durante las últimas décadas, se intensificaron las disputas entre los seis Clanes, así que hace bastante que esta Casa iba rumbo a una reestructuración política. Aunque estoy de acuerdo con que es un mal momento desde el punto de vista cósmico.

—¿Qué te parece el Partido del Futuro? —no es mi intención acribillar a Hysan a preguntas, pero hay pocas cosas que disfrute tanto como oír su mente en funcionamiento.

—Creo que Blaze siempre ha tenido una causa —dice, como si aún no tuviera una opinión formada—. No sé mucho sobre el Partido, así que tú me puedes informar si quieres. Más que nada, he estado preocupado por lo que sucede en Piscis. Envié a un equipo de Caballeros para trabajar con los Estridentes del planetoide Naute y para estudiar el virus e intentar revertir sus efectos. También envié a Miss Trii para que ayudara a la Profeta Marinda, ya que como androide no puede contraer enfermedades. Han convocado a Neith a tantas reuniones de emergencia que está permanentemente funcionando con carga baja. Tuve que sacarlo de Libra solo para aplicarle actualizaciones y sincronizarlo con *Nox*.

Hysan parece aliviado de poder compartir todo esto con alguien, y caigo en la cuenta de que la falta de comunicación entre nosotros debió de ser mucho más dura para él. Por lo menos, yo tenía amigos a mi lado. En cambio, Hysan solo puede hablar tan abiertamente conmigo.

La pesadumbre de la Casa de Piscis nos envuelve con un silencio triste hasta que damos vuelta la esquina del castillo, y se nos abre un paisaje completamente nuevo. Un lago artificial corre a lo largo del palacio, y del otro lado de su playa arenosa hay un hábitat de Pegazi con establos techados. Decenas de criaturas coloridas duermen sobre mantas ligeras extendidas sobre la arena, mientras que otras están de pie masticando heno.

Me encantaría ir a buscar a Candor.

—¿Te gustan? —pregunta Hysan, que se encuentra observándome de nuevo.

—Sí —digo, mientras caminamos entre el lago y los muros de cascadas del castillo—. ¿Y a ti?

—Son mi animal preferido del Zodíaco. Hace cinco años creé un lazo afectivo con un Pegazi salvaje y desde entonces, cada vez que visito Primitus, me encuentra. —Hysan se detiene al lado de una de las cataratas y mete la mano en la corriente de agua.

—¿Qué haces? —pregunto asustada, mirando a mi alrededor para asegurarme de que estamos solos.

—Hay trescientas cascadas en los territorios del palacio, pero esta es especial. Lo sé porque las he investigado todas.

Después de un momento, el agua deja de correr, y observamos las últimas gotas escurrirse por un desagüe encastrado en el suelo. Donde antes estaba la cascada, hay una columna con un panel de control que sobresale de una enorme losa de piedra sobre el suelo. Hysan me toma la mano y me hace cruzar el desagüe hacia la piedra; cuando me toca, incluso a través de la tela del guante, mi pulso se demora unos latidos.

Activa una secuencia sobre el panel de control, y recomienza el sonido de agua que corre. Levanto la mirada asombrada al tiempo que las gotas de cristal blanco caen con estrépito alrededor de nosotros, desdibujando el mundo entero salvo a Hysan.

Nos apretujamos uno al lado del otro para evitar ser salpicados, enlazando las manos. Tengo un rizo húmedo pegado en la frente. Él levanta la mano para liberarlo, derritiendo mi piel al tocarme. Luego suelta mi mano y cae al suelo, tanteando los contornos de la losa de piedra.

—Y ahora, ¿qué haces? —pregunto.

Cuando encuentra lo que buscaba, hunde los dedos adentro y hace fuerza hacia arriba, deslizando la mitad de la losa hacia el costado y dejando al descubierto un tramo de escaleras oscuras que descienden bajo tierra.

Enciende la luz del Escáner que lleva en el ojo, y noto que el descenso no es profundo.

—Tú debes entrar primero, para que pueda iluminarte el camino.

Me ayuda a acomodar el ruedo del vestido para pasar por la entrada del túnel, y luego me dirige su luz hasta que desciendo las escaleras al suelo de piedra. En seguida, baja él.

—¿Dónde estamos? —pregunto, ciñéndome aún más el abrigo.

—Técnicamente, en las alcantarillas, pero este túnel no es funcional. Son falsas. —Con la luz del Escáner nos conduce por un pasadizo de piedra donde resuenan nuestras pisadas—. Hay una leyenda, una de mis favoritas, acerca de una princesa acuariana que vivió a finales del primer milenio. Su nombre era Zénit.

Veo una puerta que se avecina, donde el pasadizo se detiene abruptamente.

—Zénit era la siguiente en la línea para ser Guardiana Suprema; por eso tenía que casarse con una persona noble del Clan Real para continuar el linaje real. Después de graduarse en la Universidad del Zodai, regresó al palacio y se alistó en la Guardia Real con la intención de prepararse para el día en que las estrellas la llamaran a asumir. Como en ese tiempo las Casas se encontraban bajo el gobierno de las galaxias, había un embajador de cada Casa apostado en el castillo, cada uno en una torre diferente; por eso, la sala común representa a las diferentes constelaciones.

"La embajadora más joven era Paloma, de Capricornio, y ella y Zénit se hicieron amigas rápidamente. Todas las semanas, Zénit traía a Paloma a los bailes reales que celebraba su padre, el Guardián Supremo, que esperaba que su hija encontrara a su futuro esposo entre los pretendientes que allí se reunían. Pero pasaron los años y ella nunca eligió a nadie.

Llegamos a la puerta toscamente fabricada en piedra, que no ha sido tocada por el mundo moderno. Hysan no necesita abrir ningún cerrojo; con solo empujarla, la piedra se abre raspando el suelo, y aparece un hueco con el aspecto de una cueva, cubierto de figuras talladas.

Extrae una parrilla metálica del suelo y emplea un encendedor para atizar un pequeño fuego. Cuando vuelve a poner la parrilla en su lugar, la luz parpadea a través de sus salientes y juega sobre las paredes de piedra, dándole vida a los dibujos. Hysan apaga el Escáner.

El único mueble de la habitación es una enorme cama de plumas al fondo. Me quedo muda de asombro al observar el arte alrededor; telas coloridas cuelgan encima de algunas de las figuras talladas, creando un efecto collage que le da al lugar un aire sacro, como si estuviéramos recorriendo la mente de una persona. O el *corazón.*

—Zénit era artista, así que las paredes cuentan su historia.

Hysan se para delante de la representación de una niña con ojos color carbón, que lleva una corona demasiado grande para su cabeza. El diseño que está al lado muestra una versión ligeramente mayor de la misma niña, y mientras sus amigas saltan por el aire, despreocupadas, ella se demora atrás, inclinada bajo el peso de la constelación acuariana que lleva en la espalda.

—Zénit no podía ofrecerle su corazón a ninguno de sus pretendientes porque ella ya lo había entregado a Paloma, la embajadora de Capricornio. —Sobre el lienzo hay una serie de retratos semidesnudos de una mujer de piel morena, con ojos color arena, seguramente, Paloma.

—Pero el Supremo Guardián se volvió impaciente y le dio a su hija un ultimátum: debía elegir un esposo para el final de ese año o lo elegiría él. —Bajo el lienzo hay una figura tallada de un hombre que porta una corona acuariana, con los ojos oscuros como la noche.

Hysan deja de observar los dibujos parpadeantes para volverse hacia mí; a la luz del suave resplandor de la cueva, parece estar hecho de oro.

—Zénit sabía que no podía postergar su deber hacia su Casa, pero antes de sucumbir a su destino, les ordenó a sus criados que construyeran esta recámara secreta, haciendo que juraran de por vida guardar un secreto que jamás rompieron. Se dice que, incluso después de casarse, de dar a luz a una línea de herederos y de ascender al cargo de Guardiana Suprema, ella y Paloma jamás dejaron de encontrarse aquí.

—¿Y tú... cómo conoces este lugar? —pregunto. El corazón me martillea contra las costillas.

—Cuando estás en el candelero, es difícil guardar oculto algo así de grande. —La luz de las llamas baila en los ojos de Hysan—. Las murmuraciones surgieron en torno de Zénit, y estas se transformaron en rumores, que fueron pasándose a lo largo del tiempo hasta que se volvieron parte del canon histórico del linaje real. Por lo general, se desestiman estas historias como mitos porque es difícil encontrar pruebas tangibles sobre personas que vivieron hace miles de años. Pero cuando yo tenía nueve años, quedé fascinado por todo lo relacionado con Acuario, y me encantaba leer sobre este castillo y el linaje real que ilustraba sus salas. Me impactó especialmente la historia de Zénit, así que cuando me convertí en Guardián, aproveché cada visita al palacio para buscar indicios de esta recámara. La encontré hace dos años.

Su voz se vuelve menos risueña, y reconozco el tono: es el que adopta cuando quiere compartir algo sobre sí mismo.

—Ver a un mito cobrando vida cambió algo acerca del modo en que veo el universo. Me volvió curioso respecto de qué otras historias hemos perdido con el tiempo —recuperando su encanto, añade—: Por supuesto, ninguno de mis descubrimientos ha sido tan excitante como una Decimotercera Casa.

El estómago me cosquillea por la forma en que me mira, así que lleno el espacio con más palabras.

—¿Eres el único que conoce este lugar?

Sacude la cabeza.

—Sin duda lo han descubierto; de otro modo, ya estaría en mal estado. Apuesto a que los regímenes de la Guardia Real lo han encontrado a lo largo de los siglos, pero ¿por qué darían a conocer un descubrimiento que confirma una historia sensacionalista sobre el linaje real? Seguramente, prefieren que nadie lo encuentre. —Su boca se curva en una triste sonrisa, más tímida que la habitual—. Pero espero que a lo largo de los siglos otros amantes desdichados hayan encontrado este lugar. Sería genial pensar que hay un rincón de nuestra galaxia en donde el amor siempre prevaleció sobre el prejuicio.

Mira fijamente las figuras talladas de Zénit, y sus propias orejas lucen ligeramente rosadas. Pero podría ser la luz de la lumbre. Tengo que echar mano de todo mi autocontrol para no extender la mano hacia él. Por lo menos, ahora que está de espaldas a mí, siento el coraje de preguntarle sobre su pareja.

—¿Cómo conociste a Skarlet Thorne?

—Nos conocemos hace años. Yo no iba a venir a este evento, pero ella me pidió que la acompañara. Supongo que necesitaba tomarme un descanso de todo. —Cuando se vuelve para mirarme, un hormigueo me recorre la piel—. Y no se me ocurrió una buena razón para decir que no.

Asiento y de pronto tengo ganas de cambiar de tema.

—Cuando hablé con Neith no me quiso decir en qué andabas. ¿Encontraste algo acerca del Marad?

Tarda bastante en responder.

—No, aún no. Pero es posible que pronto tenga novedades. —Tengo ganas de pedirle más detalles, pero en lugar de mostrar desconfianza, decido no presionarlo. Se ha ganado mi confianza con creces. Solo que ahora que se me acabaron las palabras para poder amontonar entre ambos, y en ausencia de conversación, el fuego del recinto parece arder aún más. Me deslizo el abrigo para quitármelo y giro para extenderlo sobre el colchón.

No sé cómo estar con Hysan sin tocarlo.

Su mente parece estar pasando por lo mismo, porque cuando vuelve a estar delante de mí, me toma la mano. Quisiera haberme quitado los guantes para tocarle la piel.

—Cuando Nishi te sacó fuera del salón de baile, no salí corriendo detrás de ti solo en consideración a Skarlet.

No estoy segura de haberlo escuchado bien.

—Por eso la fui a ver antes de encontrarme contigo. Para decirle que solo quiero ser su amigo.

—¿En serio?

Sus ojos titilan con la luz.

—Te dije en Centaurión, Rho, eres la única persona que he amado jamás.

Algo se abre en mi interior; me siento invadida por tantas emociones que no queda espacio para el oxígeno que necesito respirar.

—No te voy a pedir que salgas conmigo —continúa—. Después de todo, no me ha funcionado muy bien en el pasado. Solo te voy a pedir esta noche.

Me ahueca el rostro en la mano; sentir su piel sobre la mía acelera bruscamente mi pulso.

—Sé que en este momento nuestra mente tiene que estar en otro lado, pero durante un par de horas, dejemos que este lugar sea lo que siempre estuvo destinado a ser: un refugio para los amantes contrariados por las estrellas.

Envuelvo los brazos alrededor de él, y cuando sus labios tocan los míos, nada en el universo ha tenido tanto sentido como este beso.

Justo cuando me libero de mi temor, siento que Hysan cede el control. A diferencia de los besos recatados de otra época, este es libre, desenfrenado, impulsado por una fuerza irresistible, como si, al menos por esta noche, ninguno de los dos estuviera dispuesto a dejar que nada se interponga entre nosotros.

Sus dedos se hunden en mis rizos, y tiro del cuello de su saco para arrancárselo. Me quito los guantes y los arrojo sobre el colchón, pero antes de que pueda volver a abrazarlo, Hysan toma mi brazo izquierdo y se queda mirando las doce cicatrices rojas.

Cuando levanta la mirada, hay tanta ternura en sus ojos verdes que sé que ha regresado a la escena de *Nox*, y al estado en que me hallaba cuando me encontró.

—Dime entonces, ¿a cuántas chicas has traído aquí? —bromeo, intentando distraerlo.

—Tú serás la número ciento cuatro —dice, mostrando sus hoyuelos.

—*Ja*. Qué gracioso…

—¿Qué es eso? —frunce el ceño al advertir el brazalete negro alrededor de mi muñeca izquierda.

—Una pulsera negra —digo, desestimándola. Libero mi mano de la suya y vuelvo a pasarle las manos sobre el cuello—. Sabes, he estado pensando en la noche en que viniste a mi habitación en la embajada libriana.

—Ya me está gustando adónde se dirige esto…

Lo estrecho más fuerte para que no pueda ver mi rostro.

—¿Estas… trajiste protección porque sabías lo que iba a suceder entre nosotros?

Se ríe suavemente cerca de mi oreja, y la vergüenza me quema la piel.

—¿Acaso estás preguntando si consulté a las estrellas para Ver si te acostarías conmigo?

—No… eso no es lo que… —Pero no se me ocurre una justificación adecuada para la pregunta idiota que acabo de hacerle, así que hundo el rostro aún más en su camisa de vestir, sintiendo que las mejillas me arden como brasas.

Hysan me besa la parte superior de la cabeza. La sonrisa se cuela en su voz.

—No sabía lo que iba a suceder, Rho; solo sabía lo que *deseaba* que sucediera —dice. Su voz se vuelve ronca cuando susurra—: Y como sacaste el tema...

—Desgraciadamente, este vestido requerirá de la asistencia de una doncella para quitármelo —digo, aún con las mejillas enrojecidas.

—Pues como a esta altura de la noche están todas durmiendo... —se aparta de mí, y cuando veo la avidez en su mirada, mi sangre comienza a vibrar de anticipación—. Insisto en que me dejes servirte en lugar de ellas.

Mi boca se reseca, y trago saliva.

Entonces, me recojo los rizos a un lado y me doy vuelta.

Hysan se para tan cerca detrás de mí que su aliento se acurruca en el hueco de mi hombro. Siento sus dedos descendiendo con destreza por mi columna, deshaciendo con paciencia cada botón brillante hasta que, por fin, el aire me acaricia la espalda expuesta.

Su mano se desliza sobre mi piel, acariciando cada terminación nerviosa. Giro para poder mirarlo. Su mirada tiene la particularidad de absorberlo todo acerca de mí, como si pudiera darse cuenta de cómo se unen las piezas que me componen.

—*Helios*, qué hermosa eres —exhala; sus labios provocan los míos con su cercanía. Me besa la mandíbula y desciende por el cuello arrastrando los labios, mientras sus dedos enganchan el escote corazón de mi vestido para deslizarlo lentamente hacia abajo. El corsé cae bajo mis pechos y me cuelga alrededor de la cintura.

Hysan cae de rodillas, tanteando hacia abajo mis curvas con la boca. Desliza mi vestido más y más abajo hasta que cae alrededor de los tobillos. La piel se me eriza.

Cuando me besa el hueso de la cadera, suelto un jadeo, y sus verdes ojos suben veloces para encontrarse con los míos, mientras tira con suavidad el elástico de mis interiores para bajarlos lentamente.

Mis párpados se cierran y mis músculos se rinden a las caricias de Hysan. Mi mente comienza a flotar, como si estuviera Centrada. Jamás he sentido el cuerpo tan intensamente como en este momento. Es como si pudiera percibir todo lo que me sucede en un nivel microscópico, incluido el contacto susurrante de los átomos de oxígeno contra mi piel.

El mundo se inclina de costado. Ahora me encuentro recostada sobre una constelación de nubes sintiendo todas las partes del cuerpo palpitar de placer. La euforia se acumula por dentro como un ritmo ascendente que me sacude los huesos, una sensación que me recorre la sangre a tal velocidad que me quita el aliento. El corazón me bombea una música maravillosa a través de las venas; el redoble de los latidos, más y más fuerte con cada nueva inhalación, hasta que…

Hasta que mi pecho se abre de golpe y mi alma se eleva libremente, y toco las estrellas.

20

Nos marchamos de nuestro escondrijo antes del amanecer, amparándonos en la oscuridad para apagar la cascada furtivamente.

Las puertas del castillo siguen cerradas, pero Hysan las abre con su Escáner, y nos deslizamos al vestíbulo desierto. Me toma la mano mientras cruzamos a toda velocidad los salones sombríos, y cuando atravesamos un túnel de la reflexión, me atrae hacia él y nos besamos sumergidos en la neblina.

Podríamos estar caminando sobre las nubes porque no recuerdo que la vida en la tierra jamás haya sido tan bella.

—Necesito contarte algo —digo una vez que el humo blanco se disipa—. Hace un par de meses, tuve una visión de mamá.

Hysan se vuelve hacia mí. Una expresión de asombro se dibuja en su rostro.

—¿Cómo se te apareció?

—Vi su cara... metamorfoseándose hasta convertirse en acuariana. —No lo miro al hablar. Me doy cuenta de que *tengo vergüenza* de que mi mamá sea una Ascendente. Y darme cuenta de eso me avergüenza aún más.

—¿Había alguna indicación de dónde estaba? —pregunta Hysan, y sacudo la cabeza. Me levanta el mentón con el dedo—. La encontrarás. —Su mirada parece tan segura—. *Te lo prometo.*

Doblamos una esquina del corredor con la alfombra ondulante azul y bordó, y se detiene en seco. Me vuelvo para ver por qué se detuvo y noto que su expresión se ha endurecido y tiene el ceño fruncido.

—¿Qué sucede?

—Neith —dice, y el verde de sus ojos se vuelve distante—. Rho, te lo contaré todo después; ahora me tengo que ir.

Mi felicidad se desvanece tan rápido como la neblina del túnel de la reflexión.

—¿Qué le sucede a Neith? ¿Se encuentra bien? ¿Dónde está?

—Estará bien —dice Hysan presionando el pulgar contra el sensor de la pared; una solapa de la gruesa tela se dobla hacia fuera y comienza a ondularse hasta convertirse en una escalera—. Es diferente de lo que sucedió la última vez. Solo quedan algunas fallas técnicas que no he conseguido resolver, pero no debes preocuparte por eso. Concéntrate en aprender lo que puedas sobre el Partido, y hablaremos más tarde.

—Hysan...

Aprieta su boca contra la mía, pero se aparta demasiado rápido.

—Lo siento, Rho... Debo irme.

Lo observo hasta que desaparece, y luego me abro camino hacia la novena torre. A cada paso que doy, mi preocupación va en aumento. La sala común está atestada de invitados que anoche no consiguieron llegar a sus camas, durmiendo en sus trajes de fiesta; seguramente, esta fue la *post* posfiesta. Camino en puntillas entre los cuerpos hacia la escalera de caracol, y luego subo a la punta de la torre y me deslizo a mi habitación.

Nishi está boca abajo sobre la cama, con el vestido de tafetán rosado aún puesto. Me quito el abrigo negro y llevo las manos atrás para desabrochar el puñado de botones que Hysan aseguró; le pedí que me abrochara solo algunos para poder quitármelo fácilmente.

Me doy un baño largo con los productos de belleza florales y espumosos. Y luego me aliso los rizos con el espray de belleza. Hoy, en lugar de ponerme el traje de Polaris, decido experimentar con el archivo de armario y crear un conjunto que luzca como el atuendo formal canceriano. Elijo una falda suelta color crema con una chaqueta entallada color zafiro, y el programa califica mi sentido estético con un puntaje de seis sobre diez.

Tomo mi guante negro para la mano izquierda, pero antes de ponérmelo, observo el Escarabajo que me sujeta la muñeca. Anoche, advertí que la mirada de Hysan se desviaba varias veces hacia él, pero por mucho que quería confiar en él, no me atrevía a arruinar nuestro encuentro. Decidí que le contaría hoy, porque creí que lo pasaríamos juntos.

No me di cuenta de que partiría antes de la salida del sol.

Cuando me deslizo fuera del Tocador de Damas, pasando a través de las cortinas con cenefas de borlas doradas, el aire de la sala principal está teñido con rayos de un intenso color azul. Amanece el día en Primitus.

Por primera vez desde que llegué, Helios ha conseguido atravesar la permanente cubierta de nubes, dejando al descubierto un horizonte como jamás lo he visto. Como los tres planetas acuarianos dibujan órbitas estrechas y se mantienen equidistantes, las enormes siluetas circulares de Secundus y Tertius presionan la atmósfera a ambos lados de Helios, y la imagen se refleja en el océano azul profundo que se encuentra debajo.

—Espectacular, ¿no es cierto?

Me vuelvo y veo a Nishi levantando la cabeza del colchón, con los mechones negros revueltos sobre la cara. Me siento a su lado y comienzo a desprender la espalda del canesú de su vestido, que se encuentra tan ajustado como un corsé. Dobla los brazos bajo la cabeza y apoya la mejilla sobre la mano, mirándome a través de la maraña de cabello.

—¿Dormiste?

—No.

—¿Skarlet?

—Se acabó.

—¿Estás contenta?

—Muy.

—Prepárate para revivir todos los detalles... *después* de obtener mi dosis diaria de cafeína. —Se incorpora y camina arrastrando los pies hacia el Tocador de Damas, aferrando contra sí el escote del vestido mientras la tela suelta se resbala sobre su cuerpo delgado.

Mientras se ducha y se viste, envío un mensaje encriptado a Sirna para agradecerle el vestido dorado. También le cuento lo que aprendí del Partido del Futuro y le pido que consulte a sus fuentes acerca de la Luna Negra, asegurándose de que la información se mantenga confidencial. Sirna está mejor posicionada para desenvolverse en la esfera política en que opera el Partido, y si bien podemos disentir filosóficamente, confío en su olfato.

—Blaze acaba de enviar un mensaje; tenemos una reunión del Partido para oficiales superiores —dice Nishi a toda prisa al entrar corriendo del Tocador de Damas con el cabello húmedo. Lleva la misma camisa color lavanda y los pantalones grises que tenía ayer—. También invitaron a Stan, Mathias y Pandora; Imógene les avisará.

—Perfecto. —Me pongo la Onda en el bolsillo y nos precipitamos escaleras abajo para reunirnos con mi hermano y los demás en la sala común. Parecen mucho mejor descansados que Nishi y yo.

A pesar de mi falta de sueño, esta mañana tengo más energía que en mucho tiempo. Recuerdos de Hysan se agitan en mi cabeza, y transforman la piedra arenisca bajo mis pies en nubes algodonosas. Me encuentro imaginando lo que sería estar caminando con él en este momento por los jardines, sintiendo el sol en el rostro y sus manos sobre la piel...

—¿Por qué estás tan sonriente? —pregunta Stan mirándome severo.

Mi mirada se dirige rápidamente a Mathias, que también está observándome, y encojo los hombros. Luego me apuro por alcanzar a Nishi e Imógene. Aunque hay una tensión silenciosa entre Mathias y Pandora, están caminando juntos, así que deben de haber llegado a algún tipo de acuerdo.

La reunión es en la oficina de Blaze, y varias decenas de personas ya están reunidas alrededor de la mesa de conferencias —algunas sentadas, otras de pie, y el resto, sentado en el suelo. Blaze se encuentra de pie en la cabecera de la mesa, junto a una silla vacía. Le hace un gesto a Nishi con la mano para que se acerque, y mientras ella se abre paso hacia el lugar designado, nosotros nos quedamos atrás en el círculo más externo de personas.

—Bienvenidos a todos —dice Blaze. Las bolsas bajo sus ojos combinan con el azul de su cabello. Lleva una camisa roja, y observo un pequeño león holográfico merodeando sobre su pecho—. Disculpen por haber interrumpido el merecido descanso —dice mientras el león desaparece del otro lado de sus costillas—, pero me acaban de informar que, ahora que terminó la fiesta, también se acabó nuestra permanencia en Acuario.

Parece más que un poco resentido, y me recuerda nuestra abrupta despedida de Escorpio.

—Hay que identificar de inmediato nuestra siguiente base de operaciones, y en seguida estar listos para trasladarnos en los próximos días. Apenas concluyamos aquí, me reuniré con el Comité de Locaciones para analizar nuestras alternativas, y esta noche tendremos novedades por ese lado.

¿Acaso a Untara le cayó tan mal el discurso de Crompton que dejó sin efecto la invitación del Partido? Y si fuera así, ¿qué tipo de castigo le espera al Embajador?

—Ahora centraré la atención en la valerosa Nishiko Sai, la nueva cocapitana. Ella los pondrá al corriente sobre las novedades de Luna Negra.

Blaze toma asiento al tiempo que Nishi se pone de pie, y todo el mundo comienza a aplaudir. Una sonrisa se asoma en su rostro dormido ante la cálida acogida, y se vuelve más alerta.

—Gracias, chicos. Me sorprende todo lo que hemos conseguido realizar en Acuario en solo unas pocas semanas. ¡Estoy deseando seguir trabajando con ustedes adonde sea que aterricemos después!

Como dijo Crompton anoche con tanta elocuencia, enfrentaremos una tenaz oposición, así que tenemos que estar preparados para trabajar duro. Y la primera cuestión que hay que abordar es que nuestro permiso para el planeta XDZ5709 o, como lo conocemos aquí, Luna Negra, solo nos da un derecho científico de exploración.

"Lo difícil vendrá después, cuando tengamos que convencer al Pleno de que nos permita formar nuestra propia sociedad experimental, independiente del gobierno de cualquier Casa. El único precedente de algo así involucra los juicios médicos y los estudios psiquiátricos, pero lo que estamos haciendo nosotros va más allá de cualquier experimento anterior. Así que lo ideal es examinar una gran variedad de potenciales argumentos legales de los que podamos echar mano. Y hablando de eso, June, ¿cómo le va al Comité Legal?

—Hemos redactado una decena de proyectos —anuncia una libriana rubia, sentada en una silla planeadora médica. Una manta amarilla le cubre las piernas. La mayoría de los sanadores son capaces de lograr que vuelvan a crecer las extremidades de una persona, pero hay trastornos congénitos que la tecnología aún no puede revertir.

"En este momento, nuestra estrategia favorita es afirmar que el Pleno no tiene jurisdicción sobre los planetas no afiliados de nuestro sistema solar, de modo que no tendríamos por qué obtener su permiso para realizar cualquiera de estas actividades. Es un argumento amplio y ha fracasado en otros casos, pero ahora tenemos un Pleno mucho más progresivo que antes, y también, el beneficio de haber examinado los errores de casos anteriores para hacer más sólido nuestro argumento —June inhala rápido y prosigue—: Desde el punto de vista técnico, si ganamos, estaríamos afirmando que una persona tiene derecho a desertar de su hogar y a colonizar cualquier planeta desafiliado. De hecho, es probable que estemos abriendo el camino para la usurpación de tierras dentro de nuestro sistema solar…

—Está bien, gracias, June —dice Nishi, interrumpiéndola—. Es genial, pero si queremos que el Pleno escuche nuestra petición en la siguiente sesión, no podemos perder este plazo. Comienza a hacer circular los doce proyectos que ya tienes, para pedirles *feedback* a nuestros miembros más políticos. Después de la increíble velada que ofrecimos anoche, lo menos que pueden hacer es aportar su experiencia. Además, les da la oportunidad de asumir un papel más importante en nuestro movimiento.

Aunque no dice nada *malo*, sin duda hay algo extraño en el comportamiento de Nishi. Ella jamás sería tan brusca con alguien ni jamás escuché que fuera tan arrogante.

—Lo que me lleva al siguiente punto: hemos hablado con nuestro equipo de científicos de Luna Negra y confirmado que la cantidad de población óptima para esta primera ola de colonizadores será mil personas de cada Casa. De modo que, Capitanes de las Casas, comiencen con el proceso de solicitudes. Y finalmente… ¿sí, Rho? —dice al ver mi mano levantada.

—Me pregunto ¿cómo encontrarán a esos doce mil aspirantes?

—Los Capitanes de cada Casa están a cargo de promover nuestra visión a través de las redes de miembros que existen en cada una. Para quienes están interesados en participar, hay un procedimiento para llenar la solicitud y ser evaluado. —Sacude la mano en el aire como si fuera todo demasiado complicado para abordar en este momento—. Básicamente, estamos buscando a gente con personalidades innovadoras, aquellos que se destaquen construyendo una nueva civilización. —Su respuesta es tan perfectamente política: un montón de palabras cargadas de múltiples sentidos, engarzadas para formar oraciones lo suficientemente imprecisas para no ofrecer nada real, que de pronto me parece una desconocida.

Los últimos meses he escuchado bastantes discursos de este tipo, pero jamás creí que lo escucharía de Nishi.

Levanto la mano de nuevo.

—Rho, tal vez puedas guardar tus preguntas para más tarde... ¿qué te parece hacerlas en un momento cuando no interrumpan nuestra reunión?

No puedo moverme ni tan siquiera parpadear. ¿Desde cuándo desaprueba Nishi que le hagan preguntas?

Haciendo caso omiso a mi mirada, vuelve la mirada hacia los otros, retomando el hilo anterior.

—Y, finalmente, tenemos que tomar una decisión respecto de *la cuestión de Piscis*. —Los vellos del brazo se me erizan por su manera de decirlo—. Hemos hablado con nuestros sponsors, y la decisión final, *por ahora*, hasta que se resuelva allí la situación, es esperar para invitar a la Casa de Piscis a participar de Luna Negra.

No puedo creer lo que estoy escuchando.

Paseo la mirada por la sala, esperando que la gente proteste, y por primera vez advierto que aquí no hay un solo pisciano. Resulta extraño, dado que el Partido ha estado en marcha desde hace un par de meses, y la plaga pisciana estalló hace apenas una semana.

—Muy bien —dice Nishi, golpeando las manos—, repartámonos en la sala común o donde encuentren lugar, y divídanse en comités. Por favor, repórtense con Blaze o conmigo con las novedades antes de la reunión de esta noche; una vez que tengamos un horario, enviaremos un mensaje. Eso es todo.

Mientras el grupo se disuelve, llevo a Nishi a un lado.

—¿Podemos hablar en privado?

—¿Ahora, en el medio de todo *esto*? —pregunta. Parece irritada.

—Vamos a nuestra habitación.

Acepta a regañadientes, y sale a grandes pasos de la oficina. Yo la sigo por detrás, subiendo a la torre.

—Lo siento si fui un poco brusca contigo en la reunión —dice una vez que cierro la puerta tras de mí—. *Es innegable* que me hacía falta una dosis de cafeína antes de entrar allí.

En lugar de sentarse en la cama, se para cerca de la entrada de la habitación, como para que quede claro que no tiene mucho tiempo para conversar.

—Nishi, ¿qué pasa?

—¿A qué te refieres? —pregunta, cruzando los brazos a la defensiva.

—¿Desde cuándo la unidad significa *la mayoría* y no *todos*?

—Es solo por ahora, hasta que la situación de Piscis se resuelva.

—Dijiste que el Partido ha estado en Acuario un par de semanas. ¿Cómo es posible que no haya nadie de Piscis?

—Había algunos, pero se marcharon apenas se enteraron de la plaga que asolaba su Casa. Así como comprensiblemente ellos tuvieron que priorizar su mundo, en este momento, nosotros necesitamos priorizar este proyecto. No podemos arriesgarnos a ahuyentar a las demás Casas; Luna Negra está en una etapa demasiado inicial como para tomar decisiones que causen discordia y debiliten el compromiso de nuestros miembros con la causa. Por ahora, estamos de acuerdo con este punto, y una vez que los Zodai descubran el problema y lo solucionen con un antídoto, nadie se opondrá a que vengan los piscianos.

Presiono mis manos sobre sus brazos cruzados para que me mire a los ojos.

—¿Pero no te resulta incoherente la relación de fuerzas que hay en todo esto? ¿Favorecer a un grupo de personas por encima de otro? ¿No es acaso lo que el Partido del Futuro está intentando combatir? Tal vez sea mejor perder a estos sponsors que aceptar este tipo de política.

Suelta los brazos para librarse de mí.

—Así no funciona…

—¡Entonces, cambia el modo en que funciona! —me oigo decir, citando, palabra por palabra, lo que Candela me dijo en Centaurión—. Nish, creo que estás comprometiendo tus valores para que esta sea la causa correcta para ti. Y me preocupa que cuando todo esto haya acabado, sientas rechazo por la persona en la que te hayas convertido.

—Escucha, hace unos meses tú hiciste las cosas a tu manera. Te mantuviste firme con tus creencias e insististe en la existencia de Ofiucus, incluso cuando fue evidente que la honestidad no haría más que perjudicar tu causa. Pero fue *tu* decisión. Yo, en cambio, no estoy interesada en perder tiempo peleando. Quiero avanzar *ahora*, y si eso significa posponer una disputa o dos para después, no creo que valga la pena discutir por eso.

Sacudo la cabeza, frustrada.

—¿Te estás escuchando? ¿No se supone que tenemos que *cambiar la norma rompiéndola*? —Nishi me mira furiosa, sus ojos como dos brasas ardientes, pero ignoro su advertencia—. ¿Qué pensaría *Deke*?

Al oír su nombre, sus rasgos se endurecen, convirtiéndose en una máscara. El fuego en su mirada se apaga, y me mira impasible, como si se hubiera erigido un muro entre las dos.

Pero esta vez no puedo ceder ante ella. El bienestar de Nishi, y nuestra amistad, dependen de que sea lo suficientemente fuerte para decirle lo que pienso en este mismo instante. Así que tomo el martillo más pesado de mi arsenal y lo lanzo.

—¿Cuándo fue la última vez que escuchaste las palabras finales de Deke? —pregunto bruscamente. Queda boquiabierta; sus ojos estupefactos, centelleando de ira, pero no me detengo ahí—. Dijo "No me olvides", ¡y eso es exactamente lo que estás haciendo!

Solo he visto el rostro de Nishi así de horrorizado una vez.

—No estoy de acuerdo.

—Nishi, no estás completa sin tus recuerdos. Negarlos solo te convertirán en alguien que no eres...

—¿Qué te da el derecho de ser moralmente superior cuando, hasta anoche, no podíamos hablar sobre Hysan? —pregunta bruscamente—. ¿O debería manejar mi dolor como tú manejaste el tuyo por Mathias, renunciando a todo lo que pretendo defender y replegándome en mi caparazón?

Sus palabras me duelen, pero esta discusión no es sobre mí.

—Tienes razón. Es cierto que lo hice. Pero luego recordé quién era, y ¿sabes quién me lo recordó? —me acerco a ella y suavizo el tono de voz—. Solo quiero ayudarte a superar esto como tú y Deke me ayudaron a mí.

—*Y mira a dónde nos ha traído* —dice en voz baja y letal.

Guardo un silencio mortal, y me siento como aquella noche espantosa sobre la superficie de Elara, cuando el casco me advirtió que me estaba quedando sin oxígeno.

—Les supliqué a ambos que no subieran a bordo de la nave conmigo —digo con voz controlada, como si estuviera racionando el oxígeno—. Sabían cuáles eran los riesgos, y no me hicieron caso.

—Deke quería pelear cuando el Marad subiera a bordo de nuestra nave. —Sus rasgos se contraen en un gesto de llanto reprimido. Es tanto lo que se resiste que una vena se abulta en su frente—. Y *tú* no se lo permitiste.

El mismo sollozo parece estar estrangulándome la garganta. Me siento mareada por la falta de oxígeno.

—Conocías el plan, Nishi. *Se suponía* que me debían atrapar —digo, respirando con dificultad—. *Se suponía* que sería la carnada. Y ninguno de ustedes dos debía estar allí.

La ira me quema el estómago, y no es solo por la acusación de Nishi. En lo profundo, en un lugar tan lejano dentro de mí que ella jamás conocerá, los culpo a ella y a Deke por no prestar atención a mis advertencias. Estoy enojada con ellos por insistir en venir conmigo y en no considerar las consecuencias.

Estoy enojada con Deke por morirse.

—Tienes razón, Rho —dice Nishi. Las lágrimas finalmente comienzan a caer, y su máscara se derrumba—. *Quisiera que jamás te hubiéramos seguido.*

21

Algún tiempo después de que Nishi sale de la habitación hecha una furia, alguien golpea a mi puerta. No tengo ni idea de cuánto tiempo ha transcurrido desde que me quedé mirando fijo el reflejo de las siluetas de los planetas acuarianos en el océano, tratando de no pensar en las cosas que Nishi y yo nos dijimos.

Pero no es solo que lamente perder a mi mejor amiga.

Me había entusiasmado tanto con la idea de la Luna Negra: la idea de que en un par de años pudiera vivir en un mundo en donde Nishi y yo fuéramos compañeras de piso, donde Hysan y yo pudiéramos estar juntos en público, donde las personas pudieran unirse por elección y no por azar. Un mundo donde las Zénit y las Palomas del Zodíaco no necesitaran un lugar para ocultarse.

Pero en lugar del cambio por el que hemos estado luchando, este Partido solo actualiza las mismas viejas políticas, plagadas de prejuicios, privilegios y popularidad. Gyzer tenía razón: la verdadera libertad no se mueve en una sola dirección, sino en *todas*. No basta con cambiar las cosas: primero tenemos que cambiar *el modo* en que cambiamos las cosas.

La puerta se entreabre.

—¿Rho? —pregunta Stan—. Vamos a dar un paseo. ¿Puedes venir?

Me enjugo las mejillas antes de volverme hacia él.

—Sí... claro. —Tomo el abrigo negro que me dio Hysan y lo sigo.

Nos detenemos en la habitación de mi hermano para buscar a Mathias y Pandora, que están sentados en una cama hablando en voz baja. Apenas me ve en la puerta, Mathias se pone de pie.

—¿Vienen? —pregunto, abarcando a ambos con la mirada para que ella se sienta incluida.

La sala común está repleta de miembros del Partido; están divididos en comités que trabajan, y me recuerda a la escena animada que encontramos cuando aterrizamos hace unos días. Evito mirar a cualquiera a los ojos, porque no quiero cruzarme con la mirada de Nishi. Justo cuando estoy a punto de activar el interruptor de la pared para que aparezca la escalera alfombrada, oigo mi nombre.

—¡Rho! —Imógene viene corriendo hacia mí. Sus ojos de destellos cobrizos están muy abiertos.

—¿Te enteraste de lo que le pasó a Crompton?

Mis amigos se reúnen alrededor de nosotras.

—¿Qué? —pregunto.

—Untara lo hizo arrestar por traición. En este momento lo están llevando a las mazmorras.

No termina de hablar que me lanzo a toda velocidad por las escaleras azules y bordó. Elijo el camino siguiendo a una multitud de acuarianos de tez clara, ojos vidriosos y cabellos rubios que corren sobre la piedra arenisca, cuchicheando sobre el arresto.

Más adelante alcanzo a ver a una decena de Patriarcas avanzando por un salón, rodeando a un hombre alto de cabellera plateada. Me doy prisa hasta que consigo alcanzarlos.

—¡Embajador Crompton! —grito.

El escuadrón de Patriarcas intenta seguir adelante, pero Crompton se detiene, y ellos tienen que parar a regañadientes.

—Estrella Errante —dice. Esta mañana sus ojos rosados lucen mucho más apagados que anoche—. Esperaba verte antes de partir.

Echa una mirada a uno de los hombres que tiene al lado, y reconozco a Pollus, el hombre de gesto adusto, que me dirige una mirada contrariada antes de asentir hacia Crompton.

—Tienes cinco minutos —le dice.

Otro Patriarca se vuelve hacia él, alarmado.

—Tenemos órdenes estrictas de no permitirle acceder a Estrella Errante.

—Acá, el funcionario oficial soy yo, y yo les estoy dando permiso para hablar.

Intento girar mi Anillo para ver si puedo llamar a Crompton a través del Consciente Colectivo, pero solo lo he intentado con personas de mi entorno cercano, así que no estoy segura de cómo contactarme con la esencia particular del Embajador.

—*¿Embajador? ¿Me escucha?*

No siento nada, y cuando echo un vistazo, no veo que tenga puesto el Portador ni el Anillo en los dedos; tampoco tiene su Piedra Filosofal alrededor del cuello: le han quitado sus dispositivos.

Una fuerte descarga de electricidad crepita entre nosotros, y una cuchilla color aguamarina emerge de los anillos conectados que tiene Pollus en la mano derecha apretada. Veloz como un rayo, otro Patriarca desenvaina su propio Portador; pantallas protectoras aparecen brillando alrededor de ambos hombres, parecidas a las que solía llevar Morscerta.

—Baja el arma o haré que te encierren junto al Embajador por tomar armas contra tu superior —advierte Pollus—. Lo único que señaló la Suprema Asesora Untara fue que no podían encontrarse en privado. Tampoco quería que ofendiéramos al Pleno, a quien representa Estrella Errante. Tu falta de sutileza, Revelough, es lo que te impide ascender de rango. Ahora no volveré a repetir lo que dije: *baja el arma.*

Revelough mira a los demás, pero como nadie reacciona, baja la espada. Todo el pelotón retrocede un par de pasos, dándonos a Crompton y a mí un mínimo de espacio.

—Parece que no seguí mi propio consejo —dice gravemente en un tono bajo que de todos modos los Patriarcas que nos rodean alcanzan a escuchar—. Aprende de mi experiencia porque el Zodíaco te necesita mucho más de lo que me necesita a mí.

—Lamento que le suceda esto —digo. Me acerco todo lo que me atrevo, bajando la voz hasta emitir un susurro apenas audible—. El Partido del Futuro no es la solución que imaginé.

—Yo también lo lamento —dice. Frunce el ceño aún más—. Tampoco el gobierno acuariano ha resultado ser lo que esperaba. Cuando Morscerta me eligió para reemplazarlo, todo el mundo lo enfrentó, especialmente Untara. Las personas de su bando decían que yo venía de una aldea demasiado pequeña, que no sería capaz de lidiar con las relaciones de poder dentro del palacio. Supongo que tenían razón.

—¿Cuánto tiempo lo tendrán encerrado?

—Pollus se encuentra trabajando en mi defensa, así que espero que no mucho. Es inteligente, y confío en él. Tal vez sea el último amigo que me quede.

—*Uno* de los últimos —señalo. Su mirada se vuelve cálida y me invade una cierta vergüenza sabiendo que lo he conmovido.

—Lamento no poder seguir ayudándote con tu búsqueda —dice con tristeza—. Al final, me temo que solo soy un viejo político más que te ha defraudado.

—No, de ninguna manera…

—Escucha —dice, hablando tan bajo como se atreve—, sé que será tentador permanecer aquí para buscar a tu madre, pero debes marcharte de este lugar lo más pronto posible —los Patriarcas a nuestro alrededor comienzan a cerrar el círculo, y Crompton susurra aún más rápido—. Conmigo fuera del camino, Untara será un poco más hostil hacia ustedes. Ella es…

—Tenemos que irnos —dice Pollus bruscamente, interrumpiendo a Crompton antes de que pueda continuar. Entonces el pelotón de Patriarcas se lo traga, y desaparece.

***

Salimos del palacio y entramos en la rotonda soleada de arena, pero el aire fresco no me ayuda a respirar mejor. Neith, Nishi, Crompton... últimamente parece que soy incapaz de ayudar a ninguno de mis amigos.

Las cascadas a nuestro alrededor reflejan los destellos de Helios, y mientras pasamos junto a ellas pienso en la noche que pasamos juntos y en cómo quisiera que Hysan estuviera ahora al lado mío para tranquilizarme. Hago girar mi Anillo, dudando de si debería comunicarme con él a través del Consciente Colectivo.

—Creo que tenemos que abandonar esta estúpida causa y concentrarnos en algo real, como Piscis —dice mi hermano, rompiendo nuestro silencio.

—Creo que antes deberíamos averiguar más sobre este Partido —señala Mathias.

Vuelvo la cabeza hacia él, y se queda mirándome a los ojos por primera vez desde que bailamos juntos.

Mi piel se suaviza bajo su mirada; me doy cuenta de que es posible que estar en su presencia siempre me brinde una sensación de seguridad. Pero ahora la descarga de excitación que solía sentir cada vez que miraba sus ojos color índigo no es más que una suave exhalación entre latidos. El recuerdo de un músculo.

—Hablé con mis padres —dice—, y Sirna les contó que viniste a ayudar. Aparentemente, el Partido ha estado en su radar durante un tiempo por el dinero que derrochan. Al mismo tiempo, son muy celosos de sus informes financieros. Todos los políticos que donaron dinero hicieron públicas sus contribuciones, pero el total que se conoce no cuadra ni con una pequeña parte de lo que han estado gastando. Sirna quiere ver si, a través de tu amistad con Nishi, puedes averiguar quiénes son los sponsors.

Un par de ayudas de cámara acuarianos con sombreros de copa pasan junto a nosotros en la dirección opuesta.

—Pongamos más distancia entre nosotros y el palacio —digo una vez que se han alejado lo suficiente para no escucharnos.

Enviarme el mensaje a través de Mathias fue una decisión inteligente por parte de Sirna. De lo contrario, habría tenido que admitir que la política de la Casa se está mezclando con mi vida personal. *De nuevo.*

Al doblar la esquina aparece en el horizonte, bajo un cielo azul prístino, el hábitat de los Pegazi. Del otro lado del lago, cientos de caballos alados con pelajes de todos los colores caminan sobre la arena, se recuestan sobre mantas de plumas o vadean el agua resplandeciente. Helios planea sobre la escena, entre las pálidas huellas de los planetas Secundus y Tertius.

Corto camino en dirección a los Pegazi. Seguramente sea el lugar donde menos posibilidades tengamos de que alguien nos escuche.

—¡*Rho!*

De pronto, una criatura melenuda con dientes afilados se abalanza sobre mí y me ruge en la cara.

Sorprendida, suelto un alarido de terror que instintivamente provoca a Mathias a arrojarse hacia delante y darle un puñetazo en la cara.

—¡Ay!

La criatura emite un grito infantil, y mientras se frota la nariz sangrante, advierto que es un adolescente leonino con una espesa melena color café.

—¡Animal! —le dice bruscamente a Mathias—. ¿Qué tipo de canceriano va por ahí golpeando a las personas?

—¿Y qué tipo de persona se abalanza sobre… —me detengo en medio de la frase y lo escudriño con la mirada—. *Helios,* ¿eres Traxon Harwing?

Al instante, su ira se transforma en orgullo y sonríe mostrando sus dientes puntiagudos.

—Es difícil olvidar este rostro, ¿no es cierto, Rho? —Un hilo de sangre se escurre de su labio.

—*Te recuerdo.* —Stanton estudia los rasgos melenudos de Trax—. Tú estabas en la aldea internacional de Vitulus. Eres miembro de ese grupo conspirador, la Decimotercera Casa…

—En realidad, es *13* solamente —dice Trax, enjugándose la sangre de la nariz con una manga sucia. Lleva un esmoquin negro completamente cubierto de mugre y suciedad.

—¿Dormiste aquí fuera? —pregunto, mirando las pilas de heno y mantas de plumas manchadas dispersas sobre la arena.

—Tuve que hacerlo porque no me dejaron entrar en el castillo. —Del rostro leonino solo se ve una melena enmarañada, pero al sujetar hacia atrás las greñas revueltas en una coleta, noto un rostro amplio con múltiples *piercings* en una ceja.

Vuelvo a recordar la refriega que vi junto a las puertas de entrada camino al baile.

—Eras *tú* —digo frunciendo el ceño—. ¿Por qué el Partido del Futuro no te dejó asistir a la fiesta?

—Blaze me odia —lo dice como si fuera una cuestión de orgullo—. Siempre estoy sacando a la luz sus nuevos proyectos con mi holoshow: *Trax, el rastreador de la verdad.*

—¿No te gusta? —pregunto.

—No tengo problemas con él —dice a la defensiva—. De hecho, admiro su idealismo.

—¿Entonces por qué lo molestas? —pregunta Stan.

—Porque soy un Verdador, de la manada de la Verdad leonina, y creo en la transparencia absoluta de todas las cosas. —Traxon tiene el mismo modo cándido de expresarse que Blaze, y la honestidad de sus palabras hace que sea difícil desestimarlo, incluso si es un poco *demasiado*—. Por eso he estado esperando para encontrarme contigo —dice mirándome con un interés recién descubierto—. Necesito que me digas lo que está planeando el Partido del Futuro.

—¿A qué te refieres? —pregunto con cautela.

Sus ojos se estrechan y sus hombros se desploman hacia delante como un león preparado para cazar.

—A Blaze le gusta defender causas progresivas, pero siempre se adaptan a *nuestra* Casa. El Partido del Futuro es mucho más ambicioso que cualquier otra cosa que haya intentado antes, y ha logrado atraer a demasiados sponsors de alto perfil en muy poco tiempo para que solo sea otra aventura más. —El foco de su mirada es tan intenso que no sé si parpadea; parece un depredador listo para atacar.

—Sé que *tú*, en especial, no te vendrías hasta acá solo para jugar a la política. Eso significa que Blaze está haciendo algo que despertó tu interés. También sé que ya ha compartido sus planes contigo o no estarías aquí. Así que cuéntame, Rho, ¿cuál es el objetivo final del Partido del Futuro?

Aunque respeto muy a mi pesar su capacidad de investigación, el hecho de que crea que tiene derecho a forzar a las personas a contarles las noticias me eriza los pelos, precisamente como cuando nos conocimos.

—Traxon, si quieres saber más sobre el Partido del Futuro, tienes que preguntarle a un miembro verdadero.

—Oh, ¿así que *no* te gusta lo que están haciendo? —conjetura, y sus ojos se agrandan por la sorpresa.

Molesta, le digo:

—No dejes que los Pegazi se apropien de la manta de plumas esta noche.

Luego paso a su lado para contemplar el océano de criaturas coloridas, buscando el pelaje color aguamarina de Candor. Mantengo una distancia respetuosa mientras me acerco a la orilla del lago, donde un caballo naranja bebe agua y uno morado está recostado al lado, con las alas húmedas completamente desplegadas para que Helios seque sus plumas.

—Vaya, tendré que elegir entonces un titular diferente —grita Traxon—. *La Estrella Errante, Rhoma Grace, asiste a un baile en Acuario y pasa la noche con un libriano que vino en pareja con Skarlet Thorne.*

Sus palabras me dejan helada.

Cuando mis venas se descongelan y la sangre comienza a fluir una vez más, me vuelvo lentamente hacia Mathias. Se encuentra mirando el lago, con la expresión de Zodai inescrutable detrás de la cual se solía esconder en Oceón 6. Me está excluyendo de su reacción.

Termino de girar y miro furiosa a Traxon.

—Eres un imbécil. Y eso se parece más a un chisme que a *rastrear realmente la verdad.*

—Tienes razón, Rho —se acerca un poco más—. Me pregunto qué le daría mayor interés periodístico...

Prende su Encendedor —la versión leonina de una Onda—, y una imagen holográfica aparece en el aire: Hysan, con mi rostro en sus manos, besándome esta mañana fuera del castillo.

Me quedo sin aire.

—Y en caso de que estés pensando en atacarme de nuevo y robarme el Encendedor —le advierte a Mathias—, tengo copias de seguridad de todo. Así que ¿cuál será mi noticia principal, Rho?

No miro a Traxon. Es indudable que a Hysan no le conviene que un Verdador tenaz ande investigando demasiado su identidad. Pero tampoco puedo permitir que este Leo entrometido y matón me manipule. Necesito una tercera opción.

—Está bien —dice una voz suave detrás de mí—. Te lo contaremos.

Todos nos volvemos hacia Pandora, sorprendidos. Entre las cascadas de su cabello color caoba, sus ojos amatistas brillan al sol—. Pero vamos a necesitar un lugar privado para hablar.

—¡Excelente! —dice Traxon, encantado—. Pasen por aquí, a mi reino.

22

Como mi mente está tan perdida como la expresión de Mathias, no cuestiono el plan de Pandora más allá de desear que tenga uno.

Sigo a regañadientes a Traxon mientras zigzaguea por el espectáculo de los Pegazi, conduciéndonos hacia uno de los establos cubiertos. Mi hermano, Mathias y Pandora caminan detrás de mí, y mientras avanzo una culpa ácida me carcome las entrañas. Esta no era la manera en que quería que Mathias o mi hermano se enteraran de Hysan.

Los corceles empapados de sol no nos prestan atención mientras los pasamos, demasiado ocupados comiendo, durmiendo o bebiendo para asombrarse de los seres humanos que caminan entre ellos. Hacen tanto silencio que me pregunto si tienen su propia forma de comunicarse a través del Psi.

Cuando llega al establo, Traxon se da vuelta hacia mí.

—¿Hace cuánto que conoces a Hysan Dax?

Me pongo rígida.

—¿Conoces a Hysan?

—Todo el mundo conoce a Hysan. —El insolente Leo ladea la cabeza—. Tiene contactos en todos lados.

Hay una nota de agresión en su voz, muy parecida a los celos.

—Pero ya lo sabías, dado que asistió al baile con Skarlet y regresó a casa contigo.

Mi hermano llega a tiempo para escuchar la provocación de Traxon.

—Y tú pasaste la noche con un Pegazi —dice—. ¿Qué te propones?

Suelto una risa ronca.

—Por lo menos los Pegazi se quedaron hasta el día siguiente. —Traxon me observa para ver si reacciono, y siento que empalidezco hasta que advierto que su sonrisa parece forzada. Aunque me está provocando, es él quien parece ofendido. ¿Pero por qué habría de importarle que yo pasara la noche con Hysan? No me da la sensación de que Trax sienta un interés romántico por mí. De modo que, si no siente celos, entonces debe de ser por…

—No lo tomes personalmente, Rho. —La expresión del leonino se endurece como si se diera cuenta de que acabo de comprenderlo todo—. Me han contado que Hysan rara vez se queda tras conseguir lo que quiere.

De pronto, Stan arranca el cuello del esmoquin de Traxon y lo empuja contra la pared.

—Te juro por Helios, mejor que dejes de meterte con mi hermana…

Mathias sujeta por los hombros a mi hermano y lo aparta de Traxon, ubicándose entre ellos y poniendo una mano sobre el pecho de cada uno. El leonino sonríe como si lo estuviera pasando genial.

—¡Me encanta! Para ser un grupo de cancerianos, son bastante salvajes.

—Solo llévanos a tu choza —digo con los dientes apretados.

Trax nos conduce alrededor del costado de la estructura, supuestamente hacia la entrada, y me cubro la nariz cuando el olor se hace insoportable durante un par de respiraciones, hasta que entramos. El establo tiene una matriz de casillas cuadradas, cada una con heno y mantas de plumas, salvo por la casilla donde nos lleva Traxon, que ha sido completamente remodelada para parecerse a un estudio de holoshows.

Las luces del escenario se encuentran suspendidas en los rincones, y una banca rectangular de heno está ubicada contra la pared, bajo una pancarta holográfica con la leyenda: *Trax, el rastreador de verdades.*

—Muy bien, Rho, ¿serás mi soplona? —pregunta, ajustando las configuraciones de una de las tres cámaras flotantes, apuntando el lente hacia la línea gráfica del show—. Si no quieres ser identificada, puedo aplicar un filtro de sombra que solo muestra tu silueta.

—De hecho —dice Pandora, sentándose valientemente sobre la banca de heno—, queremos responder a tu ultimátum con otra opción.

Carraspea y se endereza, armándose de la fuerza silenciosa que manifestó cuando nos conocimos por primera vez.

—Puedes desvalorizar tu reputación de Verdador publicando una historia que se inmiscuye en las vidas de personas que sirven al Zodai honorablemente, o puedes obtener una entrevista exclusiva con la Estrella Errante... *después* de hacer algo por nosotros.

Por primera vez, Traxon parece desconcertado, y podría besar a Pandora por arrancarle esa sonrisita de suficiencia del rostro.

—Necesitamos saber de dónde viene el dinero para el Partido del Futuro —prosigue, sin esperar su respuesta—. Solo tenemos algunas piezas del rompecabezas, pero, si nos consigues las partes que faltan, podremos poner en común lo que sabemos y resolver lo que está pasando. Entonces Rho puede contarles la verdadera historia a tus espectadores.

La mirada de Traxon se desplaza de ella a mí y nuevamente a ella. No es un plan ideal —me sigue comprometiendo para una entrevista—, pero su estrategia de hacer que Trax trabaje para nosotros resulta genial.

—¿Crees acaso que no he intentado ya buscar esa información? —pregunta—. Emplean códigos cifrados para sus transacciones financieras, increíblemente avanzados.

—Pero ahora tendrás un incentivo —replica Pandora, y cuando Trax la fulmina con la mirada, casi sonrío.

—Si accedo a dar de baja una historia, a demorar otra, *además* de realizar la investigación por ustedes, entonces tengo que saber que realmente tienen algo para mí. —Entrecierra los ojos mirándome, y mi buen humor se esfuma rápidamente—. Dame algo para ir saboreando.

Sin pensarlo demasiado, me oigo recitando de memoria:

—Planeta XDZ5709.

Sus cejas acicaladas se inclinan hacia abajo.

—¿Qué encontraré cuando lo busque?

—Un permiso para realizar exploraciones científicas en los registros públicos del Pleno.

Trax se encoge los hombros.

—¿Y por qué habría de importarme?

—Porque la investigación es auspiciada por el Partido del Futuro.

Traxon hace crujir los nudillos y sus ojos se desplazan velozmente de una persona a la otra, como si quisiera advertir la trampa en alguno de nuestros rostros.

—¿Cómo sé que cumplirán su parte del trato? —dice finalmente, cuando no descubre nada.

—Si obtienes la información para nosotros, te daré una entrevista —digo—. Te lo juro por…

—No quiero que jures nada —dice, tironeándose la barba desaliñada—. Quiero una prueba que pueda *tocar*.

Miro a Pandora para que me oriente, pero ella me observa igual de confundida.

—¿A qué te refieres? —le pregunto a Traxon.

—Déjame algo tuyo —dice, mientras sigue acicalándose el cabello—. Algo que volverás a buscar.

Repaso las escasas pertenencias que poseo. Nada de lo que tengo tiene valor monetario alguno salvo mi Onda, y no renunciaré a ella.

—Toma —dice Stan, arrojando algo pequeño y negro, y Trax lo atrapa por reflejo.

—¿Qué es esto? —pregunta, llevando cerca de sus ojos al negro escorpión y escrutando las manchas rojas sobre su caparazón.

—Es un Eco —mientras habla mi hermano, me encuentro con la mirada azul medianoche de Mathias, y advierto un gesto de comprensión al conectar este dispositivo con la acusación de Link en Esconcio—. Puedes emplearlo para espiar todas las comunicaciones que se envían cerca —dice Stan, y al explicar la tecnología a Traxon, las cejas del leonino trepan cada vez más sobre su rostro. Para cuando mi hermano ha terminado, Trax se encuentra mirando el dispositivo casi con reverencia. Tengo la sensación de que jamás lo recuperaremos.

Desliza el Eco en el bolsillo sucio de sus pantalones.

—¿Cómo te contactaré cuando tenga algo para decirte? —pregunta entonces.

—Te daré mi información de contacto —digo—. Pero primero cuéntame sobre la Casa de Ofiucus.

Traxon sonríe como una mascota que acaba de recibir un bocadillo.

—Antes que nada, quiero iniciar lo que estoy a punto de divulgar con un descargo de responsabilidad —dice en un tono de voz extrañamente profesional. Parece que estuviera leyendo una especie de guion que sabe de memoria—. Al estudiar la Decimotercera Casa ha habido un exceso de debates y discrepancias, así que los hechos que voy a compartir se basan en mis investigaciones y en lo que *yo* creo que es real.

Su transformación en presentador es tan repentina que me distraigo hasta casi olvidar que lo odio.

—Basados en lo que creemos del origen biológico de los ofiucanos, sospechamos que vivían en un mundo de pantanos, un planeta lleno de vegetación venenosa y de fauna letal…

—¿Qué sabes de la *población*? —pregunto con impaciencia.

—La mayoría de los miembros de 13 coinciden con que lo más probable es que Ofiucus representara la *Unidad*. En el mejor de los casos, se consideraba a los ofiucanos animosos, magnéticos, compasivos y listos; en el peor, eran celosos, ávidos de poder y temperamentales. Físicamente, la Casa tenía la mayor diversidad del Zodíaco: la piel, el cabello y el color de los ojos abarcaba toda la gama del espectro. Y cuando entraban en la pubertad, la piel de los ofiucanos se volvía escamosa para protegerse de las mordeduras de algunas criaturas y de elementos naturales peligrosos.

La voz reptiliana de Corintia se desliza a través de mi mente, y un lento escalofrío me recorre la espalda. ¿Qué sucede si el proceso de cambio que sufren los Ascendentes se debe, en realidad, a que están intentando volver a adoptar sus cuerpos naturales con escamas? ¿Y, cuando no lo consiguen, su alma adopta lo que mejor les conviene?

—Te estás desconectando —dice irritado Traxon, mirándome con el ceño fruncido—. Escucha, sé que amenazarte con tus secretos fue un golpe bajo, y me gustaría no tener que recurrir a trucos sucios para conseguir que los políticos por una vez me cuenten la verdad.

¿De verdad acaba de decir que soy una política?

—Pero olvídate de mí por un momento, y piensa en lo que es mejor para nuestra galaxia. Hay menos datos conocidos sobre la Casa de Ofiucus que lo que se sabe de la Última Profecía —y me refiero a que no es una ridícula superstición, sino que nuestro sistema solar perdió un *mundo* entero. Eres la única persona que ha tenido un contacto real con esa Casa —¡y nada menos que con su *Guardián Original*!—, así que solo *tú* puedes completar esos capítulos perdidos. Podrías entrevistarlo, hablar con él, conseguir su versión de la historia...

—¿Cuál es la Última Profecía?

Los ojos redondos de Traxon parecen a punto de estallarle en la cabeza.

—¿Solo *eso* has escuchado? —vocifera. Me cruzo de brazos y lo miro guardando un silencio obstinado hasta que cede—. Vamos, sabes cuál es la Última Profecía. Eres la Estrella Errante, una de las mejores videntes de nuestro sistema solar. ¡*Tienes* que saberlo!

—Deja de ser tan condescendiente de una buena vez —espeta mi hermano, parado al lado mío.

Traxon se rastrilla el cabello hacia atrás, y el dedo queda enganchado en un nudo.

—Es una profecía que realizó el Guardián Original —dice, tironeando del nudo—, y predice que el Zodíaco llegará a su fin.

—¿Cómo puede haber una noticia así dando vueltas sin que nos enteremos? —Mathias está apoyado contra la pared al lado de la banca de heno, junto a Pandora. Parece tan irritado con Traxon como mi hermano.

—Porque la han olvidado —dice el leonino—. Durante siglos nadie la ha tomado en serio. Por aquel entonces, las personas realmente creían en ella, e incluso había un mito asegurando que los Zodai que vieran esta Profecía a lo largo de los siglos formarían un grupo secreto de videntes que lucharía para revertirla. ¿Han escuchado alguna vez el saludo tradicional "Que la luz del sol esté contigo"?

Los demás sacuden la cabeza, pero la voz de Hysan resuena en mi memoria. Hace un par de vidas que me lo dijo, en la proa de *Nox*, cuando nos fuimos de Faetonis. En ese momento, me pareció un dicho un poco anticuado pero nada más.

—¿Y qué? —pregunto.

—Dicen que el saludo se originó como una manera de que los creyentes de la Profecía comprobaran si estaban hablando con un seguidor como ellos.

Otra vez me encuentro deseando que Hysan estuviera aquí. Debe de saber sobre la Última Profecía porque sabe prácticamente sobre cualquier tema. Pero ¿es un creyente?

—¿Cuándo afirma la Última Profecía que terminará el Zodíaco? —pregunta Pandora.

—En algún momento de este milenio. Estoy seguro de que, ahora que se acerca el supuesto plazo, la Profecía volverá a estar de moda en algunas naciones; es probable que se realicen algunas grandes celebraciones del fin del mundo.

Me obligo a adoptar una máscara de indiferencia, pero en la periferia de mi visión advierto el rostro atemorizado de Pandora. Sé que está pensando en el presagio que ha estado Viendo, en el que nuestro sol galáctico se apaga.

—Según la Profecía, ¿cómo acabará el Zodíaco? —me aventuro a preguntar.

Traxon tironea otro nudo del cabello.

—Ni yo lo sé. Tampoco los científicos más destacados, así que no hay nada de qué preocuparse.

—Esto es una tortura —dice Stan, cruzándose de brazos como si fuera el único modo de mantener los puños bajo control—. ¿Acaso no puedes responder una maldita pregunta sin que tengamos que escuchar tu *opinión experta*?

Traxon mira furioso a mi hermano y decide aguardar penosamente un largo momento.

—La última Profecía afirma que el Zodíaco llegará a su fin en el tercer milenio —dice por fin. Sin dejar de mirar a Stan, vuelve a hacer una larga pausa, y luego expresa lo que Pandora ha temido escuchar—: Cuando Helios apague su luz.

23

Media hora después los cuatro nos encontramos almorzando en otro salón comedor, retirado de la novena torre. Se han dispuesto platillos de comida entre todos, pero solo los chicos comen. Pandora y yo seguimos intentando aceptar lo que nos contó Traxon.

Dejo caer la cabeza entre las manos y cierro los ojos para concentrarme. La Última Profecía, la Luna Negra, el Marad, el amo, mamá... mi vida se está colmando de muchas más preguntas que respuestas, y no logro encontrarles sentido aparente a los pocos datos que sí tengo.

—La Guardiana taurina te siguió anoche —dice Stan, con la voz amortiguada por la boca llena de comida.

Levanto la cabeza bruscamente.

—¿Qué?

—En el baile —dice luego de tragar—. Cuando comenzaste a hablar con el Embajador Crompton, usó un amplificador para escuchar la conversación. —Se limpia la boca con la servilleta.

Mathias frunce el ceño.

—¿Por qué estaba aquí? —pregunta, abandonando su bistec a medio comer—. No tenía que venir al evento si ya es sponsor de la fiesta. Y si vino, ¿por qué no dio el discurso en lugar de Crompton? Tiene una posición mucho más destacada.

—No estoy segura de que lo que más le convenga al Partido sea vincularse públicamente con ella en este momento —digo con cautela—. Es muy cuestionada por su defensa de los Ascendentes.

Pero Mathias tiene razón. ¿Por qué *vino*? ¿Acaso su único motivo era pedirme que mintiera por ella ante el Pleno? ¿No debería estar más preocupada por lo que sucede en Piscis? ¿No deberíamos estarlo *todos*?

—Realmente creo que Piscis es la clave de todo —dice Stanton. No me sorprende que sus pensamientos se encarrilen en la misma dirección que los míos—. Es allí donde tenemos que estar. Sea lo que sea que esté sucediendo en aquel mundo, *será* la próxima jugada del amo.

—¿Pero qué gana el amo eliminando a todos los piscianos? —pregunto, sin discrepar exactamente, sino reflexionando en voz alta sobre la teoría—. Es la Casa más pobre y desinteresada del Zodíaco. Comparten entre todos los deberes cívicos y no tienen ningún sistema monetario ni ninguna industria. Sus únicas "exportaciones" son sus visiones.

—Es un mundo de videntes —dice Pandora, confirmando lo que acabo de decir—, y ahora el amo los está dejando ciegos.

Una ráfaga de aire frío me invade los pulmones, y exhalo.

—*Helios* —susurro, apoyándome sobre la mesa circular. La voz de Crompton suena en mi cabeza —*Tal vez tenga miedo de que yo Vea algo.* Fue su Vista, no su voz, lo que lo metió en problemas.

Antes de que la atacaran, Moira era la experta más destacada del Psi, y Orígene y Caasy ocupaban el segundo y el tercer lugar después de ella. ¿Quién sabe cuántos ataques más —como los asesinatos de los Patriarcas, las personas que se ahogaron en Oscuro o las explosiones de Leo— hayan sido en realidad agresiones dirigidas a nuestros mejores videntes? Férez cree que el objetivo del ataque de Capricornio fue, en realidad, recuperar un Globo de Nieve específico que el amo deseaba, así que tal vez uno de estos ataques de gran magnitud oculte un secreto.

—¿Y si el amo está intentando desestabilizar el Psi para impedir que Veamos lo que está planeando? —pregunto.

—Si eso fuera cierto —dice Mathias, y advierto en su tono las mismas semillas de escepticismo que cuando le conté mi teoría de Ocus en Oceón 6—, ¿por qué no destruir a la constelación del Piscis de una sola vez como lo hizo con nuestra Casa? ¿Por qué hubo un período de incubación de dos meses antes de su ataque?

Reflexiono acerca de los ataques más recientes del amo. Fueron en Capricornio y en Piscis... y ninguno se perpetró con Materia Oscura.

—Necesita un arma más poderosa para volver a destruir un planeta —digo lentamente—, y no ha usado Materia Oscura desde la armada. —No desde que Ofiucus me dijo que quería cambiarse de bando.

Tengo que volver a encontrarlo y convencerlo de que no soy débil. Por odioso que resulte admitirlo, necesito su ayuda... y especialmente necesito hacer lo que sea para evitar que regrese junto al amo.

—Pero Mathias tiene razón —dice Pandora—. Dos meses es un período de incubación largo. —Hace girar la Piedra Filosofal que tiene en la mano—. Habiendo visto su ejército de cerca, el amo es demasiado organizado para que este tipo de demora no sea algo deliberado.

—Tal vez quiso hacernos sentir una falsa sensación de seguridad para que dejáramos de buscarlo —dice Stan—. Funcionó, ¿no es cierto? El Pleno declaró la Paz.

Por un rato nadie dice nada, y me da la impresión de que cada uno está perdido en su propio hilo de pensamientos.

—Hubo algo acerca del Partido del Futuro que me impactó. —Todos miramos a Pandora.

—Fue una palabra que me espantó: *Capitán*. Seguramente sea una coincidencia, me refiero a que es un detalle tan pequeño, casual e insignificante... —Mira a Mathias, pero la expresión de este sigue siendo inescrutable.

Cuando vuelve a hablar, por algún motivo da la impresión de que se ha vuelto aún más pequeña, como si hubiera tenido que viajar a un lugar oscuro para obtener las palabras.

—*Capitán* era el término que empleaba el Marad para designar a sus oficiales superiores.

Ninguno dice nada, pero mi corazón comienza a acelerarse como una percusión que aumenta progresivamente en intensidad hasta que suena el redoble de tambores. Tiene razón: no significa nada; es solo una palabra, apenas una pista…

Intento sofocar lo que comienzo a entender con una claridad cada vez mayor para que las palabras no pasen por mis labios, pero mi corazón late demasiado intensamente como para oír mis pensamientos, y estallan hacia fuera a pesar mío.

—*El Partido del Futuro.* —A pesar de que no me he movido, sueno agitada—. Stan, tú mismo dijiste que el Partido solo está dirigido a una elite. Cada miembro potencial es joven, ambicioso y *especial.* Los están reclutando con el mismo método que emplearon para atraer a los Ascendentes al Marad: convocar a reuniones esperanzadas en torno a cuestiones ideológicas que luego degeneraron en un plan más oscuro. Y parece que contaran con un sinfín de fondos que no pueden ser justificados, igual que el Marad. El amo es la única persona que conocemos con los bolsillos lo suficientemente grandes para sacar esto adelante.

—¿Estás diciendo que el *amo* está detrás del *Partido del Futuro*? —pregunta Mathias, sin molestarse en disimular su incredulidad—. ¿Por qué?

—Porque la violencia nos estaba uniendo. —Todo el mundo espera que siga, y a medida que mis pensamientos comienzan a conectarse entre sí, el corazón me late más fuerte—. En cuanto el Pleno me perdonó y me designó Estrella Errante, nos volvimos poderosos, y eso representó una amenaza. Así que él —o *ella*— decidió cambiar de estrategia. El amo es un estudioso de la historia. Él, o ella, *sabe* que la mejor forma de dividirnos es desde adentro.

Imagínense lo que sucederá cuando este Partido haga pública la Luna Negra. Es evidente que este tipo de movimiento caldeará las pasiones de todas las Casas. Es la distracción ideal. En lugar de un enemigo común contra el cual nos podamos unir todos, nos está haciendo señalarnos entre nosotros con el dedo.

Me recuerda a algo que Hysan me dijo una vez: *cuanto más necesitamos estar unidos, más nos dividimos.*

—Es lo que sucedió durante el Eje Trinario y en el poema canceriano sobre Ocus. Somos más fáciles de liquidar cuando socavan nuestra unidad.

Mis palabras fatídicas ahogan la conversación. Estoy segura de que, como yo, mis amigos están repasando lo que saben e intentando encontrar lagunas en mi razonamiento. Pero sé que tengo razón: esto suena exactamente a algo que haría el amo. Así como volvió nuestras propias estrategias en contra nuestro durante la armada, ahora está intentando volver a nuestra gente más brillante contra nosotros. Está sembrando semillas de desconfianza para desestabilizar nuestra frágil unidad y asegurar su propia victoria saboteándonos.

Nunca se fue. Solo encontró para sí un nuevo ejército.

Mi ejército.

—¿Y Fernanda? —pregunta Stan—. Si es una sponsor, ¿podría estar detrás de todo?

Sacudo la cabeza.

—Si fuera el amo, no sería tan franca respecto de los Ascendentes. Creo que fue engañada por este Partido, como el resto de nosotros.

Pandora no parece convencida.

—El mejor instrumento del mentiroso es su honestidad —dice—. En Acuario hay un dicho: *La verdad genera confianza, y la confianza oculta la verdad.*

Pienso en Aryll, y en cómo cada vez que me contaba una falsa verdad, confiaba más en él. Pero sigo sin creer que Fernanda sea la que está detrás de todo.

—Lo único que sé es que el Partido del Futuro es una distracción, y nosotros estamos haciéndole el juego al amo *una vez más* —digo, encontrándome con la mirada resuelta de mi hermano—. Todo este tiempo tenías razón, Stan. Necesitamos llegar a Piscis y defender esa Casa antes de que desaparezca del Zodíaco. Si el amo está intentando liquidar a nuestros mejores videntes, significa que aún le queda por realizar la mayor jugada.

—Pero si su objetivo son los videntes —dice Pandora con suavidad—, ¿por qué no te ha matado todavía?

—Todo este tiempo lo ha estado intentando —dice Stan, sombrío.

Pero recuerdo a los soldados del Marad diciendo que el amo aún no me quería muerta. Luego pienso en mis experiencias recientes con Skiff, Fernanda y Ofiucus, y la verdad es demasiado evidente para quedar en sombras.

—Porque quiere obtener algo de mí.

Y saber que me quiere viva es mucho más aterrador que ser señalada para morir.

24

Mathias y Pandora no parecen estar tan convencidos de la complicidad del Partido del Futuro como Stan y yo, pero al dirigirnos de regreso a la novena torre, percibo una unidad de propósito con mi hermano que me resulta familiar y lógica.

El plan acordado es regresar a nuestras habitaciones y empacar para poder abandonar este planeta lo antes posible. Pero antes hay algunas cosas que debo hacer. Cuando llegamos al lienzo azul y bordó, Stan activa la escalera, y mientras él y Pandora suben, aparto a Mathias a un lado.

—Lamento lo de hace un rato —digo, de pie junto a él. Nos encontramos al lado del muro de piedra arenisca, a la sombra de la escalera.

—No quiero hablar del libriano...

—Bueno, eso es un problema porque necesito que coordines el transporte con él para ver si nos puede sacar de aquí en avión.

Los ojos azul medianoche de Mathias escrutan los míos, y una culpa ácida me vuelve a roer por dentro. Asiente escuetamente.

—Pero tú y tu hermano necesitan tranquilizarse con sus teorías —dice, apretando la mandíbula—. Están suponiendo demasiadas cosas sin contar con pruebas de ningún tipo.

—Lo sé, pero creo que durante tanto tiempo confiamos solamente en lo que podíamos tocar que nos hemos olvidado de la importancia de confiar en nuestros instintos. Quizá, si los usáramos más, estarían más afinados.

Hace un gesto contrariado.

—¿Y qué me dices del instinto de tu hermano de robar el dispositivo de Escorpio?

—Resultó útil, ¿verdad? —respondo débilmente.

—Rho, Stan no está pudiendo manejar la situación, y tú no lo ayudas alentándolo; no puedes dejarte arrastrar por su camino temerario.

—No lo hago. De hecho, creo que tener una motivación lo ayudará a sanar —digo ilusionada y para terminar la discusión, agrego—: Pero gracias por preocuparte.

Asiente y comienza a subir las escaleras, pero se detiene cuando no lo sigo.

—¿Adónde vas?

—A la sala de lectura —el pliegue entre sus ojos se hunde aún más, y añado—: Se me ocurrió que, si nosotros no podemos predecir la siguiente movida del amo, tal vez lo pueda hacer una estrella.

—¿Ofiucus? —Me parece extraño oír a Mathias pronunciar el nombre con seriedad y no con su dosis de sarcasmo.

Asiento.

—Después iré a ver a Nishi y le contaré todo. Vendremos a buscarlos una vez que hayamos empacado y estemos listos. Solo necesito que organices con Hysan los pormenores de nuestra vuelta.

—¿Y si Nishi no te cree?

Comienzo a caminar hacia el vestíbulo.

—Si la opción está entre abandonarla y noquearla, sacaré a Nishi desmayada del castillo.

***

Qué alivio encontrar vacía la sala de lectura subterránea.

De pie entre las luces holográficas, fijo la mirada en los escombros rocosos que una vez fueron la joya azul más brillante del Zodíaco e intento alejarlo todo de mi mente. Anoche confié más en mi corazón que en mi cabeza y eso me condujo a Hysan. Ahora intento volver a dejar que me guíe mi instinto hundiéndome en mi Centro, y cuando la Psienergía convulsiva me invade los pulmones, llamo a Ofiucus con la mente.

Casi al instante un viento crudo irrumpe en la cueva. Me pongo de prisa el abrigo negro para no tiritar, y en ese momento la colosal figura de hielo del Decimotercer Guardián comienza a plasmarse, erigiéndose al doble de mi tamaño. Sus negros ojos me observan impasibles mientras que la temperatura desciende a un ritmo constante.

Pienso en el modo en que Traxon deja a un lado sus sentimientos personales por alguien cuando busca la verdad, e intento despojarme del rechazo que siento por Ocus para poder hacer lo mismo.

—*Si vamos a trabajar juntos, necesito conocerte mejor* —digo.

—*Entonces, haz tus preguntas* —vocifera, y a diferencia de la resistencia que esperaba, parece tranquilo, como si por fin hubiera dicho lo correcto—. *No hay tiempo que perder, cangrejo.*

Antes de comenzar a disparar preguntas, imagino un muro helado de psienergía protegiéndome el corazón, atrincherando mis emociones para que no contaminen este encuentro. La única manera de tener esta conversación es evitando que gire en torno a mí.

—*Dices que los demás Guardianes te traicionaron porque intentaste conseguir la inmortalidad...*

—*La inmortalidad no fue algo que descubrí yo* —interrumpe—. *La vida eterna era un poder que me dio mi Talismán, porque como Guardián de la Unidad debía seguir siendo una estrella viviente entre ustedes.*

Parpadeo.

—*¿Qué?*

—*La unidad no es una cualidad innata de las Casas; una vez yo fui el cemento entre el hombre y las estrellas, la realidad y el plano astral, el pasado y el futuro* —su tono de voz desciende, como si estuviera hundiéndose más y más profundo mientras habla—. *Nunca estuve destinado a morir; debía unir a la humanidad a través de los milenios, para que nunca más se olvidara de sí misma como lo había hecho en su antiguo mundo.*

El recuerdo del collar de mamá estalla en mi mente, y considero la Casa de Ofiucus no como la decimotercera perla sino como la cadena que sujetaba todo nuestro sistema solar.

—*¿Entonces ibas a ser... un dios que viviría entre nosotros? ¿Pero cómo pudieron haberte derrotado si eras* inmortal?

Me mira furioso y se produce un silencio gélido. Parece estar reevaluando su decisión de compartir lo que sea conmigo.

—*Te contaré lo que yo quiero que sepas.*

—*Así no funciona* —disparo a mi vez—. *O me cuentas la historia completa o ve a buscar a otro que te ayude.*

Nos miramos fijo, y me obligo a reunir todo vestigio de coraje en mi interior para no apartar la mirada. Sé que al desafiarlo me arriesgo a sufrir dolor y violencia, pero es hora de escuchar toda su historia. El Zodíaco ya no puede esperar más.

Nuevamente comienzo a preguntar.

—*¿Cómo te derrotaron...?*

—*Cuando me di cuenta del don que había recibido* —dice con voz áspera—, *quise aprovechar el poder de mi Talismán para alargar las vidas humanas. He tenido muchos miles de años para revivir esa vida, y aún no sé* cómo lo supieron. *Solo sé que los otros Guardianes descubrieron el poder de mi Talismán*, y se indignaron al enterarse de que su destino era perecer y regresar a las estrellas, mientras que *yo permanecería en el plano mortal.*

Su forma se encoge un poco, y el frío se vuelve menos cortante.

—*Insistieron en que compartiera mi inmortalidad con ellos. Me dieron un año para pensar en una solución, y me amenazaron con que, si no lo conseguía solo, confiscarían mi Talismán para averiguarlo ellos mismos.*

Me siento tan fascinada por su relato que recién cuando va por la mitad advierto que su tono de voz ha dejado de ser frío y desapacible, y en cambio asciende y desciende; por momentos, áspero o suave; apresurado o vacilante. Habla como un ser humano.

—*Pero al llegar a casa... el Talismán había desaparecido. Cuando denuncié el robo a los demás Guardianes, me acusaron de mentir con el objetivo de guardarme la inmortalidad para mí mismo. Fui acusado de traición contra las otras Casas y me condenaron a ser ejecutado.*

Sacudo la cabeza.

—*Pero no podías morir…*

—*¡Silencio!* —vocifera. Una ráfaga de aire frío choca contra mi cuerpo, derrumbándome al suelo. Al aterrizar sobre el brazo, el dolor me sacude por dentro, y lo miro furiosa mientras me incorporo jadeando.

—*Si quieres matarme, hazlo* —digo en voz baja, fijando la mirada en él.

La ira se desvanece de su expresión; parece desconcertado.

—*Hazlo* —vuelvo a decir desde el suelo. Como no reacciona, me pongo lentamente de pie—. *Necesitas mi ayuda tanto como yo necesito la tuya. Así que deja de comportarte como si fueras el que manda acá, y dime la verdad. ¿Cómo te hicieron esto?*

Para mi profunda sorpresa, me responde.

—*La inmortalidad funciona en círculos* —comienza diciendo con una voz apagada—, *como todo en la Naturaleza. La vida eterna no significa encerrar un alma en un cuerpo imperecedero, porque toda vida orgánica muere. En cambio, mi Talismán funcionaba como una fuente de psienergía superpoderosa, que me permitía generar un nuevo cuerpo cuando me fallara el que estaba habitando. Sin la piedra, no podía regenerarme. Pero mi esencia no regresó a las estrellas. Mantuve la conciencia sin la forma. No podía tocar ni ser visto. Solo podía flotar a través del plano astral sin afectar nada, arrastrado por un tipo de gravedad diferente. Seguía siendo esclavo del amo de la mortalidad…* el Tiempo.

Suspira, y la tristeza que lleva adentro es tan profunda que infecta las moléculas de psienergía del aire alrededor. La emoción es como una manta pesada que me cubre, y mis hombros se hunden. Incluso respirar me cuesta demasiado esfuerzo.

—*La psienergía de las personas de todas las Casas me ponía en sintonía con los cambios de los mundos, y hacía que fuera dolorosamente consciente del paso del tiempo. Oía la sinfonía de emociones de la humani-*

dad, observándola soportar los mismos errores una y otra vez, olvidando lentamente lo que habían aprendido durante su éxodo a este nuevo mundo. Los seres humanos estaban atrapados en los mismos ciclos de odio porque seguían movidos por su temor y no por su fe.

La neblina de hielo que acompaña su presencia parece llenarse con trozos del pasado, y siento que la psienergía que nos rodea me oprime; seguramente, la sensación que lo acompaña siempre. Es como si a uno le gritaran miles de millones de voces que compiten entre sí —emociones separadas del cuerpo, dolores físicos espectrales, visiones del futuro— y resulta difícil aguantarlas siquiera por un momento. No me imagino soportándolo para siempre.

—*Después de que me forzaron a observar a mi amada Casa aplastada por la Materia Oscura, comencé a sentir la psienergía de las almas ofiucanas perdidas intentando Ascender de sus cuerpos incompatibles. Tuve la esperanza de que esta vez las estrellas mostrarían un poco de piedad por mis hijos, pero nos volvieron a traicionar. En lugar de liberar a estos ofiucanos Ascendentes, el destino los obligó a adoptar formas apenas un poco menos penosas, pero nunca aquellas que verdaderamente los reflejaban.*

"Y como si el dolor de no encajar en sus propios cuerpos no fuera suficiente, la humanidad repudió a los míos tan completamente como las estrellas. Condenó a los Ascendentes al ostracismo y los sometió a un odio inhumano. Anhelaba no tener que seguir mirando, deshacer el tiempo, dejar de existir. Pero no podía terminar mi vida porque no estaba vivo. Y, entonces, con el paso de los siglos, llegué a odiarla.

Algo pequeño y tibio quiebra el caparazón de psienergía que recubre mi corazón, y advierto con espanto que es compasión. Pero no me compadeceré del asesino de mi padre —*¡jamás!* El destructor de mi mundo. El ser con cuya existencia juré terminar.

—*¿Cuándo te encontró el amo?*

La tristeza suspendida en el aire se ha convertido en algo más oscuro, más denso.

—Hace dos años oí una voz que me llamaba por primera vez en muchos milenios. Me susurró al oído, sin revelar nada acerca de sí, pero ofreciendo un modo de escapar a mi condición. La voz pintaba un cuadro de mi Casa en el que recuperaba su antigua gloria, y de las otras Casas sufriendo por su ignorancia y brutalidad. No me hizo falta más: solo quería la oportunidad de volver a existir. Así que prometí aliarme con mi nuevo amo, y cuando él combinó su psienergía con la mía, pudimos dirigir la Materia Oscura para alterar el orden natural de las cosas. Provocamos incendios forestales en las lunas leoninas, deslizamientos de lodo en la Pezuña de Vitulus, sequías en los planetoides piscianos... y luego, un día, me dijo que íbamos a destruir una Casa entera.

Sus ojos oscuros se conectan con los míos, y el agujero que la compasión quemó en el escudo de mi corazón se repara a sí mismo. Pero Ocus me mira con curiosidad, como si hubiera algo que yo pudiera agregar a su increíble historia.

—¿Cómo me descubriste en el Psi la primera vez que hablamos? —me pregunta de golpe.

Vuelvo a aquella noche.

—Oí voces que venían de Helios, y cuando toqué el holograma, me encontré en la estela.

Sacude la cabeza de hielo.

—¿Cómo es posible que un simple mortal acceda a esa dimensión?

Las palabras de otra Guardiana resuenan en mi memoria: *"Has sido elegida, pero no por el que crees"*. Caasy dijo que la persona que me desafiaba en el Psi era alguien que empleaba un "arma eterna". Si Ofiucus no fue quien me eligió, entonces fue el arma.

—El amo nos unió —digo.

Me mira como si estuviera considerando mi teoría. Los Guardianes Originales eran los únicos que podían comunicarse a través del Psi; hubiera sido imposible encontrar a Ocus si alguien no me hubiera guiado a él. El mismo ser que guio a Ocus para que manipulara la Materia Oscura.

—*Desde que te vi aquella primera vez* —dice—, *he podido encontrarte. Incluso cuando me oculto de él. Es posible que, al permitir que interactuáramos esa primera noche, haya abierto sin saberlo un camino de psienergía entre nosotros que no puede cerrar.*

Asiento. La visión que tuvo Vecily Matador apenas se convirtió en Guardiana de Tauro aludía a un Guardián que había traicionado a todos los demás hace mucho tiempo: no habría confianza en el Zodíaco hasta que se pusiera de manifiesto aquella traición. Si Ocus no ha traicionado a nadie, quiere decir que otra estrella caída traicionó a todos.

—*El amo es otro Guardián Original* —señalo, y al aceptar esta verdad, por fin puedo confiar en Ofiucus: al igual que los Ascendentes, es otra alma sin hogar, sin esperanza, de quien el amo se aprovechó para sus propios fines.

—*¿Qué otros Guardianes sabían acerca de la información de tu Talismán?*

—*El Talismán es un secreto confiado a una Casa; jamás habría traicionado a los míos compartiéndolo. Nunca supe cómo se enteraron los demás Guardianes de la inmortalidad que encerraba.*

—*¿Se te ocurre alguien a quien le fuera viable descubrirlo?*

—*¿Acaso no has estado escuchando?* —ruge. A medida que se eleva su voz, la temperatura desciende—. *Durante milenios no he pensado en otra cosa. Si hubiera pistas en mi pasado, las habría hallado.*

El Guardián sagitariano estaba obsesionado con el tiempo; le habría fascinado este tema. El Guardián acuariano hubiera anhelado emplear el Talismán para asegurar que el linaje real continuara para siempre. Los Guardianes geminianos no habrían deseado otra cosa que la vida eterna: *cualquiera* podría haber tenido un motivo para robarlo.

—*Hay otro Guardián Original que merodea* —digo en voz alta, para organizar mis pensamientos—, *y como el Talismán le permite cambiar de cuerpo, podría ser cualquiera y estar en cualquier lugar.*

Ofiucus me da la espalda, y el movimiento le da un aspecto casi vulnerable. Observa el lugar detrás de Piscis, donde una vez estuvo su Casa. La palpitante psienergía que nos rodea retuerce la Materia Oscura como si fuera un nido de serpientes marinas.

—*Con el tiempo, a medida que observaba que la luz de mi constelación se iba borrando del cielo nocturno, también la observé desaparecer de la memoria humana. Los Guardianes Originales me vilipendiaron ante el Zodíaco, culpándome por la destrucción de mi mundo hasta que fallecieron las últimas generaciones de seres humanos que sabían acerca de la Decimotercera Casa. Cada uno de mis pares vivió un puñado de siglos, y debieron de ponerse de acuerdo con borrarme de la historia de sus Casas, porque para cuando sus cuerpos se habían vuelto polvo de estrellas, se había erradicado de los registros oficiales todo rastro de un Decimotercer mundo en el Zodíaco. Lo único que no pudieron cambiar fue el arte. Así que viajé a través del tiempo, inadvertido, oculto en las canciones infantiles, fábulas morales y rimas inofensivas.*

"Y ahora me he convertido en el villano que ustedes crearon.

Permanezco en silencio porque no tengo nada que decir. Quizás confíe en su versión de los hechos, y quizás incluso me dé cuenta de que lo traicionaron, pero sigo odiándolo. Siempre lo odiaré.

—*Lo que no comprendo* —digo, distanciándome de mis emociones— *es cómo la Materia Oscura tragó tu Casa. Los Guardianes te castigaron a ti, no a tu planeta.*

Ocus me vuelve a enfrentar, y su expresión es tan humana que puede que todavía haya un corazón enterrado bajo todo ese hielo.

—*La traición de los Guardianes introdujo la Materia Oscura en nuestra galaxia. Subvirtiendo el orden natural de las cosas y poniéndose en mi contra, no lograron comprender los fundamentos de la Unidad. No entendieron que al expulsarme, el Zodíaco se atacaba a sí mismo ¡y esta herida autoinfligida erradicó la unidad de nuestro sistema solar!* —Todavía tiene una mirada sorprendentemente humana—. ¿Acaso no lo has notado? Creamos nuestra propia oscuridad.

De modo que los Guardianes Originales destruyeron la Decimotercera Casa, y luego ocultaron su vergüenza eliminando a Ofiucus de la historia. Y si mamá es una Ascendente, significa que soy descendiente de ese mundo olvidado, y que Cáncer es el segundo hogar que he perdido.

—*Mi mamá es una Ascendente.* —No estoy segura de por qué lo digo.

—*Lo sé.*

—*¿Cómo?* —digo sin pensarlo.

—*Todo es psienergía. Lo que traes contigo a esta dimensión no es tu forma física, sino tu alma. Los pensamientos, los recuerdos y los sentimientos que te hicieron…*

De pronto deja de hablar y se vuelve hacia la Decimotercera Casa como si oyera algo. A medida que la psienergía convulsiva se tensa a nuestro alrededor, advierto que Ocus está Viendo una visión.

—*¿Qué es?*

—*No estoy seguro* —dice en un tono tan distante que parece haber comenzado a desaparecer—. *La Materia Oscura que cubre mi constelación parece estar… despertando.*

Un sabor amargo me aguijonea la lengua, y el rancio tufo de la descomposición me invade la nariz. Ocus se voltea hacia mí como si él también pudiera sentirlo; sus ojos negros bien abiertos.

—*La muerte viene otra vez por ti, Rhoma Grace.* —Es la primera vez que pronuncia mi nombre, y aguzo el oído para escuchar el resto de su profecía en el instante en que el monstruo se disuelve hasta convertirse en un vaho de escarcha—. *Y esta vez, no podrás impedir que te toque.*

25

Cuando Ocus desaparece, los latidos del corazón me impiden pensar, y respiro como si acabara de correr la mayor distancia de toda mi vida.

Toda mi vida.

¿Habrá llegado el momento? ¿Será que solo experimentaré diecisiete años y medio? Es más de lo que vivió la mayoría de mis compañeros de curso.

Desde el momento en que me convertí en Guardiana, sabía que cualquier día podía ser el último. Pero desde que llegué a Acuario y me contaron de la Luna Negra y me reencontré con Hysan, comencé a enfrentar no solo un futuro por el cual vale la pena luchar, sino vivir. La *esperanza* llegó en la forma de un mañana que ahora estoy desesperada por tener.

Pero no tengo tiempo para llorar mi muerte: tengo que dejar a un lado lo que aprendí y olvidar que lo hice. Y si Férez tiene razón, y el libre albedrío es más poderoso que el destino, entonces ¿quién sabe? Tal vez pueda desafiar a las estrellas.

***

Abro una hendija de la trampilla, y cuando veo que no hay nadie, me trepo al suelo de piedra arenisca y corro a toda velocidad hacia la novena torre. En el momento en que el paño azul y bordó aparece ondulando a lo lejos, alguien se me viene encima.

—Oh… ¡disculpa!

—Rho, soy yo —dice Nishi cerca de mi oreja. Enlaza el brazo con el mío y me lleva rápidamente por el corredor en la dirección opuesta.

Atraviesa un salón inundado por la luz del sol, y ninguna dice nada mientras nos abrimos paso entre los ayudas de cámara con sus sombreros de copa de terciopelo y los dignatarios de alto rango en abrigos aguamarina.

—¿Descubriste algo? —pregunto una vez que salimos de la sala.

No responde hasta que quedamos envueltas en la neblina blanca, protegidas por las nubes de un túnel de la reflexión. Recién entonces se detiene y me mira.

Le tomo la mano y le doy un apretón.

—Como estamos tomando precauciones, me imagino que encontraste algo.

—Siento lo que sucedió, Rho. Quería demostrar que estabas equivocada, así que, mientras Blaze se reunía con el Comité de Locaciones, revisé las listas de población de Luna Negra que hemos estado repartiendo para cada Casa.

Aprieto los labios para callarme, y ella suspira, como si supiera todo lo que me guardo dentro.

—Escucha, admito que no hicimos lo correcto, pero es cierto que cerramos un porcentaje de lugares para los sponsors; así se hacen las cosas aquí. De todos modos, ese no es el punto. Quería encontrar la lista de personas interesadas de la Casa de Piscis, para mostrarte que siempre hubo un plan de traerlos… solo que no existe tal lista.

Sus ojos color ámbar me recuerdan la mirada de terror que tenía en *Equinox*.

—La plaga pisciana apareció hace una semana tan solo, y estas listas son de antes de involucrarme con el Partido. Entonces, ¿cómo sabían que Piscis no estaría en condiciones de participar?

Este es exactamente el tipo de evidencia que nos puede servir para desenmascarar al Partido —y es la prueba que Mathias necesita para creerme.

—Es el amo, Nishi. Él está detrás del Partido del Futuro.

—Pero *¿cómo*, Rho? —pregunta, y su voz se quiebra.

—El Marad desapareció en la misma época que surgió el Partido del Futuro —digo en voz baja—. El amo está manipulando a las personas que se encuentran mejor capacitadas para librar una guerra contra él. Se trata de un ataque preventivo. Creemos que intenta distraernos de lo que sea que está planeando para Piscis; por eso es allí a donde tenemos que ir.

La expresión de Nishi es tan desolada que la atraigo hacia mí para darle un abrazo; no soporto verla así. Duele aún más por el hecho de que yo misma conozco lo que es comprometerte con algo hasta tal punto que entregas la vida por eso... y cuando te lo arrebatan, la sensación es la de haber perdido una parte importante de ti misma.

—No puedo creer haberme dejado engañar así —dice cuando nos apartamos. Tiene el rostro pálido—. Creí de veras que Blaze era una buena persona.

Una sombra oscila por encima de su hombro; le tomo la mano a Nishi para hacerla girar y ubicarla a mi lado. En ese momento, una silueta avanza entre la niebla.

—*Soy* una buena persona.

Nishi suelta un jadeo al ver a Blaze, con su melena de cabello azul, atravesando el humo blanco y despidiendo llamaradas de sus ojos color bermejo.

¿Cómo nos encontró *aquí*?

El temor me acelera el pulso y la respiración; Nishi y yo retrocedemos paso a paso. ¿Habrá otros rodeándonos?

—Aún deseo crear un futuro unido para el Zodíaco —dice Blaze con calma—. Y si me das la oportunidad de contarte lo que hemos Visto, creo que lo entenderás.

—No si significa pasarse al bando del amo —espeta Nishi. Le doy dos apretones en la mano para señalarle que esté lista.

Los rasgos de Blaze se endurecen, pero no por la ira. Parece herido. El león holográfico de su camisa ruge en silencio desde su pecho.

—Aún no has visto todo el panorama, así que no terminas de entenderlo. Pero estamos *salvando* personas. Cuando tú y yo hablamos por primera vez hace un mes, me dijiste que la única manera de cambiar la norma era rompiéndola. ¿Lo recuerdas?

La mano de Nishi, que todavía sujeta la mía, se vuelve fláccida; la referencia a Deke es como si le hubieran disparado en el pecho. Blaze la inmoviliza con su mirada confiada, e incluso en este momento irradia una simpatía tan arrolladora que resulta difícil imaginarlo del lado del amo.

—El cambio no siempre es complaciente, y por eso las personas se resisten a él. Pero si confías en mí, te demostraré por qué es nuestra mejor opción.

La voz reptiliana de Corintia resuena en mi mente: *"La aceptación de lo nuevo solo viene cuando te deshaces de lo viejo"*. Su lema se parece mucho al de Deke. La misma filosofía puede ser peligrosa en las manos equivocadas.

Los hombros de Blaze se hunden ligeramente hacia adentro, y experimento un recuerdo fugaz de la pose predadora de Trax instantes antes de asaltarme con su interrogatorio.

—¡*Corre!* —grito. Con las manos enlazadas, Nishi y yo nos abalanzamos ciegamente a través de la neblina blanca. A medida que nos alejamos, el sudor se me escurre por la espalda, y siento un alivio momentáneo al no oír los pasos de Blaze acercándose por detrás.

Hasta que advierto que si no nos sigue, debemos de estar haciendo lo que quiere.

Las nubes algodonosas adquieren una textura fibrosa al acercarnos al final del túnel. A través del vapor, asoma cada tanto el muro de piedra arenisca. Aflojo el paso para decidir si hay que volver sobre nuestros pasos, pero Nishi sigue corriendo hacia delante a toda velocidad.

La tiro hacia atrás con la mano.

—Espera…

Su rostro se abre paso a través de la cubierta de nubes, y un objeto pequeño y metálico atraviesa el aire zumbando y le golpea la frente.

—¡*NO!*

Mi grito rasga el universo. Me abalanzo para alcanzar a mi mejor amiga, al tiempo que cae al suelo y las líneas de expresión de su rostro se aflojan. Atrapo a Nishi de la cintura y me hundo con ella, acunando su rostro sobre el regazo, salpicando su piel con mis lágrimas mientras verifico si respira.

—Nishi… por favor… por favor, tienes que estar bien, por favor, despierta…

—No está muerta.

La atacante de Nishi se alza ante nosotros, con su escopeta de doble cañón que apunta al mismo punto sobre mi frente.

—Es un Sopetardo —dice Imógene—. Ha quedado atrapada en su inconsciente.

Me doy cuenta de lo poco que puedo confiar en quien sea. Ni siquiera me sorprende la traición de Imógene.

—¿Qué perdigón empleaste? —pregunto sin alterar la voz, recordando por las lecciones de mamá que el arma característica de Géminis tiene dos cámaras. Uno de los cañones dispara un perdigón que libera los sueños más íntimos de una persona, mientras que el otro desata sus peores pesadillas.

—Usa tu imaginación.

Miro con furia a Imógene con un odio del que no creí que mi corazón fuera capaz, y me descubro pensando en el Escarabajo que tengo alrededor de la muñeca. Si solo pudiera alcanzarlo bajo el guante negro sin ponerla sobre aviso. Pero incluso si pudiera, no tendría idea de cómo usarlo.

Debe de advertir la amenaza en mi mirada porque vuelve a apuntar la boca del arma hacia la frente de Nishi. Una dosis doble provoca un aneurisma cerebral y resulta inmediatamente fatal.

—*No lo hagas* —suplico, estrechando a Nishi aún más cerca y protegiéndola con todo el cuerpo—. Por favor.

—Entonces, levántate.

Sujeto a mi mejor amiga un instante más, y luego apoyo su cabeza con cuidado sobre la piedra arenisca. No hay indicio alguno en su rostro de lo que le sucede por dentro; espero con todas mis fuerzas que esté soñando cosas lindas.

Al ponerme de pie, Blaze emerge entre la neblina.

—Te daré una opción —dice Imógene, mientras el leonino se acomoda entre los brazos los miembros de Nishi.

—¿Qué haces? —le pregunto con urgencia, extendiendo el brazo para tomarla de los brazos de Blaze, pero la escopeta de Imógene vuelve a apuntarme a la cabeza.

—Cállate y colabora —dice, caminando hacia mí hasta que la fría boca metálica de la escopeta me toca la frente, impidiéndome ver a Blaze y Nishi—. Si no lo haces, te enviaré a tus peores pesadillas y te llevaré con nosotros de todos modos.

—¿Por qué estás haciendo esto? —susurro—. Pensé que creías en el liderazgo de Nishi. Dijiste que querías unir al Zodíaco, que yo te inspiraba…

—Era cierto —dijo, y detrás de ella, observo a Blaze retrocediendo en el túnel de la reflexión con mi amiga en brazos—. Tú me enseñaste a confiar en mis convicciones. Me mostraste que debía estar dispuesta a dar la vida por mis creencias, incluso si otros no lo comprendían al principio.

Sin pensar, empujo el brazo de Imógene con fuerza, apuntando el arma en dirección opuesta a mí. Ella se desploma al suelo por sus tacones altos. Y me precipito dentro de la niebla tras Nishi.

—¡Blaze, detente! —grito en la neblina, buscando desesperada algún indicio de su silueta—. ¡Llévame a *mí* en su lugar!

Unas uñas se hunden en la manga de mi abrigo, presionando mis cicatrices, y suelto un grito de dolor. Imógene me arrastra de nuevo hacia la zona despejada de niebla, retorciéndome el brazo hasta que se me contrae. Cuando me suelta, el dolor me doblega y me pongo de rodillas.

Imógene vuelve a apoyar con fuerza el gélido metal contra mi frente.

—*Buenos sueños, Rho* —susurra.

Aprieto los ojos, preparándome para el disparo…

La escopeta cae con estrépito sobre el suelo, e Imógene lanza un quejido de dolor. Cuando vuelvo a mirar, un acuariano encapuchado con una capa aguamarina ha conseguido derribar a la geminiana al suelo, donde ambos forcejean por imponerse.

Sé que debería quedarme y ayudar, pero Nishi se aleja cada vez más, y tengo que ir tras ella. Así que me vuelvo a zambullir en la neblina blanca, pero de inmediato oigo el grito de una mujer que no tiene ningún parecido con la voz de Imógene.

Me detengo tras un ligero deslizamiento. No puedo dejar que le suceda algo a la acuariana que me salvó. Vuelvo corriendo adonde estaba, para ver a Imógene inmovilizando a mi salvadora en el suelo con un cuchillo contra el pecho.

Antes de que se me ocurra cómo ayudar, la figura acuariana retrocede para tomar envión y golpear la cabeza contra la de Imógene, aturdiendo a la geminiana lo suficiente para hacerla soltar el cuchillo. La capucha se desliza de la cabeza de la acuariana en el instante en que toma la navaja de los dedos de Imógene. Pero esta se levanta de un salto con sorprendente velocidad.

La acuariana también se pone de pie rápidamente. Imógene pasea la mirada del cuchillo al Sopetardo en el suelo, y luego a mí, como si estuviera decidiendo si vale la pena enfrentarse a nosotras con las manos vacías, y elige sumergirse en el túnel de la reflexión para alcanzar a Blaze.

—¿Estás bien? —le pregunto a mi salvadora, echándole una rápida ojeada antes de salir corriendo tras Imógene. Mis pies ya se encuentran avanzando hacia la neblina, cuando la acuariana se encuentra con mi mirada.

Y su mirada azul me convierte en piedra.

26

Sus rasgos faciales se han modificados: los pómulos se encuentran más afilados; la nariz, más larga; el cabello, más lacio. Pero los insondables ojos azules son tal como los recuerdo.

—Tranquila —dice, con una voz dolorosamente familiar que me deja sin aliento. —De pronto, los últimos diez años de mi vida se comprimen en mi interior hasta que mi adolescencia parece tan fugaz como una visión del Psi, una ilusión de neblina y sombras. —Soy yo.

Apenas mueve los labios, como si tuviera miedo de asustarme. Como si supiera que aún soy demasiado pequeña, demasiado débil, demasiado temerosa.

—Soy mamá.

Mamá. La palabra rueda incontrolable por mi mente, como si mi cerebro intentara ubicarla en algún lado.

Ella da un único paso hacia delante, y luego su rostro se contrae como si estuviera herida. Bajo la mirada hacia el tajo que tiene su capa, donde la sangre le mancha la pierna. Pero aunque quisiera ayudarla, no puedo. Tengo el cuerpo paralizado, como si ya no me respondiera.

—Rho, tenemos que irnos.

Al oír mi nombre pronunciado por ella, me vuelve a invadir la fantasía de mi niñez. Veo la escena que solía imaginar una y otra vez en la que un día descubriría a mamá en una isla lejana buscando sus recuerdos perdidos hace mucho tiempo. En mi imaginación siempre estaba tan feliz de encontrarme con ella que la perdonaba al instante por habernos abandonado.

Comienza a caminar hacia mí, renqueando menos con cada paso que da. Y cuando su mano sujeta mi brazo, no son sus recuerdos los que acuden a toda prisa, sino los *míos.*

—*¡NO ME TOQUES!*

Mi grito resulta inhumano de tan agudo, y los contornos dentados de las palabras me cortan por dentro al salir.

El espacio entre ambas parece llenarse con la última década, y mamá retrocede. Un sonido sibilante se articula en mi garganta como si el aire que respiro no llegara a mis pulmones. Una sustancia alquitranosa parece estar llenándome el corazón, tapándome las venas, nublándome la mente y consumiéndome el oxígeno.

—No me iré a ningún lugar sin Nishi —digo, con un tono rasposo y desconocido—. Y especialmente no *contigo.*

—Sí, lo harás —dice una voz nueva, y veo a Hysan emergiendo del túnel de la reflexión—. ¿Estás herida? —pregunta, examinándome.

Sacudo la cabeza.

—Blaze e Imógene se llevaron a Nishi... ¡tenemos que encontrarla!

—Lo haremos —desliza el collar velo alrededor de mi cuello, pero no lo activa. Le aferro el brazo con fuerza.

—Hysan, no comprendes. La *torturarán,* como lo hicieron conmigo, con Mathias y con Pandora. *No podemos* dejarla...

—Rho. —Me mira con gravedad, como si estuviera enferma—. Te aseguro que es demasiado importante para el Partido; no la lastimarán. Esto no es el Marad; el Partido del Futuro no tendrá éxito si emplea la violencia, y lo saben. —Apoya su mano sobre la mía y me estrecha los dedos—. Tu hermano, Mathias y Pandora ya están camino al *Equinox,* pero tu madre tiene razón. Tenemos que irnos antes de que regresen más miembros del Partido a buscarte.

Intenta empujarme hacia delante, pero sigo con las piernas de plomo.

—¿Cómo...?

—Hace semanas que tu mamá y yo trabajamos juntos —dice en voz baja. Sus ojos verdes me miran suplicando que no me enfurezca, pero sacudo la cabeza, negándome a escucharlo.

—Lamento no haberte contado, Rho. No era seguro.

Echa una mirada a Kassandra y advierte que está descansando contra la pared para no apoyarse sobre la pierna lastimada.

—Estás herida —dice, preocupado, caminando a grandes pasos hacia ella para examinar la herida—. No es profunda, pero si te apoyas sobre mí podrás avanzar más rápido.

Le ofrece el hombro, y cuando ella lo toca, me oigo gruñir:

—*¡Aléjate de él!*

Al instante se aparta de su brazo y me mira. Alcanzo a ver una penumbra familiar elevándose desde sus gélidas profundidades azules, y da algunos brincos intentando ponerse de pie sola. La renguera parece haber empeorado rápidamente.

¿Quién sabe si el dolor es real?

¿Quién sabe si algún aspecto de ella es real?

—Rho, voy a ayudarla —insiste Hysan, rodeando a Kassandra con el brazo y activando nuestros Velos, que se encuentran en red, para que seamos invisibles a cualquier observador. Ella no resiste su ayuda, pero sigue mirándome durante un largo rato, como si *yo* fuera aquí el misterio.

—*Rho, ¿dónde estás?* —pregunta una voz musical en mi cabeza mientras nos movemos de modo invisible por el castillo.

Hago girar mi Anillo.

—*De camino al Equinox.* ¿Estás con Stan y Pandora?

—*Estamos en la nave. ¿Estás con Hysan y Nishi?*

Algo enorme me trepa por la garganta, y no puedo ni pensar en la respuesta, así que no respondo.

Cruzamos bajo las constelaciones de los vitrales, y al entrar en la rotonda de las cascadas, tres enormes Pegazi aterrizan ante nosotros sobre la arena. El momento es tan oportuno que da la impresión de que han estado siguiendo nuestros movimientos.

El caballo rosado de Nishi no está entre ellos.

Hysan desactiva nuestros Velos, y cuando levanto la mirada hacia los negros ojos de ónix, Candor se inclina. Cómo quisiera que pudiera irse de aquí conmigo.

Hysan ayuda a Kassandra a montar el blanco caballo alado y luego se voltea hacia mí. Ignorando su mano, me levanto la falda y trepo sola al lomo de Candor.

—Rho, perdóname por no contarte.

—Candor, *por favor* —susurro, y de inmediato el Pegazi echa a correr hacia delante, alejándome a toda velocidad de Hysan. Le abrazo el cuello aterciopelado y un torrente me inunda los ojos; lo único que me mantiene viva es su calor.

El aire frío me atraviesa. Candor galopa hacia las nubes de vapor escarchado que tenemos por delante, alzándose encima del hielo invisible más abajo. De pronto, despliega las alas con un aleteo ensordecedor y se precipita desde la cornisa arenosa hacia el cielo rosado del atardecer.

Volamos encima de un vasto paisaje de árboles que cede a verdes colinas ondulantes con enormes haciendas. No puedo dejar de pensar en Nishi. La mirada decepcionada de su rostro al enterarse de la verdad acerca del Partido del Futuro; el dardo metálico del Sopetardo golpeándole la frente; Blaze, alejándose con ella a través del humo blanco.

La dejé.

Abandoné a mi mejor amiga.

A mi hermana.

Un hoyo negro se abre en mi interior, aspirando mi alma en su vórtice. Grito hasta que no me queda nada adentro.

—¡*Regresa, Candor!* ¡Tenemos que volver al castillo! —el tono histérico de mi voz me araña la garganta, abrasándola.

—¡Por favor! ¡Regresa! ¡*AHORA!* ¡*Tengo que volver a Nishi!*

El Pegazi ignora mis súplicas desesperadas; con cada aleteo me aleja más de Nishi y entorpece mi respiración. No debí seguir a Hysan. No debí quedarme para estar segura de que *mi salvadora* no estuviera herida. Debí haber corrido tras Nishi apenas pude.

Candor aterriza sobre el mismo prado de hierbas donde nos conocimos, solo que en lugar de la embarcación brillante y estrellada del Partido del Futuro, nos espera la nave espacial familiar con forma de bala, que me resulta tan acogedora como un hogar real. Me enjugo el rostro con la manga de la chaqueta, y Candor se inclina para que me deslice por su lomo.

—Lo siento —le susurro mientras se endereza. Tengo la voz demasiado ronca para continuar hablando, la mirada demasiado acongojada para levantarla del césped.

Relincha tan suavemente que parece estar susurrándome, y su cálido aliento me agita el cabello. Antes de poder levantar mi rostro hacia él, siento su hocico húmedo presionando suavemente contra mi frente.

Cuando levanto la mirada asombrada, los pesados cascos ya se encuentran golpeando el acantilado y, más raudo que una estrella fugaz, desaparece en el cielo violáceo.

***

Me demoro unos pasos mientras Hysan ayuda a Kassandra a embarcarse, y encontramos a Stan, Mathias y Pandora esperándonos ansiosos en la proa.

—¿Dónde está Nishi? —pregunta Stan, fijando la mirada en la mujer acuariana con curiosidad pero sin reconocerla.

No respondo. Siento el peso de las miradas de Mathias y Pandora, pero no puedo mirarlos. Hysan ayuda a Kassandra a sentarse en uno de los asientos del timón de control, y cuando se aparta, ella inclina la cabeza para examinar la herida de la pierna.

Los ojos de Stan se detienen en su larga cabellera platinada, que oscurece los rasgos fáciles color marfil. No creo que advierta que se está acercando a ella.

Cuando Kassandra levanta la cabeza, mi hermano cae de rodillas estremecido. Comienzo a caminar hacia él, pero es *ella* quien se pone de pie, y me paralizo.

Todo el mundo hace silencio al verla inclinarse con cautela al suelo. Mi hermano la mira y ve su rostro rediseñado hasta que una voz que jamás le oí se filtra de sus labios.

—*¿Mamá?*

El sonido me quiebra por dentro.

Con cuidado, Kassandra se acerca aún más, como si anticipara el mismo rechazo que tuvo de mi parte, pero él extiende una mano hacia ella. Cuando sus dedos le rozan la mejilla, Stan inhala bruscamente… y luego hace lo que yo no pude hacer.

Envuelve los brazos alrededor de nuestra madre, hundiendo la cabeza en su hombro. Cuando ella lo abraza a su vez, el cuerpo de Stan comienza a temblar, sacudido por sollozos catárticos, angustiantes, que parecen zarandear toda la nave.

Como si soltara lágrimas que ha estado esperando derramar durante toda su vida.

27

Huyo a mi camarote de siempre y cierro la puerta tras de mí.

Me encuentro temblando sin control mientras camino de un lado a otro del reducido espacio, intentando contener el pánico que me carcome las entrañas. Mi mente sigue recreando el modo en que Stanton se desplomó al tocarla. La intensidad de su sufrimiento me hace odiarla aún más.

La vuelve imperdonable.

El suelo vibra bajo mis pies en tanto la nave comienza su ascenso hacia la atmósfera, y me acomodo dentro del capullo para dormir. Me muero de ganas de saber lo que sucede en la proa, pero no me atrevo a salir de este camarote. Así que me tomo unos segundos para tranquilizar mis nervios, y luego hago girar mi Anillo.

—*¿Cuál es el plan?*—pregunto a Mathias.

—*Estamos fijando rumbo hacia el planetoide Alamar. Está solo unas órbitas más allá, así que llegaremos en menos de un día.*

Recuerdo que las Casas se dividieron los cinco planetoides piscianos entre ellas.

—*¿Qué Casas han apostado a sus Zodai en Alamar?* —Lo único que sé es que Libra y Escorpio se encuentran trabajando en el planetoide Naute.

—*Sagitario y Géminis.*

No me cabe duda de que Rubi y Brynda lo planearon así. Me pregunto si eso significa que estarán allí. Pensar en Sagitario me retrotrae a Nishi; las entrañas se me licúan y no puedo seguir hablando.

—*¿Necesitas algo, Rho?*

—*Nishi. Necesito a Nishi.* —Ya no puede retener las lágrimas, y me alegro de que nadie pueda verme.

—*La traeremos de vuelta* —dice Mathias, y tras una pausa, pregunta:

—*¿Qué pasó?*

Me seco el rostro con la manga del abrigo.

—*Encontró pruebas de que el Partido del Futuro jamás pensó* en *invitar a la Duodécima Casa a participar. Creemos que sabían del ataque a Piscis antes de que sucediera. Mathias, ¿qué sucede si... si ellos...?*

—*No le harán daño. El Partido del Futuro quiere su lealtad, así que intentarán persuadirla. Nishi es inteligente; sabrá cómo hacerles el juego.*

—*La abandoné. Soy una cobarde.*

—*Rho, por favor no te castigues así* —dice con un ligero tono de exasperación en la voz—. ¿Puedo ir y hablar contigo?

—*No... quiero estar sola.*

Creo que la conversación acabó, pero luego oigo su voz profunda y suave en el fondo de mi mente.

—*Sabes que no lo estás.*

Alguien golpea a mi puerta, y suspiro mientras me abro el cierre del capullo para dormir. La cama vuelve a quedar plana, y me levanto.

—*Realmente no quiero hablar, Mathias* —digo abriendo la puerta.

—Pero yo sí. —Mi hermano se encuentra de pie en el umbral. Tiene los ojos pequeños e hinchados y lleva una fuente de frutas secas en las manos—. Y tú necesitas comer algo.

Lo dejo entrar, y nos sentamos en la cama con la fuente de frutos entre los dos.

—Está en la cápsula de reanimación —dice antes de que pregunte—. No ha dicho nada sobre dónde estuvo. Lo único que sé es que Hysan la encontró. Para ti.

Sacudo la cabeza.

—No puedo creer que le hayas dado la bienvenida así...

—Se trata de mamá —dice, abriendo los ojos expresivamente—. Rho, lo que sea que haya pasado antes, cualesquiera sean los errores que haya cometido, ya no importa. —Me mira como si fuera yo la que está comportándose de modo incoherente—. Tú... no estabas allí cuando murió papá.

Sus ojos se vuelven brillantes, y su nariz se enrojece. Hace tanto tiempo que aguanta su dolor. Stan nunca habló del día en que papá murió, y bien adentro sé que no lo he presionado porque no sé si quiero enterarme.

—Cuando sobrevivimos a la lluvia de meteoritos, creí que lo peor había pasado. Los Polaris nos encontraron junto a los escombros de casa, y pudimos evacuarnos a un refugio submarino. Pero papá y yo elegimos quedarnos en la superficie para ayudar. Yo no podía dejar de pensar en el huracán Hebe y en el bebé que había encontrado entre los restos. Y pensé que lo correcto era ayudar a buscar sobrevivientes. No pensé en lo que la destrucción de nuestras lunas podría provocarle a las mareas del océano. Una vez que comenzaron los tsunamis, se acabaron las naves de evacuación. El agua arrastró a papá abajo, y me zambullí a buscarlo. Intenté encontrarlo, pero...

—Hiciste lo que pudiste —susurro. Las lágrimas me corren por las mejillas—. No fue culpa tuya.

—Lo sé —dice, aclarando la garganta y parpadeando para hacer a un lado su dolor, como he visto que hace Nishi.

—Yo también extraño a papá, Stan —digo con ternura—. No sabes cuánto. Quisiera haber hablado más con él, hacerle más preguntas, conocerlo más. —Espero a que mi hermano diga algo más, pero hay un leve cambio de ánimo, como si hubiera vuelto a levantar la guardia.

Se está permitiendo a sí mismo sentir el dolor, pero no lo está pudiendo *manejar*.

—Por eso resulta importante que mamá siga aquí —dice, y vuelve a adoptar un tono paternalista—. Significa que no tienes que llevar a cuestas los mismos reproches que te haces respecto de papá. Puedes hablar con ella o gritarle si lo deseas. Lo importante es que ella está aquí... y tú ya no estás sola.

Me resulta extraño que diga "tú" ya no estás sola, en lugar de "nosotros".

—No estoy sola porque te tengo a ti, Stan.

Su manera de evitar mirarme a los ojos me recuerda su reacción la última vez que intenté tener una conversación íntima con él en Pelagio. De pronto, se incorpora.

—¿Qué pasa si no puedo serlo todo para ti, Rho? —pregunta en voz baja.

Trago la náusea que sus palabras me provocan.

—¿A qué te refieres?

—Me refiero a que también necesito ser yo mismo. Siempre me he sentido responsable por las personas que amo... tú, papá, Jewel, Aryll. Y necesito dejar de arrastrar todo ese peso conmigo a todos lados. Por una vez en la vida, quiero sentir que puedo hacer lo que quiero sin defraudar a nadie.

A Stanton siempre le resultó tan natural cuidarnos que jamás se me ocurrió que yo no era la única pequeña de la casa obligada a crecer demasiado rápido. Cuando nuestra madre nos abandonó, le dejó a Stan la función de cuidarme. Toda la vida ha sido responsable de papá y de mí, porque cuando tenía solo diez años le asignaron ese papel explícitamente.

—Lo siento —susurro, luchando por contener las lágrimas que se acumulan en mis ojos—. No estuve a tu lado cuando ella se marchó, no como tú me acompañaste a mí. No sabía, hasta hoy, cuánto has estado sufriendo, Stan, o cuánto te he pedido toda la vida.

—Cuando era niño —dice suavemente— y mamá dejó de intentar entrenarme, me sentí... como una persona corriente. Unos años después, cuando la Academia de Elara me negó el ingreso, tomé el rechazo como una confirmación de que no estaba hecho para grandes cosas. Así que, finalmente, acepté que estaba destinado a ser una persona común. Alguien que cuida de los demás. Alguien como papá.

Por fin me mira, y me quedo observando sus pálidos ojos verdes, tan idénticos a los míos.

—Rho, en toda mi vida eres la única persona que me ha hecho sentir especial.

Las lágrimas me cosquillean las mejillas, pero no las enjugo.

—Eres la mejor persona que conozco —le digo.

—Entonces déjame ser esa persona. Creer en mí es el mejor obsequio que me has dado jamás; no me lo quites. Solo intenta confiar en mí como yo confío en ti, y déjame ser *yo* mismo.

Quiero decirle que este *no es* él. Que está desconectándose de sus sentimientos para no tener que lidiar con ellos. Está tan herido por la traición de Aryll que no quiere volver a abrir su corazón. Por eso se lanza de lleno en la ira, en la desconfianza y en la acción: le dan la sensación de control. Quiero decirle todo esto porque yo también estuve en ese lugar.

Pero estoy agotada. Nishi no está, Kassandra ha regresado, Hysan guarda secretos… y necesito a mi hermano. Quiero estar de nuevo cerca de él. Así que no discuto.

Stan empuja la fuente de fruta seca hacia mí, tomo una y me la meto en la boca. Es lo primero que he comido en todo el día, y su dulzura me calienta el estómago. Tomo un segundo pedazo, y mis músculos comienzan a relajarse, y una oleada de bostezos se eleva en mi interior como olas del océano. Anoche no dormí nada.

Al recordar la noche pasada, mi cuerpo se vuelve a tensionar. No puedo creer lo cerca que estábamos Hysan y yo hace apenas unas horas atrás. Stan advierte hacia dónde se desvían mis pensamientos.

—Deberías hablar con él, Rho. Sé que al comienzo no era su fan número uno, pero me equivoqué en dudar de él. Te ama. Lo ha probado una y otra vez.

Sacudo la cabeza.

—Incluso si encontrara una manera de perdonarlo, no veo cómo podría volver a confiar en él. Está demasiado a gusto con sus secretos. Me ame o no, sigue eligiendo operar por su cuenta… y fui una idiota al pensar que podía cambiar su naturaleza.

Stan suspira.

—¿Por qué no intentas cerrar los ojos un rato? Estaré aquí cuando despiertes.

—Puedes irte si lo deseas —le digo, quitándome el abrigo negro para volver a recostarme y descansar la cabeza sobre una de las almohadas—. No quiero que te sientas obligado a quedarte. Además, te aburrirás viéndome dormir.

—No, no me aburriré, porque tomaré prestada tu Onda. —Abre mi caparazón de almeja dorado, y se proyectan hacia fuera menús holográficos—. ¿Ves? —dice, incorporándose junto a mí—. En el núcleo de todas mis acciones desinteresadas, hay un motivo egoísta.

Quiero sugerirle que llame a Jewel, pero no quiero que me regañe de nuevo por ser *ingenua*, así que me cubro con la manta. No cierro el capullo para que podamos compartir la cama.

Mi hermano apaga las luces; los hologramas azules de mi Onda danzan en el aire. Lo observo haciendo clic en las imágenes, accediendo a noticias y mensajes, y me voy durmiendo lentamente. Estoy semidormida cuando oigo voces fuera del camarote.

Son confusas e imprecisas, y al principio parecen parte de un sueño. Luego oigo un profundo tono de barítono.

—Ni sueñes con entrar.

—Tú no me dices lo que puedo hacer —la voz de Hysan suena tan sombría que casi no la reconozco.

Siento que Stan se levanta de la cama. Intento continuar escuchando, pero mi conciencia se hunde, y desciende más y más profundo con cada respiración.

—No pasarás por encima de mí, libriano, aunque he estado esperando que lo intentes.

Cuando se abre la puerta del camarote, los párpados me pesan demasiado para levantarlos, y lo último que escucho es a mi hermano diciendo:

—Es evidente que esto está más relacionado con una cuestión entre ustedes que con lo que sienten por mi hermana, así que resuélvanlo en otro lado. Si cualquiera de ustedes dos estuviera preocupado por Rho, se callaría la maldita boca y dejaría que durmiera un poco.

Luego oigo que la puerta se cierra, y la oscuridad me traga.

28

Cuando abro los ojos, Stan está completamente dormido al lado mío, con la Onda boca abajo sobre el pecho. Un carrusel de hologramas azules flota alrededor de nosotros.

Cierro la Onda y las pantallas desaparecen. Luego me deslizo de la cama y abro una hendija de la puerta del camarote. La penumbra de la nave es una señal de que todos duermen, así que me aventuro a dar un paseo descalza.

Cuando entro en la proa acristalada, me encuentro con una figura alta de cabello blanco, sentada al frente del timón.

—¡Lord Neith!

No reacciona a mi saludo. Doy la vuelta para quedar frente a él, y advierto que sus ojos de cuarzo están muy abiertos, sin parpadear, y reflejan el movimiento ininterrumpido de un código ininteligible que se transmite de una de las pantallas holográficas de la nave. Aparentemente, Neith y Nox están sincronizándose.

Me resulta tan perturbador verlo que me dirijo de vuelta a mi camarote, solo que mis pies me conducen a una puerta diferente: la habitación donde Nishi se alojó la última vez que estuvimos aquí… el lugar donde nos sostuvimos para sobrellevar nuestra pérdida.

Oigo un murmullo bajo desde el interior del camarote, y presiono la oreja contra la puerta. La voz de una chica recita un cántico Zodai.

> *Salud, poderoso Helios, vientre del cielo, hacedor de las estrellas, dador del calor, paso de la muerte a la luz. Conserva nuestras Casas ahora y en los siglos por venir.*

Cuando Pandora termina, golpeo suavemente a la puerta, y enseguida oigo su voz.

—Adelante.

Adentro veo el holograma de Deke flotando en el aire. Pandora abre el cierre de su capullo. En el momento en que la cama se aplana, recuerdo a Nishi quebrándose en mis brazos mientras el fantasma de Deke se despedía de nosotros. Esta habitación está embrujada.

—Hola —dice Pandora, y abandono el pasado por el presente. Está parada al pie de la cama con una camisa de noche sencilla; lleva el cabello cobrizo sujeto hacia atrás, y sus ojos de amatista ocupan la mayor parte de su rostro color marfil—. ¿Cómo estás?

Su discurso tiene una profundidad que cala más hondo que la *charlatría*; una franqueza que me recuerda a Nishi.

—Estoy…

Pero me es imposible hablar del tema.

—¿Por qué recitabas el cántico Zodai? —le pregunto, en cambio.

Encoge los hombros, pero la intensidad de su mirada no cede.

—Pensé en lo que dijo Traxon, que no perdía nada en pedirle a Helios que la protegiera. Pero me gustaría hacer algo más que rezar.

—Lo sé. Yo también. ¿Le contaste a alguien acerca de tu visión?

—Solo a ti. —Una línea tenue se hunde entre sus cejas—. En Alanocturna, las visiones son sacrosantas. Cuando alguien presenta una profecía nueva a los Patriarcas del Clan, leen las estrellas para confirmarlo, y luego se la agrega al Calendario Cósmico de nuestra Casa. Cuanto más importante la profecía, más llama la atención. Y en un reino de videntes, no hay peor afrenta que Ver algo que otros no pueden ver.

Su voz se vuelve sombría con su expresión.

—Si hubiera presentado la Visión, me hubieran destacado, examinado, interrogado, e investigarían a todo mi linaje para estar seguros de que pertenecemos al clan del Alanocturna. No quería que mi familia se sometiera a todo eso.

—Comprendo.

—No, no lo creo. Me dije que esperaría a que otra persona Viera el mismo presagio, y entonces me acercaría para apoyar su visión. —Inclina la cabeza, mirando al suelo avergonzada—. No quería ser la primera.

—Estabas protegiendo a tu familia...

—Si hubieras estado en mi lugar, habrías alzado la voz. —Sus ojos color crepúsculo se encuentran con los míos—. No le hubieras dejado la carga a otro para que la asumiera.

Si bien sus palabras me conmueven, no puedo evitar pensar en Imógene y en cómo tergiversó mi mensaje para usarlo en mi contra. No quiero conducir a Pandora por un sendero peligroso.

—No digo que crea en la Última Profecía ni en nada que se le parezca —digo con cautela—, pero creo que, hasta que sepamos más, tal vez sea mejor no contarle a nadie lo que has Visto. Por si acaso sea cierto el mito que Traxon mencionó acerca de las personas que han visto la Visión desapareciendo.

—Ya no quiero quedarme callada. Quiero hacer algo.

—Entonces al menos consultemos a alguien confiable, como el Sabio Férez, y... —quiero decir Hysan, pero no consigo pronunciar su nombre, así que, en cambio, me conformo con otros— otro par de Guardianes. Pero primero, Psicis necesita nuestra atención.

Me voy hacia la puerta para marcharme.

—Espera... —Camina hacia el otro lado de la cama y extrae dos bolsos de viaje que me resultan familiares: el mío y el de Nishi.

—Subí a tu habitación y empaqué tus cosas mientras estabas en la sala de lectura, por si después no había tiempo.

Ni siquiera había pensado en mis pertenencias. Sigo llevando la falda acuariana y la chaqueta que elegí esta mañana —o ayer— en el archivo de armario. El tiempo comienza a parecer una larga oración sin punto final.

Debo haberme quedado en silencio un largo rato porque Pandora comienza a llenar el espacio con palabras.

—Pensé que ambas ya habían perdido todo lo que tenían, y no me pareció que debían volver a pasar por eso de nuevo.

De pronto, la envuelvo en mis brazos, y por el modo en que me estrecha, advierto que Pandora necesitaba el abrazo más que yo. Pienso en lo que debieron de ser las últimas semanas para ella: que la hayan arrancado de su vida anterior para ser torturada y traumatizada por terroristas y, de algún modo, haber encontrado el amor entre tanta oscuridad. Cuando nos separamos, hundo la mano en mi bolso, abriendo el cierre de un bolsillo interior, y recupero el Astralador nacarado de Mathias.

—Hazme un favor —digo, presionándolo en su mano—. En algún momento, devuélvele esto a Mathias.

Sus ojos color amatista contemplan los míos, como si intuyera el significado de este gesto sin necesidad de conocer los pormenores.

—¿Estás segura?

Asiento y me inclino para levantar las maletas, intentando ahogar el dolor que me apuñala el pecho cuando veo el bolso familiar de levlan color lavanda de Nishi. Pandora abre la puerta, y cuando paso al lado de ella en el momento de salir, murmuro:

—Lamento haberte hecho sufrir.

—He sobrevivido a cosas peores—dice, y cuando giro para mirarla, una sonrisa se insinúa en sus labios. Inclina la cabeza hacia abajo haciendo una pequeña reverencia.

—Cuando las almas de dos personas están destinadas a unirse —susurra—, creo que es natural que, a veces, a la estrella que maneja sus hilos se le tuerzan un poco.

Asiento.

—Pero por eso tenemos libre albedrío, Estrella Errante: para poder componer los nudos del destino.

29

Permanezco dentro de mi camarote hasta que siento que hemos cruzado la barrera invisible para entrar en la gravedad de Alamar. Tengo tantas ganas de ver este mundo que salgo de mi escondrijo.

Después de una rápida ducha ultravioleta, me pongo el traje de Polaris y echo un vistazo fuera para asegurarme de que, antes de salir, no haya nadie en el corredor. En la proa, Mathias está manejando el timón; no exhalo hasta que estoy segura de que está solo.

Secándome las manos húmedas en los pantalones, observo la vista a través del cristal: una masa terrestre colorida con forma de manzana, que se agranda cada vez más, suspendida en un océano de agua azul tan pálido que parece plata.

—¿Cómo estás? —dice Mathias.

—Bien. ¿Stan está con ella?

—No lo sé. El libriano me pidió que aterrizara la nave para terminar los ajustes de su androide. El *Equinox* es pequeño, así que nos han autorizado a usar un puerto privado en el Templo Sagrado de la Guardiana.

Recuerdo, por mis estudios, que el Templo Sagrado es la sede del gobierno de la Casa, y el lugar donde vive la Profeta Marinda. Camino hacia la ventana y me inclino contra el cristal, dejándome caer en la vastedad del paisaje.

Estamos descendiendo a la parte más meridional de Alamar, un continente que tiene forma de manzana. Veo una comunidad costera de enormes diamantes multicolores que parecen versiones más grandes del domo de cristal de Elara. Decenas de estas cooperativas se extienden trazando el diseño de un caracol, acercándose en espiral hacia un punto central que debe de ser el Templo Sagrado.

Calles de zafiros se enroscan alrededor de los anillos de los recintos; se asemejan a anchos arroyos, congelados y cristalizados. Las cooperativas tienen esquinas curvas y muros semitransparentes, y cada una resplandece con un matiz distinto; los colores son parte de un sistema de organización para identificar la función designada de cada estructura: vivienda, educación, entretenimiento, salud, y así sucesivamente.

Piscis es una sociedad socialista sin un sistema monetario, en donde se comparten todos los deberes cívicos, y las personas rotan dentro de sus comunidades locales para aprender todos los oficios: la aplicación de la ley, el mantenimiento público, la cocina, la enseñanza, la cura de enfermedades. Cuando son adultos los piscianos pueden elegir especializarse en un campo específico, volviéndose Pastores de las cooperativas: se trata de expertos, considerados especialistas en sus áreas, que están a cargo de entrenar a los adolescentes la primera vez que pasan por su departamento.

Nos sumergimos hacia el punto central de la comunidad: un recinto color rosado pastel, y una vez que estamos cerca, una verja se abre en su techo acristalado. Mathias se detiene en un puerto privado. En el instante en que aterrizamos, Hysan entra en la proa con su traje dorado de Caballero.

Cuando nuestras miradas se cruzan, mi corazón vuela catapultado a mi garganta.

—Lady Rho —dice una voz sonora detrás de él, y levanto la vista para ver a Lord Neith, que afortunadamente ha vuelto a ser el mismo de siempre—. Es maravilloso volver a verte —dice, extendiendo la mano para el saludo tradicional.

—A ti también, Lord Neith —digo, chocando puños con él—. ¿Cómo te sientes?

—Actualizado.

En ese momento la puerta de *Nox* se abre y dos mujeres suben a bordo corriendo. Una parece una niña de doce años con rizos cobrizos y ojos tan profundos como el espacio. La otra me recuerda dolorosamente a Nishi.

—¡Rho! —Brynda me atrae para abrazarme con afecto; la estrecho contra mí para compensar mi incapacidad de hablar—. Hysan me contó sobre Nishi —me dice al oído—. Lo siento tanto. Pero no te preocupes. No la abandonaremos. La vamos a recuperar.

Cuando nos estamos yendo, unas manos pequeñas me estrechan la cintura. Le devuelvo el abrazo a Rubi.

—Es realmente bueno volver a verlas —digo con la voz emocionada tras apartarme.

—Las condiciones son deplorables —dice la Melliza geminiana, sacudiendo la cabeza consternada—. En tres siglos jamás vi algo así. Si mi querida hermana estuviera aquí, estaría aullándole a Helios.

—Debes tomar este antiviral todos los días que estés aquí —dice Brynda, entregándome un diminuto tubo a presión como el que Mathias nos dio una vez en Faetonis—. Te protegerá para que no contraigas ninguna enfermedad.

Lo abro desgarrándolo con los dientes y sorbo la medicina espesa; sabe a cerezas de mar. A medida que Brynda los reparte a todos los demás, advierto que mi hermano y Kassandra se han sumado a nosotros.

Ella sigue llevando su capa color aguamarina, y la observo tomar el antiviral, examinándola de cerca y preguntándome quién ha sido los últimos diez años. No ha perdido su memoria ni veo ningún signo físico de tortura. De hecho, se la veía bastante ágil cuando intervino para salvarme la vida. Entonces ¿qué justificación podría tener para no haberse comunicado nunca, ni siquiera *una vez*?

—Dejen sus bolsos —dice Brynda—. Haré que un par de Contemplaestrellas los lleven arriba. —Después de hablar silenciosamente a través de su Anillo, enlaza el brazo con el mío y nos conduce fuera de la nave a través de un pequeño hangar y hacia un oscuro corredor.

Al principio no veo nada, y estoy a punto de decir algo, cuando comienzan a estallar chispazos de luz a través del suelo de cristal bajo nuestros pies y a trepar por los muros rosados, como relámpagos.

Cuanto más impulso cobramos, más persistente se vuelve la luz hasta que ilumina todo el túnel. Oigo a Pandora soltar un jadeo detrás de mí.

—Piscis funciona gracias a movimientos populares —explica Brynda con un tono de voz que llega a todo el grupo—. Es un proceso llamado "energía piezoeléctrica". Cada cooperativa se encuentra construida con compuestos especiales de cerámica y cristal, que convierten la energía cinética en electricidad, porque los piscianos no creen en desperdiciar nada, ni un solo joule de energía.

—Las personas generan su propia energía —señala Mathias, pensativo—. Así que, cuando la sociedad se viene abajo, también lo hace el sistema.

—Exactamente lo que está sucediendo en este momento —dice Rubi, pasándome el brazo alrededor del codo libre.

—Como los piscianos no están desplazándose demasiado por el momento, falta energía en la mayoría de los lugares de cada planetoide —explica Brynda—. Es un desastre.

Caminando una al lado de la otra, apenas hay lugar suficiente en el túnel para las tres, pero me alegro de que estén aquí para apuntalarme. Si no fuera por el impulso que me dan para que camine, no sé si podría moverme. Entre la presencia de mi madre y la ausencia de Nishi, la vida está demasiado dada vuelta para mantenerme en pie.

Cuando llegamos al final del pasadizo, entramos en un enorme vestíbulo con un techo abovedado y muros semitransparentes rosados que fragmentan la luz del día y hacen saltar los rayos de Helios dentro del espacio. Una representación brillante de piedras preciosas que ilustra nuestro sistema solar flota encima de nosotros, emitiendo luces de los coloridos planetas de cristal sobre nuestras cabezas.

El paisaje abajo es mucho menos alegre: por lo menos cien cuerpos en coma yacen sobre camas elevadas, desparramadas por todo el vestíbulo, mientras Contemplaestrellas sagitarianos y Ensoñadores geminianos en uniformes color lavanda y naranja monitorean los signos vitales de los pacientes y extraen sangre y muestras de tejido de sus cuerpos inconscientes.

—Los hospitales están tan atiborrados de pacientes que la Profeta Marinda ha instruido a cada pisciano que permanezca en su casa y se duerma en su propia residencia —nos dice Brynda en voz baja mientras avanzamos lentamente por el perímetro de la escena—. Algunos Discípulos se ofrecieron para que los científicos y sanadores los utilizaran como sujetos de prueba y les pudieran extraer sangre para encontrar una cura. Son ellos los que ven aquí dentro.

Al pasar junto a los cuerpos, siento que algo no encaja. No estoy Centrada, pero tengo una sensación etérea en la mente, como si me estuviera yendo del plano físico. Pero mi Anillo no está zumbando por el influjo de psienergía. Al contrario, se está volviendo más frío. Hay una fuerza de atracción extraña en el aire que me recuerda al vidente del Alanocturna.

—*¡MAMI!*

El grito aterrado de una niña rasga el aire, y nos paramos en seco.

No parece tener más de seis o siete años, y se aferra a la mano de una mujer que duerme, gimoteando en voz baja. Un Ensoñador prepúber intenta convencer con tono tranquilizador a la niña de que se aleje, pero ella solo llora más fuerte.

—¡Por favor, mami! ¡Despiértate! ¡Seré buena, lo prometo!

Sus gritos son como puñales, y mi respiración se torna tan agitada que puedo oírla. Si miro hacia atrás, estoy segura de que me quebraré junto a ella.

Los Guardianes que tengo a ambos lados retoman la marcha, llevándome con la fuerza de su impulso, pero los gemidos de la pequeña silencian todo lo demás.

—¡Tengo miedo! Por favor, no me dejes, mami, *por favor*…

Brynda y Rubi se detienen una vez más, y me pregunto si finalmente han advertido que he dejado de respirar, pero luego veo que Stan se ha apartado del grupo y se dirige a la niña para reconfortarla.

Mi hermano apenas ha dado dos pasos antes de pararse en seco. Sigo la dirección de su mirada y veo a una mujer espléndida, acercándose a nosotros. Tiene una delantera espectacular y lleva un vestido amarillo ceñido.

Miss Trii también advierte los gritos de la pequeña, y cambia abruptamente de dirección.

A medida que la androide se acerca, el Ensoñador retrocede, y la niña deja de llorar apenas ve su rostro sobrenatural. Miss Trii se inclina con gracia hasta su altura, y le seca las lágrimas con sus dedos delicados.

—¿Te gustaría que lloremos juntas? —pregunta con dulzura, y la niña asiente. Miss Trii abre los brazos y la envuelve en un abrazo tan tierno y maternal que de inmediato envidio a Hysan.

Acaricia la espalda de la niña, y cuando se separan, la androide le planta un beso sobre la cabeza.

—Cuando un corazón es tan grande como el tuyo, late por más de una persona. Tu mami también vive allí dentro. La mejor manera de ayudarla es cuidándote para proteger los corazones de ambas. ¿Qué te parece si dejas que Yana te lleve a comer algo, y luego vengo y te arropo para tu siesta?

La niña vuelve a asentir, y cuando le da otro abrazo a Miss Trii, veo a un pequeño Hysan abrazando a su androide cuando de niño necesitaba a una mamá.

Olvidando los peligros de mirar hacia atrás, giro y comienzo a buscarlo. Está con Lord Neith, separado del grupo, y no le presta atención a Miss Trii ni a la pequeña. Parece que están discutiendo. Jamás los he visto discrepando entre ellos, pero Lord Neith luce visiblemente molesto.

—Si un adolescente me hablara así —dice Rubi indignada, con la mirada también en Hysan—, estaría fuera de mi círculo interior. No me importa lo inteligente que sea ese muchacho... Lord Neith es demasiado indulgente con él.

Del otro lado, Brynda también observa a Hysan, pero su expresión refleja más curiosidad que condena. Como si estuviera descubriendo algo.

Hysan está demasiado desbordado de actividades para proteger sus secretos.

—Qué maravilla verlos a todos aquí —dice Miss Trii, que finalmente llega junto a nuestro grupo. Pero su afable expresión cede a un gesto ceñudo cuando advierte a Hysan y Lord Neith.

—Hysan, ¿estás discutiendo en público? ¿Y con tu Guardián? —Se lleva las manos a las caderas, y el libriano deja de hablar al instante—. Creí que te había criado mejor.

Mi hermano mueve la boca en silencio repitiendo la frase "te había criado" para sí, como si fuera una pregunta que intenta responder. Todo el mundo luce igual de confundido.

—Ven y salúdame con un beso —lo reprende, y aunque las orejas de Hysan se tornan rosadas, camina respetuosamente hacia ella y le da un beso en la mejilla. Lord Neith mira a Miss Trii con desaprobación: ella debe de estar tocando sus ajustes de nuevo.

—¿Hay posibilidad de que Hysan tenga una hermana? —susurra mi hermano en el oído.

Es la primera vez que mi hermano suena como siempre, y le sonrío.

—Rho, ¡qué lindo verte de nuevo! —Miss Trii me mira con una expresión llena de encanto libriano y se inclina para besarme la mejilla.

—A ti también, Miss Trii.

Saluda a todo el mundo, salvo a Kassandra. La androide parece desaprobarla en un nivel tan básico que casi puedo sentir la fuerza del rechazo magnético que las mantiene alejadas entre sí.

—La salud de la Profeta Marinda se está deteriorando con gran rapidez, así que la están atendiendo sanadores —dice Miss Trii—. Vamos a instalarlos a todos en sus habitaciones, y los llamaremos cuando pueda verlos.

Brynda y Rubi vuelven a ponerme por delante, y el luminoso vestíbulo queda engullido por otro túnel oscuro. Cuando el cristal rosado que nos rodea se ilumina con energía piezoeléctrica, Brynda me suelta el brazo y se va al final del grupo.

—¿La mujer que enviaste para que fuera la enfermera de Marinda fue quien te crio? —la oigo preguntar—. ¿Cuántos años tiene?

—Sabes que tu curiosidad me merece un enorme respeto, pero mi vida personal tendrá que esperar. Mi Guardián me llama —oigo que responde la amable voz de Hysan tras un instante.

Brynda regresa en silencio a mi lado, y por el modo en que continúa mirando disimuladamente detrás de nosotros, es evidente que el rechazo diplomático de Hysan solo ha conseguido atizar su curiosidad. Pero también hay algo en su expresión.

Parece *dolida.*

Se supone que Hysan es su amigo, pero no parece conocer demasiado acerca de él. Sus secretos impiden que incluso quienes son sus amigos lo conozcan de verdad.

Como Kassandra.

Llegamos a una amplia galería frente a una hilera de ascensores de cerámica sin puerta.

—Lord Neith, usted se alojará en las habitaciones de los Guardianes —dice Rubi—. Puedo llevarlo si lo desea, mientras que Brynda acompaña a los demás a sus aposentos.

—Gracias, honorable Rubidum, será encantador —dice, asintiendo en dirección a ella—. Enviado Hysan, por favor ven conmigo para terminar nuestra discusión.

—Sí, mi señor —responde Hysan, y al seguir a Rubi y Neith a un ascensor, sus ojos verdes encuentran los míos. Mi Anillo zumba, y oigo su voz en mi cabeza.

—*Habla con tu madre.*

Me giro para darle la espalda y me uno a los demás al tiempo que entran en un ascensor diferente. Una vez que estamos todos a bordo de la plataforma de tres muros, Brynda oprime el botón para subir al décimo piso.

Como el ascensor asciende a una velocidad media, podemos ver lo que hay en cada nivel a medida que los pasamos. El siguiente piso goza de una enorme sala atiborrada de sofás, sillas, mesas, Contemplaestrellas y Ensoñadores. Dado que Piscis es la única Casa sin su propio dispositivo de comunicación, los piscianos disponen de salas de tecnología en donde pueden enviar mensajes holográficos y actualizarse con las noticias. Apenas tengo tiempo para observar las paredes pantalla, las tabletas de mano sobre las mesas y las terminales semiprivadas al fondo, ya que llegamos al siguiente nivel.

El denso olor a tierra que despide el papel ingresa en el ascensor; observamos una sala de lectura que está desierta, pero en la que no se lee el Psi. Este es un lugar para leer textos —solo que, a diferencia de los títulos holográficos disponibles en la suite de la embajada libriana, las historias aquí son tangibles.

Tras un rápido vistazo, advierto que la sala de lectura pisciana está llena de estantes repletos de libros de todo tamaño y color, y a medida que desaparece de la vista, inspiro profundamente el perfume de los papeles. Los aromas mezclados de tantos árboles me ponen triste, y me inclino contra el muro. No recuerdo el nombre del último libro que leí.

Cuando llegamos al décimo piso, se trata tan solo de una breve ala de seis habitaciones. Las maletas de cada uno aguardan fuera de la puerta asignada. Por algún motivo, la gente de Brynda supo que no debía traer la de Nishi.

—Los baños son comunales —dice disculpándose, y nos conduce hacia las puertas dobles al final del corredor donde hay un letrero de un baño unisex—. Esta Casa economiza bastante el espacio, así que no tienen armarios en las habitaciones. Pero pueden guardar su ropa en los lockers del baño. —Ingresamos en un espacioso tocador con hileras de lockers, bancas y lavatorios. Más allá hay un puñado de cubículos con inodoros y duchas con cortinas. Un único espejo pequeño cuelga de uno de los muros de cerámica.

No hay roles de género tradicionales en Piscis ni división entre los sexos. Los piscianos creen que el único propósito del cuerpo es ser un recipiente para el alma, y como el alma es infinita e ilimitada, los atributos físicos, como el aspecto, el sexo, el color de la piel o el tipo de cuerpo, no la pueden contener.

—Aquí están las llaves para estas seis habitaciones —dice Brynda, entregándonos un juego a cada uno—. Rho, ¿quieres conservar las de Hysan para dárselas luego? —Mis mejillas comienzan a arder y las tomo—. Tengo que ir a consultar a mis muchachos, pero regresaré. —Me da un apretón de ánimo en el brazo, y mientras que todo el mundo arrastra sus bolsos dentro de sus habitaciones, solo Kassandra y yo permanecemos en el corredor.

Finalmente, voy al encuentro de sus ojos azules.

Abre la boca para hablar, pero me vuelvo y levanto mi maleta. Luego entro en la sexta habitación, y dejo la puerta de cerámica abierta detrás de mí.

30

Es una habitación diminuta: la cama ocupa casi todo el espacio, y se destaca un muro de cristal rosado que da al océano. Brynda debió elegir esta habitación para mí por estar ubicada sobre el perímetro del complejo y me permite tener vista.

Observo el oleaje plateado hasta que oigo el cierre de la puerta a mis espaldas; espero hasta que mi respiración se aquiete para darme vuelta.

Ella está sentada en el otro extremo de la cama, observándome. Esta habitación parece demasiado pequeña para contener nuestra conversación.

—Siento mucho haber tenido que dejarlos —comienza, con un tono más autocompasivo que contrito—. No había nada que hubiera querido más que permanecer contigo y con tu hermano, pero cuando me convertí en Ascendente, mi destino cambió. Por el bien de ustedes, tuve que...

—Guárdate la función para Stan...

Deja de hablar y me dirige una mirada sombría que me envía directamente al pasado.

Papá y mi hermano siempre la veneraron; tenía un aire de fragilidad femenina que hacía que la trataran con cuidado. Pero yo me di cuenta, incluso de chica, que se trataba de una pose. Siempre supe que no había nada débil en ella.

—Nos abandonaste mucho antes de dejarnos. —Por algún motivo, mi voz no se altera a pesar de los sentimientos que anegan mi corazón—. Crecimos desconectados de nuestra familia extendida;

jamás nos dejaste averiguar nada sobre ellos ni sobre ti. Me criaste en un clima de temor. Quiero saber *por qué*.

—Mi pasado no es…

—Tu pasado es lo único que me interesa saber —digo, interrumpiendo cualquier excusa que esté a punto de darme. Cruzo los brazos y hundo la espalda contra la ventana—. Así que si no quieres discutirlo, no tengo nada que decirte.

Aparta la mirada y queda en silencio, como solía hacer siempre que mis lecturas no alcanzaban sus expectativas. Las líneas más afiladas de su rostro acuariano le dan a su expresión un aire más severo que antes, y por un instante ni siquiera se parece a alguien que conozca.

Luego sus ojos azules vuelven a alumbrarme, y me encuentro cara a cara con mis pesadillas infantiles.

—Mi madre fue una Ascendente desequilibrada.

Parpadeo. Sus palabras avanzan por mis venas, paralizándome por dentro. Si la presencia de la sangre ofiucana es tan fuerte en mi familia que ha habido un Ascendente en las generaciones sucesivas, ¿qué significa eso para Stan y para mí?

—Incluso antes de cambiar, siempre hubo algo oscuro en ella. Los cambios solo trajeron esa violencia a la superficie. Ahuyentó a casi toda nuestra familia, pero papá se negó a dejarla. Y lo peor, se negó a dejarnos —traga y su voz se vuelve más suave—. Vivir con ella fue…

No puede terminar la frase, y sus ojos brillan con lo que podría ser humedad. Pero no le creo. Jamás la he visto llorar, ni siquiera cuando Stan estuvo a punto de morir.

Creo que la humanidad de mi madre me deja más estupefacta que la de Ocus, y sin darme cuenta, me siento en la cama, dejando la mayor distancia posible entre ambas.

—Un día, cuando tenía alrededor de tu edad, finalmente decidí resistir —su voz suena más enérgica ahora. Puede ser por lo que está contando, o porque me senté o por ambas cosas—. Cuando me defendí y me di cuenta de que me había vuelto más fuerte que ella, sentí una incontenible sensación de *poder*, y luego no pude detenerme. Hasta hoy desconozco si mamá seguía viva cuando la abandoné.

El líquido de sus ojos se congela. La compasión y la repugnancia pugnan por tomar el control de mi corazón, pero aún más fuerte que estas emociones es mi sorpresa. ¿Quién es esta mujer que dice llamarse mi *madre*? ¿Cuánto sabía papá de lo que le sucedía? Giro hacia la ventana; ahora dudo de si sentarme era lo indicado.

—Me metí de un salto en el velero de la familia y lo dirigí tan lejos como pudo llevarme. Esa noche fue la primera vez que me vi transformándome en una Ascendente acuariana.

—¿Adónde fuiste? —pregunto. La voz me sale rasposa, y sigo sin mirarla.

—Encontré una isla en donde podía vivir de manera anónima sin sufrir sobresaltos, pero era una adolescente sin familia, por lo que llamaba la atención. Sabía que necesitaba un lugar al que pudiera pertenecer. De noche dormía en mi velero y durante el día mendigaba comida en el mercado local. Fue allí donde conocí a tu papá.

La primera chispa de luz anima el relato.

—Vendía perlas de nar-meja en el puesto de sus padres. Era de lejos el vendedor más joven, y aunque no era un comerciante profesional, la gente valoraba su honestidad y la calidad de sus perlas. Además, era amable. Cuando una mujer no tenía suficiente dinero para comprar las perlas que deseaba para su coronilla de novia, Marko solía prestárselas para la ceremonia.

En una boda canceriana, la coronilla de una mujer tiene mucho más valor que su anillo o su vestido, porque lo crea ella misma. Representa a la persona que ha sido hasta ahora, sola. En el momento en que se casa, su compañero se la retira de la cabeza.

—Nos observamos un tiempo sin hablarnos, y nuestro cortejo se aceleró rápidamente. Pero antes de pedirle que se casara conmigo, hice que me prometiera que jamás me preguntaría acerca de mi pasado. Así que en nuestra boda, hicimos un voto de vivir cada día en el presente sin mirar atrás.

Al imaginar todo lo que describe, comienzo a extrañar tanto a papá que cada respiración me resulta dolorosa. De pronto, momentos en los que no he pensado en años se cuelan a través de las grietas de mi muro mental de recuerdos: las noches cuando Stan salía y papá y yo nos quedábamos en el sofá, mirando nuestros holoshows favoritos mientras compartíamos una cubeta de algas azucaradas. Las mañanas cuando él me llevaba al colegio y tomaba el camino más largo porque sabía lo feliz que me hacía pasar navegando para ver las nutrias marinas de la Isla de Calíope.

—Pero cuando me presentó a sus padres, desaprobaron nuestro voto y desconfiaron de mí por negarme a hablar de mi pasado —la chispa de su voz se apaga por su invierno interior—. Jamás les resulté agradable, y con el tiempo, se formó una grieta entre tu papá y su familia. Así que nos dedicamos a comenzar solos la nuestra.

En Kalymnos teníamos la parcela de tierra más pequeña porque solo teníamos una cabaña. Nuestros vecinos, los Belger, tenían alrededor de ocho, y vivían rodeados por los abuelos, los tíos y las tías, y los primos de Jewel. Siempre quise una familia grande, y ahora sé por qué no la tuvimos.

Kassandra necesitaba una identidad y se valió de papá para obtenerla. Él se convirtió en su camuflaje. Lo apartó de su familia, y una década después, lo abandonó a él y a nosotros.

—Sé que esto te debe sonar monstruoso —dice en voz baja—, pero amaba a tu padre. Era la mejor persona que había conocido en mi vida y esperaba que su influencia me salvara. No necesitaba que las estrellas me dijeran que Ascendería. Siempre supe que albergaba la oscuridad de mi madre en mi interior.

La miro, furiosa.

—¿Entonces por qué decidiste dirigirme esa oscuridad?

La emoción se desvanece de sus ojos, como nubes que despejan un cielo azul helado.

—Poco después de que nacieras, tuve una visión de Helios oscureciéndose y de nuestro sistema solar llegando a su fin. Busqué confirmarlo en el Consciente Colectivo, y descubrí un mito antiguo llamado la Última Profecía del que vagamente recordaba haber oído hablar cuando era más joven. Al día siguiente, estaba en el porche amamantándote en una hamaca y mirando el mar, cuando una mujer encapuchada se apareció ante mí. Dijo que era parte de un grupo secreto de videntes que había Visto la Última Profecía, y me invitaba a unirme a sus filas.

"Se hacen llamar *Luminarias*, y son siervos devotos del sol, que han estado buscando durante años un modo de impedir que se cumpla la Última Profecía. La mujer no quiso decirme más hasta que me uniera a ellos, pero me advirtió que no volviera a hablar nunca más de esta visión en el Psi. Si lo hacía, pondría en peligro a mi familia. Por mucho que no quisiera abandonarlos, pensé que tal vez esa propuesta fuese lo mejor. Un día me convertiría en Ascendiente, y no podía hacerlos pasar por lo que me había hecho pasar mi madre. Pero nunca he tomado una decisión sin antes consultar las estrellas. Así que esa noche leí mi Efemeris, y lo que Vi me hizo rechazar la oferta.

La intensidad de su mirada me lleva atrás en el tiempo, al décimo cumpleaños de Stan y a una semana después, cuando la vi por última vez. Es la mirada que anticipa las tormentas.

—Vi que alguien de mi linaje sería el heraldo del fin del Zodíaco.

Trago con fuerza.

—Stanton era un muchacho gracioso, siempre en movimiento. Era un chico del presente. Pero tú tenías la disposición tranquila e introspectiva de tu padre. Solo tenías cuatro años la primera vez que intenté enseñarte a Centrarte. *Y lo conseguiste.* De inmediato, supe que eras la persona de mi visión. Entonces comprendí que tenía que aprovechar cada momento que nos quedara juntas para prepararte para los planes de las estrellas.

—Gran trabajo —mascullo, y por fin su rostro de marfil esculpido se quiebra por el remordimiento.

—Rho, no había nada que hubiera deseado más que permanecer a tu lado para acompañarte durante todas las pruebas que estabas destinada a enfrentar. Pero, más que nunca, sabía que tenía que marcharme. El hecho de que yo fuera Ascendente solo sería un estorbo para ti. —Se inclina hacia delante sin acercarse, como queriendo acortar la distancia entre las dos, pero sabiendo demasiado bien que no le conviene intentarlo—. Sé que fui dura contigo, pero tenía que estar segura de que serías lo suficientemente fuerte como para soportar todo lo que iba a venir.

—¿No pudiste quedarte un poco más? —mi voz suena tan pequeña como me siento, pero ya no puedo silenciar los gritos de la niña que hay en mí—. Cuando te fuiste no manifestabas señales del cambio. Por lo menos podrías haber intentado quedarte. Tal vez, no te hubieras convertido en tu madre. Te *necesitábamos*. Te fuiste justo después de que Stan se recuperó de la mordida de la Maw…

—Por eso me tuve que ir —dice con un tono tan suplicante como el mío, deslizándose apenas por la cama hacia mí—. Creo que el ataque de la Maw fue un presagio. Entonces me comuniqué con la mujer encapuchada e hice planes para partir. Me preocupaba que me expulsaran cuando comenzara mi transformación, pero aquellos temores desaparecieron cuando conocí a otras Luminarias y advertí que entre ellas había Ascendentes. Me aceptaron por completo, y he estado con ellas desde entonces.

"Pero después del ataque de Cáncer, comencé a sentirme inquieta y a preocuparme excesivamente. Quise buscarte. El problema es que si una Luminaria se marcha, o revela su identidad a alguien de afuera, no puede regresar jamás.

Parpadea un par de veces, y me doy cuenta de que ella tenía un verdadero hogar entre las Luminarias. Por eso no supimos nada los últimos diez años. Le gustaba su nueva vida y no quería perderla. Estar lejos no fue un sacrificio para ella como lo fue para nosotros. *Era feliz.*

Mis pensamientos se confunden, y me siento aturdida por la conversación. Acerco mi bolso de viaje y saco la caracola negra de un bolsillo interior.

—Si realmente has estado con las Luminarias todo este tiempo… ¿por qué el amo tenía esto en su poder?

Hunde los dedos en un bolsillo de su capa aguamarina y extrae una caracola idéntica.

—Lo que tienes es una falsificación. No conozco al amo.

—Pero... el amo sabía del huracán Hebe. ¿Cómo podía saberlo si no fuiste tú quien se lo contó? Debe de tener una fuente...

—*Tú* eres su fuente —dice sombría—. Sabe todo lo que te importa porque está en el Psi, y lo que traes contigo al plano astral es tu alma. Allí se expone todo lo que más quieres.

Se parece a lo que Ocus comenzó a decirme cuando hablamos en Acuario. Todo este tiempo, en todos los niveles, era mi *corazón* el que me traicionaba.

—Estoy orgullosa de ti, Rho —Kassandra ha terminado de deslizarse hacia mí lo suficiente como para tocarla—. Has vivido tu vida con honestidad y has permanecido fiel a ti misma, dos cosas que yo jamás pude hacer. A pesar de la oscuridad que te rodea y que está dentro de ti, solo has canalizado la luz.

—Por eso no querías que creyera en que "los corazones felices comienzan con hogares felices" —susurro—. Porque sabías que un día nuestra familia se rompería. Y no querías que eso me quebrara.

—Lo único que quería era darte todo lo que necesitabas antes de que tuviera que marcharme —dice, soplándome el aliento en el rostro.

—Lo único que yo quería era una niñez.

—No tuviste tiempo para la niñez, Rho. —Me toma la mano en la suya, que está fría, y el corazón me bombea aún más fuerte—. Eres una llama que arde demasiado intensamente.

De pronto, presiona sus labios fríos contra mi frente, y el gesto hace pedazos el dique que ha estado conteniendo mis sentimientos. Un sollozo salta a mi garganta, y mamá me acerca a su pecho mientras lloro, como siempre esperaba que hiciera de pequeña.

Pero ya no huele a nenúfares.

31

Brynda irrumpe en mi habitación. Me incorporo, apartándome de mamá, avergonzada por mi despliegue de emociones, especialmente cuando aún no sé lo que siento por ella ni por nada de lo que me contó.

—En diez minutos haremos una reunión de Guardianes, y hemos votado unánimemente para que participes. ¿Puedes venir?

—Por supuesto —digo, ansiosa por compartir lo que he aprendido sobre Ofiucus y el Partido del Futuro.

—Seguiremos hablando más tarde —dice mamá, y asiento mientras se retira. Estoy a punto de seguirla cuando suena mi Onda.

—Dame un momento —le digo a Brynda, pensando en Nishi. Ella sale y cierra la puerta para darme privacidad. La mano me tiembla cuando abro de golpe el caparazón de almeja para aceptar la transmisión. Un Leo holográfico con una melena tupida y cejas decoradas se proyecta hacia fuera.

—Señora Dax.

Todo mi cuerpo se desinfla.

—Traxon, no tengo tiempo para que me extorsiones en este momento.

—Vaya, *eso* fue grosero. —Aún debe de estar en Acuario porque hay un ligero desfase temporal—. Por lo menos, mi saludo fue un elogio. Ahora dime algo agradable o no te contaré lo que encontré.

Pongo mis ojos en blanco.

—Tú… no eres insoportable.

Luego de un breve retraso, frunce el ceño.

—Y tú no eres muy buena haciendo elogios.

—Dime solamente lo que encontraste. Lo digo en serio, no tengo tiempo.

—Encontré la respuesta a tu pregunta. Ya sabes, esa con la que me extorsionaste. Querías saber quién respalda al Partido de Futuro, ¿verdad?

—Sí, queremos una lista de los principales donantes.

—No necesitas una lista —dice. Su holograma parpadea—. Hay una persona que ha estado financiando casi el noventa por ciento de los gastos del Partido desde su fundación.

—*¿Quién?*

El leonino se inclina hacia delante y enarca una ceja perforada.

—La Asesora Suprema Untara.

***

Al seguir a Brynda a la reunión de Guardianes, no presto demasiada atención a dónde nos dirigimos. No sé por qué me mentiría Traxon, pero tampoco me entra en la cabeza que Untara sea el motor del Partido cuando se oponía tan rotundamente a él, salvo que haya protestado para ocultar su participación.

¿Descubrió Crompton en qué andaba? ¿Será ese el verdadero motivo por el que lo tuvo que sacar del medio? ¿Era eso lo que quería contarme cuando lo llevaban a las mazmorras?

Tomamos un ascensor diferente al decimotercer piso y entramos en una recámara circular con muros acristalados color rosado. Como en el vestíbulo, la mitad de la superficie da al océano; afuera, la luz se ha atenuado, cediendo a un crepúsculo gris. Alamar es un planeta pequeño, y sus veloces rotaciones acortan bastante los días.

Una mesa circular ocupa la mayor parte de la sala, rodeada de trece sillas de chintz. Cuatro están vacías, dos están ocupadas por seres humanos, una tiene un androide, y seis están ocupadas por hologramas. Los respaldos tienen transmisores integrados, y aunque los

Guardianes holográficos se ven levemente borrosos, consiguen operar en tiempo real, como si estuvieran transmitiendo desde cerca.

Siento el influjo de la psienergía en el aire. Cuando mi Anillo zumba por su presencia y se revelan los rostros de los Guardianes, advierto lo que está sucediendo. La tecnología *funciona con el Psi.* Para viajar más rápido que la velocidad de la luz, los hologramas están tomando un atajo a través de la Red Psi.

El hecho de que aquí no haya Asesores probablemente sea otra medida de precaución, porque la confianza siempre es la primera víctima de la guerra. Estar en esta sala solo con Guardianes, sin comitivas ni miembros del público, le da un carácter casi íntimo a la reunión. Solos, los Guardianes parecen más pequeños por algún motivo, como actores de una representación. O seres humanos que juegan a ser dioses.

Solo que uno de ellos puede, de hecho, ser un dios.

—Bienvenida, Estrella Errante —dice la Profeta Marinda con voz débil. Sus rasgos delicados y femeninos hacen que parezca casi demasiado frágil para esta guerra. Cuando se eleva un poco en el aire, advierto que está en una silla planeadora médica. La conocí en Faetonis durante la armada; tiene veintitantos años, pero en este momento, los párpados caídos, el cuerpo raquítico y la pálida tez morena le dan un aspecto mucho más avejentado—. Por favor, toma asiento.

—Gracias —digo, tomando el lugar entre Brynda y Lord Neith. Del otro lado, está Rubi, y al lado de ella, el holograma del Sabio Férez. Me inclina la cabeza, y yo hago lo mismo. Luego advierto los ojos verdigrises y nublados de la mujer de cabello blanco que tiene al lado.

—Sagrada Madre Agatha —digo, inclinando la cabeza hacia mi Guardiana—. Qué bueno verla.

Antes de que pueda responder, resuena una fuerte voz masculina y toma control de la reunión.

—Estrella Errante, aún no nos hemos conocido. Soy el General Eurek.

El holograma del Guardián de Aries se encuentra frente a mí. Apenas parece alcanzar cuarenta años, y tiene la piel morena y ojos naranja rojizos que brillan como brasas.

—Espero que en el futuro nos conozcamos en situaciones más favorables —dice—, pero por ahora todos tenemos una agenda demasiado intensa, así que concentrémonos en lo que tenemos entre manos.

Asiento, examinándolo de cerca. ¿Qué sabemos realmente sobre el Guardián ariano? Supuestamente, ha estado bajo arresto domiciliario durante años, encerrado por la junta de caudillos de su propia Casa, pero ¿cómo estar seguros de que sea cierto?

Desplazo mi mirada de él a Marinda, al holograma de tez color aceituna y ojos musgosos de un Asesor de Virgo, que por el momento debe de estar reemplazando a Moira. Si el amo es un Guardián Original, él o ella podrían estar en la sala, en este preciso momento.

Ofiucus dijo que la inmortalidad opera en ciclos, de modo que la edad no es un indicio revelador. Podría ser cualquiera.

Eurek detiene la mirada en dos sillas vacías.

—La Guardiana Fernanda y la Asesora Suprema Untara no podrán asistir a esta reunión porque están volando.

Al oír mencionar a Untara, me incorporo en mi asiento, y Brynda se inclina hacia mí.

—Es una nueva precaución que debemos tomar los Guardianes cuando vamos al Espacio—me dice—, porque nuestra captura podría ser devastadora para nuestras Casas. Tenemos que viajar con los escudos puestos, de modo que no podemos comunicarnos o visitar el Psi.

Seguramente, Fernanda se dirige a su hogar en Tauro, pero ¿a dónde se dirige Untara exactamente?

—¿Debemos reprogramar la reunión? —pregunta el holograma del Sagrado Líder Aurelio, de Leo, que en su juventud fue el galán más famoso del cine zodiacal.

—No hay tiempo —dice Eurek—. Los pondremos al corriente después.

Además de Aurelio, se encuentra el holograma del Cacique Skiff, cuyos ojos rojos me observan con atención. El Escarabajo alrededor de mi muñeca parece apretarme aún más mientras le devuelvo la mirada, y Skiff aparta la suya.

Hasta que sepa quién es el amo, no puedo confiar en *ninguna* de estas personas.

—He recopilado informes actualizados de todos los equipos Zodai en Piscis —dice Eurek con su voz poderosa—, y según el último recuento, setenta y cinco por ciento de la población pisciana se encuentra inconsciente. Hemos hallado una relación entre quienes aún no manifiestan signos de infección: hasta hace poco estaban fuera del planeta, ayudando a otras Casas después de un ataque, así que tienen menos virus en el cuerpo. Esto parece confirmar la teoría de que el golpe al sistema de comunicación de Piscis unos meses atrás era una especie de ataque biológico con un largo período de incubación.

Stan tenía razón desde el principio. Sabía que esto era obra del amo y que jamás debimos echarnos atrás en la búsqueda de su ejército.

—Es aún peor —continúa Eurek—. Los piscianos que están en coma no están *durmiendo*. Sus cuerpos se están apagando, pero muy lentamente. Los primeros que fueron diagnosticados se han silenciado por completo. Los mantienen con vida gracias a la tecnología, pero técnicamente tienen muerte cerebral. Y comenzará a sucederle pronto a todos los demás.

Miro a Marinda, horrorizada.

—Helios nos ayude a todos —susurra.

—Los Estridentes se encuentran abocados a intentar revertir los efectos —dice Eurek—, y esperamos que la Casa de Escorpio tenga adelantos que pueda compartir con nosotros pronto. —Skiff no reacciona.

—¿Hay alguna pista sobre el Marad o su amo? —pregunta Brynda.

—Hace semanas que le hemos perdido el rastro, y los Ascendentes bajo custodia aún no han hablado —informa Eurek—. Sin embargo, es posible que Lord Neith tenga una nueva pista para compartir.

—Gracias —dice una voz sonora a mi izquierda—. Hay un nuevo movimiento político del que algunos de ustedes habrán escuchado hablar, llamado el Partido del Futuro. Es muy posible que esté vinculado con el amo. Mis Caballeros comenzaron a sospechar de ellos por el fuerte financiamiento con el que contaban ya desde sus orígenes, parecido al del Marad. Cuando intentamos acceder a sus registros, los hallamos ocultos bajo un cifrado de datos similar al que descubrimos en la nave del Marad que capturamos. Pero la Estrella Errante, Rhoma Grace, ha estado sobre el terreno con el grupo y seguramente tenga un informe más pormenorizado para compartir con nosotros.

Todo el mundo se vuelve hacía mí y trago saliva. Mi mente se esfuerza por encontrar por dónde empezar. Si el amo está en esta sala, debo tener cuidado de lo que diga.

O tal vez no.

Si la persona detrás del Marad no quiere que nadie conozca la verdad, este podría ser un señuelo para animarlo a salir de su escondite. Y si el amo es Untara o Fernanda, entonces esta podría ser la mejor oportunidad que tengo para compartir esta información sin que interfieran. De cualquier manera, Traxon tiene razón: el Zodíaco merece conocer la historia de Ofiucus.

—Gracias, Lord Neith. Dado que tuve que marcharme de Acuario a punta de pistola, no tengo duda de que el Partido del Futuro está conectado con el amo.

Agatha y Marinda sueltan un grito ahogado, y Férez y Eurek se inclinan sobre la mesa en señal de preocupación. Brynda es la única que no está sorprendida, seguramente porque Hysan ya le contó.

—Pero antes de compartir esa historia, les debo una diferente. Tenemos que comenzar por el *verdadero* comienzo, un tiempo cuando no había doce Casas en el Zodíaco, sino trece.

Inspiro profundamente y pienso en Vecily, y en cómo mil años atrás intentó comunicar el mismo mensaje que estoy a punto de dar; espero hacerla sentir orgullosa.

—Ofiucus fue traicionado por otro Guardián Original que quería su Talismán porque poseía el poder de la inmortalidad. —Un silencio estupefacto acoge mis palabras, y examino todos los pares de ojos de la sala buscando una señal de reconocimiento.

—El Guardián denigró a Ofiucus ante los demás y los manipuló para que lo condenaran a ser ejecutado. Y luego, mientras todo el mundo estaba distraído, el Guardian —*el amo*— le robó la piedra para sí. Fue esta traición lo que trajo aparejada la Materia Oscura y destruyó a la Decimotercera Casa.

Todo el mundo tienen los ojos desorbitados. Férez parece tan fascinado por mis palabras como yo lo estoy siempre por las suyas, y parece raro sorprender a alguien que me sorprende a mí. Espero que alguien diga algo, pero nadie dice una palabra; lo que supongo que es un avance respecto de las reacciones que han provocado mis inconcebibles anuncios en el pasado.

—Ofiucus estuvo atrapado en el Psi durante siglos, y hace unos años atrás, el amo se dirigió a él. Así como manipuló a los Ascendentes del Marad, coaccionó al Decimotercer Guardián para que lo ayudara a manipular la Materia Oscura y a convertirla en un arma contra las Casas. Juntos han estado atacando a nuestros planetas… hasta que Ofiucus se cambió de bando.

—Entonces esta es la solución al enigma de los Ascendentes —aporta Férez, con la voz distante, como si pensara en voz alta—. Deben de ser descendientes de la Decimotercera Casa. Por eso tienen una constitución reptiliana. —Me mira como si aguardara confirmación—. Están intentando regresar a casa.

Asiento.

—*Santo Helios* —susurra Brynda al lado mío, y todo el mundo se reconcentra, como si estuvieran haciendo los cálculos a fin de asegurarse que tiene lógica.

—El Guardián Original que traicionó a Ofiucus es el cerebro detrás de todo lo que ha sucedido. No solo en tiempos recientes, sino en *todos* los tiempos —digo en voz baja, sin despegar los ojos de Férez, dado que es la única persona de la sala que me sostiene la mirada. El resto tiene la mirada perdida, como si siguiera procesando mis revelaciones.

—Esta persona era una *estrella*. Él o ella son anteriores a todo lo que conocemos y han estado con nosotros desde la colonización del Zodíaco. Miro de Eurek a Marinda, a Aurelio, y a los demás: todos tienen los ojos vidriosos por el temor. No me da la sensación de que ninguno de los que está aquí sea el *amo*.

—Estamos enfrentándonos a alguien que nos conoce íntimamente —prosigo—, que ha visto todos nuestros patrones de comportamiento, que ha estudiado todas nuestras fortalezas y debilidades, y que es capaz de predecir lo que sucederá mañana siglos antes que nosotros. Y nuestra única ventaja es que hasta ahora hemos actuado exactamente como él o ella lo predecían. Pero si podemos hacer algo que el amo no anticipe, si podemos dejar a un lado nuestros prejuicios y unirnos mediante la confianza, tal vez podamos provocarle una sorpresa.

Todo el mundo comienza a hacer preguntas a la vez, y termino relatando en detalle diferentes partes de mi conversación con Ocus. Luego les cuento sobre Luna Negra y el hecho de que Nishi descubrió que el Partido sabía acerca del ataque de Piscis antes de que sucediera.

Cuando menciono a mi mejor amiga, Brynda me da aprieta el brazo bajo la mesa. Solo queda una cosa por compartir.

—El Partido del Futuro está terraformando un planeta nuevo, y su plan es elegir a mil personas de cada Casa para crear una sociedad experimental formada por todas las razas. Se llama Luna Negra, y cuando venía a esta reunión, descubrí quién lo ha estado financiando: la Asesora Suprema Untara.

Me aclaro la garganta.

—Creo que cabe la posibilidad de que sea el amo —agrego finalmente.

Brynda, Rubi y Agatha cuadran los hombros como si estuvieran listas para arrestar a Untara en este instante, mientras que Férez y Eurek se quedan inmóviles: parecen estar sopesando mis palabras. En cambio, Skiff y Aurelio fruncen el ceño en señal de desaprobación.

—Es indecoroso y completamente inadmisible acusar a un Guardián en ejercicio de crímenes tan horrendos cuando no está aquí para defenderse de esos cargos —grita Aurelio.

—¡A quién le importa si es "indecoroso"? —replica bruscamente Brynda—. ¡Lo único que importa es si es cierto!

—¿Cómo sabes que ha estado financiando al Partido? —pregunta Eurek.

—Tengo una fuente —digo, decidiendo no mencionar el nombre de Trax para evitar meterlo en problemas con su Guardián—. También sé que Untara hizo arrestar al Embajador Crompton, y creo que es porque sabe algo.

—¿Tienes más información sobre los planes del Partido más allá de este proyecto de Luna Negra? —pregunta Férez—. ¿Algo que podría señalarnos su próxima jugada?

Sacudo la cabeza.

—Solo conozco parte de la historia. Pero creo que ustedes conocen el resto. —Miro a Férez, y solo a él, porque él es el Cronista del Tiempo entre nosotros—. Necesito saber… ¿es cierta la Última Profecía?

Por su expresión abatida, sé que no es la primera vez que han discutido la Profecía. Y caigo en la cuenta de que seguramente *todos* han tenido la Visión. Después de todo, son Guardianes.

—Al principio, la Última Profecía era un secreto que se pasaba de Guardián a Guardián —explica Férez—. Anunciaba que el Zodíaco acabaría un día cuando Helios se apagara. Con el tiempo, otros Zodai comenzaron a Verlo, y así la Profecía creció hasta adquirir estatus de mito. Pero ninguno de nosotros ha creído jamás que viviría para ver el último día del Zodíaco.

Rubi interrumpe.

—Pero en el instante en que destruyen a Cáncer, los piscianos se encuentran adormecidos y una Decimotercera Casa se está elevando de las cenizas, es difícil no pensar que ha comenzado el Fin de los Tiempos.

—Si el amo es quien ha puesto esta Profecía en marcha —digo—, entonces tal vez sea posible que le ponga fin.

—Haré que los rastreadores ubiquen la nave de Untara. —Todos los rostros se giran rápidamente para mirar a Skiff, que ha quebrado su silencio habitual.

—Los Estridentes estarán aguardando para arrestarla donde sea que aterrice. Si está detrás de esto, lo sabremos en breve.

Por un instante, toda la sala parece conmocionada. Esta podría ser la primera vez en la historia que Escorpio le da su apoyo a Cáncer.

—Creo que deberíamos leer las estrellas —dice Marinda. Su voz es aún más débil—. Esta noche es luna llena en Alamar, y tenemos Quorum. Eso significa que dentro de una hora podemos canalizar la suficiente cantidad de psienergía para Ver más que cualquier otro Zodai haya visto en siglos.

Me lleva un momento recordar la palabra "Quorum" de mis estudios: era una práctica que los Guardianes realizaban cuando el Zodíaco estaba bajo el gobierno galáctico. Toda vez que había por lo menos cuatro Guardianes presentes en un lugar, se constituía un Quorum. Si canalizaban su psienergía todos juntos en la Efemeris, podían sincronizar sus lecturas, Viendo lo mismo y avanzando aún más en el futuro.

—Creo que se trata de un consejo sabio —dice Férez. Ahora que afuera es de noche, su piel oscura y su túnica negra se funden con las sombras de la sala, y destacan la estrella color naranja de su iris derecho—. Placarus —le dice a Skiff—, infórmanos acerca de lo que encuentres. Buscaré en el Zodiax más pistas del pasado que apunten a la identidad del amo. Si se trata de un Guardián Original, solo hay trece sospechosos.

Estoy a punto de decir *doce*, pero luego recuerdo que los Guardianes de Géminis son siempre mellizos, así que habría habido dos.

—Hemos avanzado mucho —dice Eurek, y su voz imponente llena el aire con determinación y valor—. Convengamos en encontrarnos aquí de nuevo dentro de seis horas galácticas para actualizarnos de modo general y compartir informes específicos sobre el interrogatorio de Untara, la situación de Piscis y lo que el Quorum Ve en las estrellas.

A medida que el grupo se dispersa, me vuelvo a Lord Neith.

Solo hay una conversación más que necesito abordar esta noche.

32

Miss Trii viene para llevar a Marinda a la enfermería, mientras Brynda y Rubi se ponen en contacto con sus tropas. Eso me deja libre para regresar con Lord Neith a sus aposentos.

—A Hysan y a mí nos pareció que estuviste magnífica —dice el androide mientras entramos en el ascensor.

—¿Cómo sabes lo que piensa?

—Estuvo ocupando mi mente durante la reunión.

—Oh —me lleva un instante procesar esa imagen, y luego pregunto—: ¿Te encuentras bien? El otro día Hysan parecía preocupado en Acuario.

—No estoy seguro, Lady Rho. —El ascensor se eleva dejando atrás diferentes niveles, y entretanto sus ojos color cuarzo parecen tan tristes como los de cualquier ser humano—. Soy de la opinión de que mi existencia constituye ahora una amenaza de nivel rojo para él y para toda la Casa de Libra, y que debería destruir mis piezas de inmediato. Pero se niega a aceptarlo. Podrías ayudarme a convencerlo.

—Lord Neith, lo siento, no puedo…

Llegamos al nivel donde se alojan los Guardianes, y lo sigo a un espacio circular con doce habitaciones, cada puerta pintada del color de la Casa que representa. Antes de abrir la puerta amarilla, se vuelve hacia mí.

—Estrella Errante, como un ser artificial capaz de ver a tu especie con algún grado de objetividad, he observado algo —me apoya una mano tibia sobre el hombro y baja la voz— que las personas más felices son aquellas que han logrado aprender la lección más difícil de la vida —sus ojos de cuarzo me miran profundamente—: han aprendido a soltar.

Hysan abre la puerta, y Neith se endereza.

—Emplearé este tiempo para cargarme —anuncia el androide saliendo a grandes pasos de la habitación.

—Miladi —Hysan me sostiene la puerta con el codo. Hay una mancha de grasa sobre su mejilla, y algunos mechones de cabello se le meten en los ojos; sacude la cabeza para apartarlos—. Lo siento —dice, limpiándose las manos grasientas sobre el overol—. Estaba terminando algunos trabajos…

Su voz se pierde. Extiendo la mano para peinarle los dorados mechones hacia atrás, y sus párpados flaquean al sentir las puntas de mis dedos recorriéndole la cabeza.

—¿Pudiste… hablar con ella? —pregunta. Tiene la voz ronca, y el rostro a apenas centímetros del mío.

Afirmo con la cabeza, pero aún no digo nada. Estar tan cerca de Hysan es como entrar en una zona magnética, y no puedo evitar que me arrastre. Pero por ahora, necesito existir dentro de este campo de fuerza para poder mirarlo sin quedar cegada por su luz.

La primera vez que miré las verdes galaxias de sus ojos, lo único que vi fueron secretos, y me asustaron. Ahora veo un universo desconocido, cuyos mundos podría explorar durante toda la eternidad. Y eso me asusta aún más.

Los consejos de Férez se cuelan en mi mente, y recuerdo cuando dijo que solo vemos a una persona con claridad cuando apreciamos sus múltiples lados, incluso los que tememos que no nos gusten. No puedo enamorarme solamente de las mejores partes de Hysan; si voy a estar con él, necesito aceptarlo en su totalidad. Solo que no sé cómo puedo vivir con tantos secretos… o *si puedo* hacerlo.

—¿Cómo sabías que ella era una Luminaria? —pregunto, aún parada demasiado cerca.

—Lo supuse —dice vagamente.

Su mirada cae a mis labios, y advierto que este impedimento que nos separa no durará demasiado. Así que me obligo a dar un paso atrás. Hysan parpadea.

—¿Nos sentamos? —pregunto, volviéndome para observar la suite; nos encontramos en una sala color amarillo pastel con toques plateados, y un corredor en el fondo conduce al resto del lugar.

—¿Quieres tomar algo? —pregunta.

—No te preocupes, estoy bien.

—Iré a lavarme las manos —dice, y mientras entra en el lavabo, me dirijo hacia el fondo y veo una puerta entornada. Adentro, Neith ya se encuentra recostado sobre una cama. Una serie de datos recorren sus ojos parpadeantes, y tiene varios alambres enganchados a las venas de sus brazos. Siento un nudo en el estómago.

—Aún no se ha recuperado por completo de la falla de hace unos meses. —Hysan está detrás de mí; lleva un aroma a jabón cítrico adherido a la piel.

—¿Estará bien? —pregunto.

—Por supuesto. —Pero se da vuelta mientras responde, evitando mi mirada, y lo sigo por el corredor hacia otra puerta. Entramos en una segunda habitación pequeña, donde las herramientas de Hysan se hallan desparramadas sobre el cubrecama amarillo.

—¿Qué es lo que no le funciona a Neith? —insisto.

—Ha estado trabajando demasiado duro, y eso atrasa su recuperación. —Se ocupa de reunir las herramientas sobre la cama—. No he estado con él lo suficiente para hacerle el mantenimiento adecuado, pero me estoy haciendo cargo. —Tras despejar el colchón, me hace una seña para que me siente, y una vez que lo hago, él también se sienta.

—¿A qué te refieres cuando dices que "lo supusiste"?

—He Visto la Última Profecía —la mayoría de los Guardianes la ha visto—, pero como no podemos sencillamente abandonar nuestros puestos para ser Luminarias, muchos tenemos un contacto secreto con ellas —dice, girando los codos sobre el regazo.

"Se me ocurrió que lo único que tienen en común las Luminarias es que, para desaparecer, primero tienen que morir. Me acordé del recuerdo que Aryll empleó para manipularte. El hecho de que tu madre había predicho que un huracán azotaría un lugar que nadie esperaba, algo que es bastante extraño. Si añadimos el hecho de que su hija es nuestra vidente más poderosa —añade, con un tono cada vez más tierno—, me pareció factible que se hubiera unido a las filas de las Luminarias. Solo fue una conjetura, pero hace un par de meses, me comuniqué con mi contacto y le dije que quería hacerle llegar un mensaje a Kassandra Grace si estaba con ellas.

"Hace un par de semanas, me contactó una Luminaria diferente, que me hizo un montón de preguntas acerca de ti. Comencé a tener noticias de ella mucho más seguido hasta que acordamos vernos. Cuando confirmé que realmente era tu mamá, le ofrecí llevarla a verte. Desligarse de las filas de las Luminarias es un acto irreversible, pero ella no dudó.

—¿Y también sabías que el Partido del Futuro no era lo que aparentaba porque tenía tecnología parecida a la del Marad? —hay un dejo de amargura en mi tono de voz; Hysan lo advierte y su mirada se apaga.

—Fui a Acuario para reunir más información. Le quité el Encendedor a Blaze por un instante mientras Skarlet lo distraía, y se lo pasé furtivamente a Ezra y Gyzer. Ellas descargaron la información para enviarla a *Nox*. Neith está intentando desencriptarla.

—¿Están ayudándote Ezra y Gyzer?

Asiente.

—Las contraté para asistir al baile y espiar a los miembros de alto rango del Partido. También estoy trabajando con Ezra para perfeccionar el dispositivo que creó. Queremos ver si lo podemos emplear para rastrear el origen de la transmisión original del Marad y ubicar su base principal.

Estoy impresionada y furiosa a la vez, y no sé por cuál de las dos emociones inclinarme. Así que pronuncio las palabras en voz alta para ver cómo suenan.

—¿Sabías la verdad sobre mi madre *y* sobre el Partido cuando estuvimos juntos la noche pasada?

La luz desaparece de los rasgos de Hysan, como si su sol interior se estuviera poniendo.

—Todavía no tenía una certeza respecto del Partido, pero… lo siento, Rho.

Se acerca deslizándose sobre la cama en dirección a mí, pero mi mirada se desploma al suelo, y él mantiene la distancia.

—No dije nada porque quería resguardarte. No eres… No eres la mejor mentirosa del mundo. Blaze se hubiera dado cuenta de lo que había detrás de tus dudas, y no quería ponerte en peligro.

Espera que diga algo, pero sigo mirando el suelo, tratando de entender cómo me siento sin que me distraigan sus ojos.

—Hysan, sé que tenías buenas intenciones, pero necesitaba tu honestidad más que tu protección. Tal vez demoré un poco más en averiguar lo que era el Partido, pero terminé descubriéndolo. Y Blaze vino por mí de todos modos.

—Tienes razón, Rho. —No se defiende, y sé que sigue esperando que lo mire. Pero no puedo hacerlo.

—Twain me dijo que, si quieres ser una persona sociable, no puedes dejar que las personas se acerquen demasiado a ti —digo. La tristeza suaviza mi ira al pensar en el valiente Virgo que dio su vida por mí—. Y creo que tenía razón. —Por fin levanto la mirada hacia Hysan—. Todo el mundo confía en ti, pero tú no confías en nadie.

Sus ojos se agrandan sorprendidos.

—Confío en ti, Rho —dice con la voz gruesa.

—Solo cuando eres tú el que está en control.

—¿Qué significa eso?

Una manada de acusaciones me sale en estampida.

—Esperaste hasta que estuviéramos sobre el escenario del Pleno en Faetonis para contarme sobre los escudos psi que tú y Neith habían fabricado para las Casas. También esperaste para contarme sobre los estudiantes que venían a reunirse con nosotros en Centaurión hasta que ya estaban allí. Y esperaste para contarme sobre mi propia madre, incluso después de que te dije que había tenido una visión de ella…

—Pero cuando te advertí acerca de Aryll, no confiaste en mí.

Sus palabras silencian las mías, aunque no hay reproche en su voz. En lugar de enojado, parece dolido, como si admitiera algo que siente muy adentro.

—La mayoría de las personas cree que la habilidad de los librianos para leer rostros es prácticamente inhumana. Pero es justamente esta capacidad para ser tan humanos lo que nos permite meternos dentro de la cabeza de otra persona. Ser perceptivo no significa leer mentes —significa absorber emociones. Desde chicos nos enseñan la empatía para no solo comprender lo que siente otra persona, sino para *encarnarlo.* —Sus ojos son tan tiernos como su voz—. Así que, a veces, tomo en cuenta lo que conozco de una persona y hago un juicio precipitado. Pero admito que no siempre es el correcto.

Se desliza aún más hasta que nuestras rodillas se tocan.

—Creí que contar su relato era un derecho de tu madre, pero de todos modos debí decirte que la había encontrado. Supongo que tengo que trabajar para abrirme más. Es solo que no estoy acostumbrado a tener a alguien…

—¿A quien reportar?

Me toma la mano sin guante en la suya que está tibia, y siento un hormigueo en las células de la piel.

—*… en quien confiar.*

Sus rasgos se desdibujan cuando comienza a inclinarse hacia mí, y por algún motivo, en este momento oigo la voz de Traxon en la cabeza. Justo cuando la boca de Hysan encuentra la mía, susurro:

—¿Cómo sabes que no te aburrirás de mí y no reanudarás tu estilo playboy?

Su boca se tuerce en una sonrisita burlona, y sus pestañas me rozan la piel.

—Miladi, si *tú* no sabes lo que nos depara el futuro, entonces me temo que nadie lo sabe.

—Habla en serio. —Pienso en Mathias y en su devoción inquebrantable, tan parecida a la de papá y Deke. El cuidado canceriano es total y absoluto. Pero ¿qué conozco del amor libriano?

—¿Cómo puedo hacerlo cuando la pregunta no tiene nada de serio? —pregunta con ligereza—. Me estás pidiendo una garantía que nadie te podría dar, porque incluso si yo jurara que eso jamás sucederá, no sería suficiente. Estás buscando pruebas que puedas tocar.

Me pongo de pie porque tiene razón, y siento vergüenza. Pero también tengo miedo y necesito que me tranquilice. No conozco su mundo, ni su vida, ni nada acerca de lo que ha sido durante la mayor parte de su existencia. Solo sé lo que siento por él en este momento. Y no sé si es suficiente.

—Así que esto es lo que *sí* puedo ofrecerte —dice. Su voz es seductoramente suave—. *Hechos.*

La liviandad de su expresión ha cedido a la vulnerabilidad. Se pone de pie.

—He estado vivo durante dieciocho años, y durante todo este tiempo, he amado exactamente a una sola persona. —Camina hacia mí, sin apartar jamás sus verdes ojos de los míos—. He conocido miles de personas en mi vida, de todas las Casas, y tú eres la única a quien le he confiado alguna vez mis secretos.

Me roza el labio inferior con el pulgar, y sus dedos me acomodan el cabello detrás de la oreja.

—He visitado todos los planetas habitados de nuestro sistema solar, puesto el pie sobre todos los mundos… —su voz desciende hasta ser un ronco susurro—. Y jamás tuve un hogar hasta que te toqué.

Presiona su boca contra la mía, y el beso borra todo lo que está sucediendo en el Zodíaco. El universo queda reducido solo a nosotros dos. Al inhalar la fragancia a cedro de Hysan, mis dedos encuentran la presilla metálica del cierre de sus overoles.

—Tal vez deba ayudarte a cambiar —digo, tirando hacia abajo.

Seguimos besándonos mientras Hysan se quita los overoles, y mis dedos suben y bajan recorriendo sus brazos, su pecho y su abdomen esculpidos. Comienzo a jadear cuando sus manos se abren paso dentro de mi túnica. En ese momento, mi Anillo zumba.

—Nos encontramos en la Catedral en quince minutos.

Hysan debe de haber recibido el mismo mensaje de Brynda, porque bajamos juntos el ritmo.

—Tenemos que parar —digo, obligándome a dar un paso hacia atrás y a reajustarme el traje.

Hysan parece tan decepcionado como la sensación que me invade cuando me siento en la cama.

—Odio este plan —dice.

—Así que escuchaste todo lo que dije durante la reunión de los Guardianes, ¿verdad? —Miro fijo las líneas cambiantes de los músculos de su espalda mientras se pone el traje dorado de Caballero—. ¿Qué piensas? ¿Cuál piensas que es el plan del amo? Eres demasiado inteligente para no tener una teoría.

—La adulación está tan desvalorizada —dice, y oigo la sonrisa en su voz—. Es posible que Neith y yo hayamos encontrado un patrón que podría explicar por qué han dirigido los ataques a ciertas Casas. —Se vuelve con la túnica a medio desabrochar—. Creemos que el amo podría estar dirigiendo los ataques a los votantes indecisos del Zodíaco.

—¿A quiénes?

—En la época en que el Zodíaco estaba bajo el gobierno galáctico, había cierta previsibilidad respecto del modo en que votaban algunas Casas, y con el tiempo, un estudioso político pensó en un gráfico que generalizaba el comportamiento de cada Casa, basado en si era un mundo Cardinal, Fijo o Mutable. Aparentemente, el amo está causando el mayor daño a las Mutables.

—Las Mutables… —Frunzo el ceño—. Jamás he oído hablar de eso. Me refiero a que, evidentemente, sé que Aries, Cáncer, Libra y Capricornio son signos Cardinales. Pero ¿qué tiene que ver eso?

—Ese gráfico aseguraba que las personas de cada categoría tienen una tendencia a actuar de determinada manera. Los mundos Cardinales están llenos de líderes —personas que no se echan atrás y que cuidarán de las personas a su alrededor, sin importar el lugar ni el momento. Por lo general, se podía confiar en que las Casas Cardinales votarían por lo que fuera mejor para su pueblo.

"Luego están los mundos Fijos: Tauro, Leo, Escorpio y Acuario. También se los puede definir como esclavos de sus propios códigos morales. Se dice que, a menudo, son quienes mejor funcionan como segundos en comando porque, si creen en alguien, se puede contar con ellos para seguir a su líder con lealtad. Se consideraba que siempre votaban con sus pasiones.

"Pero las Casas Mutables eran una gran incógnita. No hay manera de saber lo que harán Virgo, Géminis, Piscis y Sagitario. Si se estudian los registros del Pleno, se advierte que tienen los votos menos predecibles. ¿Qué mejor manera de controlar cómo actuarán que controlando su motivación? Si les quitan los hogares a Virgo, están perdidos. Si les quitan las esperanzas a Géminis, se vuelven vulnerables. Si les quitan la capacidad de gestión a Piscis, quedan ciegos.

Oír las brillantes deducciones de Hysan siempre me hace querer revisar los ficheros de su mente. Parece un lugar tan fascinante para conocer.

—¿Y los sagitarianos? —pregunto.

—El primer acto de guerra del Marad se produjo en una luna sagitariana. El primer discurso galáctico del ejército amenazó al Guardián de Sagitario. Sea lo que tengan planeado para la Novena Casa, es posible que aún no lo hayamos visto.

Pensar en que Nishi pueda estar soportando aún más sufrimiento me provoca náuseas.

—¿Y Cáncer? —susurro—. ¿Por qué nosotros?

—Ustedes son el sacrificio —dice, y vuelvo a las palabras que intercambié con Fernanda—. De todas las Casas, la Vista de Piscis no representa la peor amenaza, sino el corazón de Cáncer. Las Casas Cardinales son inamovibles. Los cancerianos son cuidadores de vida que no abandonarán a nadie. Para ti, la pérdida de una vida equivale a la pérdida de miles de otras. Así que eres uno de los mundos que el amo jamás pretendería convertir.

Me ahueca la mejilla en la mano.

—Pero incluso si tengo razón respecto del patrón, aún no sé por qué está haciendo esto, Rho. Sé a qué votos está escogiendo, pero aún no conozco la pregunta.

Vuelvo el rostro y le beso el interior de la palma. Luego termina de vestirse. Tenemos que apurarnos para llegar a la Catedral.

—¿Qué te parece Untara? —le pregunto mientras se ajusta el cinturón con el puñal ceremonial.

—Es extraña, un poco difícil de leer. Le he encomendado a Miss Trii que la investigue. A propósito, ¿cuál es la fuente que te hizo sospechar de ella?

—Traxon Harwing.

Hysan me mira sorprendido.

—No sabía que lo conocías.

—Nos conocimos brevemente en Vitulus durante la celebración. Y los últimos días estaba oculto en los establos de los Pegazi fuera del palacio, porque Blaze no lo dejaba entrar en el baile.

Hysan se ríe.

—Típico de Trax.

Arrugo el entrecejo.

—¿Qué tiene contra ti?

—¿Por qué? ¿Qué dijo?

—Él... —carraspeo— nos vio la mañana después del baile, cuando estábamos entrando a hurtadillas de regreso al palacio. —El gesto de Hysan se distiende por la sorpresa, y se sienta en el borde de la cama—. Decidió recordarme que a ti nunca te gustó estar *atado* —digo, empleando la misma frase que Hysan usó para describirse a sí mismo.

—Rho... no puedo cambiar mi pasado.

—Lo sé. Solo me preguntaba por qué me lo dijo.

—Tendrías que preguntárselo —dice vagamente. Sus orejas se tiñen de rosado. Su tímida reacción confirma mi teoría; es posible que Hysan se haya dado cuenta de lo que Trax siente por él, pero es demasiado caballero para mencionarlo, así que cambio de tema.

—Solo hay una cosa más para la que te pediré ayuda —digo, quitándome el guante negro para revelar el Escarabajo alrededor de mi muñeca.

—Me lo dio el Cacique Skiff, y no sé cómo quitármelo...

Hysan me sujeta la mano con fuerza y se lleva el brazalete al nivel de los ojos. Mientras escudriña el Escarabajo, la estrella dorada de su iris derecho emite una luz.

—¿Por qué te dio esto? —pregunta secamente.

—No estoy segura. Creo que su intención era que fuera una muestra de confianza.

—¿Te enseñó cómo operarlo? ¿O te explicó cómo quitártelo?

—No.

—Entonces, ¿cómo puede ser algo bueno? —pregunta bruscamente. Su tono tiene una agresividad atípica en él.

—¿Lo conoces bien? —pregunto mientras prueba el brazalete buscando puntos de presión.

—No. Es el Guardián que menos conozco. Dificulta mucho obtener una audiencia, y de todos modos prefiero mantener a Neith alejado de él, por si acaso, ya que es el mejor inventor del Zodíaco —Hysan no encuentra ninguna llave secreta. Perlas de sudor aparecen en la línea de nacimiento de su cabello, y tiene la frente arrugada de preocupación.

—Este no es un Escarabajo normal —dice sin inflexión en la voz—. No tiene controles a la vista. Eso podría significar que hay otra persona que lo controla.

Sale corriendo tan rápido de la habitación que me lleva un momento advertir que ha desaparecido; entonces, voy tras él. Hysan arranca los cables conectados a Neith, desenchufándolo de todos los dispositivos, y luego activa al androide.

Neith se incorpora de golpe y parpadea un par de veces.

—Carga incompleta —anuncia con voz atronadora.

—Olvídalo —dice Hysan—. Necesito que me ayudes a quitarle el Escarabajo a Rho de la muñeca.

Neith sigue la mirada de Hysan, y se pone de pie, extendiendo la mano para tomar la mía. Apoyo mi muñeca sobre su palma y examina el brazalete. Luego de unos momentos, dice:

—Para quitarle este Escarabajo, necesitaremos una llave que no tenemos.

—Entonces lo serrucharemos.

—Cualquier intento por quitar un Escarabajo a la fuerza puede provocar que el dispositivo se vuelva contra quien lo lleva puesto; podría inyectar a Lady Rho con su veneno.

Siento que el cuerpo se me hiela.

—*¡Entonces dime cómo quitárselo!* —grita Hysan.

Jamás en mi vida lo vi perder los estribos así, y siento el estómago tan duro que apenas me puedo mantener erguida.

—Descuida —digo tan calmada como puedo—. Hysan, esto puedo esperar…

—¡No podemos dejar que otra persona tenga control de la vida de Rho! —le dice a Neith, haciendo caso omiso de mí—. ¡Si lo quisiera, Skiff podría activar el veneno en cualquier momento!

—Nos están llamando para que vayamos a la Catedral —dice el androide pomposamente, sin conmoverse por el berrinche de Hysan—. Encontraremos una manera de liberarla de esta situación después del Quorum.

—No —dice Hysan, decidido—. No iremos a ningún lado hasta que se quite esto de la muñeca.

—Hysan —Neith adopta un tono profundamente autoritario que jamás le oí—. Debes dejar a un lado tus emociones porque nublan tu juicio. Aún no le ha sucedido nada a Rho, así que no hay motivo para creer que pueda estar en peligro. Podemos retomar el problema después del Quorum.

—No puedo arriesgarme a hacerlo. Ella es más importante.

—No, *no lo soy* —digo—. El Quorum es mucho más importante, así que vamos.

Hysan por fin me mira.

—Rho, no comprendes. *Skiff podría ser el amo.* Si alguien iba a llevar a cabo el tipo de proezas tecnológicas que ha realizado el Marad, no se me ocurre a nadie que esté mejor preparado para hacerlo en el Zodíaco.

—Lo escuchaste en la reunión —digo—. Confía en mí...

—¿Y desde cuándo te ha defendido Escorpio alguna vez? Su apoyo podría ser solo un modo de desviar las sospechas.

Detrás de él, Neith comienza a temblar. Los dientes le castañean como si su cuerpo estuviera experimentando un movimiento sísmico.

Hysan gira justo cuando los ojos del androide quedan en blanco, y una voz espeluznante, completamente diferente de la suya, dice "LOS VEO".

33

Neith lanza un golpe de puño a Hysan, que instintivamente inclina la cabeza. El golpe perfora un agujero en el muro de cerámica.

Hysan lanza una luz desde su Escáner e intenta sincronizarla con los ojos de Neith, pero el androide le lanza un puñetazo con el otro brazo, y él lo esquiva una vez más.

El puño de Neith golpea el aire, y la fuerza del impulso lo hace girar rápidamente sobre sí mismo. En ese momento advierte mi presencia. Su mirada vacía se clava en mi rostro, y el corazón me lastima el pecho con sus latidos.

Retrocedo rápidamente hacia el corredor, pero el androide se abalanza sobre mí con su velocidad superhumana. Suelto un grito. Sus dedos me rozan los hombros al tiempo que se estrella boca abajo sobre el suelo.

Me quedo mirando perpleja su largo cuerpo, y lo único que alcanzo a oír son mis jadeos. Un tubo dorado sobresale de la parte trasera de su cabeza blanca.

—¿Te encuentras bien? —pregunta Hysan, enfundando una pequeña arma dorada en uno de los bolsillos de su traje. Me retiene el rostro entre las manos y observa mis ojos, como si todo lo que necesitara saber estuviera en sus profundidades.

—¿Qué sucedió? —pregunto, horrorizada.

La voz de Hysan se endurece, pero su expresión se vuelve triste.

—El amo ha descubierto mi secreto.

***

Tengo que correr para seguirle el ritmo a Hysan. Nos conduce a los ascensores sin puerta y oprime el botón para ascender al último piso. Me doy cuenta por el ceño reconcentrado de que está comunicándose con alguien; lo más seguro que sea con Miss Trii. Es la única que lo puede ayudar con Neith en este momento.

Los pisos pasan velozmente ante nosotros, y cuanto más subimos, más se refleja la desazón en su rostro. Para él, perder a Neith es como perder a un padre verdadero.

Tomo su mano en la mía, y me aprieta los dedos. Cuando llegamos al último piso está completamente oscuro, pero apenas salimos del ascensor, una luz débil se enciende gradualmente. Alineada contra la pared hay una colección de zapatos, y Hysan comienza a quitarse las botas. Mientras hago lo mismo, recuerdo lo que aprendí sobre la Catedral en mis estudios: es el lugar con la mayor concentración de psienergía del Zodíaco.

Hysan me vuelve a tomar la mano, y entramos en una sala abovedada, semioscura, que recorre todo el largo del Templo Sagrado. Hay que estar descalzos para entrar caminando porque el suelo está hecho totalmente de huesos humanos.

Cada Discípulo dona su cadáver a esta Catedral. Como la Duodécima Casa cree que el cuerpo tiene menos importancia que el alma, trituran los huesos bajo sus pies y ponen el foco en las estrellas. Por eso, encima de nosotros se encuentra el Sistema Solar del Zodíaco.

Las doce constelaciones parpadean desde arriba sobre nosotros, y Helios reluce en el medio de la Catedral, fuente de la única luz en el espacio. Piscis tiene un satélite con un telescopio que le devuelve a esta sala la proyección de esa vista panorámica de 360° del Zodíaco. Parece que hubiéramos quedado atrapados en una isla de cadáveres el día más diáfano de la historia.

Stan, mamá, Mathias, Pandora, Rubi, Brynda y Marinda ya están ahí, parados en círculo, bajo nuestro sol galáctico.

—¿Dónde está Lord Neith? —pregunta Rubi.

—Me pidió que viniera en lugar de él —dice Hysan—. Tiene que lidiar con algunos asuntos de la Casa de Libra.

—Pero el Quorum…

—Creo que estaremos bien —dice Brynda, observando a Hysan como si supiera. Él la mira a su vez, y en ese instante es evidente que conoce su secreto.

—Sí, Lord Neith mandó llamar a Miss Trii, así que parece serio —dice Marinda, bondadosamente, con la voz frágil—. Dejémoslo tranquilo.

La puerta de la Catedral se abre de par en par, y alguien entra corriendo en la sala.

—Lamento llegar tarde —dice Fernanda acercándose. Lleva un traje verde oliva, y las botas aún puestas.

—¡Es una de las partidarias del Partido del Futuro! —grita Stan en tono acusador.

—Sí, lo *era* —dice, sin aliento—. Pero solo para acercarme a ellos. —Me mira—. Comencé a observar que sus métodos de reclutamiento tenían algunas características similares a las del Marad, y pensé que involucrándome podía encontrar a quien estaba detrás de él.

—Untara —señalo.

—Es lo que pensé yo —sus ojos de halcón se estrechan mientras contempla mi rostro con recelo y agrega—: Pero ella está muerta.

34

—¿*Muerta*? —repite Brynda—. ¿Cómo?

Fernanda sacude la cabeza.

—No lo sé. Por eso llegué tarde. Los Patriarcas acaban de encontrar su cuerpo. Hace semanas que está muerta, y alguien ha estado haciéndose pasar por su holograma.

Vuelvo atrás al momento en que el holograma del Dr. Eusta me abordó en el Hipódromo, ordenándome que me marchara a casa. No era Ocus quien había falsificado el aspecto de mi Asesora. Era el amo. Igual que con Untara. *Entonces, ¿quién es?*

La mirada feroz de Fernanda me vuelve a encontrar, y por un instante tengo la impresión de que me acusará *a mí*. Pero antes de que pueda hablar, interviene una voz suave.

—¿Qué es eso allá arriba?

Miro a Pandora y sigo la línea de su vista hacia el Espacio. En el área detrás de Piscis, donde solía estar la Casa de Ofiucus, comienzan a parpadear algunas luces. Como estrellas que se asoman detrás de una cubierta espesa de nubes.

Es la decimotercera constelación.

Zarcillos eléctricos recorren nuestro sistema solar como relámpagos. Al principio, me parece que aún estamos frente a actividad en el Espacio, pero luego descargas de luz comienzan a golpear con estrépito los huesos del suelo de la Catedral.

—¿Qué sucede? —grita Stan por encima del zumbido de la electricidad. Se pone delante de mamá; Mathias sujeta a Pandora con fuerza; Rubi, Brynda y Fernanda se reúnen alrededor de Marinda; y Hysan me aprieta la mano aún más fuerte.

De pronto, me invade el sonido chirriante de psienergía que solía anunciar la llegada de Ocus. Me cubro las orejas, y Brynda, Rubi, Marinda, Fernanda y Hysan hacen lo mismo; los seis nos derrumbamos sobre el suelo de huesos.

Siento como si me estuvieran arrancando el alma del pecho. Atacada por la psienergía, presiono las manos sobre la cavidad torácica. Lo único que no zumba es mi Anillo —de hecho, está *frío*. Recuerdo cómo me sentí en el vestíbulo pisciano, junto a la carpa negra de Alanocturna, y de pronto comprendo lo que el amo le está haciendo a la Casa de Piscis.

Está Psifoneando su psienergía.

Así como está aspirando la nuestra en este momento.

Entrecierro los ojos para mirar lo que sucede, y los relámpagos encima de nosotros comienzan a conformar una figura, como una constelación esbozada en las estrellas. A medida que el brillo se atenúa, alcanzo a distinguir al hombre y la serpiente.

Es Ofiucus.

Cuando cede la fuerza que me aspira la psienergía, me siento débil y abatida, y un zumbido me invade el cerebro. Hysan y yo nos ponemos de pie lentamente, y también los demás. De pronto, los gritos desgarradores de un hombre llenan el aire.

El rostro helado de Ocus se encuentra agonizando: su cuerpo se encoge y comienza a descender a través de las luces, como una constelación de estrellas fugaces. Algo le sucede mientras cae: una cabellera negra le brota de la cabeza, y una capa de piel gruesa le comienza a crecer sobre el cuerpo helado; jamás en mi vida vi algo semejante.

Luego cae como un montón sobre el suelo de huesos, desnudo y con la cara hacia abajo.

Y convertido en un *ser humano*.

—Rho —La mano de Hysan me corta la circulación con su fuerza, y lo miro horrorizada—, el decimotercer Talismán está *aquí.*

Y también está el amo.

35

Trece soldados del Marad, portando máscaras de porcelana blanca, irrumpen en la Catedral y nos rodean. Dirigen sus negras armas cilíndricas a nuestros pechos; las mismas que detuvieron los corazones de Deke y de Twain.

Dos personas más entran detrás: una Contemplaestrella y un Ensoñador. Reconozco a la geminiana —Yana— de hace un rato: estaba cuidando a la pequeña que lloraba por su mamá. Ambos se paran a los dos extremos de los soldados del Marad, y no queda duda alguna de que fueron ellos quienes los dejaron entrar en el Templo Sagrado.

—¿Samira? —pregunta Brynda en estado de shock, mirando a la sagitariana—. ¿Por qué?

La Contemplaestrella no dice nada. Rubi parece igual de traicionada por Yana, pero está demasiado anonadada para hablar.

De pronto, uno de los soldados del Marad avanza y se quita la máscara. Es un muchacho adolescente con un rostro que no se parece a nada que haya visto antes: tiene la piel gris y rugosa, como levlan, y los irises son amarillos, con forma oval. Es ofiucano.

—La Decimotercera Casa les agradece por sus donaciones —dice con una ancha sonrisa. Su voz tiene un tono áspero. Inclina la cabeza hacia atrás y mira arriba, a las luces parpadeantes un poco más allá de Piscis: las primeras escasas estrellas ofiucanas que han regresado—. Nuestro hogar nos llama para que regresemos. Parece que, después de todo, hay un lugar para nosotros en el Zodíaco.

—¿Dónde está tu amo? —pregunta Hysan, perentorio. Su voz fuerte y valiente asesta un tajo profundo a la atmósfera de temor.

—¿Cómo sabes que no soy él? —pregunta el adolescente—. La juventud puede ser engañosa, ¿no es cierto, Rubidum? —le guiña el ojo a la Guardiana geminiana, que sigue parada con Brynda y Fernanda, protegiendo a Marinda.

—¿Pero qué falta hace que te lo señale justo a ti? —le pregunta a Hysan—. Sabes mejor que nadie lo engañosa que puede ser la juventud.

—Así que ¿eres o no eres el amo? —pregunto bruscamente. Mi corazón interviene de inmediato antes de que el ofiucano revele el secreto de Hysan.

—¿Qué crees, Rho? ¿Tengo madera de amo? —Gira hacia nosotros, como si estuviera modelando su uniforme blanco del Marad—. Y por favor, no teman herir mis sentimientos solo por tener una decena de Murmuradores apuntándoles y a todos los que aman.

Ese debe de ser el nombre del arma cilíndrica.

—Si recuperas tu Casa, ¿qué quieres de nosotros? —exige Stanton. Mamá lo acerca instintivamente a ella cuando el ofiucano fija la mirada en mi hermano.

El soldado avanza hacia mi familia, y yo también me acerco a ellos. Lleva la mano sin el arma a su nuca, como si estuviera buscando algo, y luego la deja caer repentinamente. El movimiento incompleto me resulta familiar, y la carne de gallina me recorre el cuerpo.

—*Aryll.*

Se vuelve a mí con su sonrisa más amplia.

—¡Rho gana esta vuelta! Enseguida estoy contigo, querida. Primero quiero saludar a Stan. Hola, amigo.

Mi hermano se torna pálido, con la mirada perdida.

—Aryll… no hagas esto. —Las emociones de Stan están tan desequilibradas que su corazón se ha ido al extremo opuesto, y ahora la compasión ha vencido al enojo. Aún quiere creer que hay algo de bondad en su examigo.

—¡Espera, espera, espera, no me digas! —grita Aryll, uniendo las manos mientras examina a mamá—. ¿Esta es la *Matriarca de la familia Grace*? —Sus ojos amarillos se vuelven peligrosamente exaltados—. ¡Qué buen trabajo hiciste con estos dos! ¡Podrías escribir un libro sobre la maternidad! Ya tengo el título: *Cómo criar hijos con cuestiones de abandono tan devastadoras que no pueden siquiera darle la espalda a un chico cuando está a punto de asesinarlos.*

—¿Qué han hecho con el pueblo pisciano? —pregunta Hysan, hablando aún con la autoridad de alguien que está en control.

Aryll se voltea para enfrentarlo, sus rasgos marcados por una intensa hostilidad.

—¿Qué has hecho tú con *tu* pueblo? Hace muchos años que mi amo frecuenta el Zodíaco como para haberlo estudiado todo. Las máquinas no están a su altura.

—Entonces, ¿dónde está? —pregunto, intentando una vez más distraer la atención de Hysan.

—Qué bien proteges a tu hombre, ¿no es cierto, Rho? ¿Cómo se siente Mathias respecto de eso? —Mira adonde está Mathias de pie, con el brazo alrededor del hombro de Pandora—. Vaya, se recuperó bastante rápido.

Desde el suelo, Ofiucus suelta un aullido largo y tortuoso y se enrosca sobre sí mismo.

—¿Qué está sucediéndole? —preguntó.

—Para adquirir la forma corpórea, es preciso someterse a una transición insoportable —dice una voz nueva—. Solo la he experimentado una vez, cuando las estrellas Guardianes nos volvimos mortales hace tres millones y medio de años. Pero jamás olvidaré el dolor.

Levanto la mirada al hombre alto que acaba de entrar en la Catedral, y todo mi ser se angustia, sin dar crédito a lo que ve.

—*Tú* —dice Fernanda, y advierto que es la persona que ella estaba a punto de acusar hace un rato. Él es el motivo por el cual ella me estaba espiando en el baile.

—*Yo* —dice el Crompton de cabello entrecano, con una piedra brillante como un diamante en las manos—. Yo soy Acuario.

36

—No puedes ser tú —digo, sacudiendo la cabeza. La náusea me sube por la garganta.

—La vida es un baile de ilusiones, Rho —dice con calidez, hablando como si nada hubiera cambiado entre los dos, cuando, de hecho, todo es diferente—. Con la distracción adecuada, puedes hacer que una persona crea cualquier cosa.

Recuerdo la primera y única vez que Crompton y yo intercambiamos el saludo de la mano, y el zumbido de electricidad que me atravesó por dentro. Fue el mismo que sentí al tocar la sombra de Morscerta. Pienso en el carrete de capturas holográficas de todos los Embajadores que han ocupado su cargo, y al comprender, me invade una repugnante sensación.

Son todos la misma persona.

Acuario ha estado pasándose el cargo de embajador a sí mismo desde que creó el puesto.

—¿Cómo...?

—Manipula el Psi —dice Hysan, con la voz cargada de desprecio—. Crea las visiones que necesita para obtener lo que quiere. Pero ¿cómo creaste a Crompton mientras seguía siendo Morscerta?

—Creo que hoy me guardaré mis secretos —dice el Guardián Original, y queda interrumpido por otro aullido tortuoso de Ofiucus.

—*Tú* eres quien lo traicionó hace tres mil años —digo—. Tú le robaste su Talismán.

—Así fue.

—¿Por qué te estás llevando la psienergía de Piscis?

—Recuperar a la Decimotercera Casa requiere psienergía de nuestra constelación más cercana… y un Quorum de Guardianes —echa un vistazo alrededor de la sala, satisfecho porque todo haya salido tal como lo planeó. Como siempre.

—¿Y por qué quieres recuperar la Casa de Ofiucus? —pregunta Brynda.

—¿Por qué habría de importar eso ahora? —pregunta afablemente—. El Zodíaco está llegando a su fin. La Última Profecía es real. Y *yo* soy la estrella que lo profetizó.

Paseo la mirada alrededor de la sala, advirtiendo que ninguno de nosotros saldrá de aquí con vida, y el presagio de la Muerte me vuelve a llenar la boca. Todas las personas que amo están en peligro.

—Entonces dinos cuándo oscurecerá —ordena Hysan, dirigiéndose a un dios con la voz de un rey.

—Cuando Rho acceda a unirse a nosotros —dice Crompton, ignorando a Hysan y clavando sus ojos rosados en mí— aprenderán un poco más.

—Eso nunca sucederá —dice mi hermano bruscamente.

Crompton me arroja algo, y tal vez pensando que se trata de un arma, Hysan extiende la mano para tomarlo instintivamente y lo atrapa antes que yo. Cuando extiende los dedos, una hebra de cabello plateado de caballito de mar reluce a la luz de las estrellas, enlazando dos perlas. Crompton recreó el collar con perlas de nar-mejas cancerianas reales, y cada trazo de la caligrafía de mamá es tal como lo recuerdo.

Como lo recuerdo.

Durante todo este tiempo, mi memoria perfecta ha sido mi enemigo.

Férez dijo una vez que la memoria puede ser un enemigo que se teme o un arma que se blande. Pero desde el principio, el amo ha estado usando la mía en mi contra. He estado trayendo mis secretos más profundos conmigo al Psi, y él los ha estado reuniendo.

—Llévensela ahora —ordena Crompton.

—*¡NO!*

Stanton, Hysan y Mathias se abalanzan delante de mí, impidiéndome ver lo que sucede.

Con el corazón desbocado, levanto la mano para enjugarme el sudor de la línea del cabello, y advierto una lucecita parpadeando en mi Escarabajo. La respuesta de mi cuerpo al peligro debe de activar sus controles, y como es la primera vez que no está cubierto por el guante, me acabo de dar cuenta.

De pronto mamá grita:

—*¡Sáquenme las manos de encima*! —Demasiado tarde nos damos cuenta de que no soy yo la persona que quiere Crompton. Es mamá.

Si realmente ha estado persiguiendo a las Luminarias durante miles de años, entonces al pedirle que me ayudara a encontrar a mamá, prácticamente le revelé que ella es una de ellas. Si Hysan lo dedujo, no hay duda de que Crompton también lo hizo.

Aryll aferra el brazo de mamá, y Stan grita:

—¡Suéltala!

Mi hermano salta hacia él, y caen forcejeando al suelo de hueso. Mamá consigue liberarse mientras los muchachos se revuelcan, cada uno intentando dominar al otro.

Hysan y Mathias corren para intervenir. Stan le da un puñetazo a Aryll, pero este apenas reacciona; su gruesa piel ofiucana parece compensar las estructuras óseas más débiles que tienen los Ascendentes desequilibrados.

De pronto, Aryll empuja a Stanton y consigue rodar y ponerse encima de él. Veloz como un relámpago, monta a horcajadas el torso de mi hermano y hunde el Murmurador sobre su pecho.

No oigo el disparo del rifle.

Solo veo la cabeza de Stan voltearse hacia un lado.

La luz de sus pálidos ojos verdes se ha apagado.

37

Una calma sobrenatural se apodera de mí.

Mamá parece estar gritando, pero no alcanzo a oírla. Un par de soldados avanzan y le inyectan una aguja hasta que su cuerpo queda fláccido. Mis amigos intentan ayudar, pero los demás soldados tienen sus armas apuntadas hacia ellos, así que no tengo otra opción que observar mientras se la llevan.

Aún no puedo oír nada mientras veo a Crompton y Aryll marchándose. Un puñado de soldados apunta sus Murmuradores hacia nosotros en señal de advertencia mientras salen ordenadamente.

Levanto la muñeca, y advierto una diminuta flecha roja parpadeando sobre el brazalete negro, señalando en la dirección que volará el dardo si presiono sobre ella.

Aryll está casi en la puerta cuando cierro un ojo y alineo la flecha hacia su espalda.

Y la presiono hacia abajo.

El sonido me estalla en la cabeza al tiempo que él cae con estrépito sobre el umbral cubierto de huesos de la Catedral. Los soldados levantan las armas amenazándome, y Crompton gira alarmado, mirándome estupefacto, como si finalmente lo sorprendiera.

El caos se desata. Mathias se abalanza sobre el soldado que tiene más cerca, quitándole el Murmurador de las manos mientras ambos caen al suelo. Otro soldado corre para ayudar a su compañero, pero Hysan cruza la sala de un salto. Atraviesa la máscara del soldado de un puñetazo, y lo arroja al suelo.

El Arcoluz de Brynda dispara balas encendidas al resto de los soldados para mantenerlos lejos de Marinda, Pandora, Fernanda y Rubi. En la periferia de mi visión, advierto a Crompton, el Ensoñador y la Contemplaestrella deslizarse detrás de los soldados que se llevaron a mamá, y salgo tras ellos.

Entro corriendo en el lúgubre vestíbulo, y como si intuyera mi presencia tras él, Crompton gira rápidamente. El Ensoñador y la Contemplaestrella montan guardia a ambos lados de él, mientras los soldados que llevan a mamá corren por delante, y me viene el recuerdo de Blaze quitándome a Nishi.

—Suelta a mi mamá —dice una voz demasiado calma y vacía para ser mía.

La Contemplaestrella levanta su Arcoluz apuntándolo a mi pecho, y el Ensoñador apunta su Sopetardo a mi frente.

—No la maten —advierte Crompton a sus guardaespaldas, al tiempo que levanto el Escarabajo y dirijo la flecha hacia su rostro.

—Vuelve adentro, Rho —dice. De alguna manera, su voz consigue conservar un tono cálido y tranquilizador, a pesar de todo lo que ha hecho—. No estás lista para venir conmigo todavía.

El caliente sudor me chorrea dentro de los ojos, y parpadeo para aclarar mi visión.

Ocus tenía razón... Esta vez no escaparé a la Muerte.

—Jamás iré contigo —digo, y presiono el Escarabajo para dispararlo... justo cuando oigo el disparo de un arma.

Y el mundo se vuelve oscuro.

FIN

AGRADECIMIENTOS

Como todas las Casas del Zodíaco, solo soy una perla en una cadena larga y preciosa. Esta serie no existiría sin los siguientes Zodai:

Tú, querido lector: gracias por unirte a Rho en este viaje. Cada vez que te comunicas conmigo a través de las redes sociales, o te encuentro en un evento, o me cruzo con tus post sobre las novelas, mi alma canta de felicidad, y mi corazón se inunda de gratitud. Eres increíble, y llegar a conocerte es lo que más me entusiasma de toda esta experiencia delirante.

Contemplaestrella Liz Tingue: has sido el Centro de mi alma durante los primeros tres libros de la serie. Siempre te estaré agradecida.

Promisaria Marissa Grossman: creo que las estrellas han conspirado desde hace mucho para unirnos, ¡y me encanta estar abierta para descubrir lo que nos depara el futuro!

Ben Schrank y Casey McIntyre, Guardianes de la Casa Razorbill: gracias por cubrirme las espaldas siempre. Siento un orgullo inmenso de considerarme autora de Razorbill.

Corazón de León Vanessa Han: tu capacidad para superarte con cada tapa nueva que realizas me inspira a bucear aún más profundo e imaginar historias dignas de tu arte. Eres mi musa.

Mi Guía, Laura Rennert: eres la estrella que guía mis pasos, y agradezco cada día que pueda llamarte mi agente. Gracias por hacerme sentir que no estoy sola en esto.

A todas las luces brillantes de Penguin: a todo el equipo de Razorbill; a Kristin Smith y el equipo de diseño; a Kim Ryan, Tony Lutkus y el equipo internacional; a Emily Romero, Erin Berger, Anna Jarzab y el equipo de marketing; a Shanta Newlin, Elyse Marshall y el equipo de publicidad; a Felicia Frazer, Jackie Engel y el equipo de ventas. Gracias por canalizar el poder de sus estrellas para que esta serie brille.

Del Nuevo Extremo: Tomás, Martín y Miguel Lambré: somos familia y los quiero muchísimo. Vane Florio, sos mi hermana y te extraño demasiado. Jeannine Emery y Martín Castagnet, son un par de genios. ¡Gracias al equipo DNX por TODO!

A los equipos de edición de Michel Lafon, Piper Verlag, Karakter Uitgevers y AST Mainstream: no me deja de sorprender el nivel de esmero y creatividad que emplean en las ediciones de los libros, y agradezco todo el amor que le brindan a la serie en las redes sociales (Ediciones Urano Colombia, ¡son los reyes de las redes sociales!).

Editorial Océano de México: ¡muchísimas gracias por un viaje inolvidable! Rosie, Marilú, Toño, Grizel y Lorena, los adoro y ya mismo quiero volver a visitarlos.

A todos los *bookbloggers*, *booktubers*, *bookstagrammers* del mundo entero: ustedes son quienes les dan vida a nuestros mundos de ficción. Son los puentes entre los libros y la realidad; los escritores y los lectores; la Tierra y el plano astral. Gracias por compartir su magia con nosotros.

Scribblers: siempre serán mi mejor universidad para aprender el arte de escribir. Lizzie Andrews, tienes un alma tan pura que estoy segura de que serías la mejor vidente del Zodíaco. Nicole Maggi, mi cerebro gemelo: gracias por apoyarme, aconsejarme, y por encima de todo, aguantarme. Tú y yo somos las definición de lo que son dos almas enlazadas.

Los Armstrong, mi familia de la costa oeste: gracias por recibirme en su familia y por venir a todos mis eventos locales. Los amo. Caden (alias, Clary Fran), ¡tú sabes que te adoro!

Mi familia, amigos y compañeros de escritura: me encantaría enumerarlos a todos, ¡pero en ese caso, seguramente incumpliría el plazo de mi cuarto libro! Ya sea un llamado telefónico, un encuentro para escribir, una cena, una película, una sesión de llanto, o incluso un mensaje rápido, su amistad y apoyo lo son *todo* para mí.

Caballero Russell Chadwick: hasta que te conocí, no pensé conocer nunca a alguien que me entendiera, incluso cuando yo no puedo hacerlo; creyera en mí, incluso cuando yo no puedo; o me aguantara, incluso cuando yo no lo hago. Gracias por ser mi mejor amigo, la persona con la que comparto sesiones de *brainstorming* y mi Centro.

Mis abuelos, Sara y Berek Ladowski: Baba y Bebo, nadie en este mundo se compara con ustedes y los extrañamos todos los días. Fueron los mejores abuelos del universo.

Mis hermanos, Meli y Andy Garber-Browne: son mis mejores amigos y mi pareja favorita. Andy, siempre quise tener un hermano mayor, pero jamás imaginé tener esta suerte. Meli, eres mi mundo entero y la inspiración detrás de Rho. *Eres una llama eterna que no puede ser apagada.*

Papá, Dr. Miguel Garber, mi héroe y mejor amigo: todo lo que haces para ayudar a tus pacientes me llena de orgullo, inspiración y esperanza. Gracias por apoyarme y hacerme sentir que puedo lograr todos mis sueños. Te quiero tanto, pa.

Mamá, Lily Garber, mi *ídola y mejor amiga: eres* la persona más fuerte, inteligente y capaz que conozco (además de ser la más hermosa). Gracias por ser un ejemplo a seguir para Meli y para mí. Eres la mamá más extraordinaria del universo y te quiero tanto.

Y, finalmente, a todos los libreros, bibliotecarios y maestros del mundo entero, los guardianes de nuevos mundos: ustedes son quienes encienden la esperanza y salvan más vidas de lo que jamás sabrán. De parte de los lectores de todas partes, ¡GRACIAS!